河北省社会科学基金项目（青年项目）：
"新世纪戏剧文学研究"（批准号 HB20ZW004）最终成果

中国戏剧文学创作
（2001—2017）

宋宇 ◎ 著

知识产权出版社
全国百佳图书出版单位
—北京—

图书在版编目（CIP）数据

中国戏剧文学创作：2001—2017 / 宋宇著． -- 北京：知识产权出版社，2021.12
ISBN 978-7-5130-7989-1

Ⅰ．①中… Ⅱ．①宋… Ⅲ．①戏剧文学创作—研究—中国—当代 Ⅳ．①I207.3

中国版本图书馆CIP数据核字（2021）第269686号

内容提要

2001—2017年中国戏剧文学是对20世纪中国戏剧文学创作的延续。剧作者在剧本创作的题材、内容、风格和语言等层面有了新的探索，呈现出不同的特点。本书以这一阶段的戏剧文学为研究对象，对其题材选取、主题呈现、创作风格和名著改编等不同层面进行了整体把握。与此同时，本书讨论了戏剧评奖机制与21世纪戏剧生态的关系，进而对21世纪剧作家的文化心态、审美旨趣和精神境遇进行了深入探讨，对重新认识中国戏剧文学并为其营造更为自由、合理的戏剧生态有重要价值。

本书适合戏剧研究者阅读。

责任编辑：卢媛媛　　　　　　　责任印制：孙婷婷

中国戏剧文学创作（2001—2017）

ZHONGGUO XIJU WENXUE CHUANGZUO（2001—2017）

宋宇　著

出版发行：知识产权出版社 有限责任公司	网　址：http://www.ipph.cn
电　话：010-82004826	http://www.laichushu.com
社　址：北京市海淀区气象路50号院	邮　编：100081
责编电话：010-82000860转8597	责编邮箱：luyuanyuan@cnipr.com
发行电话：010-82000860转8101	发行传真：010-82000893
印　刷：北京中献拓方科技发展有限公司	经　销：各大网上书店、新华书店及相关专业书店
开　本：720mm×1000mm　1/16	印　张：19.5
版　次：2021年12月第1版	印　次：2021年12月第1次印刷
字　数：325千字	定　价：78.00元
ISBN 978-7-5130-7989-1	

出版权专有　侵权必究
如有印装质量问题，本社负责调换。

目 录

引言 001

第一章 题材的选取与写实传统的复归 023
    第一节 宏大叙事中的情感表达 024
    第二节 历史呈现中的当代反思 039
    第三节 主流戏剧中的英雄塑造 051

第二章 境遇的呈现与文化焦虑的镜像 064
    第一节 都市人的情感焦虑 065
    第二节 打工者的生活困境 080
    第三节 民间文化的两难选择 095

第三章 观念的调整与创作风格的形成 110
    第一节 现代语境与民族语汇的元素渗透 112
    第二节 写实传统与写意手法的结构衔接 123
    第三节 先锋姿态与大众文化的市场融合 137

第四章 改编剧的经典化策略与精神向度 152
    第一节 二度西潮与经典剧本的回归 153

第二节　跨界写作与当代作家的参与 …………………… 172

　　第三节　文本移植与人物角色的塑造 …………………… 182

　　第四节　原始意象与现代理念的呈现 …………………… 196

第五章　评奖机制对戏剧生态的影响 …………………………… 212

　　第一节　政府评奖与剧作家的身份焦虑 ………………… 213

　　第二节　民间评奖与剧本中心意识的回归 ……………… 230

结语 ………………………………………………………………… 247

参考文献 …………………………………………………………… 252

附录一　政府类戏剧评奖结果汇总（1998—2017） ……………… 264

附录二　民间类戏剧评奖结果汇总（1998—2017） ……………… 278

附录三　剧本出处 ………………………………………………… 296

致谢 ………………………………………………………………… 307

引 言

　　自2001年（21世纪的开端）伊始到2017年（中国话剧诞生110周年）岁末，中国的戏剧文学创作经历了一段从困局中坚守、省思到突围的探索历程。2001—2017年中国戏剧文学创作属于一个新的世纪，它延续着20世纪中国话剧艺术的发展轨迹，用17年的努力尝试继续向前。21世纪戏剧文学这一概念是一个基于时空场域和文体范式的综合界定。区别于封闭、独立的时间范畴，"21世纪"标志着"全球化语境""后现代主义思潮""文化市场概念"对戏剧文本创作氛围的全面介入；不限于刊载、出版和发表的文字表述，"戏剧文学"还涉及"文化场域""剧场形式""评奖生态"对戏剧作家创作理念的整体规范。"危机"是21世纪伊始"戏剧命运大讨论"的核心论题，也是对20世纪末中国剧坛原创式微和剧作家身份边缘化处境的真实概括。21世纪的戏剧文学创作肇始于世纪之交中国戏剧发展的时代症结，并致力于对当前困境及戏剧创作"文学性"缺失的不断突围。相对于20世纪90年代，21世纪的剧本创作在数量积累和搬演效果层面有了相应的提高；置身于世界剧坛的现代格局，剧作家的戏剧探索在艺术理念和结构形式层面又存在诸多局限。因此，以中国现代戏剧发展的纵向轨迹和西方现代戏剧格局的横向标准完成对作品创作的综合判定，有助于给予21世纪戏剧文学探索更为合理、客观的艺术评价；通过对当下戏剧生态文化背景和剧本创作形态规律走向的相互印证，也有益于挖掘21世纪戏剧文学作家更为内在、深刻的创作境遇。整体研究是一种横纵交叉的戏剧审美视野，也是一种点面结合的文化批评姿态，这种整体化的品评方式为当下的戏剧研究提供了开阔而深邃的空间，也使得21世纪戏剧的史论探讨更趋系统化和专业化。

一、选题的依据与意义

　　戏剧文学是一种较为独特的文学形式，在题材选择、故事呈现、风格选择、语言表述和角色塑造等诸多方面都有自己特定的结构方式与表达技巧，并遵循一定的剧场理念与时空原则。具体来说，戏剧文学以时间、地点的场景描绘为铺陈，以动作、心理的舞台说明为辅助，以对话和行为的语言表述为主体，通过场景的转接和情境的描述营造氛围格局，通过悬念的预设和冲突的缔造推动剧情的发展，通过主题的演绎和性格的发展完成角色的塑造。优秀的戏剧文学作品应该集文学内涵与剧场理念于一身，既是富于时空想象和剧场潜能的语言艺术，也是带有人物个性和审美品质的文学创作。21世纪戏剧文学的创作起始于21世纪初原创不足的危机境遇，也同步于21世纪文化建构的时代格局，无论是作为文体表述形态层面的文学探讨，还是作为艺术格局的文化研究，都有其存在的学理价值。21世纪以来，学界对当下戏剧的研究大致集中于剧目创作理念和剧场舞台效果的解读，对戏剧创作的文学生态和文化境遇的整体研究仍显薄弱，尤其在题材、叙事、语言和风格等戏剧文本元素与社会思潮、文化氛围和生态格局的关系层面，缺乏系统的研究。鉴于此，本书以2001年以来戏剧文学创作的整体情况为研究对象，探讨剧作者的审美心态和戏剧理念，以及当前创作的氛围格局和戏剧生态。

作为一种文学现象的发生，21世纪以来的戏剧文学创作相对于20世纪90年代末在质和量上都有了相应的提高，并表现出题材演绎的生活化、叙事结构的多元化、语言风格的民族化、原型塑造的经典化等倾向。在题材的选取层面，以《雁叫长空》《天籁》《母亲》为代表的革命题材剧，以《知己》《伏生》《大先生》为代表的历史文人剧，以《生命档案》《我在天堂等你》《爱尔纳·突击》为代表的当代英模剧特别注意到革命叙事的人性视角与历史叙事的文化深度，以及英模塑造的情感维度；以《矸子山上的男人女人》《打工棚》《城市的村庄》为代表的打工者题材书写，以《有一种毒药》《性情男女》和《卡布奇诺的咸味》为代表的都市婚恋书写和以《老大》《秋天的牵挂》《大湿地》为代表的生态书写，也都从不同的社会层面、以不同的叙事角度，勾勒出当今时代的社会动态和剧中人物的生活图景，体现出剧作家群体对现代人生存境遇的普遍关注和对现代文明发展症状的理性思考。在叙事结构的层面，以《我爱桃花》《寻找春柳社》《明》为代表的戏仿拼贴，以《四世同堂》《活着》《如梦之梦》为代表的角色叙述，以及《徽商传奇》《老大》《淮河新娘》为代表的对话加唱，均体现出对西方现代戏剧形式与中国传统戏曲表现手法的有机融合。更为可贵的是，这种融合不仅体现为一种表演方式或导演的二度创作，更是作为一种人物对话和结构铺排内化在戏剧文学的写作过程中。与此同时，在语言风格层面，除了包括以《立秋》《弘一法师》《凌河影人》为代表的现代戏剧对传统诗词曲韵的部分融入，还涉及以《兰州人家》《永远的尹雪艳》《红旗渠》为代表的方言戏剧对民俗俚语的整体渗透。另外，在原型塑造层面，无论以《风月无边》《西厢记》《青蛇》《霸王歌行》为代表的戏曲、小说文本改编，还是以《我们的荆轲》《赵氏孤儿》《韩信之死》《秦始皇》为代表的历史、传记文本改编，均表现出对传奇经典的当下演绎与对历史原型的现代开掘，并注重改编过程中对作品所呈现出的传统理念与现代意识进行的比较、甄别、扬弃与融合。

21世纪以来的戏剧文学创作在题材选取、故事叙述、语言表达和人物塑造等层面做出了不同程度的探索，既表现出对民间文化元素、戏曲表现形式主动借鉴的趋向，也表现出对现代审美理念和现代戏剧形态有意融入的态势。因此，从戏剧的本体出发，通过对戏剧文学创作中各种要素的甄别，辨析21世纪以来戏剧文学创作在现代化、民族化进程中的得与失，探讨从彼此相悖到相互融合的因与果，是一种有价值的学理思考，也存在进一步的研究空间。

作为一种社会文化现象，21世纪戏剧文学创作是在"全球化"语境中，伴随着"文化产业"概念的高调引入、市场经济体制的进一步发展，在戏剧评奖机制、精品工程战略的规范与引导过程中逐步成型的。其中，"新时期戏剧二度西潮"对西方戏剧作品的推介，戏剧商业链条对编导一体化的引导，剧目扶持政策对精品化舞台意识的规范共同影响着21世纪戏剧文学创作的生态格局，而改编剧、参评剧和商业剧的文本创排也日渐成为21世纪剧坛的一种趋势。

一方面，如前文所言，剧作者作为戏剧文学创作的主体带有一定的"危机"意识，参照世界戏剧的现代标准和中国戏剧的发展进程，注重在戏剧形式、风格和理念层面的探索革新，着意于通过自己的创作弥补当下剧坛原创力萎靡、文学性缺失的不足，进而实现戏剧艺术品质的提高和剧坛生态循环的良性发展。另一方面，社会发展的时代语境在逐步成为剧作者创作素材的同时，也从文化氛围和形态格局层面规范着剧作者的创作，其整体表现出对舞台精品意识、戏剧评奖标准和剧场消费理念的主观亲和。随之而来的则是"工程戏""英模剧""献礼剧"的出现，以及"白领剧""搞笑剧""商业剧"的盛产。毋庸置疑，政策的规范引导、资金的大量投入给了当代作家更多参与剧本创作并在舞台上呈现自己作品的机会，在某种程度上也提升了剧本编剧在当代文坛的地位。类似，《窝头会馆》《万家灯火》《天朝上邦三部曲》《暴风雪》《老舍五则》《四世同堂》《我们的荆轲》《操场》等话剧作品的剧本的创排得益于这种推动势能。一是诸多具有文学功底、舞台实践的导演、编剧参与到戏剧文学的创作中来；二是带有文化情结、具有创作实力的知名剧作家开始投入到主流戏剧创作和经典名著改编中。然而，作为对20世纪末中国戏剧存在问题的一种延续，诸多戏剧精神层面的弊病与戏剧理念层面的局限在21世纪戏剧的文学创作中仍然存在。比如在导演中心制、舞美形式化的剧场格局中，剧作者创作的主体性缺失问题愈发严重，舞台编剧与剧本作者的身份职能仍在含混；在全球化语境、文化产业格局的融入进程中，泛娱乐化戏剧创作的艺术品格仍有待提高，对外国现代剧本的引入与借鉴缺乏一个较为系统的审美标准；在戏剧民族化进程和整体后现代主义语境发展中，对文学经典和戏曲经典的改编流于碎片化拼贴，对其神韵本身的凸显方式刻意而生硬，等等。21世纪中国剧坛看似热闹喧嚣，而具体到剧本的创作仍然存在"痼疾"，情节模式化倾向、精品形态化趋势始终制约着其剧本文学品质的进一步提升，以及创作本身对现实问题的关涉，部分作品仍是停留在具有宣传效能的"道德正剧"和舞台艺术的"演出脚本"阶段。

除此之外，"全球化"作为21世纪中外戏剧艺术交流的大背景，同样伴随着文化层面对经典重新审阅、解构、消费的趋势。这种氛围格局既是当今社会无法规避的历史潮流，也是时下戏剧文学创作必须面对的时代境遇。诚如研究者所云，"'全球化'带来了全球范围内的'大众文化'、'消费文化'和'后现代主义文化'的崛起"，"大众文化和通俗文化在对传统文化、精英文化、经典文化消解的同时，也对人们进行着全方位的培训、过滤、渗透和改造"，而"戏剧的困境，它所遇到的冲击、威胁来自时代大变迁，来自社会大转型"①。事实上，"泛娱乐化"和"商品化"戏剧生产趋势正是这种"冲击"和"威胁"的极端呈递。前者降低了文学品阅的审美标准，致使剧场整体的审美视野趋向媚俗化；后者引导了文学创作的

---

① 马也. 当代戏剧命运之断想[J]. 中国戏剧, 2003 (6).

生产机制，导致戏剧创作成为一件用以盈利的"商品"而不是单纯的艺术品。"情境喜剧"和"娱乐闹剧"充斥于商业剧场，票房收益、成本预算成为衡量剧本创作优劣的实用标准，戏剧文本的审美价值受到严重遮蔽，编剧在戏剧创排中的位置也开始渐趋边缘。同时，由于剧场整体对后现代主义和解构主义思潮的接纳存在误区，致使部分创作团队对经典剧目的改编、改写脱离了中国文化的语境格局，显得乖戾、突兀。由于这些问题在21世纪以来的戏剧创作中切实存在并亟待解决，因此从"全球化"语境与评奖机制对剧本创作的影响层面，深入探讨21世纪以来工程戏、商业戏、改编戏的剧本创排，有重要的研究价值。

21世纪以来，随着"当代戏剧之命运""中国戏剧：从传统到现代""小剧场戏剧三十年"等相关论题在理论学界的深入探讨，原创式微、文本缺失、商业媚俗等问题引起了戏剧艺术界广泛而持续的关注。戏剧评论界针对剧作者的创作心态、戏剧作品的演出生态，以及中西方戏剧艺术的交流动态展开了不断的研究、讨论，尤其对近年来逐渐涌现出的戏剧编剧及其作品进行了总结式或跟踪式的鉴赏、品评。整体而言，学界对21世纪戏剧文学的研究主要着眼于单个剧作家的创作、部分导演的戏剧观念和个别剧目的舞台艺术，缺乏对21世纪中国戏剧文学创作历程的整体性观照。作为阶段性的总结，从传统积淀与现代语境的多元对话关系、现实生活与戏剧形态的镜像呈现关系、戏剧作家与接受群体的审美互动关系、剧本写作与舞台演出的形式转变关系，对2001—2017年间的中国戏剧文学创作做一次整体性研究具有必要性与可行性。

二、研究的综述与动态

21世纪以来，中国戏剧文学研究大体呈现出专业化、类型化与大众化三种路向。以高校学者为代表的学院派研究通常从外部戏剧生态、机制与内部戏剧结构、风格对剧本的创作、剧目的排演与剧团的运营进行专业化的品评；硕士、博士研究生的理论著述，基本是从剧作者与导演者的创作历程着手，通过类型的甄别与划定，对其戏剧创作题材的撷取、风格的演绎、理念的呈递进行理论化的阐释；还有就是演员、编导和观众通过各自的表演经历、创排实践和观演过程，以演后谈、创作谈、导演的话和观后感等形式将所见所闻、所思所想进行体验式的记录。

单就理论学界而言，其整体对21世纪戏剧文学的研究通常带有"把脉"意识和史述色彩，既有对剧作本身创排问题的分析与探讨，也有对中国戏剧发展进程的梳理与整合。个体性的作品研究，体现为对剧本创排后的剧目综评与对编导者创作动因的审美解析，注重对编剧理论、空间理论和导演学知识的交叉运用，但普遍疏于对剧作本身的文本精读与文学赏析；整体性的宏观史论，强调对"戏剧危机""现实主义传统""话剧民族化"等问题讨论的延续，体例以史论专著或年度概览为主，具有实录价值与一定的问题意识，但也同时被赋予了时段划分的限定影响。鉴于21世纪戏剧文学在生成语境和文体形态层面的独特性，研究者从以下四个方面对研究现状进行综述，并对已有著述中的不足做出品评。

（一）危机寻根：从"当代戏剧命运"的讨论到"文本缺失"的追溯

2002年岁末，剧作家魏明伦关于"当代戏剧之命运"的发言引起了文化界的广泛关注。他在谈话中指出了当代戏剧"没有市场，却有赛场"，"台上振兴，台下冷清"的现实症状，并强调当代戏剧观众大量流失的原因，"在于当代人生活方式、文娱方式的巨大变化"①。随后，针对戏剧困境的根源问题，众多理论研究者以《中国戏剧》《剧本》等杂志为平台展开激烈讨论。有的学者从戏剧的本体出发，指出了中国当代戏剧在内容开掘和形式革新过程中存在的不足②；有的学者从戏剧的生存环境出发，认为影视媒体的冲击和编导一体的趋势影响着戏剧边缘化处境的形成。③总结来看，"危机"之说更多是指戏剧在演出过程中欣赏观众的大量流失和剧本作为文学作品在文化市场中的边缘化处境。而究其根源，当代戏剧"危机"的症结更多是来自戏剧文学自身的问题，即剧本原创力的萎靡与戏剧文学性的匮乏。

随着理论学界的深入探讨，论辩从开始对当下文娱方式转变与戏剧编导一体模式的关注，逐渐导向为对"戏剧精神"的呼吁与对"戏剧文本"创作症状的省

---

① 魏明伦. 当代戏剧之命运——在岳麓书院演讲的要点[J]. 中国戏剧，2002（12）.
② 傅瑾. 工业时代的戏剧命运——对魏明伦的四点质疑[J]. 中国戏剧，2003（1）.
③ 廖奔. 戏剧怎么了——关于戏剧现状、本质与生命的思考[M]// 中国戏剧年鉴社. 中国戏剧年鉴2005—2006. 北京：中国戏剧年鉴社，2014：288-290.

思。这场讨论从未终止,因文本缺失导致的戏剧困境也始终存在。剧作家李宝群于2014年在《中国戏剧》杂志连发三篇文章(《我对中国话剧的若干追问》《对中国话剧的再追问》《三问中国话剧》)追问中国话剧现状,对剧作家创作状态进行反思。他认为,中国话剧面临着"人学"意识丧失的困境,整体创作氛围比较浮躁,难觅精品。孙惠柱教授于2016年在文汇报发表《文学退场,是对戏剧最大的误解》,通过对2500年来的人类戏剧史经典剧作的文本价值探寻,提出"要提高中国戏剧的质量,必须强调和提高戏剧的文学性"[1]。其他如《中国话剧的衰落与世界戏剧的萎缩》(田本相)、《文学的边缘化与戏剧的贫困化》(丁罗男)、《"危机"与"转机"中的戏剧思辨》(宋宝珍)等论著也一再强调当前戏剧危机的根源为"文本缺失",即优秀原创剧本的匮乏与新创剧本文学性的缺失。其中,丁罗男教授的文章对"戏剧文学性"做出了概念性的界定与纲领性的注解。

除此之外,涉及21世纪以来市场经济改革、文化政策调整、评奖机制确立对中国话剧影响的研究,有《21世纪中国话剧市场化趋势探微》(路海波)、《时代、审美与我们的戏剧——21世纪以来话剧文化观察》(徐健)和《话剧创作仍需突围——以入选"国家舞台艺术精品工程"的话剧剧目为例》(穆海亮)等;相关的硕博论文和出版的理论专著有《论中国当代话剧的市场化趋势》(何洁)、《话剧生存空间思虑》(余林)和《戏剧存在的多维探索》(王露霞)等。具体到"问病"当下剧本的相关论断,研究者普遍注意到"政策语境""利益驱动""院团改革"等外部因素对作品"戏剧文学性"的"妨碍"影响,但多数未能从文学要素本身,比如人物原型塑造、叙述视角转换与语言风格形成等文本细节层面探讨剧本创作过程中的实质问题,例证也以同类题材、相同年份的"旧作"为主,缺乏对近五到十年剧本创作的整体关注。学界对"文本危机"的探源为21世纪戏剧文学的研究指明了方向,部分已有论述未能从文本内部要素深入开掘研究的遗憾也为本论著在该领域的"续写"和"细说"留存了空间。

---

[1] 孙惠柱. 文学退场,是对戏剧的最大误解[N]. 文汇报,2016-03-01.

（二）审美之维：对"现代性"视野和"民族化"进程的探讨

从对中国现代戏剧"两度西潮"的考辨到中国现、当代戏剧史稿的书写，"现代化"与"民族化"始终是研究者爬梳、衡定中国话剧发展进程的两重重要审美基调。一方面，以《20世纪中国话剧发展中的现代性问题》（李扬）、《论中国话剧的审美现代性》（宋宝珍）、《论中国话剧现代性的生成机制——以"演剧职业化"运动为支点的考察》（马俊山）和《现代性的追寻与迷失——从现代中国文化语境看话剧与戏曲的价值设定》（马俊山）为代表的相关著述，有效地在戏剧研究中融入了"现代性"的理论视野，注重以"对现代精神文化的探索与对传统价值观念的反思"作为建构中国戏剧观念、充实戏剧精神内涵、塑造舞台艺术形象谱系、完善剧本创排生态环境的基本向度。正如李扬教授所指出："对传统的反思与批判是'现代性'的主要特质之一，从这一理论视角有助于研究者理解作家本人的文化立场及这一立场对其创作的影响。"[①]再如董健教授与胡星亮教授对中国当代戏剧文学发展历史的总结："这50年中国当代戏剧精神演变的线索，那就是：戏剧的启蒙理性的消解与重构，或者说：戏剧现代性的残缺与修复。"[②]另一方面，以《中国话剧民族化的历史进程》（邹红）、《创建话剧演剧的"中国学派"——论1950至60年代的"话剧民族化"探索》（胡星亮）与《论中国话剧的民族化历程》（胡星亮）等为代表的相关论著，意在以话剧民族化进程为主要参考系，从民族话剧的形式结构探索、语言风格转型、演剧学派形成等不同角度，对现代戏剧的民族化现象进行深入解析，并将话剧（作为西方艺术的"舶来品"）与中国历史语言环境、社会结构构成、民族文化心理对接时所出现问题的解决作为理论研究的主要目标。

21世纪戏剧文学的理论研究基本上接续了以上两条线索，注重两重切入视角的相互结合，强调对现代批判意识的融入与对中西方戏剧文化比较研究方法的运用。代表性论著有《新时期戏剧"二度西潮"论集》（田本相主编）、《传统与

---

① 李扬. 20世纪中国文学研究中的现代性问题［J］. 文艺理论研究，2006（1）.
② 董健、胡星亮. 中国当代戏剧史稿［M］. 北京：中国戏剧出版社，2008：5.

现代的戏剧性冲突》(周光凡)、《现代性的追寻与迷失——从现代中国文化语境看话剧与戏曲的价值设定》(马俊山)和《当代戏剧创作中几个值得关注的新特点——兼谈话剧的"民族化"与"现代化"》(张先)等。该类著述从传统／现代文化视阈的比较层面描摹中国现代戏剧的发展动态，探讨"西潮东进"影响下中国话剧的现代性追求。与此同时，研究群体普遍关注到了戏曲文化对中国话剧民族化进程的影响效果，以及中国话剧在创排过程中对其他文体形式的借鉴趋势。

胡星亮教授的《中国话剧与中国戏曲》于2000年9月出版。他在论著中指出："所谓话剧民族化，其主要内涵就是民族话剧的现代化创造"，"如何评价借鉴戏曲？非常明确，就是看它是否有利于民族话剧的现代化创建"，并强调"从20世纪中国话剧走向展望21世纪中国话剧的发展，可以肯定，创造具有民族特色的话剧仍然是21世纪中国话剧发展的主要目标；话剧借鉴戏曲，也仍然是21世纪中国话剧民族化创造的重要途径"[①]。自此，对话剧作品中的戏曲元素的发掘与解析成为21世纪中国话剧研究的一个热点话题。代表性的论文有《论中国话剧与民族戏曲传统》(胡星亮)、《现代性的追求与迷失——从现代中国文化语境看话剧与戏曲的价值设定》(施旭升)、《话剧与戏曲的审美差异和文化整合》(施旭升)、《现代化还是大众化——中国现代话剧与戏曲的纠结》(沈后庆)和《论传统戏曲对话剧表演艺术的影响》(齐静)等。

相较而言，文体形式范畴内的"跨界研究"比较注重对具体文本的深入探讨，比如《论诗和话剧——探索话剧走向"高峰"之途径》(田本相)、《小说与话剧文本转换的现代性表达——关于21世纪话剧的文本考察》(张福贵、周珉佳)、《符合民族化传统和审美品格的舞台创造——在〈伏生〉研讨会上的发言》(宋宝珍)、《论〈四世同堂〉的话剧改编》(孔庆东)、《在历史与现实之间——历史剧〈赵氏孤儿〉的改编策略》(邹红)、《探索民族化、个性化的戏剧表达——反思话剧〈白鹿原〉的创作得失》(胡薇)与《当下性·本土性·剧场性——从〈秀

---

① 胡星亮. 中国话剧与中国戏曲 [M]. 上海：学林出版社，2009：23, 31, 32.

才与刽子手〉窥探21世纪以来话剧发展态势》（徐健）等。除了对21世纪以来剧本创作过程中"文体互渗"现象的整体涉及与对剧本搬演后"剧场改编"版本的比对研究，学者群体通常能够从历史文明的文学展现与民族文化的剧场传播维度剖析"经典"再经典化的过程。论述能够做到"以小见大"，从具体作品切入论题，探讨改编剧目对历史故事与人物原型（比如荆轲、伏生、项羽和赵氏孤儿等）的现代阐释，以及对传奇故事与小说文本（比如《白鹿原》《四世同堂》《生死场》《金锁记》等）中民族文化元素的剧场凸显。

近年来，从戏剧创作的民族化、现代性问题展开研究的硕、博论文有十余篇。其中，关于剧作家研究的有《东西文化融合视野下的赖声川戏剧研究》（胡明华）、《论田沁鑫"中国式"戏剧的美学追求》（田娇）、《论林兆华话剧对戏曲假定性的借鉴和发展》（曾慧林）、《邹静之戏剧编剧艺术研究》（郑欣）、《试析过士行剧作的风格流变》（陶璐）和《历史的沉思与现实的追问——刘锦云戏剧研究》（潘龚玲子）等；关于整体创作风格研究的有《论中国话剧的审美现代性》（宋宝珍）、《多面的现代性诉求——20世纪上半期中国话剧的一种考察方式》（吴武洲）、《现代性与民族性——话剧民族形式讨论的再讨论》（宋林生）和《中国话剧的民族特色与诗化精神》（包睿）等。这些论文分别从题旨内容与文化思潮、结构形式与语言风格、剧本创作与演出形态等不同层面对中国话剧的现代化与民族化进程进行了细致的探讨。其中，对具体话剧作品创排中所融入的戏曲美学与诗化传统元素的发掘，成为一种研究趋向。同时，特别注意"传统"文化、"戏曲"美学、"历史"典籍与"现代"理念、"话剧"形态、"当代"语境接洽过程中所存在的问题。

21世纪以来的戏剧美学专著普遍借鉴比较文学和戏剧戏曲学的理论架构，相对忽略现当代文学研究领域的史论观念与批评方法；而评论家对具体作品的评论多以演出剧目为研究素材，对剧作家创作理念的分析往往为整体的导演美学研究所遮蔽。21世纪的戏剧文学发展已近二十年，除了孟冰、孙德民、过士行和郭启宏等前辈依然坚守剧坛，还有刘恒、邹静之、万方、喻荣军和李宝群等新生力量不断涌现。他们的剧作是延续着对"现代性"的追寻与对"民族化"的尝试，还是存在部分的"回潮"与"倒退"，需要研究者沿着现代戏剧的发展脉络，通过文学构成元素的内在解析予以甄别。这种着力于文本本身的研究对当代剧坛文本困境的破解也会产生更为直接的影响。因此，作为对戏剧现代化进程的反思与民族化进程的续写，具体以 21 世纪产生的戏剧剧本为研究对象，对 21 世纪戏剧文学创作动态做文化阐释和审美鉴赏有其特定的价值。

（三）史学撰述：对剧场形态的融入与百年史述的续写

涉及 21 世纪戏剧的史论著述通常会结合剧场形态与院团机制综合论述，比如《当代小剧场三十年：1982-2012》（陶庆梅）、《困守与新生：1978-2012 北京人艺演剧艺术》（徐健）、《舞台上的新中国：中国当代剧场研究》（高音）和《中国当代小剧场话剧的文学性与剧场性》（周珉佳）等。该类著述为 21 世纪戏剧文学研究拓宽了剧场化的审美视野与专业化的理论支撑，为本论著所涉及的戏剧文本提供了剧团排演的细节记录与剧场演出的实况信息。除此之外，类似《山西话剧史论》（姚宝瑄）与《浙江话剧发展史论》（夏强）主要从地域层面梳理话剧历史的发展脉络，在提供具体剧目创排、演出信息的同时，为论著的写作开启了"地域文化"维度的研究思路。

从时间维度来看，田本相先生与宋宝珍老师主编的《中国百年话剧史述》，胡志毅教授主编的《中国话剧艺术通史·第 2 卷》与《中国戏剧文化百年史》等史述著作中对"21 世纪戏剧"内容的撰述通常会划定在"新时期"部分之中或之后，并作为百年史述的延续而存在。同时，主要以 2001 到 2007 年之间的作品研究为主。2007 年之后的作品研究多数会按照年度以概览形式进行整理，收集于《中国话剧现场（2001—2012）》（刘彦君）、《品剧日记：2004—2010：关于戏剧内涵与本质的探寻》（廖奔）、《暮合幕开：当代剧场的炫目风采》（宋宝珍）和《时代、审美与我们的戏剧》（徐健）等剧评集中。

其中，以"21 世纪"为时段划定的学术研究研究仅限于《21 世纪话剧创作概览》（宋宝珍）、《新世纪话剧创作特点及艺术成就》（刘平）、《新世纪以来军旅话剧的艺术成就与问题探索》（程倩）、《中产阶级趣味与新世纪话剧的审美定位》（徐健）和《浅议新世纪以来的贺岁话剧》（万姗姗、张健）等专题论文中。《21 世纪话剧创作概览》通过题材的划分，对现实主义题材和历史题材话剧的创作情况进行了分别概述，强调 21 世纪话剧作品在主题呈现上对人性的挖掘、对困境的书写和对历史的反思；同时，将港台戏剧和小剧场话剧的代表性剧目进行了较为清晰的整理与介绍，大体描绘出 21 世纪中国话剧创作的版图。①《21 世纪话剧创作特点及成就》通过"平民视角"切入作品研究，细致介绍 21 世纪以来话剧创作在题材和内容上对日常生活、生存困境的展现；通过对民营剧场运营机制的摸索与绍介，对 21 世纪以来小剧场话剧创作，尤其是商业类贺岁剧的艺术成就和存在问题做出深入探讨。②其他几篇论文则主要针对话剧的不同题材类型，采用不同的理论视角，对 21 世纪话剧创作情况进行了专题论述。

在选题上与 21 世纪戏剧创作相关的硕、博论文呈现出整体性概览和类型化叙述相结合的研究态势，对剧本创排的剧场性和地域性研究较多，比如《中国当代小剧场话剧的文学性与剧场性》（周珉佳）、《中国当代小剧场戏剧论》（吴保和）、《中国话剧演员文化研究（1977—2014）》（高鸽）、《中国大陆先锋戏剧之先锋性的变迁研究》（张姬宰）和《安徽省话剧的历史与现状的调查研究》（张楠）等。

研究者群体从不同理论视角为中国现代戏剧发展所绘制的历史图谱给本人论著的写作提供了宏阔、多元的审美视野和细腻、真实的剧场景观。然而，就目前来看，能够以当代文学史学视野概览 21 世纪戏剧文学创作，进而从"文本"层面对该论题进行深入研究的论著仍在少数。因此，沿着这一思路，有进一步探讨并完成 21 世纪戏剧文学史论的必要。

（四）个案分析：对题材内容的分类与作家作品的研究

21 世纪以来，中国剧坛涌现出了大量的戏剧文学作品，其创作水准良莠不齐，排演情况也不尽相同。研究者群体对剧作者及其戏剧作品的关注点相对比较分散，但基本上可以按照剧本创作的题材类型对部分具有代表性的理论成果进行分类概述。

革命历史题材和当代军旅题材的剧本创作基本上由姚远、孟冰、王宏、肖力、唐栋、蒲逊和兰晓龙等军人作家所包揽，该类作家分别创作出了《雁叫长空》《谁主沉浮》《生命档案》《兵者·国之大事》《天籁》《爱尔纳·突击》等优秀作品。

---

① 宋宝珍. 21 世纪话剧创作概览［J］. 云南艺术学院学报，2016（3）.
② 刘平. 21 世纪话剧创作特点及艺术成就［J］. 云南艺术学院学报，2011（3）.

其中，将红色戏剧与军旅戏剧作为研究对象的理论文章有《红色经典的戏剧路径与艺术特征》（宋宝珍）、《新世纪以来军旅话剧的成就与问题》（程倩）、《当代话剧史建构中的军旅话剧》（谷海慧）和《生活思维与艺术思维——关于军旅戏剧文学本体性问题初探》（燕燕）等。该类论文主要将红色戏剧、军旅戏剧作为宏大叙事的文学表现形式和剧场表现形态进行深入探讨，参照20世纪红色戏剧与军旅题材戏剧的剧本创作模式和剧目排演风格，分析剧作家群体在21世纪剧坛塑造英雄形象、叙述革命历史时的技巧使用与方法革新，概括剧作整体在当代戏剧史发展进程中的思想价值与文学价值。同时，研究者群体还以单独的剧作家及其系列作品为研究对象，从革命历史题材作品的创排与当代军旅题材作品的写作，以及历史典籍、现当代小说作品的改编等不同维度，对剧作者当前的创作与之前的创作开展了系统而深入的"追评"。对孟冰作品的研究，主要侧重于对其创作视角、创新方法的开掘，即如何在宏大叙事、革命题旨的基础上写出结构的新意、哲理的深度，如何在文献剧、政论剧的格式框架中，凸显剧中人物的内在情感、多元性格等，类似：《追寻心灵之光：孟冰戏剧创作之路》（刘平）、《胆识、严谨与创新——评孟冰的"政论剧"》（陈世雄）、《孟冰的话剧"突围"》（郑甸）和《孟冰的现实主义》（欧阳逸冰）等；对姚远、王宏、唐栋作品的剧评更多侧重于探讨革命历史题材与军旅题材戏剧创排的现实意义、创排策略，以及军人剧作家与所属院团的时代使命、精神导向等，如《当代军旅话剧的艺术策略与生长空间——以姚远剧作为例》；对兰晓龙剧作研究则更多侧重于对人物形象塑造方法的解析，以及对部分作品从影视剧改编成话剧过程中叙事手法的转变，如《兰晓龙军旅三部曲的人物塑造研究》（吴梦静）和《兰晓龙军旅三部曲剧作技巧研究》（武计涛）等。

涉及乡土书写、城镇建设、工厂企业改革、生态文明建设、抗击疫情、赈济灾区等相关内容的现实主义题材戏剧主要以刘锦云、过士行、运新华、李宝群、孙德民、杨利民、王俭、郑天玮等几位剧作家的创作为主，《日出而作》《厕所》《老井深深》《凤羊村纪事》《雾蒙山》《大湿地》《北街南院》《生活》等分别是其代表作。类似《从书写生活到表达内心——孙德民剧作叙事学探析》（赵惠芬）、《孙德民剧作论》（周大明）、《李宝群：在情景中写人》（宋宝珍）等论著，在探讨剧中故事情节叙述视角和人物语言表述风格的同时，深入剖析作品的内在题旨与精神内核，挖掘蕴藏其间的地域文化内涵与民族深层性格。《在浓重的历史感中写人物的性格与命运——试论锦云的创作追求》（刘平）、《浅析杨利民剧作的黑土地情结》（张京）与《荒诞世界的怪诞对话——从过士行剧作探讨严肃文学"共享性"的拓展》（李静）则分别从历史文化语境、地域文化情结与当代审美视域等不同视角解读作品，对作家创作的心路历程做出系统的梳理。针对剧作家李宝群系列作品（《矸子山上的男人女人》《两个底层人的夜生活》《年复一年》）中矿工、城市打工者生活境遇的感人呈现，类似《底层生活的讲述者与底层精神的开掘者——评李宝群及其戏剧创作》（宋宝珍）、《李宝群关于"底层"剧本的讨论》（孟繁华）和《黑土地的守望者——论李宝群的戏剧创作》（张彤）等论文在细致解析故事情节、分析人物形象的同时，深入探讨了底层叙事与改革叙事的剧本创排问题。戏剧评论界对抗"疫"、赈灾题材类戏剧作品的研究切近疫情发展动态，注重探讨剧中人物形象的"日常"塑造与故事叙述中的"临界"状态。同时，研究者在作品的深入解读中涉及了戏剧艺术创作与文化宣传的内在关联，以及文学作品创作与事件叙述之间的深层关系等。

城市里的白领生活与婚恋情感一直是现代戏剧创作领域的热门素材。21世纪剧坛涌现出万方的家庭伦理剧（《关系》《有一种毒药》《报警的孩子》）、喻荣军的都市情感剧（《卡布奇诺的咸味》《谎言背后》《午夜的哈瓦那》《活性炭》）、廖一梅的"爱情三部曲"（《琥珀》《柔软》《恋爱的犀牛》）、李伯男的"剩女"系列（《涩女郎》《隐婚男女》《有多少爱可以胡来》），以及费明的《老爸，开门》与邹静之的《操场》《我爱桃花》《花事如期》等诸多"热门"作品。研究领域对该类作品的研究大体从以下两个角度进行深入探讨。一是从家庭伦理关系和女性性别意识层面着手分析，探寻现代人在家庭生活、婚恋生活中的情感困惑，类似《多元时代下的两性情感触碰——评小剧场话剧〈关系〉》（陈楠）与《论万方文学作品中的女性意识及其发展》（陈锦华）；二是从城市空间与反思现代性的理论层面着手分析，探讨现代都市文化对人性发展的影响作用，类似《幽暗人性的黑色梦魇——评万方的话剧〈报警者〉》（宋宝珍）、《以诗人之心描摹都市人间风情——试论喻荣军话剧创作的艺术特色》（刘平）和《角度·温度·深度——喻荣军几个作品中"外来人"母题》（孙惠柱）等。除了从内容层面对该类作品"情感"主题的深入析解，研究者群体还关注到了剧本创排过程中所运用的"戏中戏""倒叙"结构与"戏仿""拼贴"手法等,剧本写作结构与舞台表现手法同样成为该类作品研究的重要切入点。

历史题材的戏剧创作一直为剧作家所热衷。21世纪剧坛对历史的呈现通常采用地点场景的景观再造与人物传记的生平叙述两种方式,交互融合、共同完成。前者更多通过不同年代的场景切换,将情节发展集中于特定场景之中,以时间的发展脉络作为叙事线索,对历史事件进行剧场版演绎,类似《知己》(郭启宏)、《北京法源寺》(田沁鑫)、《全家福》(叶广芩、王志安)、《索菲亚教堂的钟声》(孟冰)、《蒋公的面子》(温方伊)与《故园》(王俭)等;后者更多通过不同角色的语言叙述,将故事内容集中于特定角色身上,以人物的生命轨迹作为叙事脉络,对历史史实进行个人化描述,类似《永乐与崇祯》(锦云)、《紫罗兰又盛开了》(孙德民)、《赵氏孤儿》(田沁鑫)、《我们的荆轲》(莫言)、《公民》(孟冰)、《伏生》(孟冰、冯必烈)、《徐玠》(肖留、陆军)、《弘一法师》(田沁鑫)、《大先生》(李静)与《志摩之死》(赵耀民)等。对于该类作品及相关剧作者的研究通常从以下两个方面开展:一是从剧本所反映的历史真实及现实意义入手,探讨在当下剧场叙述历史的社会效果,以及在当前语境再现历史的文化寓意,比如《莫言的戏剧——历史之思,人性之谜》(宋宝珍)、《历史真相的深度隐喻——对锦云几部话剧作品的文本解读》(王露霞)、《蒋公的面子及其"历史使命"》(杨光)、《游走于历史与现代之间——论莫言的话剧〈我们的荆轲〉》(冯清贵)与《一个文化事件——关于喜剧〈蒋公的面子〉》(吕效平)等;二是从文人史剧创排的文化内涵与艺术手法着手,整理并研究剧作者创作的风格特色,以及其作品中涉及古今"文人"的形象塑造,比如《郭启宏文人史剧研究》(付惠云)、《新写实主义的行吟诗人——锦云》(徐珺)、《孙德民与山庄戏剧》(贡淑芬选编)、《孙德民剧作论》(周大明)、《怀疑主义美学视野下的赵耀民剧作论》(李伟)、《他总是在独立思考——论赵耀民的话剧创作》(汤逸佩)与《论赵耀民的戏剧创作》(赵艳明)等。除此,还有针对个别作品的访谈与剧评,比如《这个剧本很怕人——话剧剧本〈大先生〉三人谈》(陈丹青、赵立新、李静)、《如何表述镜像中的艺术世界及历史——剧本〈尾生与丘〉阅读的个人感受》(张先)与《悲剧的喜剧——论赵耀民的〈志摩之死〉》(吴春彦)等。其中,对于《狂飙》(田沁鑫)、《弥留之际》(田本相)、《吁天》(喻荣军)、《寻找春柳社》(李龙吟）等记述中国话剧历史或中国话剧奠基人创作史的剧作，剧评界的研究更多表现为对"纪念"主题的陈述，以及对相关剧人、剧作在话剧史地位、价值的肯定。历史剧创排的优势在于素材本身蕴藏着深厚的文化底蕴与丰富的情节元素，而对历史剧剧场叙述方式与叙述者内心感受的析解则成为当前历史剧研究的一种趋向。

作为"舶来品"，话剧在中国的发展始终伴随着对西方现代艺术形态的模仿与对本土民间文化元素的吸纳。从故事情节的铺排、人物类型的设定，到语言风格的形成、结构形态的安置，中国的话剧创作不断在向中西方现代小说与中国传统戏曲文学"借法"。由于21世纪伊始中国经典原创戏剧的极度匮乏与西方优质剧目的大量引入（多数作品为经典小说的话剧改编），21世纪剧坛的改编热潮持续上扬，出现了诸多影响较大且颇具争议的改编剧作。对该类作品的深入解析逐渐成为21世纪戏剧文学研究的重要板块。从理论上来说，其他文体形式、艺术门类的作品（主要指小说、戏曲）在改编成话剧文本过程中的方法、策略，以及传奇故事、历史原型在搬上当代话剧舞台时的效果、影响应该是改编剧创作研究的焦点。近些年来，学界对该类作品的研究侧重于对改编热现象成因的分析，比如《当话剧与名著联姻》（邹红）、《小说与21世纪话剧改编》（杨扬）、《小说与话剧文本转换的现代性表达——关于21世纪话剧的文本考察》等。其中，部分研究涉及改编剧本创作的策略与类型，但更多内容论及的是改编剧目创排的契机与效果。针对戏剧危机与"改编热"形成的关系，以及改编剧对当前戏剧生态的影响，该类论著做出了系统而全面的"外部"探讨。相较而言，学界对改编作品版本互文、原型考辨的研究更为细腻，在充分驾驭现代戏剧学理念、历史形态学观念与文化地理学概念的基础上，表现出更为深刻的批评精神、史学思考与文化思辨，比如《从传奇到Drama——论曹路生的改编剧本〈庄周戏妻〉与〈玉禅师〉》（吕效平）、《置换变形、复仇母题与象征意象——〈赵氏孤儿〉的神话原型阐释》（胡志毅）、《开掘"经典"，还是颠覆"经典"？从两台由〈赵氏孤儿〉改编的戏谈起》（刘平）、《城市记忆：上海话剧中的上海、香港、台北的互动仪式——〈长恨歌〉〈倾城之恋〉〈金大班的最后一夜〉》（胡志毅）等。随着以文本中心向以舞台为中心的戏剧观念转型，"编导一体化"现象较为突出，涌现出田沁鑫、方旭、赖声川等诸多导演型剧作者。学界对该类剧作者的研究偏重导演改编理念的整体探讨，对作品的评介涉及文学经典的舞台化、戏剧化与再经典化问题，比如《历史编纂·文本互涉·"再戏剧化"——田沁鑫戏剧改编策略分析》(朱碧原、黄爱华)、《用"戏剧"的方法打开老舍——从小说〈离婚〉到话剧〈老李对爱的幻想〉》(凤媛)、《话剧〈无常·女吊〉对鲁迅作品的改编及其意义》(黄益倩)、《论〈四世同堂〉的话剧改编》(孔庆东)、《在历史与现实之间——历史剧〈赵氏孤儿〉的改编策略》(邹红)、《可爱与同情——王安忆改编〈金锁记〉的成就与缺憾》《比较视域下鲁迅小说作品戏剧改编得失》(孙淑芳)、《媒介权力视域下当代文学经典改编与价值重构——以〈白鹿原〉为考察对象》等。整体来看,学界在剧场层面对当代剧坛为何要改编与文学经典为何能改编的理论分析较为系统、全面,而在文本层面对作品改写方式、编剧改编技巧,以及改编者群体的创作心态、文化心理的研究仍有深入开掘、剖析的空间。

以上为中国戏剧文学(2001—2017)的研究综述。从史学脉络的梳理、审美趋向的探索,到作家作品的评介、相关问题的提出,已有著述为本书的写作提供了翔实而准确的剧坛信息,为本人的研究带来了丰富而扎实的理论依据。21世纪戏剧文学不仅仅是时间与文体的限定,更意味着一种戏剧生态与文化形态的聚焦。"21世纪"标志着"全球化语境""后现代主义思潮"和"文化市场概念"对戏剧文本创作氛围的全面介入;"戏剧文学"涉及"文化场域""剧场形态"和"评奖机制"对剧作者创作理念的内在影响。论著的选题缘于本书作者对中国戏剧危机境遇的深刻思考,属于21世纪戏剧文学史论研究,带有时间维度的延伸性和空间维度的比较性,旨在以纵向(中国现代戏剧发展)和横向(世界戏剧现代格局形成)两重视域描述2001—2017年间中国戏剧文学创作的发展图谱。相较之前研究,注重对"21世纪"戏剧生态的省察与对"戏剧文本"文学内蕴的赏析,以"现代性"与"民族化"为审美标度,以刊载或出版的剧本为研究资料,注重对文本题旨内核、结构形态与语言风格的探讨,以及剧作家群体创作心态、审美旨趣与精神困惑的分析。因此,以"中国戏剧文学创作(2001—2017)"作为选题具有史论价值与研究空间。

三、论述的思路与方法

"困境"与"新生"是本书写作的关键词。具体来说,就是要从"文本"层面分析世纪之交中国戏剧"困境"的根源与21世纪以来中国剧坛"新生"的迹象。一方面,对戏剧危机根源的深入探讨是本书作者梳理21世纪戏剧文学发展轨迹的要旨,也就是从"戏剧精神的萎缩""文学的退场""文学的边缘化"等剧坛现象着手,探析剧作者群体的创作理念与文化心态,进而深入评介世纪之交以及21世纪以来戏剧创作进程中的收获与不足;另一方面,本书作者会在对剧本题旨、语言、人物、结构等元素细致研究的基础上,勾勒主流、商业与先锋三种戏剧形态的发展轨迹,以期从剧作家主体意识的回归、现代戏剧精神的呼吁与当代文化格局的建构等方面找寻破解戏剧文本危机的良策。

(一)研究对象

本书以"中国戏剧文学创作(2001—2017)"为研究对象,主要从题材撷取、故事呈现、创作风格和名著改编等不同层面对2001年至2017年刊载和出版的戏剧文本进行整体把握,对创作群体在中国戏剧发展进程中的贡献与局限、进步与不足做出客观品评。与此同时,本书兼论评奖机制、市场化语境与跨文化交流对当前戏剧生态构成的影响效果,进而对剧作家群体的文化心态、审美旨趣和精神境遇做出更为深入的探讨。对于部分剧目的演出情况,论著中也会有所论及,但研究思路仍以"文本"为中心。论述中涉及导演理念、表演流派、舞美设计等是为了从演出层面反过来分析剧本本身所自带的剧场潜力、空间元素、文化内蕴等。

本书所论剧本多数刊载于《剧本》《戏剧文学》《新剧本》《剧作家》等戏剧专业类杂志和《中国作家》《人民文学》《天涯》等综合类期刊中,还有一些收录于孟冰、锦云、郭启宏、喻荣军、李宝群、万方、邹静之、莫言、田沁鑫和赖声川等编剧作家的文集里,比如《锦云剧作集》《邹静之戏剧集》《莫言文集:我们的荆轲》《田沁鑫戏剧本》《过士行剧作选:厕所》等。除此之外,论著会以院团的内部刊行本、剧作家剧作的单行本、演员演出的舞台脚本作为必要补充,以《中国戏剧年鉴》《国家话剧院年鉴》及其他院团的年鉴、日志中的《全国刊物发表剧本目录》《部分院(团)上演剧目统计》作为重要索引,根据研究思路、问题的需要,选取有代表性、有价值性的文本进行比较研究。

（二）主要目标

本书论述的重点是对2001年至2017年间中国戏剧文学创作情况的整体把握，难点也在于此。从发展进程来看，该阶段的戏剧创作既是对新时期戏剧探索步伐的"延续"，也是在21世纪以来戏剧人从困境中突围后的"新生"；从文类属性来看，区别于其他叙事文体，其创作过程需要充分考虑到时空的限定性与舞台的表演性。因此，对该领域的研究既要充分考虑到21世纪以来剧作家群体的"危机"意识和"创新"意识，需要沿着历史的发展脉络客观评述21世纪戏剧文学创作的进步与局限、发展与不足；又要将该类作品放置于世界戏剧发展的整体格局之中，从文化习惯、时代语境与审美趋向等不同层面整体探讨。涉及相关剧作的解读必须以"文本"为中心，但又不能完全脱离"剧场"做纯文学的分析。具体来说，该项整体性研究旨在达成以下三个目标：

第一，解析当前戏剧生态的构成元素，推进21世纪戏剧文学的整体研究。以中国现代戏剧发展的纵向轨迹和西方现代戏剧格局的横向标准完成对作品品质的综合判定；通过对当下戏剧生态文化背景和剧本创作形态规律走向的相互印证，探寻剧作者的创作心理与精神境遇。

第二，完善戏剧文学研究的理论体系，运用剧作法、互文性、原型批评、叙述学等相关理论完成对优秀作品的文本细读，在题旨内核、叙述方式、语言风格和人物塑造等不同层面做出艺术品评，并提出切实建议。

第三，促成"戏剧命运大讨论"在戏剧文本层面的深化与细化。从文本层面挖掘戏剧危机的问题根源，倡导更为现代、合理的戏剧文学观，进而为剧作者营造更为健康、自由的创作氛围。

（三）具体思路

本书将21世纪以来的戏剧文学创作放置于中国现代戏剧的史述历程和世界戏剧发展的空间格局中去研究，具有比较性、延伸性和整体性。理论层面借鉴了文化学、叙事学和原型批评的研究方法，将文本细读与学理剧评的方法相结合；史论层面以纵向的百年话剧史述和横向的中外比较戏剧史论为参照，以中国话剧传统和东西方戏剧美学差异性为前提，保证论者可从较为客观的角度揭示此时期戏剧文学创作发展的规律与特点，进而勾勒出21世纪戏剧文学创作的"真实"图谱。

以"困境"到"新生"再到"困境"的循环"症结"作为论述主线，以"主流戏剧""商业戏剧""先锋戏剧"三大戏剧形态的发展格局为总纲，分析形态规范、市场运营与深层文化结构对剧本创作的影响作用，进而对21世纪戏剧文学的"源头"与"趋向"做出整体概括；以"文本"为依据，从文学内部（剧本构成的基本元素）、文学外部（文化语境和剧场生态）和戏剧史论（中国现代戏剧的发展与世纪现代戏剧的整体格局）三个层面，以专题的方法、多学科交叉的视野研究21世纪戏剧，深入剖析21世纪以来剧作家的文化心态、创作理念和精神境遇；将剧本、剧目与剧评三者对照研究，以文本细读为基础，通过相关文学理论与剧场理论的交叉使用，分为题旨素材、叙述方式、语言风格、人物类型与经典改编等板块进行专项论述。

（四）采用方法

一是采用比较分析法，仔细分析同一题材在不同时间、不同地域、不同剧场，由不同作者创作出的不同剧本；认真勘校同一作者（对自己同一剧本）在不同阶段、不同刊物和不同剧场所呈现出的不同版本。二是采用交叉研究法，按照现代文学研究的理论框架，借鉴剧场美学、文化美学和接受美学的研究方法，充分运用导演学、社会学和心理学知识，将戏剧文本放置于不同学科理论体系中进行研究。三是采用数理统计法：运用统计学的知识，以量化法分析戏剧文学作品近年来刊载量和出版数的走势，以及获奖比例在题材和风格维度的倾斜度等。

（五）主体框架

本书以21世纪戏剧文学为研究对象，对其在题材选取、主题呈现、创作风格和名著改编等不同层面进行了整体把握。与此同时，本书讨论了戏剧评奖机制与21世纪戏剧生态的关系，进而对21世纪剧作家的文化心态、审美旨趣和精神境遇进行了探讨。

戏剧题材的遴选标准和切入视角开始偏向于人性写实，表现为革命战争题材剧对革命者情感世界的深入开掘，历史题材剧对传统文化、文人心境的当代阐释，以及当代英模剧对英雄模范生命欲求、日常生活的客观呈现。这种表述策略为历史类、纪实性题材的演绎拓展了艺术空间，也丰富了该类作品的文学内涵。受限于创作主体的身份职能和题材本身的内容限定，部分作品的创作仍然被赋予鲜明的题旨导向和教化功能，缺乏对时代语境的现实观照与文化症结的根源探讨。

时代变革中人的生存状态和精神境遇是现实主义戏剧创作的主要着力点。"都市新贵""城市异乡人""打工者""民俗文化捍卫者"等成为该类作品故事呈现中的重要角色。剧作者借镜都市人的情感焦虑映射现代文明对人性本能的异化及婚恋观念和家庭观念所存在的问题；对打工者的困境书写，则侧重于客观描摹时代变迁下身份的易位和文明进程中生存空间的缺失；以商行领袖、传统艺人和乡绅的两难选择，折射出民间文化在传统/现代理念交汇、中西文化碰撞中的存在焦虑。而政策语汇的植入、地域文化的推广和商业元素的嫁接使得该类作品带有献礼剧、精品剧和工程剧的色彩。

戏剧观念的调整，影响着剧作家创作理念的革新和创作风格的形成。21世纪以来，戏剧文学创作在表述语汇、结构形式和思维理念层面均有相应的改变，整体表现为对不同流派界限的模糊和对多元文化元素的融入。戏剧创作对民族风格的尝试体现在对民间传奇的情节化用和对民间曲艺的形式借鉴；对叙述体风格的完善表现在对叙述人物的角色安置和叙述时空的场景衔接；对后现代戏剧风格的探索仍然处于轻视文本和批判性匮乏的问题阶段，其先锋姿态和实验精神主要体现在对编导体系和剧场理念的革新层面，并存在迎合市场文化和大众文化的导向。

当代剧坛的经典缺失和新时期二度西潮的经典搬演影响着戏剧生态对文学经典的回溯，也推动着剧作家群体改编经典文学的创作潮流。按照原著文本的体裁划定，改编剧主要分为对现代剧本的重译改写、对小说文本的戏剧改编，以及对传统戏曲的剧种移植。剧作者主要借助于阐释型的角色塑造和场景化的群像白描完成对小说文本的改编，带有情感化和地域化的审美导向，以及美化角色形象和隐匿批判锋芒的创作倾向。剧作者对传统戏曲的改编主要以对英雄传奇、才子佳人和历史典故的当代解构为主，侧重于对其原始意象的现代呈现。

戏剧评奖是影响21世纪戏剧生态的重要因素。根据主办方归属大致可以分为政府类和民间类，并相应地呈现出舞台精品意识和剧本中心意识的评审导向。政府类评奖在促成精品剧目的大量生成的同时，也构成了对参评作品的题旨引导和形态规范，使创作主体从独立剧作家向院团编剧的身份转型，以及创作剧本从戏剧文学向舞台脚本的功能转变。民间评奖侧重于对剧本创作文学属性和品阅价值的艺术评判，给剧作者提供了更为自主的展示平台。文化政策的干预和剧场理念的介入使得民间类评奖有从"文学性评奖"向"综合性评奖"转型的趋势。

21世纪戏剧文学是20世纪中国戏剧文学创作的延续。剧作者在剧本创作的题材、内容、风格和语言等层面的探索值得认真梳理，而其中所呈现出的问题也应该细致总结，这对重新认识戏剧文学并为其营造更为自由、合理的戏剧生态有重要的价值。

第一章
题材的选取与写实传统的复归

戏剧题材是"剧作者从客观现实生活中或历史资料中选择出来构成戏剧作品的原始材料"①,对题材的选取是剧作者进行戏剧文学创作的开始。作为戏剧文学的创作主体,剧作者对戏剧题材的选择标准和选取方式决定了作品整体的表现风格和艺术品格。当然,剧作者对戏剧题材的选取也会受到多方面因素的影响,比如,客观上受时代思潮的推动和意识形态的引导,主观上受剧作家生活阅历的积累和身份职能的约束。前者从外部规范着作品生成的艺术场域和戏剧生态,后者从内部影响着作家创作的戏剧理念和文化自觉。21世纪戏剧文学创作是新时期戏剧改革的一种延续,也是应对20世纪90年代末戏剧危机的一种创作转型和理念探索。原创缺失和经典缺失的危机境遇促使着中国戏剧文学创作对写实传统的复归,表现为在题材选择层面对宏大叙事、历史叙事和英雄叙事的再度演绎,也使得这种"主流戏剧"②占据着十余年来的中国剧坛创作的绝大篇幅。然而,剧作家对革命题材、历史题材和英模题材的切入视角和演绎方式与之前的创作既有联系更有区别。具体表现为:革命战争题材剧对革命者情感世界的深入开掘;历史题材剧对传统文化的当代反思;当代英模题材剧对生活境遇和信仰危机的现实剖析。

---

① 顾仲彝. 编剧理论与技巧[M]. 北京:中国戏剧出版社,1981:31.
② "人们习惯上把这些戏剧叫作'主流戏剧',这个概念本身也许并不十分贴切,但这些剧具有大体相通的意义指向。在题材上,一般都选取重大革命历史题材或好人好事;在人物塑造上,突出其个人的传统美德和行为的社会道德;在结构上,让戏剧冲突和情节的整体构架围绕主人公或中心事件安排。"田本相,宋宝珍. 中国百年话剧史述[M]. 沈阳:辽宁教育出版社,2013:667.

第一节　宏大叙事中的情感表达*

21世纪以来，中国话剧舞台上的"宏大叙事"仍然以对革命历史题材作品的演绎为主。既有以历史事件为素材的文献剧、政论剧，也有以革命人物为原型的传记剧、英模剧。相较于20世纪中国革命历史题材的戏剧创作，21世纪剧坛更多地承继了"革命史述"作为民族"宏大叙事"的史诗性特征，在恢宏的历史图谱绘制与英勇的革命者形象刻画中，洋溢着英雄传奇色彩与浪漫主义情怀，并在对史实的呈现与情节的推演中，彰显着革命的正义性与历史的必然性。除此之外，对革命者情感世界的深入开掘成为近年来该类题材作品创排的侧重点，尤其是历史人物（也包括脱离史实的虚构人物）之间情感戏份的添入往往为剧作演出增添了一抹感人的亮色。事实上，剧作者在革命史述中对人物情感维度的有意加持与其对戏剧文学创作的经典化诉求有很大关联。一方面，"感人"作为预期的舞台效果，多半是通过剧中情感戏份的铺排得以实现；另一方面，"写人"作为文学的创作意旨，也在史实撰述的"空白之处"得以完成。鉴于此，"情感表达"逐渐成为21世纪以来剧作者群体切入革命历史题材的主要方式与共同选择，这种导向本身也迫使研究者回到对宏大叙事理论的接受语境与革命历史题材的题旨限定，以及对创作主体的创作视角与戏剧文学的创排生态等问题的深入探讨。

---

* 本节内容曾以《宏大叙事中的情感表达——21世纪革命历史题材话剧创排的方法与策略》为题发表于《河北大学学报（哲学社会科学版）》2021年第6期。

一、宏大叙事作为叙事形态的承袭与演化

"宏大叙事"也被译作"大叙事"或"元叙事",是指叙事主体"明确地求助于诸如精神辩证法、意义阐释学、理性主体或劳动主体的解放、财富增长等",并"制造出关于自身地位的合法化话语"①的历史性叙事和现代性叙事,是法国后现代哲学家让-弗朗索瓦·利奥塔尔为界定"现代"和解构"启蒙叙事"而反推出的一个理论术语。由于其本质存在的客观性和概念生成的依附性,"宏大叙事"伴随着西方后现代主义思潮的兴起与广泛传播,被不同的历史语境、文化氛围赋予了不同的解释。具体到文学领域,"宏大叙事"作为现代主义表意特征的代指被具象为一种启蒙性的叙事策略和现代性的审美诉求。如研究者所总结:"文学宏大叙事不仅是一种追求整体性、目的性、历史性和现实批判性的现代性叙事方式,而且是一种在叙事法则之下的结构性要素和审美性要素,一种人类思维方式和精神性追求。"②

在中国,"宏大叙事"作为一种民族化叙事有其深远的历史渊源和文化传承,多以王朝更替、家族兴衰和英雄发迹作为情节主线,通过对民族战争、世道轮回与神话原型的宏阔演绎,呈现出族人对"义"与"理"等"传统道德观念"的认知历程。"宏大叙事"作为对世界历史发展进程合理性、权威性解释,其在中国文学领域内的成型并非完全受到西方文艺思潮涌入及概念本身限定的影响,而是滥觞于自身传统文化中家国同构、天人合一的道德体系和喻世明理、诲人向善的文学观念。随着20世纪中国现代文学的发生、发展,"宏大叙事"开始贴合于启蒙叙事、革命叙事,并逐步演变为一种想象并促成"民族—国家"建设的文化机制、宣传策略。这种社会效能与表意趋向在中国现代戏剧发展进程中表现得更为明确,诚如戏剧理论家胡志毅先生基于迪克特·安德森对"想象的共同体"概念的提出,以"国家的仪式"总括从延安时期到"文化大革命"时期革命戏剧整体发展的题旨内核与审美趋向,并指出"戏剧作为最好的'相互联结的意象'就开始成为民族—国家的仪式"③。

---

① 让-弗朗索瓦·利奥塔尔.后现代状态:关于知识的报告[M].车槿山,译.南京:南京大学出版社,2011:4.
② 马德生.后现代语境下文学宏大叙事的误读与反思[J].文艺评论,2011(5).
③ 胡志毅.国家的仪式:中国革命戏剧的文化透视[M].桂林:广西师范大学出版社,2008:3.

伴随20世纪80年代西方后现代主义思潮的涌入，"宏大叙事"概念在后发现代中国语境中被重新框定，在理论层面存在着某种程度的"误读"现象，即更多地强调其意识形态成分与政治理论色彩，忽略其自身固有的思想启蒙姿态和现代批判意识，并逐渐脱离了其作为"叙事方式"本身的艺术界定，甚至"被完全等同于阶级革命叙事"和"空洞的政治功能化叙事"①。"宏大叙事"与意识形态话语的逐步重合，是其遭受后现代主义学人诟病的主要症结；但其自身在艺术创作领域逐渐失语的根源并非完全在此，"题材剧"艺术水准的下滑与"英模剧"创作模式的固化难辞其咎。不管是创作素材的撷取，还是表现手法的选择，随着剧坛整体从"宏大叙事"到"个人化叙事"的"内转"，中国话剧舞台确实迎来了一个"明媚的春天"，尽管这个"春天"很快又伴随着20世纪90年代市场经济大潮的裹挟，被充斥着影视媒体动态的"酷暑"所替代。

世纪之交，中国戏剧危机引起了理论界的忧虑，对其根源的探寻一度成为学界争鸣的焦点。客观层面上艺术生产方式与文化传播媒介的变革，主观层面上剧本文学质素与剧场表演语汇的匮乏，共同导致了20世纪90年代末中国剧坛戏剧精神的萎靡与话剧观众的大量流失。无疑，具有史诗性的剧本创作和带有仪式感的话剧演出是复苏剧场活力的强心剂。从某种程度上讲，"宏大叙事"作为一种叙事形态与艺术方式在话剧舞台上的复归，可以理解为当代剧坛以"民族—国家"的名义，借助多种主题的纪念演出活动与多种形式的戏剧评奖活动，共同推动的"民族—国家剧场"建设。这场自21世纪伊始在话剧舞台上开启的"宏大叙事"具有鲜明的时代意旨，其对革命历史题材的撷取具有深刻的精神导向价值与文化构想意图，即通过对民族"集体记忆"——百年中国革命历史记忆的唤醒，以剧本创作与剧场演出的形式实现对20世纪民族发展历程的回望与反思，同时表达对21世纪民族国家建设的期许、构想。"宏大叙事"在21世纪剧坛的"兴起"与"兴盛"，既是世纪之交创作主体在戏剧题旨形态和表达方式层面的穷则思变，也是置身后现代主义迷雾中其对民族自身历史形态与文化方式维度的自我审阅。

---

① 马德生. 后现代语境下文学宏大叙事的误读与反思[J]. 文艺评论, 2011 (5).

二、革命故事作为创作素材的选定与限定

黑格尔在谈及戏剧作品与观众的关系时，曾强调戏剧的"作者对他们（听众）就有一种义务""要在题材方面选择人类普遍关心的有实体性的内容"，在题旨层面"要有对本民族中广泛流行的一种有实体性的情致做基础"①，并以"对'主题实体性'的呈现"作为戏剧体诗区别于史剧和抒情诗的基本特性。卢卡奇在论述戏剧的宗旨即"群体效应"时，也把"普遍性与象征性"作为被描述事件的基本要求②，同时从"如何获得戏剧性"这一具体问题出发，得出结论，即"戏剧是意志的诗艺，人物及其命运只能通过绷紧自己的意志来获得戏剧性"，"在所有能引起意志反应的生活现象（斗争）中，最具斗争性、最能激发人物身上意志的那些斗争是最合适的戏剧素材"③。无论是作为主体情致的载体，还是作为情节内核的原型，革命历史无疑是宏大叙事原始素材的最佳选择。凭借在题旨层面附着其间的民族性、史诗性特质，与在艺术层面其自带的共情性、冲突性潜质，发生在20世纪中国革命进程中的"革命故事"成为21世纪剧坛宏大叙事最为主要的素材来源。

仅就2001年，中国话剧舞台上就涌现出《桃花谣》《母亲》《风驰瑶岗》《凌河影人》等多部题旨鲜明、情节感人、风格独特、制作精良的优质剧目。随后，无论是以革命事件为原型的政论剧，如《辛亥魂》《谁主沉浮》《圣地之光》等；还是以革命先驱为主角的传记剧，如《春雪润之》《赵一曼》《董必武》等；还包括以革命战争为故事背景，带有更多情节原创性的革命战争题材剧，比如《红帆》《天籁》《中华士兵》等，均作为"建党、建国、建军"与"革命者、革命运动、革命战争"纪念活动的献礼剧为编剧任职剧团演出（也有部分剧目是院团邀请其他院团编剧创作剧本后排演），多数作品获批"五个一"工程与"国家舞台艺术精品"工程重点打造精品剧目，成为中国戏剧节、全国话剧优秀剧目展演、全军文艺会演等剧展中的演出焦点，以及文华奖、曹禺剧本奖、中国戏剧文学奖等评选活动中的获奖热门。

---

① 黑格尔.《美学》第三卷（下册）[M]. 朱光潜, 译. 北京：商务印书馆, 1981：261—264.
② 格奥尔格·卢卡奇. 卢卡奇论戏剧[M]. 罗璇, 译. 北京：北京师范大学出版社, 2014：5.
③ 同② 7–8.

作为一场"文学事件"或"剧场仪式",系列革命历史题材话剧的成功创排离不开国家文艺政策和相关部门的大力扶持,即20世纪90年代以来国家"主旋律"文化战略构想实施过程中诸多形式、主题的戏剧演出季、戏剧评奖活动与舞台艺术精品工程等的大力开展。编剧与导演凭借对革命历史题材的撷取,在题旨层面占有了一定的优势。一方面,这种优势源于"革命故事"作为戏剧情节内核所具有的"敌我战斗场面""英雄牺牲场景"与"意志较量过程"等,也就是作为书写在文本或搬演到舞台上的剧情本身,具有真挚的情感性与激烈的冲突性;另一方面,这种优势源于中国革命历史文化的深刻积淀与革命精神信仰的深度传承,即近现代史中血与火的革命斗争历程在民族记忆中所具有的共识性与共情性,能够在剧场内外充分调动观演双方"有实体性的情致",并作为"主题实体性"的艺术载体彰显"爱国主义精神""自由民主思想"与"民族独立意识"等。凭借内容的丰富性、生动性与思想的明确性、进步性,革命历史题材话剧既是宏大叙事剧场呈现的主体,也成为剧场层面实践"主旋律"文化战略构想的主力。

"革命故事"作为戏剧素材的演绎过程受到历史形态与剧场生态的双重限定,这种限定影响给剧本创排带来了一定的难度。"革命故事"通常是以革命历史为背景、以革命者形象为原型的艺术创作,以此为素材的戏剧创排同样要以对革命历史的史实性与革命者形象的真实性,以及戏剧文学创作的文学性与舞台呈现的规律性的共同遵循为前提。在该类作品中,革命历史的推进作为剧中人物"行动"的规定情境是客观存在不容编纂的。剧情走向可以根据角色塑造与题旨呈现的需要大胆虚构,但一定不能违背艺术创作的客观规律,并需要严格符合历史发展的史实脉络。同样,革命伟人与革命先驱作为艺术形象,可以在角色塑造过程中通过生活场景的描绘与内心情感的外化,呈现其性格中生活化与感性化的一面。但这种"添注"与"加工"需要适度,不能以此来弱化革命英雄主体形象的塑造。同时,历史人物的革命轨迹与亲友关系作为基本史实不容杜撰。换而言之,在革命故事的演绎过程中情节的具体走向要以历史的发展轨迹为基准,在革命者形象塑造的过程中艺术形象的真实要以历史原型的真实为前提。这两方面的限定无疑缩小了故事的原创空间与人物的可塑空间,对编剧与导演在已有框架基础上重新结构剧情的能力是一种考验。

戏剧是集"编、导、演、观"为一体的"非个人性"艺术,其创作过程受到文化场域与历史语境的规范引导,其最终的呈现方式受到演出时间与剧场空间的限定影响。由于选材内容的特殊性与演出时间的特定性，革命历史题材话剧创排的题旨内核与情感基调会有一定的要求，即通过对革命信仰的宣传、承继与对革命先驱的追思、纪念，弘扬民族精神与革命传统。从剧本的演出情况来看，"革命故事"在周年纪念活动中的舞台搬演具有鲜明的时代感与仪式感，是一场观演群体立足当代语境对20世纪中国革命历程的回顾与对民族革命精神的巡礼。从剧本创作方式来看，存在以特定的革命事件与革命英雄为原型进行艺术加工的"命题作文"现象，需要创作群体根据演出主题、院团表演风格与剧场演出条件完成作品。诚如研究者所云，"命题作文的创作过程，都是一场个人才华与命题限制的博弈"[①]。诚然，孟冰、姚远、唐栋和王宏等长于革命历史题材的剧作家，普遍有着扎实的写作功底与丰富的实践经验，以及最为重要的历史知识积累与军旅生活体验，但题旨的预设仍然会在某种程度上限制他们从事剧本创作时的文学想象与哲理思考。就该类作品的题旨限定而言，"博弈"的焦点在于"革命故事"的搬演作为一场"宏大叙事"，既需要保障"主旋律"文化工程建设中戏剧排演"宣传、教育、净化"功能的有效实现，也必须从文学创作层面真实反映当代人对这段历史的接受过程与理解过程，进而以剧场互动的方式走进当下人们的生存空间与情感空间。

"革命故事"作为剧场"宏大叙事"的创作素材，既拥有文化政策导向与审美受众在知识、情绪、情感积累层面的优势，也受到来自历史史实脉络框定与时代主流意识形态规范作用的影响。21世纪以来，为了避免创作的概念化、模式化，以及之前同类题材剧目在主题与风格上的趋同性，编剧与导演在剧情结构设定、剧场氛围营造、人物心理描写与人物性格塑造等层面做出了创作技法上的尝试。其最终目的是通过丰富的舞台形式营造感人的剧场效果，通过真挚的叙述语言讲出感人的革命历史。而所有这些尝试的基本原则或根本方式是对人文视角的选择，即在革命历史的"空白之处"通过对剧中人与人之间情感生活的描绘，实现对人物角色作为现实生活中的"人"（而非革命观念的代言符号或历史人物的纯粹影像）的情感表达。这种镶嵌于历史史实中的"真情实感"既是剧场宏大叙事作为戏剧文学写作、

[①] 吕效平．二十一世纪中国文学大系：2001—2010（戏剧卷）[M]．南京：南京师范大学出版社，2014：5．

舞台艺术创造，而不是单纯的历史文献整理、革命理论阐释的区别所在，也是戏剧编导在文本中建构历史与当下的对话空间，进而突破题材与题旨预设对艺术创新限定影响作用的关键所在。

三、情感表达作为创作视角调整的方向与方式

研究者在探讨近年来红色经典的戏剧路径时指出："关于红色题材，写什么与怎么写，始终是一个剧作家应当解决的立场方法问题，讲好中国故事，关键的问题是解决怎样才能讲'好'的问题，这需要红色主题戏剧创作中的叙事方法的探索与创新"[①]。纵观21世纪以来的革命历史题材话剧，剧作者/导演者不再满足于"单线""单说""单演"的话剧创排，而普遍采用多条线索的剧情走向、多维空间的对话方式和多种艺术形式的舞台语言完成作品。从"单"向"多"的转变是剧作者群体在叙事方法上探索与创新的整体趋向，其目的是在文本中适当地表达情感立场、填充情感戏份，在剧场中适时地营造情感氛围、建构情感维度。同时，他们的系列尝试具有一个共同的前提，即对创作视角的重新选择。具体来说，也就是采取当代人的叙述视角并基于现代性的人文立场呈现革命历史，通过剧中叙述者与历史亲历者的情感表达，实现文学内涵的丰富与革命题旨的深化，进而将革命故事讲出深度、演出新意。这些形式创新以题旨的规范与内容的真实为基础，是一种革命历史的舞台呈现方式和革命信仰的艺术表达策略。在该类剧中，形式的创新与题旨内容的充分结合表现为以下两个方面：一是对革命历史的"在场性"叙述，二是对革命英雄的"人性化"塑造。

（一）革命历史的"在场性"叙述

"革命"被汉娜·阿伦特誉为"之前的时代深藏不露的主旋律"[②]。以"革命"作为历史叙述的主题确然会赋予历史学家一种现代性视域，使他们可以沿着历史发

[①] 宋宝珍. 红色经典的戏剧路径与艺术特征[J]. 中国文艺评论，2021（4）.
[②] 汉娜·阿伦特. 论革命[M]. 陈周旺，译. 南京：译林出版社，2019：255—256.

展的必然趋势，基于对史实资料的基本掌握，叙述历史演进的整体过程。与此同时，"一切历史都是当代史"，史述具有特定的时代属性，历史学家作为"讲故事的人"，受国家政治环境与当前文化氛围的影响，会下意识地为"故事中一切戏剧性场面"[①]添入现时语境的时代底色。"革命故事"不能完全等同于革命历史，但它是以革命历史事件为原型或为背景的艺术想象；革命历史题材剧的创作者不全是历史学家，但他可以被称作剧场中革命历史故事的讲述者或革命历史知识的传播者。同历史学家的革命史述一样，剧作者/导演者在剧场中所呈现的"革命故事"受到"历史"与"当下"的共同影响，既应该符合历史发展的基本史实与客观规律，也应该反映当前社会的生活状况与文化导向。

"政论体"与"叙述体"逐渐成为21世纪革命历史题材话剧创排最为常用的结构形态。这种转变趋向意味着剧作者群体在"史述"过程中对当代视域与人文立场的集中选择。就形式的命名而言，"政论体"侧重对题旨内容的深度开掘，"叙述体"注重对言说空间的广度拓展；就形式的意味而言，二者作为凸显当代人对革命历史的"述"与"论"的表意倾向殊途同归，且尤为注重表现剧中人物作为历史"在场者"的真实体味与内心感悟。所谓剧中的历史"在场者"，既包括以历史人物为原型的"亲历者"，比如中共"一大"的与会者、辛亥革命的参与者、"六六"战役的投河者、红军长征的领导者、渡江战役的指挥者等；也包括与之相对应的穿插于主线剧情中或出现在序幕、尾声、幕间戏段落里的"叙述者"，比如《谁主沉浮》中在中共"一大"会址纪念馆穿越到历史场景的记者"雷子"，《辛亥魂》中在图书馆"辛亥革命史"书架前对相关历史人物逐一"采访"的"女学生"，《中华士兵》中随着战局进展与"日本军官"激烈论辩的"中国军官"，还有《从湘江到遵义》《毛泽东在西柏坡的畅想》《圣地之光》等剧中不时"跳出"人物角色设定直接参与理论激辩、表陈历史观点、抒发内心情感的革命者形象。剧作者/导演者通过"在场者"的演出实现了对革命历史的"在场性"叙述，对其角色类型的划分意在同时构建"演出"与"叙述"两重空间。其中，"亲历者"主要负责还原历史场景、呈现事件经过、渲染"直面历史"的观演效果，而"叙

[①] 汉娜·阿伦特. 论革命［M］. 陈周旺，译. 南京：译林出版社，2019：136.

述者"则主要负责交代事件原委、填补史述空白、构建"讨论历史"的对话平台。"亲历者"的情节搬演是叙述者的"政论"与"史述"的依据,而"叙述者"的历史言说是"亲历者"的"影像"与"行动"的注脚。创作主体凭借两种类型角色的相互配合,为剧场打造了演述结合的叙事结构;通过两重空间的交替呈现,为观众营造了身临其境的"在场"效果。

具体到剧情发展的结构类型,无论是以《寻找李大钊》《辛亥魂》《谁主沉浮》为代表的时空穿越模式,以《秋白》《赵一曼》《董必武》为代表的碎片闪回模式,还是以《圣地之光》《从湘江到遵义》《中华士兵》为代表的事件组接模式,均采用了这种表演与叙述相互结合的舞台叙事方式,且通过"亲历者"的扮演与"叙述者"的言说来共同完成。革命历史与革命者的革命历程作为故事的主线被剧作者/导演者进行了分段处理,剧中"亲历者"所再现的"南陈北李相约建党""武昌起义""一大召开""遵义会议""三大战役""湘江之战""冷娃投河"等"革命事件"并非完全按照时间顺序从头到尾完整演绎,而是沿着"叙述者"的意识流动以片段形式相继呈现。"叙述者"既作为推进剧情/衔接段落的线索人物,以"穿越采访""自我回忆""意识流动"等方式,完成了对历史人物的引出与相关史实的补述,同时实现对故事情节段落的划分与人物行动节奏的把控;又作为剧作者/导演者的代言人,通过个人的情感倾诉或人物间的理论激辩,深入解析革命信仰的内在真谛与革命者坚持革命理想的内在动力,并深刻发掘革命历史发展进程的内在规律与革命历史宏大叙事的内在机理。

具体到宏大叙事的史述立场,该类政论体与叙述体话剧欲表现的史论观点与思辨色彩普遍凝集于"叙述"空间的角色叙述中,也部分体现在"表演"空间的人物独白里。对革命理想与信仰的阐释是革命历史题材话剧题旨呈现的题中应有之义,而在新的历史条件下对革命理想与信念的"内化"过程描写则是 21 世纪宏大叙事的"新意"所在。具体以《寻找李大钊》《辛亥魂》《谁主沉浮》为例,三部剧中叙事结构的艺术创新,即"戏中戏"的中断与继续、"历史书架"的开启与闭合、会议场景的还原与跳转等,旨在为剧中历史人物与现代人物间的超时空对话创造机会、构建平台,以期实现对历史人物在历史场景中的心理外化与灵魂拷问,并对现代人物在当代生活中的历史认知与信仰接受问题进行深入探讨。具体到三部话剧的核心议题,分别指"李大钊与同时代的革命先驱为什么能够坚定不移地信仰马克思主义","辛亥革命的精神究竟指什么"①,"什么是信仰,我们为什么要坚持信仰"②,"当代新的历史条件下要不要坚持过去的理想"③等。而相应的讨论结果是,剧组演员在同时拍摄《寻找李大钊》与《反贪局长》的过程中共同达成了"我愿意"的革命态度,女学生在对13位革命历史人物的采访中深入读解到了早期革命者的革命理想,"雷子"与归国好友"陈大年"接受并肩负起"历史选择了我"与"时代选择了我"④的责任担当。剧中的历史人物作为革命亲历者每次在"表演"空间完成的场景再现与在"叙述"空间展开的心理外化过程都有"叙述者"在场,"叙述者"作为剧中现代人物与在场观众一同成为革命历史的见证者与感知者。伴随着多维空间的交替呈现、彼此映衬,革命亲历者的历史境遇、精神信仰与"后来人"的生活现状、情感困惑形成了"对接",后者为前者的"过往"做出了分析并进行了补述,前者为后者的"未来"做出了示范并指引了方向。

这场穿越时空的思想"对接"并非完全通过史实铺排与学理论辩"一蹴而就",而是随着剧中"在场者"情绪的积累与情感的推动"逐步完成"。戏剧是"过程性艺术"⑤,考虑到剧场演员的观剧体验与戏剧创作的艺术规律,革命历史题材话剧作为剧场中的宏大叙事同样需要编、导、演对革命历史进程的"渐进式"呈现,而"亲历者"的富有真情实感的"自述、补白、交流"无疑为剧情"节奏的调节、变化与穿插"⑥的重要节点。相较而言,《圣地之光》《毛泽东在西柏坡的畅想》《从湘江到遵义》等剧目更多采用了"当事人"的史述立场和"感性化"的叙述方式。区别于在穿越模式里所使用的剧中现代人物(作为革命"后来人")的叙述视角,编导在这些剧目中采用了让"亲历者"兼任"叙述者"的叙述方式,"叙述者"的所有叙述均为对三大战役与红军长征中历史场景的"在场性"叙述。换言之,读者/观众是在革命亲历者"在场性"叙述的引导下感知历史、走进历史并接受历史的。从《圣地之光》的"幕间戏"中朱德、叶挺、刘少奇等同志的逐次演讲,到《畅想》

---

① 孟冰. 孟冰剧作选(第三卷)[M]. 北京:中国戏剧出版社,2011:8.
② 同① 229.
③ 同① 9.
④ 同① 226.
⑤ 余秋雨. 观众心理学[M]. 武汉:长江文艺出版社,2013:144.
⑥ 同⑤.

中毛泽东随着"意识流动"分别对众将领的"请客吃茶"与蒋介石的"隔空对话",再到《从湘江到遵义》中红军的领导者与指战员,以及牺牲的众将士在长征各个阶段的内省、探索与坚持,与场景还原相伴而来的"在场性"叙述均能给予读者/观众"及时"与"共情"的感知效果。正是基于这种"个人化"与"感性化"的革命史述方式,"革命事件"得以在剧场中更为完整而真实地呈现出来,革命者在"史述"中对历史的反思与对现实的追问才能够做到有感而发、真切动人。事实上,作为剧场中的民族宏大叙事,对革命斗争的历史价值进行客观评价只是主旋律戏剧创排题旨的一个方面,对革命信仰的现实意义的深度探讨同样重要,剧作者在该类剧中所注重的"强烈的现代意识和良好的现代戏剧品格"①也正源于此。

(二)革命英雄的"人性化"塑造

钱谷融先生在论"文学是人学"时指出:"在文艺创作中,一切都是以具体的感性形式出现的,一切都是以人来对待人,以心来接触心的。"②戏剧理论家乔治·贝克在探讨戏剧的创作技巧时也一再强调:"准确传达的感情,是一切好的戏剧的最重要的基础。"③正所谓写戏就是写人,人是剧中"行动"的发起者、"性格"的彰显者和"情绪"的释放者,能否以"感性形式"传达出角色最为真切的内心感受与最为真实的行为动机,进而塑造出最为鲜活的舞台形象并刻画出最为丰富的人物性格是戏剧成功创排的标志。21世纪革命历史题材话剧的创排普遍赢在了情感上,具体来说就是赢在"感性形式"的创新上。无论是在以革命历史事件为宏阔背景的情感主线叙事上,还是在镶嵌于宏大历史脉络间的副线剧情穿插中,革命英雄的"情感表达"总能戳中观众、读者的"泪点",成为剧场中、文本中最为动人的段落。与此同时,剧作者、导演者也凭借对剧中人物情感世界的深入开掘,以及对人物之间情感故事的生动描绘,呈现出革命者形象"人性化"的一面。

区别于20世纪主流文学对革命英雄"外在"舞台形象的静态刻画、群像塑造,

---

① 李宝群,王宏,肖力. 直面挑战大胆突破——话剧〈从湘江到遵义〉创作谈[J]. 剧本,2017(3).
② 钱谷融. 论"文学是人学"[M]. 北京:人民文学出版社,1981:21.
③ 乔治·贝克. 戏剧技巧[M]. 余上沅,译. 北京:中国戏剧出版社,2004:43.

21世纪剧坛更为侧重于对革命者"内在"情感世界的动态描写、深入剖析。在以《春雪润之》《母亲》《秋白》《董必武》《与妻书》《赵一曼》为代表的革命历史人物传记剧中,这种叙述视角的"内转"趋向最为明显,其人物情感世界的展现方式也较为多元。一是剧作者通过"老年蔡畅""只存在秋白想象中"的杨之华、"赵一曼的另一个自我"李淑宁等叙述者角色的叙述串接历史人物的生活场景,并以抽丝剥茧的层层"追问"引出革命英雄的内心独白,将人物细微的内心波动扩大化、生动化;二是导演者通过话剧舞台分区实现多重时空并置,使赵一曼与不同年龄阶段的自己、林觉民与"四个内心衍生出来"的自我、毛泽东与已经牺牲的儿子毛岸英、董必武与处在不同时空的何莲之与陈碧英(牺牲的前妻)直接对话,将人物间细腻的情感交流外在化、形象化。编导运用话剧艺术最为擅长的人物对话方式与空间叙事策略,呈现出剧中角色在同时承担革命英雄形象与父母、友人、恋人等日常生活角色时真实而又复杂的心理状态,借此实现对他们性格多维侧面的绘制与人性幽微之处的探析。

具体以《董必武》《赵一曼》《秋白》《与妻书》的创排为例。作为剧场中革命英雄的生平撰述,编导在创排这些剧目时打破了传统年表式的记叙方式,普遍采用回溯式的叙事模式,将革命英雄生命历程中的几段情感往事,分别穿插于"董必武在上海周公馆的'危命'四十八小时""赵一曼在哈尔滨日本人监狱受刑期间""瞿秋白在福建长汀被捕到就义之间"等主线剧情的时间维度里。在革命者生命的最后阶段,通过他们各自的视角回望故人,借用他们自己的口吻倾吐情感。既有"董必武—何莲之—陈碧英(牺牲的前妻)""瞿秋白—杨之华""赵一曼—陈达邦—黄维新(化名老曹)""林觉民—陈意映"之间的爱情表达,也有几位主人公所属家庭成员之间"父—子""母—子""夫—妻"之间的亲情袒露,还有以相同和相悖的思想观念、道德信仰为基准的"师—徒""敌—友"之间的情感纠葛等。一件件情感往事伴随着革命者在"弥留之际"的意识流动被叙述者娓娓道来;一条条感情线索交错于革命者"走向革命"的成长轨迹与革命事件交相呼应。剧作者不再满足于在文本中/剧场中再现一个个英勇无畏、大义凛然的革命英雄,也不全是高瞻远瞩、运筹帷幄的伟人领袖,而是热衷于通过人物性格的多维度刻画,以及对各自情感生活的细节化描述,塑造出一位位有温度、有情感、有性格、有内涵的经典文学形象/舞台艺术形象。

在21世纪剧坛，革命者形象塑造的"个性化"趋向具有普遍性。不仅体现在革命历史人物的传记式书写里，还表现在革命战争题材话剧中主角与配角的原创性塑造中。比如，《桃花谣》里的"桃花""沪生"，《从湘江到遵义》里的"大虎""二牛""水妹子""陈小龙"，《雁叫长空》里的"冯桂真""隽芬""少枝"，《中华士兵》里的"宋恩九""秦子选""何振华"等，几乎每一个人物都有自己的独特个性，以及属于角色自身成长的心路历程。一方面，编导善于通过角色个人的视角转接表现出蕴藏于人物内心深处的真实感受，这些感受源于细腻的女性心理、日常的平民思想、温煦的恋人私语，以及坚实的父爱、母爱关怀等等；另一方面，所有这些个人化的情感体悟都以宏大的民族革命历史为背景，无论是主干剧情中的情感故事，还是幕间穿插的情感片段，都构成了革命者"走向革命"的心理动机。如黑格尔在《美学》中所说："每一个动作后面都有一种情致在推动它，这种推动的力量可以是精神的、伦理的和宗教的，例如正义，对祖国、父母、兄弟姐妹的爱之类。"①无疑，从情感维度完成对革命英雄革命动机的深入开掘是呈递宏大叙事"实体性因素"的重要途径，而这种并行于革命历史叙事的个人情感描写，既赋予了角色感性的温度与灵魂的高度，也使得其追求的革命理想、信仰具有了现实的寄予，即通过民族革命的最终胜利实现个人生活的极大幸福。

在该类剧中，编导将"前景"中人物之间的情感流波镶嵌于"背景"中革命历史进程的"起承转合"之间，革命英雄情感的缘起、进展并行于革命行为的发生、发展，人物角色性格的成熟、完善伴随着革命信仰的选择、坚持。研究者所总结出姚远军旅话剧的艺术策略，即"极端情境的设置，人物性格的合理逆转，微观视角下的人文关怀"②具有一定的代表性，21世纪以来同类题材话剧的创排普遍借鉴了这些艺术手法，意在通过革命战争的"极端情境"见证革命者信仰抉择的合理性，同时借由革命英雄的"人之常情"印证革命者活动开展的正义性，进而实现对革命战争的情理化书写，以及对革命战争中革命英雄的"人性化"塑造。

---

① 黑格尔.《美学》第三卷（下册）[M].朱光潜，译.北京：商务印书馆，1981：246.
② 谷海慧.当代军旅话剧的艺术策略与生长空间——以姚远剧作为例[J].军旅文艺，2013（2）.

21世纪剧坛的宏大叙事是在国家艺术政策的规范引导与中国话剧艺人的努力尝试中不断推进并逐步完成的。多数革命历史题材话剧作为精品化的舞台演出剧目是当之无愧的,但其是否能够成为戏剧文学史或演出史中的经典之作仍有待时间的检验。按照文艺批评家哈罗德·布鲁姆对"作家与作品可以成为经典的原因"概括,即作品应具有"陌生性(strangeness)","一种无法同化的原创性,或是一种我们完全认可而不再视为异端的原创性"①。显然,21世纪革命历史题材话剧所表现出的"陌生性"在很大程度上需要依附于读者/观众对民族革命历史的共有记忆与共通情感。尽管编导在剧情结构的铺排、角色性格的描写、人物心理的刻画、场景氛围的烘托与舞台效果的营造等诸多方面做出了技巧性的创新,但内容与题旨的限定影响始终制约着"原创性"这一层面的进一步开掘。从某种程度上来说,源于题材本身的"优势"成了诸多类似"题材剧"止步于"时代经典"的局限。不可否认,剧作家/导演者以"情感表达"作为切入革命史述的方式与塑造革命者形象的方法实现了对固有排演模式的突破。凭借革命历史的"在场性"叙述与革命英雄的"人性化"塑造,多数优秀剧本的创作与排演跳脱了"五老峰"②般的套路窠臼,初步实现了新结构、新形式、新语言相结合的剧坛景观。诚如前文所述,该类剧目的成功创排赢在情感上,具体说是赢在情感表达的方式与方法上,这些基于"人文立场"与"微观视角"的创新对于今后同类题材话剧的创排提供了以资借鉴的经验。

时代需要宏大叙事,正如"正义同真理一样,也在依靠大叙事"。任何国家与民族都该拥有属于自己的"大叙事",借此通过对历史的撰述传承民族精神信仰与家国文化血脉。作为"社会主义精神文明建设的一个重要组成部分"③,多数革命历史题材话剧自创排伊始便成为文坛与剧坛的"文化事件",但不能因为"事件"所彰显的时代意旨、社会价值,就从主观上忽视文学创作、剧目演出的思想内涵、艺术水准。作为一种话剧题材,21世纪剧坛的宏大叙事不能仅仅满足于呈现出一

---

① 哈罗德·布鲁姆.西方正典[M].江宁康,译.南京:译林出版社,2015:2.
② 注:"五老峰"指"老题材、老人物、老主题、老故事、老方法"。
③ 让-弗朗索瓦·利奥塔尔.后现代状态:关于知识的报告[M].车槿山,译.南京:南京大学出版社,2011:4.

部部好看、感人的舞台精品,更应该致力于演绎出更多部可思、可想的艺术经典。剧作者在剧本创作中对革命故事的感人性叙述不能规避对革命历史的哲理性思考,导演者在剧目排演中对革命场景的仪式化展现不能忽略对当前社会问题的现实性关涉。仅以如此,21世纪剧坛的宏大叙事才能跳脱于题旨素材与时代语境的限定影响,凭借对历史纵深感与人性复杂性的深度开掘,通向纯艺术化的经典之路。

第二节　历史呈现中的当代反思＊

历史剧是以历史事件和历史人物为创作对象的戏剧创作。当然，这种题材层面的界定并不能完全涵盖历史剧作为一种艺术创作的精神内涵。艺术创作如果可以被界定为特定时代个人精神的个性化产物，那么历史剧则应该被预设为特定人群对过去时代集体想象的艺术化展现。剧作家作为这些"特定人群"的代表，其作品在凸显个人价值观念的同时，必然会受到时代观念和社会思潮的影响和约束。因此，历史剧中的"历史"无论是作为一种呈递人物传记的场域，还是作为一件影响人类进程的事件，其创作过程都会被赋予剧作者的主观臆想和时代情绪。具体到21世纪以来的历史剧创作，则主要表现为"带有当代意识的现实观照"和"鲜明的人文精神的主题"①。由此观之，"立足当下，反思历史；立足人本，演绎历史"既是21世纪以来历史剧创作的总体趋向和整体样态，也是对当前史剧进行文化解读最为恰切的切入视角和评判维度。

一、历史的演绎与民族文化的建构

历史剧对历史的演绎主要有对重大历史事件的述说、对历史人物传记的书写和对历史故事的新编三种形态。21世纪以来，《霸王别姬》（莫言）、《圣旅》（孙

　＊　本节内容曾以《历史呈现中的当代反思——对21世纪以来历史题材戏剧的文化解读》为题于2017年12月发表于《现代中国文化与文学》第23卷，收入本书时有改动。
　①　宋宝珍. 21世纪话剧的创作面貌概览［J］. 云南艺术学院学报，2016（1）.

德民）和《沧海争流》（周长赋）等以单独的历史事件和民间传说为核心情节的历史剧创作并不多见，而是以后两种为主要的创作模式，表现为对历史人物命运的撰述和特定地域内人们日常生活境遇变迁的演绎，如《公民》（孟冰）、《伏生》（孟冰、冯必烈）、《大先生》（李静）和《破阵子》（董天翼）等。历史不再作为一种事件本身被描摹和复现，而是作为一种诠释生命个体价值的素材和演绎民族集体文化的场景被杜撰和重构。具体来说，时间、地点和人物作为构成历史的基本元素，在21世纪以来的历史剧创作中都有其较为独特的表现形式。

首先，就时间维度来看，21世纪以来的历史剧创作时间跨度较大，并且偏重双时空甚至是多时空的史实交叉和人物交流。孟冰的《公民》从1908年12月末代皇帝溥仪登基到2013年5月作品创作的当下时间跨越近一个世纪，孙德民的《紫罗兰又盛开了》与温方伊的《蒋公的面子》中涉及的时间跨度也近半个世纪。三部作品均以"双时间轴"的形式推动故事情节的发展，历史与当下存在近半个世纪的时间间隔，人物在历史与当下的时间跨度中往返穿梭，形成一种经验感知层面的事实印证与哲理层面的自我反省。《公民》中年轻溥仪的不时闪现，《紫罗兰又盛开了》中年轻土登嘉措流亡生涯的再现，与《蒋公的面子》中"三位教授"在重庆时期生活的演绎，构成一种对"回忆"历史的重现，而晚年溥仪、土登嘉措和年老的"三位教授"的对白与自述，构成了一种对"当下"历史的复刻。剧作家正是在时间的间隔中完成了对历史的双重叙述，在"回忆"与"当下"的相互映衬下实现了对史实的深入挖掘和理性评判。

这种建立在"非线性"时间逻辑层面的人物对话，在锦云的《永乐与崇祯》《旷世卓吾》和肖留、陆军的《徐玠》等古代历史人物传奇剧中表现得更为写意与娴熟。正如研究者所说："虚构的时间循环逻辑，造成现实时空中不可能产生的人物关系……在现实时空中不曾产生的特殊情感样式，可以通过假定时空条件把他们虚构出来。"[1]永乐与崇祯，金圣叹与张居正，严嵩与海瑞等历史人物，本不能在同一时间维度中对话，然而戏剧的演绎使其突破时间维度的障壁，完成后人对前人的评判和前人对后人的规劝。历史有其客观性，基于史学家对史籍的考证，很多历史

---

[1] 杨健. 时空间形式与叙事结构类型[J]. 新剧本，2015（3）.

人物的命定"归宿"在读者/观众心中已成"定局"。剧作家对古代历史人物之间关系的重新演绎并非旨在改变其人物命运，或是改变历史人物在时代语境中的价值评定，而是借助这种艺术形式映射当代人的价值观念和文化理念，阐释当下人们对历史变迁和民族性格的内在理解。单一线性时间维度的打破与多时间维度的交替，为剧作者提供了更多表达的机会和演绎的空间，剧作家得以立足当下，借历史人物的超时空对话，达到黑格尔所提及的"徘徊于真实与虚构"之间的"真正客观性"要求。①

其次，就21世纪以来历史剧创作对"地域场景"的设置来看，剧作者表现出对宗庙和家族宅院的特别青睐，并表现出以特定地域场景为创作基点的整体演绎趋势，如《北京法源寺》（田沁鑫）、《索菲娅大教堂的钟声》（孟冰）和《故园》（王俭）等。笔者认为，这种演绎模式并非仅限于对戏剧创作"三一律"传统的顺延，而是融入了剧作家对特有地域文化的潜在认知。正如钱穆所讲，"中国人讲人，不重在讲个别的个人，而更重在讲'人伦'"，也就是指人与人相处的共同关系。而按照他对这种关系的划分，"一个是先天的分别，一个是后天的和合"，"中国人看重后天人文，所以说中国人比较更多看重和合，因而家庭占了社会关系的第一位"②。家庭既是勾连个体生命与大千世界的重要节点，也是承继民族文化与国家命运的关键所在。王俭的《故园》以北京的"台湾会馆"为原型，以宅院所有权的归属变迁演绎战争中民族的危亡；姚宝瑄的《立秋》以山西的"丰德票号"为原型，在传统票号被现代银行的充斥与夹击中隐喻家国的兴衰；而"故园"的失而复得与马家"宅院"中吟咏不绝的"祖训"则象征着民族文化的坚守与承继。相比于20世纪以"地域场景"为创作基点的戏剧《茶馆》（老舍）、《龙须沟》（老舍）、《小井胡同》（李龙云）和《天下第一楼》（何冀平）等，21世纪的同类剧作更为注重地域场景本身的文化归属，以及在叙说情节过程中的文化姿态。一方面，这种通过不同职业、阶层人们的杂居共处演绎历史变迁的传统模式并未被打破；另一方面，剧作家对"家族血脉"的梳理显得更为清晰和集中，主观的情绪和姿态也以歌颂与褒扬为

---

① 黑格尔. 美学（第一卷）[M]. 北京：商务印书馆，1981：337-343.
② 钱穆. 从中国历史来看中国民族性及中国文化[M]. 北京：中华书局，2016：23-24.

主。正如钱穆所说:"文化是民族的生命,没有文化,就没有民族,文化是一个民族生活的总体""这个生活,就是它的生命,这个生命的表现,就成为它的文化。"① 这种以家族传承为切入视角的史剧创作,既是对民族文化的有意承继,也从另一层面昭示了当代主流思潮反观传统的文化走向。

而具体到《北京法源寺》(田沁鑫)和《紫罗兰又盛开了》(孙德民)两部作品,剧作者以"寺庙"和"佛堂"作为剧中人物反思历史的场景设置则体现出具有东方特色的"宗庙情结"。中国传统的"宗庙文化"与西方的救赎文化和印度的苦行境界略有不同,事实上传统文化对宗教的推崇并不纯粹,存在着一种安抚世道、愚化民众的动机,而士人对宗教文化的信奉,也是与儒家的"入世"观念相纠缠的,多数是一种"入世"不得的无奈选择,并表现为一种与"士"的精神相关联的"修身文化"的变体。正如剧作中晚年的十三世达赖喇嘛向国民政府代表刘曼卿的自述和变法失败后康有为对梁启超的问询,实际上前者是达赖面对自身信仰朝圣不得的反省,后者是康有为公车上书变法不成的沉思。剧作家对宗庙场景的有意设置,既是对传统文化中宗庙文化的深刻探究,也是对"士"文化的另一重维度的展现。"庙堂之高"与"庭院深深"作为士族文人的退隐之所,以浓郁的宗庙氛围孕育着哲理化的情思,呈递了剧作者对世俗文化的深切观望与对历史发展的深入思考。

此外,多数21世纪以来的历史剧创作多饱含着浓郁的乡土气息,以《淮河新娘》(李宝群)、《神荼郁垒》(锦云)和《老丁家》(锦云)等"泛化"的历史题材剧作为例,借对宗族和乡民生活的描述映射历史和时代的变迁,以水域文化、黄土文化和塞外文化等地域风情,丰富了历史剧创作对民俗文化的多元阐释。有研究者曾将19世纪80年代中后期"地域话剧"的兴起归因于剧团对话剧群众性问题的解决。② 事实上,21世纪以来历史剧对地域文化的再度开掘并不能完全归因于此,即通过迎合受众来解决戏剧观众大量流失的境遇,而是源于剧作家对地域风情、民俗文化的深刻体味与热切观望。例如,刘锦云之于河北农村,李宝群之于江淮水域,以及孙德民之于避暑山庄等,熟悉的地域环境凝聚着作者的成长回忆和对世界的认

---

① 钱穆. 从中国历史来看中国民族性及中国文化[M]. 北京:中华书局,2016:14.
② 黄维钧. "山庄戏剧"与地域特色[M]//贡淑芬. 孙德民与山庄戏剧. 石家庄:河北教育出版社,2006:133.

知历程，深沉的地域氛围也熔铸了历史文化的变迁和人类文明的发展。人文历史的演绎正是通过剧作者对景物的联想来逐步构建的，这些历史风物和人文景观既是剧中人演绎历史的合理媒介，也是剧作者创作灵感的源头。可以说，21世纪以来的剧作者通过地域文化的历史书写逐步建构了一种饱含地域风情的民族志。

就人物形象的塑造来看，21世纪以来的历史剧创作以对"知识分子"形象的刻画最为多见也最具特色，如"毁家纾难、腹诵经典"的《伏生》（孟冰、冯必烈）、"宣讲礼义、儒法合璧"的《荀爷》（王超）、"公车上书、维新变法"的《康梁》（李新华）和"甘做旗手、独战多数"的《大先生》（李静）等。"知识分子"作为"社会中具有特定公共角色的个人"①，有其理想化的行为方式和价值体系。然而，作为现实层面的"世俗之人"②，其精神特质的形成又深受民族自身文化的影响。正如许纪霖谈道："所有国家和民族的知识分子，无疑都有其历史上的文化传统和精神谱系""不同文化背景下的知识分子之所以有区别，就与他们不同的历史传统密切相关。"③整体来看，21世纪以来史剧作家对中国"知识分子"形象的塑造呈现出一种从传统到现代的嬗变轨迹，当然剧作中对传统知识分子和现代知识分子的划分并不明显，而是一种在文化视域内对其精神特质的融合与扬弃。

一方面，对于传统知识分子的"士"的精神和"中庸"的思想，剧作家整体在创作中表现出一副道德自律般的继承者姿态。举例来看，剧作家通过对荀子身践大义、伏生士子献祭、徐阶宦海浮沉的生动演绎，完成了对儒家的三个面向——"道、学、政"的深刻诠释，道义的弘扬、儒学的承继与政治的评价框定并引导着中国传统知识分子的思想轨迹。另一方面，21世纪以来历史剧作家对现代知识分子的塑造主要集中于对其现代意识的呈现和精神困境的书写，表现为一种当代知识分子对民国知识分子生活样态的集体想象。以《幸遇先生蔡》（沙叶新）、《大先生》（李静）和《志摩之死》（赵耀民）为代表的民国知识分子人物传记剧通过对历史

---

① 萨义德. 知识分子论［M］. 单建兴, 译. 北京：生活·读书·新知三联书店，2016：31.

② "真正的知识分子是世俗之人。不管知识分子如何假装他们所代表的是属于更崇高的事物或终极的价值，道德都以他们在我们这个世俗世界的活动为起点——他们活动于这个世界并服务于它的利益；道德来自他们的活动如何符合连贯、普遍的伦理，如何区分权力与正义，以及这活动所展现的一个人的选择和优先序列的品质"。同① 117.

③ 许纪霖. 中国知识分子十论［M］. 上海：复旦大学出版社，2015：7.

人物的心理描写和性格塑造，完成对民国历史史实的客观呈现和对文化思潮的深入解析。就表现手法来看，民国文人史剧表现出主要人物线索化和次要人物性格化的创作趋势；在思想层面上，剧中现代知识分子的现代意识是与各自传统观念在相互纠缠中一同展现出来的。事实上，剧作者有意在剧中演绎出一种从传统到现代的演变历程，比如蔡元培从割肉救母到相信西医，鲁迅从道德焦虑到最后的呐喊，徐志摩从客观的"自我迷失"到主观的"自我放逐"等，剧作者赋予了太多情感层面的理解和宽慰，即从情感维度展现了这代文人在思想意识蜕变历程中的艰辛与苦涩。正如列文森所提出："当代中国思想常见的困境：感情上依恋中国的过去，理智上则认同西方价值。"①这种"外圆内方""中西合璧"的文人品貌，注定了现代文人源自人性与道德的双重焦虑。剧作家对这种精神境遇的挖掘也从思想维度层面完成了对近现代中国历史文化的具象描摹。

在对古代传统文人的塑造中，剧作家对其"反对的精神"和"批判的意识"也有刻意的凸显，如《荀爷》（王超）中荀子的不畏君权与仗义执言，《永乐与崇祯》（锦云）中方孝孺对"千古文人"最擅长"黑转目为白，白转目为黑"②的讽刺与揭露，以及在《旷世卓吾》（锦云）和《徐玠》（肖留、陆军）中通过配角的戏谑调侃、主角的心理外化等完成对"传统文人"世相的描摹与评价等。在历史发展的线性轨迹中，剧作家对"现代气质"的反向安置和"传统观念"的正向描摹，意在从历史的纵深中演绎中国的文化进程，通过对"知识分子"这一特定人群"貌相"的细微刻画完成对民族文化心理结构的整体勾勒。

二、历史的述说与人性困惑的探讨

历史剧是一种立足于历史史实的艺术创造，历史场景的还原与杜撰是该类作品创作的基础与前提，对人性困惑的开掘与探源是这种艺术表达的内核与关键。正如黑格尔所说，"历史的外在方面在艺术表现里必须处于不重要的附庸地位，而主要

---

① 约瑟夫·列文森. 儒教中国及其现代命运[M]. 郑大华、任菁，译. 桂林：广西师范大学出版社，2009：9-10.
② 刘锦云. 锦云剧作集[M]. 北京：中国戏剧出版社，2009：433.

的东西却是人类的一些普遍的旨趣"①。笔者认为,这种"普遍的旨趣"是一种对人性的真实解读。21世纪以来的史剧创作仍以历史史实为基础,但不以历史史实为框架,整体表现出情感化和哲理化的审美倾向,其历史题材的切入视角表现出对"爱情"和"死亡"两大母题的特别青睐。

爱情是艺术创作的永恒话题,不同形式、不同体裁的艺术作品对爱情都有过经典化的诠释。爱情作为"个人的生物、审美、道德和心理价值的相互作用"②,几乎集合了所有的人类感受,是一种近乎完整的生命体验。由于爱情的形成因素多元而复杂,使其具有在题材层面的"黏合性"特质,适用于各种主题层面的创作与演绎。21世纪以来的史剧创作普遍融入了爱情元素,以《志摩归去》(赵耀民)、《画眉》(苑彬)和《风月无边》(锦云)为代表的文人史剧和以《桃花谣》(孟冰)、《与妻书》(龚应恬)和《天籁》(唐栋、蒲逊)为代表的革命历史题材剧对爱情的诠释都有不俗的表现。事实上,爱情在21世纪以来的史剧创作中并未成为"题材"层面的"主角",而是作为一种结构层面和思想层面的"媒介"走进剧作者的视野。以孟冰的《索菲娅教堂的钟声》和李宝群的《淮河新娘》为例,两部剧作均按照时间顺序,以特定的历史事件作为剧情推进的"节点"呈现出近一个世纪的历史风貌,而串联这些"节点"的线索便是两对恋人的悲欢离合。剧作者的创作初衷是借用一个特定的场景演绎历史的变迁,爱情元素的融入虽然增加了剧情的感染力,但作为一种时间脉络和剧情发展的推动效果仍是其主要的戏剧任务。这一点在赵耀民的《志摩归去》中表现得更为明显,该剧的前身是《记得也好最好忘掉》,剧作家的改写是对徐志摩和林徽因情感关系叙述的超越,改写后的剧作以徐志摩、林徽因和陆小曼的情感关系为线索,完成对胡适、凌淑华和林徽因等民国文人众生相的塑造。总之,史剧创作中爱情的书写不再是传统戏剧创作中"才子佳人"的恩怨情仇,而是作为一条贯穿前后的红线,以情感化的表达和故事化的演绎完成对历史故事的述说和对历史人物的塑造。

在历史剧创作中,爱情描写往往是与主人公的历史使命相伴而来的,如《秦始

---

① 黑格尔. 美学(第一卷)[M]. 朱光潜,译. 北京:商务印书馆,1981:348.
② 基里尔·瓦西列夫. 情爱论[M]. 赵丹,译. 合肥:安徽文艺出版社,2013:132.

皇》（黄维若、兰晓龙）中嬴政的统一大业与"兰兮"的芳心暗许，《画眉》（苑彬）中吴起官拜将相与"思姜"的自刎别离，以及《永乐与崇祯》（锦云）中燕王的永乐盛世与"玉妃"的背弃爱意等。21世纪以来，剧作者对秦始皇与阿房女、吴起杀妻和燕王无性、暴戾等传说的描写，不再拘泥于为史实作脚注，而是借历史的传说，通过虚拟的情节映射当代人在精神层面的困境——历史使命与自身爱欲的选择焦虑。史剧中爱情元素的有意设置并非为了诠释爱情的真谛，而是作为历史人物在完成历史使命进程中的岔路，营造一种非此即彼的两难境遇，进而在历史人物的选择中演绎人性的困惑与命运的悲剧。

　　21世纪以来，以"死亡"为叙事开端的历史人物传记剧创作非常普遍，"死亡"作为一种对生命的终结，是一个深刻而又复杂的哲学问题。剧作家通过对"死亡"问题的抛出完成了在情节层面的剧透，进而将读者与观众的审美期待引向对"细节"和"哲理"层面的思考。事实上，任何历史题材戏剧对历史人物的评定多少会局限于历史文献"盖棺定论"的窠臼之内，诸如向远方的《韩信之死》对司马迁的《史记》中《淮阴侯列传》的改写，虽然在创作中融入了传统戏曲的表现手法和现代戏剧的时空观念，创作风格诙谐、热闹、剧场性十足，但就思想表达层面来看并没有实质性的突破，仅仅是一种在体裁层面对历史文献的改编和对历史人物悲剧命运的复刻。相比之下，以李静的《大先生》和赵耀民的《志摩之死》为代表的现代文人史剧则深刻得多，也现实得多。从审美层面来看，两部剧作呈现出浓郁的灰暗色调，略带"鬼气"，读之会给读者带来强烈的压迫感。笔者认为，这种感觉源于剧作者与读者对现代文明中人性困境的共同感知，是一种在剧场演绎和文本阅读中对精神"焦虑"的一种情感共鸣。研究者指出："在自我分裂的知识分子内心深处，煎熬着两重焦虑。一重是压抑焦虑；另一重是道德焦虑。"[1]历史的使命感和社会身份的界定会给"人性"以理性层面的压制和道德层面的压迫，剧中对徐志摩和鲁迅"死亡"之旅的演绎，不仅仅是对现代知识分子生存境遇的复现，更是对现代文明所带来的精神困境的隐喻。读者/观众在审美感官层面的压抑是以当下社会中道德压迫和人性禁锢的现实处境为感知层面的源头，两位剧作者也正是通过对这种现实境遇的

---

[1] 许纪霖.中国知识分子十论[M].上海：复旦大学出版社，2015：139.

观照与问询，实现了历史人物传记剧在艺术价值层面的突破和文化理念层面的思考。

整体来看，"爱情"与"死亡"作为一种切入历史的媒介和演绎历史的方式，应用于21世纪以来大多数的史剧创作中，形成了一种"情感化"和"哲理化"的历史剧创作潮流。作为历史剧脱离文献剧、革命剧走向纯戏剧的一种表述策略，其在形式和结构层面的价值值得肯定。然而，这类戏剧在整体艺术价值层面的优劣，决定于创作中史实与主题黏合的贴切程度与其在哲理层面的深刻性与普适性，归根结底是对剧作家本人驾驭史料能力和自身主体价值观念的一种考验。

三、历史的寓言与主体观念的凸显

寓言史剧是一种对历史戏剧在创作风格层面的界定，21世纪以来的寓言史剧创作以《破阵子》（董天翼）和《驴得水》（周申、刘露）为代表，历史作为一种故事呈现的场景而存在，剧中人物生存境遇与情感历程的演进受制于历史语境，不完全受限于历史的规范，以寓言化的创作风格和近似荒诞的演绎手法展现出对当今时代的现实观照。剧中除了对"时间"和"地点"的场景介绍之外，几乎没有主动与历史史实相结合的意向，剧中人物的设置也没有完全以客观存在的历史人物为"模特"，对于历史的演绎完全表现为剧作家以历史场景为基础的主观臆想。然而，这种史剧创作对于历史的杜撰，并非"零度"的切入视角，而是一种立足于当下的文化寓言和现实讽喻。正如卢卡奇对于戏剧世界中的历史性评价："不仅是在严谨的风格化过程中起阻碍作用的东西，也不仅是对美好的外部世界——它能唤起对它进行表现的渴望的感性的——艺术的爱"[①]，而历史剧的这种艺术属性本身也决定了其对历史性的呈现是以现代人的视角借古喻今。诸如，《破阵子》中对"白虎荡"居民的文化归属与选择焦虑的呈现，《驴得水》中对"三民小学"教师自身的道德压迫与时代困境的演绎，与之前论及的地域史剧和文人史剧在创作主旨层面并无差异，只是在史剧范围内以寓言的方式指涉现实，并对映射效果做了戏剧化的加工。

---

① 格奥尔格·卢卡奇. 卢卡奇论戏剧[M]. 罗璇, 等译. 北京: 北京师范大学出版社, 2014: 142.

事实上，历史以寓言方式的叙述，扩展了对历史解读的空间，丰富了对历史阐释的维度，更容易在历史的场域中凸显主体意识。21世纪以来，存在一种对旧有历史题材戏剧改编的趋势，以孙德民的《帘卷西风》和莫言的《我们的荆轲》为代表，也存在这种寓言化的倾向。从《懿贵妃》（1982年）、《西太后》（1996年）到《帘卷西风》（2002年）①，剧作者通过咸丰的画外音与剧中人物内心独白的相互交织，打破了"清宫"题材的写实主义传统，剧中"懿贵妃"与"清宫"不再是历史中的客观存在，而是在历史纵深中对女性与社会空间的主观演绎，二者作为性别意识和权力惯性的表意符码融入了作家对性别困惑的深刻思考和对"人物本身个性的发展和文化内蕴的张扬"②。相比之下，莫言对"荆轲刺秦"的全新演绎更为戏谑与夸张。作为对经典题材的改编，剧目名称以"我们的"作为定语修饰表意明显，正如他自己的阐述："这些人物是所有人，也是我们自己。我们对他人的批判，必须建立在自我批判的基础上。"③剧中对心理独白的诗性表达和间离效果的频繁使用，使得该剧作为一部史剧的意味不断减弱，而作为一部寓言剧的韵味不断增强。剧中对"荆轲刺秦"合理性的批判与对历史人物性格阴暗面的调侃不是一种单纯的历史解构，也不是应对后现代思潮的先锋姿态，而是一种对人类共性的写意化描摹和对现代文明的寓言化书写。事实上，英雄主义、士的文化和家国情怀在现代文明的建构中不断被演绎、批判和重构，莫言试图展现在各种观念交互重合中"人性"的存在价值和应有的道德立场，即在历史演进中"人的成长与觉悟"和"人的困境与无奈"。

除此之外，对中国传统戏曲元素的融入也是21世纪以来史剧创作中的一种主要潮流，表现为内容层面对传统戏曲中人物形象的改写和形式层面对传统戏曲表演手法的借鉴，而这种融入的过程也可以理解为史剧寓言化在表现手法层面的突破。一方面，中国的传统戏曲为21世纪的史剧创作提供了众多经典化的人物原型，比如前文提及的荆轲、吴起和慈禧太后等。这些人物的经典性既影响着观众/读者的审美预期，同样也作为寓言表述中的符码和能指影响着受众融入历史场景的进程。另一方面，剧作家刘锦云创作的《风月无边》《旷世卓吾》和《永乐与崇祯》等剧中历史

---

① 孙德民. 孙德民最新剧作选［M］. 北京：文化艺术出版社，2014：293-294.
② 孙德民. 孙德民新剧作选［M］. 北京：文化艺术出版社，2004：309.
③ 莫言. 我们的荆轲［M］. 天津：百花文艺出版社，2012：198.

人物"打背躬"般的出场和借"丑角"调侃剧情的串场等，营造了诙谐幽默的舞台效果，使观众和读者得以尽快抽身于历史的客观场景，而融入剧场的整体氛围之中，在观剧过程中更为理性地去思考当下的现实生活，完成对社会和自我本身的合理批判。

寓言化是对哲理的感性诠释和对历史的通俗演义，史剧的寓言化作为对历史艺术化的演绎过程，既是历史文献走向艺术创作的表现方法，也是借历史人物表达剧作家主体意识的呈现策略。21世纪以来，史剧创作中的寓言化倾向源于剧作家整体对"人"的再度关注，是对20世纪中国戏剧界"历史戏剧化"的史剧观念的一种传承与发展。正如研究者所说："对历史进行戏剧化处理的关键在于主体与历史之间的互动。"[1]随着主体的自我精神不断强化，历史的文献色彩不断弱化，其蕴含于史剧中的艺术底色将无限脱离于历史的语境，完成对历史的故事化书写和史剧的寓言化演绎。

史剧的"寓言化"由于对当下生活的戏谑调侃和对传统价值观念的解构姿态，区别于前文所提及的史剧"哲理化"，这与时下社会文化中的后现代语境和市场经济影响下的戏剧生态格局有很大关系。后现代主义思潮的核心在于内在不确定性，和对传统叙事形态、审美理念的解构与对话。事实上，寓言史剧和史剧的寓言化正是对这种"解构"姿态和"对话"关系的集中体现。另外，作为一种倾向于剧场性的史剧创作，其间离效果和戏谑意味也多出于对剧场文化和大众娱乐化审美诉求的考虑。因此，这种临界于主体观念呈现和商业市场迎合的史剧创作，同样存在着将历史演绎引入歧途的可能。类似研究者对当下历史剧创作中"概念先行""历史剧的名人化""史剧的非正剧化"和"表现形式的电视剧化"[2]等问题的概括，近年来的史剧创作中确实存在着戏剧创作的"泛历史化"现象，历史典故的刻意拼贴、网络语汇的大量使用和对社会现状的肆意"吐槽"充斥于史剧的舞台呈现中。史剧创作是立足于历史场景的艺术创作，对历史史实和艺术创作规律的尊重仍然是剧作家进行史剧创作的前提，一味迎合"泛娱乐化"的审美倾向和"无厘头"的调侃姿态只会将寓言史剧推向情景剧和闹剧的商业化边缘。

---

[1] 邓齐平. 20世纪中国史剧研究[M]. 北京：中国社会科学出版社，2010：184.
[2] 张先. 如何表述镜像中的艺术世界及历史——剧本〈尾生与丘〉阅读的个人感受[J]. 新剧本，2015（5）.

综上所述，历史剧在历史演绎过程中的当代反思，是一种对民族文化的反思，蕴含着对文化精神的开掘与建构和对民族性格的批判与重塑。21世纪以来的史剧创作，多以"爱情"与"死亡"为题材切入点，通过对经典题材的重新演绎表现出情感化、哲理化和寓言化的审美倾向。前文曾多次提及，史剧的创作会融入剧作家对历史的主观臆想和时代情绪，反之，透过剧作家创作的整体风格也可管窥出21世纪以来剧作家从事戏剧创作的文化心态——"庄严感的消解、文化热点的泛化、自我意识的强化和出新欲望的增长。"①历史的功能是"对未来、现在的充满智慧的告诫"②，剧作家的任务是"把握历史的精神而不必为历史的事实所束缚"③。笔者认为，历史的精神作为对剧作家主体价值观念的评判标准，应该符合黑格尔所说的"真正客观性"，建立在人的审美价值层面基础之上，并以人类的普适价值观为基准。

整体来看，21世纪以来的史剧创作立足当下时代语境，以文化视阈作为选取历史题材的标准，其对中国传统文化的演绎和现代文明价值观念的呈递值得充分认可，剧作家重构经典的艺术魄力与以人撰史的美学导向也应该得到相应的尊重。但在人物塑造层面，存在泛化名人和"恶搞"名人的现象，缺少对经典性形象的塑造；在历史呈现层面，存在混淆历史和泛化历史的情况，缺乏对历史客观性的尊重。另外，历史的呈现与主体价值观念的黏合略显生硬，有刻意和做作之感。"艺术之所以别于历史，是在于历史讲的是人类的生活，而艺术讲的是人的生活"④，单纯以历史事件或是时间节点勾连时代观念与历史语境的创作方法，只能受制于历史的通俗化解读与主体观念的历史杜撰。只有立足于对人性复杂性的深刻开掘和精神困境的生动演绎，通过人物形象的多元化塑造观照现实、呈递历史才是史剧创作走向成功的关键。

---

① 田本相、宋宝珍. 中国百年话剧史述［M］. 沈阳：辽宁教育出版社，2013：660.
② 杜维明. 道·学·政——儒家公共知识分子的三个面向［M］. 北京：生活·读书·新知三联书店，2013：9.
③ 郭沫若. 我怎样写《棠棣之花》［M］. 新华日报，1941-12-14.
④ 钱谷融. 论"文学是人学"［M］. 北京：人民文学出版社，1981：61.

第三节 主流戏剧中的英雄塑造

"主流戏剧"是与主流的社会意识形态、精神价值体系和思想道德观念相契合的一种题材类戏剧，其概念的形成与21世纪以来国家政策和主流媒体对全国各级主题戏剧展演、舞台精品工程实施、戏剧奖项评比的规范与引导有关。作为官方力推且普遍存在的戏剧类型，其对戏剧题材的选取、人物形象的塑造和形式结构的衔接大体符合类似的创作模式："在题材上，一般都选取重大革命历史题材或好人好事；在人物塑造上，突出其个人的传统美德和行为的社会道德；在结构上，让戏剧冲突和情节的整体构架围绕主人公或中心事件安排。"[1] 21世纪以来的"主流戏剧"以"革命历史剧""抗震救灾剧""社会改革剧"和"当代军旅题材剧"等为代表，力图打造在革命历史进程、城市文明建设、新农村建设和部队现代化建设中的英模形象。此类剧作虽然在内容层面上多取材于好人好事，有很浓的纪实色彩和宣传意味，但作为一种戏剧文学创作仍存在其独特的表现手法和审美诉求。

一、社会问题与自然灾难的写实性呈现

"规定情境"是剧中角色完成动作和表达情感的特定场域，剧作家对"规定情境"的合理设置是人物形象塑造的前提，正如乔治·贝克所说："不仅是人物单独应该怎么样，而且是在规定情境中人物应该怎么样。"[2] "主流戏剧"对"规定情境"

---

[1] 田本相、宋宝珍. 中国百年话剧史述[M]. 沈阳：辽宁教育出版社，2013：667.
[2] 乔治·贝克. 戏剧技巧[M]. 余上沅，译. 北京：中国戏剧出版社，2004：223.

的设置以宏大的革命历史叙事和当下的社会改革进程为主,前者在第一节中已有论述,作为宏大叙事的历史背景,既是革命"合法性"客观陈述的前提,也是战斗英雄和革命领袖完成自身使命的舞台;后者则表现为对社会热点问题和自然灾难的写实性呈现,作为考验英模形象精神信仰的规定情境,既规范着对日常生活的纪实性叙述,又存在着对历史人文反观和情感悬念设置的刻意依赖。

以孟冰的《枫树林》和孙德民的《喊山》(《雾蒙山》)为代表的新农村建设题材戏剧取材于优秀党员干部的真实事迹,旨在塑造改革开放以来新型的基层干部形象,剧作家结合特定历史阶段所造成的影响设置"规定情境",通过剧中人物对新时期以来党群关系的开展推进剧情。剧中向南(《枫树林》)和春山(《喊山》)作为新农村建设的改革者所遇到的工作障碍,并不是村民间简单的利益纠纷和性格冲突,而是一种上升为家族恩怨的"仇恨情绪"。这种"仇恨情绪"隐藏于乡邻的内心世界,并作为一种思维模式和交往原则潜在地流传和延续下去。向南在基层工作中所体味的孤独和春山上任后与村民间的隔膜源于村民间隐性存在的心理障碍,而向南生命中最后90天的努力"补偿"和春山上任后的"替父还债"所试图赢得的结果也是村民群众在心理层面的认可与理解。事实上,剧作家对这种"仇恨情绪"的源头有着潜在的表述。例如,向南曾经严格执行"计划生育政策"逼着嫂子打掉孩子,导致父亲被气死,母亲被气聋;为开闸放水,锤砸乡邻家的大门,导致王顺发被批斗和撤职;还有"文化大革命"期间,春山的父亲张松以阶级斗争为纲领干预子女婚姻、批斗村邻韩东等。历史的遗憾为"仇恨情绪"的形成埋下伏笔,其复杂的人物关系造成了当下改革工作所面临的困境,对这种特定境遇的历史追述,融入了作者对时代的理性反思。当然,向南和春山作为新一代的党员基层干部的代表,其对待问题的态度和方法也意味着创作主体对待历史的宽容与开展新生活的期望。

与此同时,这种"仇恨情绪"在《秋天的牵挂》(孙德民)、《这是最后的斗争》(孟冰)和《神荼郁垒》(锦云)等改革题材剧中表现得更为明显。其中陈红(《秋天的牵挂》)、周小剑(《这是最后的斗争》)、高承志(《神荼郁垒》)作为反面人物,分别承受了知青下乡、大别山革命老区的贫困境遇和土改时期被批斗所带来的心灵创伤,其个人行为被赋予了一定的"复仇"色彩。三人追求富足的生活、个人价值的实现与破坏生态环境、扰乱合理的市场秩序构成了个人动机和社会效果的二元悖论,王栋、何光明和高天亮作为保护生态环境、坚定革命信仰的英雄楷模对反面人物的劝诫与对社会正义的坚守则变得复杂与深刻。一方面，人物的塑造因为个人动机的复杂性而变得深邃；另一方面，"规定情境"的设置也因为对时代肌理的触碰而显得尖锐。事实上，这种"规定情境"是"戏剧情境"的具象演绎，具有"戏剧情境"共通的叙事功能和戏剧效果。根据谭霈生对于"戏剧情境"的描述，戏剧情境"包含着这两方面的内容：特定的情况、环境和特定的人物关系"，"是促使人物产生特有动作的客观条件，是戏剧冲突爆发和发展的契机，又是戏剧情节的基础"①。"主流戏剧"通过对"规定情境"的有意设置表现出对特定历史阶段人文景观的主观依附，这种依附性使得剧中人与人之间关系与冲突显得更为复杂，进而也从叙事层面深化了党群建设工作的时代价值和现实意义，给时代新人形象的推出营造了更为宽泛、自由的演绎空间。

相比之下，剧作家对"救灾剧"和"工程戏"的情境设置则更倾向于对人物身世和情感历程的刻意安排。21世纪以来，以"抗击非典""5·12汶川地震"和"川藏公路、铁路修建"等为题材的"当代英模剧"作为引起社会关注、振奋民族信心的应时、应景之作，先后成为戏剧创作的主流。就自然灾难的呈现来看，类似《坚守》（王爱飞、谢先莉）和《士兵们》（孟冰、王宏、李宝群）这种直面救灾现场的戏剧创作并不多见，而类似《生·活》和《北街南院》这种从侧面呈现灾难场景、反映人们在灾难中心态更迭的戏剧作品更为普遍，相比之下后者的艺术成就也更为突出。以郑天玮、吴彤的《生·活》和王俭的《北街南院》为例，剧作家以家庭寓所和家属院落作为戏剧场景，以非典、地震对人们日常生活的改变为切入点，通过对剧中人物的身世之谜的悬念设置完成对"规定情境"的合理设置。诚如研究者所云，"作为戏剧动作的本性，首先在于它具有直观性"，"但是，在戏剧艺术中只有当直观的动作包容着非直观的心理内容时，这样的动作才能是戏剧性的"②。无疑，灾难作为一种考验人性的临界状态为这种动作的直观性营造了氛围，也为人物内心丰富的心灵悸动和情感隐秘提供了一个剧情补述的机会。王路石（《生·活》）和杨秀娟（《北街南院》）作为多年前在唐山大地震中牺牲的英雄的后人，由于对自己的身世并不知情，他们在面对SARS病毒和地震险情时的挺身而出则被赋予了更

---

① 谭霈生. 论戏剧性[M]. 北京：北京大学出版社，1984：123.
② 同①54.

为鲜明的公德意识和奉献精神；与此同时，对二者的知识青年上山下乡经历的有意补述，通过对恋人和子女关系的悬念设置，也使得这种奉献精神作为对生命意识的传承和情感层面的救赎更为真切与感人。

这种对英模身世的安排和情感纠葛的设置，在《我在天堂等你》（黄定山）和《格桑花》（梁秉堃）两部剧作中表现得更为深刻。作为对 21 世纪以来四大工程之一的"青藏铁路修建"的纪念与表彰，剧作者没有承袭传统"主旋律"戏剧的创作思路，而是以"代际冲突"为切入点，通过孩子们对白雪梅（《我在天堂等你》）和于红格（《格桑花》）扎根雪域高原、毕生奉献给铁路建设的理解过程逐渐解开两代人的身世之谜，进而完成对援藏建设铁路队伍英雄群像的塑造与讴歌。事实上，"代际冲突"作为对当下"信仰危机"的集中呈现，影响了该题材创作对"规定情境"的设置，剧作家有意将上一代人对精神信仰的陈述与当下信仰缺失的整体语境巧妙结合，通过剧中人物的回述与当下生活演进的交替呈现，借剧中两代人之间对话的设置与冲突的营造，引起读者对于英雄现实境遇和当代信仰危机的深度思考。当然，在形式层面上，主流戏剧对精神信仰的现实观照并不限于"代际冲突"的直接演绎，还表现为主人公内心纠葛的写意呈现，如《我在天堂等你》（黄定山）和《生命档案》（孟冰、王宏、肖力）在故事呈现过程中所夹杂的叙述场景，《镜中人》（孟冰、刘汉男）和《正南正北一条街》（孟冰、李雷）中不断出现的与另一个"自我"的对话场景，另如《寻找李大钊》（孟冰）中所营造的"戏中戏"片段等，都是以凸显剧中人物心路历程和精神轨迹为旨归的"情境"设置。这些表现手法丰富了"规定情境"的氛围与格调，也使其"依附性"的呈现策略更为自然与诗化。

总之，"规定情境"通过对情感维度和身世悬念的依附性呈现，强化了"主流戏剧"对人的精神层面的普遍关注，通过叙述与亲临、当下与历史、现实与心理层面的交互式演绎，丰富了该类戏剧创作的表现形式，并加深了作品本身的文学内涵。另外，这种"规定情境"的设置也使得剧作本身对英模形象的刻画趋向于情感维度，给当代英模的"人性化"塑造赢得了表现的空间。

二、模范类型与英雄事迹的文学性表述

21 世纪以来，剧作家对当代英模的塑造与传统的"英模剧"略有区别。传统

"英模剧"旨在树立时代应有的人物典型,弘扬意识形态所建构的精神信仰和道德观念。因此,剧作家习惯于重大的社会变革及自然灾难面前展现英雄人物的抉择和义举。相比之下,21世纪以来的"英模剧"在题材层面确实也涉及了当代军人、医务工作者和基层公务员等在抗洪抢险、抗击"非典"和汶川地震等救灾过程中的英勇无畏和无私奉献,但更多是对劳动模范在平凡岗位中日常性工作和生活的朴实呈现,以及对英雄本人在精神层面成长历程的细致描摹。

首先,剧作者对当代英模的塑造进行了"人性化"的处理,英雄不再是神坛上被社会思想和时代观念熔铸而成的雕塑,而是有着生存本能与生命欲求的常人,他们作为社会现实生活中的个体有着对生命的眷恋和对情感的渴望。以剧作家孟冰创作的《老兵骆驼》《生命档案》和《枫树林》为例,三部剧作均涉及"死亡"的命题——从在沙漠中被风暴席卷而失去联系的边防战士赵大贵,到身患癌症的解放军档案馆馆员刘义权,再到生命进入90天倒计时的枫树村支部书记向南,孟冰对他们的塑造并没有回避其对"死亡"的恐惧。"这回我可真是害怕了","还是活着好"①,"我不想死,真的"②,等台词以画外音或旁白的形式频繁出现在剧中,成为剧中人物在半昏迷状态中最为真实的心理状态和最为真诚的心灵独白。与此同时,孟冰将剧中人物对生命的眷恋与对生命价值的探寻紧紧相连,正如剧中人物向南对记者的问询:"你的快乐指什么?"③剧中刘义权对自我的追问:"我究竟舍不得什么呢?"④剧作家正是通过这种方式,表达人物对死亡的敬畏与对生存的眷恋,进而完成对其生命价值观念的深度诠释。除此之外,作为一个扎根边疆的先进典型,老兵骆驼从军的初衷是走出农村去更好的地方、去当干部,并时时刻刻惦念着与"心上人"妞儿的团聚;作为一个一生致力于"为历史去伪、为英雄正名"的档案工作者,面临死亡的刘义权也有与妻子一起过结婚纪念日的渴望,与经商失败的儿子打破隔膜、开启心灵沟通的期待;作为一个用余生完成自我救赎的"村官",向南有对家人的歉意,对亲情的留恋,以及对乡情的眷顾等。除了孟冰的剧作,唐

---

① 孟冰. 老兵骆驼 [J]. 剧本,2001(8).
② 孟冰、王宏、肖力. 生命档案 [J]. 剧本,2010(7).
③ 孟冰. 枫树林——向南生命的最后九十天 [J]. 剧本,2013(8).
④ 同③.

栋、蒲逊的《棕榈,棕榈》和《对抗》,王宏、李宝群、肖力的《兵者·国之大事》,梁秉堃创作的《格桑花》等,也都从不同的层面反映了剧中人物对爱情的追求、对亲情的眷恋,以及在情感诉求与工作需要的抉择与取舍中的苦闷与困惑。夏衍曾指出:"写英雄人物可不可以写他们的苦闷、寂寞和流泪呢?我认为完全可以写,只不过要按照具体的情况来写,而且要有分寸。"① 21世纪以来,剧作家在"当代英模剧"的创作中毫不避讳地呈现了"英模"的生存境遇和个人欲求,通过对其生命意识和情感维度的深入开掘,表现出一种"个人化"的创作趋势,实现了对当代英模的"人性化"重塑。

其次,剧作家对英模的成长历程做了"合理性"的追述,英雄的出场不全是运筹帷幄、成熟稳重的成功者,而更多是有着一定性格缺陷、等待风雨历练的年轻人,甚至是失败者。诚如古斯塔夫·弗莱塔克所强调,"严肃戏剧的情节应该是真实的","主要事件通过因果关系的联系,联结成一个内在的整体,一切次要的虚构被理解为被表现的事件的真实和可信的要素"②。剧作家通过剧中人物在情感层面和工作层面的成长与历练,证实了其信仰与价值观念形成的合理性,进而也完成了英模题材剧作为"主流戏剧"对社会价值观念的引导。以兰晓龙的《爱尔纳·突击》和王宏、李宝群、肖力的《兵者·国之大事》为例,两者均以和平年代的军事演习作为情节核,分别以许三多、杨天放在部队中的成长历程为主要描摹对象。前者侧重于个体情感的自我完善,后者侧重于对军演现状的理性反思;前者的出场是一个被父亲称为"龟儿子"的新兵,后者是一个背负着多年前军演失误重负的组长;前者在"五年八个月零八天"③的部队训练中逐渐褪去了稚气与软弱,懂得和感受到了作为一名军人的责任和荣誉;后者在一次次"军事演习"的尝试与自省中,消解了失败中的苦闷与寂寞,完善了自己的意志与信念,坚定了当代军人"强军之梦"的使命与信仰。类似的"成长模式"——新人在进入新的工作环境后,通过学习和锻炼不断坚定信念完善自我,逐渐融入集体走向成熟的过程,同样出现在以当代大学生从军和科技强军为题材的《棕榈,棕榈》(唐栋、蒲逊)、《对抗》(唐栋、蒲逊),

---

① 夏衍. 生活、题材、创作——和几位青年剧作家的谈话[J]. 剧本,1962(6).
② 古斯塔夫·弗莱塔克. 论戏剧情节[M]. 张玉书,译. 上海:上海译文出版社,1981:39.
③ 兰晓龙. 爱尔纳·突击[J]. 剧本,2003(1).

以修建川藏公路、青藏铁路为题材的《我在天堂等你》（黄定山）和《格桑花》（梁秉堃）等作品中。一方面，剧作家试图通过对剧中人物情感历程的开掘丰富人物的性格刻画，使英雄形象的塑造鲜活饱满、深入人心；另一方面，剧作者借剧中人物细致的心理变化逐渐呈递"主流戏剧"所推崇的价值观念，并通过主观的个人感受呈现该类作品的主题内涵。

最后，剧作家对当代英模的塑造常用"以小见大"和"以情入境"的写作手法。在题材的选取层面，《回家》（唐栋、蒲逊）对老将军曾伯龙的塑造不是通过战争，而是通过"寻人"；《黄土谣》（孟冰）对老支书宋老秋的塑造不是通过改革，而是通过"还债"。看似微不足道的"小事"，却体现出革命年代军民之间鱼水之情的真挚与深刻；看似习以为常的"承诺"，却呈递出战斗英雄和劳动模范作为一个现代人应有的信义与操守。除此之外，21世纪以来的救灾剧对传统意义上雕塑式的英雄书写和群像式的形象塑造也有所突破，格外注意剧中人物情感的真实表达和语言的诗意呈现。就视角的切入层面来看，《生·活》（郑天玮、吴彤）对"5·12汶川地震"中的救灾场景不是直观的再现，而是通过王宝年的家人和几个四川保姆在地震期间的情感纠葛映衬出来的。在抗震救灾的宏大叙事中，交织着亲情的可贵和爱情的缠绵。其中，对王路生和苏莹的爱情叙事、王宝年和王路生的父子之间渊源的插叙，拓宽并深化了这部作品作为抗震救灾剧的主题。诚如卢那查尔斯基所说："生命的含义就是生活""最伟大的艺术是生活的艺术"[①]。作为对自然灾难的戏剧呈现，呼唤英雄和敬畏生命剧是其必要的主题，而剧中人物的性格变化和精神成长则构成了这部戏剧文学作品更为深层的艺术内涵，即在生命的临界点回溯生活本身，诠释生命的价值和真情的可贵。正像剧中人所说："地震让我明白活着是怎么回事"，对生命的尊重和对情感的珍视，熔铸于一个个平凡而又伟大的英雄心中。此外，喻荣军的《震颤》和孙德民的《只有我们才了解春天》用诗剧的形式再现了"非典"和"5·12汶川地震"中不同职业、不同年龄的英雄群像，剧作者用诗化的语言叙述着人间的真情，从情感的维度倾诉着生命的真谛。诗的形式作为一种意境的营造拓展了英雄力与美的呈现空间，诗的内涵作为一种情感归属唤起了人们战

---

① 卢那察尔斯基. 艺术及其最新形式［M］. 郭家申，译. 天津：百花文艺出版社，1998：86，138.

胜灾难的勇气和对人间大爱的渴求。

　　总体来说，21世纪以来剧作家对当代英模形象的塑造呈现出人性化和情感化的趋势，对题材的选取标准也表现出对生活层面和细节层面的关注。随着戏剧文学创作对写实传统的回归，英模作为普通人的情绪和情感开始被引入艺术的表现领域，并侧重于散文化和细节化的创作风格。除此之外，21世纪以来当代英模剧的创作还融入了更多的心理剖析和情感开掘的元素。毋庸置疑，21世纪以来的当代英模题材剧作为"主流戏剧"，正是通过情感的书写和心灵的外化将时代信仰熔铸于个人的生命体验之中，在思想层面实现了主流价值观念本身对价值体系和道德标准的灌输。事实上，"一个剧本的永久价值终究在于其中的性格描写""它是在观众中使剧本的主题或人物产生同情的主要手段"[①]。就人物角色的性格塑造维度来看，21世纪以来部分"英模剧"的创作仍然存在着人物语言风格与情境背离的技术问题，其借助角色宣言灌输题旨和拔高思想的表现手法仍显单一。但总体来说，剧作家在对英模的塑造中用欲念的呈现化解了人物的虚构、用对成长的追述演绎了信念的真实、用性格的多元打破了类型化的书写、用人格的丰富超越了生活的平淡。相对于传统的英模题材剧，确实在戏剧创作的"文学底蕴"和"剧场效果"层面有所提高。

三、政论色彩和问题意识的戏剧性弥合

　　"直观的再现"是戏剧文学区别于其他文体形式的一种艺术特点，而这种特点本身也往往富于戏剧文学创作参与生活、融入时代的及时效应。无疑，以"反腐剧""救灾剧""社会改革剧"和"军旅题材剧"为代表的"主流戏剧"，正是通过在内容层面上对社会现实问题的观照和精神层面上对核心价值观念的引导成为21世纪以来戏剧创作的主流。然而，这种"主流戏剧"的创作并不能完全与传统的现实主义创作方法和"主流戏剧"在世界范围内的概念界定直接画等号。事实上，中国的"主流戏剧"创作仍然处于一种"主旋律戏剧"向"现实主义戏剧"行进的

---

① 乔治·贝克.戏剧技巧[J].余上沅,译.北京：中国戏剧出版社,2004：214.

过渡阶段，剧作家对剧作主题和创作风格的设置仍然受限于国家层面的政策导向和社会层面的市场站位，表现出一种对官方媒体和市场文化的迎合姿态。作为现代戏剧现实主义传统在意识形态和大众文化引导下的变体，"主流戏剧"区别于纯粹的政论剧和传统的社会问题剧，其对现实生活中英雄模范的形象刻画，既存在其独特的形式和功能，也存在着相应的局限与不足。

一方面，《范长江》（黄维若）、《寻找菊美多吉》（陈丽丽）和《麻醉师》（唐栋、蒲逊）等政论色彩和宣传色彩过于突出的"题材戏剧"大量存在，这些戏剧更多地服务于主流的意识形态和道德观念，其对"思想性"价值的呈现方式趋于"模式化"，缺乏在艺术层面的创新。诚然，戏剧创作参与时代、观照现实的社会功用本无可厚非，但其宣讲意味和教育理念的融入应该限定于戏剧创作的艺术表现范围之内，否则会沦为纯粹的政论剧和简单的道德宣讲剧。

"人物传记体"作为当代英模剧的主要创作模式，往往以"叙述+表演"作为整体框架，通过生前友人的追述与生活场景的再现演绎英模的一生。观看之初往往被绚丽的舞台布景、煽情的故事演绎和激昂的职业宣言所打动。但看多之后，会产生千人一面和千篇一律的乏味之感。笔者认为，这种"审美疲倦"的产生应该归咎于剧作中人物独创性的缺乏和道德观念灌输方式的生硬。事实上，21世纪以来的戏剧创作所塑造的当代英模形象数量极其庞大，多半也能在现场和阅读过程中给予观众/读者一定的情感触动，但类似前文提及的许三多、骆驼、向南和宋老秋等性格化、个性化的人物塑造却为数不多，大部分形象塑造被淹没于观众/读者"模式化"的类型记忆中。与此同时，21世纪以来的"人物传记体"戏剧呈现出一种穷尽史料和详述履历的创作误区，本节论及的当代英模题材和上节提及的历史人物传记剧都有明显的表现。历史人物"前史"和当代人物"履历"往往在剧中以独白或旁白的方式翔实呈现，作为对历史的科普与对英模的纪念，其社会价值和教育意义值得尊重，但庞杂的叙述与拖沓的情节也从另一个方面淡化了读者的审美热忱，混淆了观众的期待视域，往往给观众倦怠之感。因此，创作中对材料的取舍，以及是作为背景还是作为语言本身呈现的比例划定，仍然值得当代剧作家给予特别关注。

除此之外，《归属》（王皓月、王秋林、付秀荣）和《寻找菊美多吉》（陈丽丽）对党群工作中的方法和态度的示范效果，以及《生命档案》（孟冰、王宏、肖力）和《麻醉师》（唐栋、蒲逊）对职业道德和生命价值的临终宣誓，都存在一定的刻意"加戏"之感。这种强迫性的灌输往往会冲淡人物本身的形象塑造，使得艺术作品的真正价值大打折扣。事实上，戏剧对人物形象的塑造应该以性格塑造为前提，精神塑造为旨归，当代英模形象所呈递的主流意识形态应该融入本人的性格呈现和精神氛围的营造之中，而不该以社会公益活动的方式沦为官方的口号宣讲和工作方法的形象示范。如果说前文所提及"依附性"的规定情境设置和对英模的人性化塑造，彰显了21世纪以来主流戏剧的前进姿态，那么这种单纯的口号宣讲和"类型化"的人物塑造，则是对传统英模剧和纯粹政论剧风格的一种倒退。

另外，21世纪以来，剧作家针对官员腐败、乱砍滥伐、非法采矿、人口拐卖等社会现象创作的一系列社会问题剧，在主流价值观念的呈现和英模形象的人物设定方面也存在一定的局限。以《击釜雷鸣》（孙德民）、《这一场大雪来得太晚了》（孙德民）、《镜中人》（孟冰）和《池塘》（阿宁）等为例，这类剧目与传统的"问题剧"有所区别，基本克服了"只见'思想'不见人"的类型化痼疾。整体创作形态各异、风格多样，剧情起伏跌宕，人物塑造栩栩如生，展现了剧作家扎实的创作功底，然而作为现实主义风格的"主流戏剧"创作，其对社会问题的呈现缺乏力度，存在"以情感关系淡化性格冲突、以人性观念遮蔽问题本质"的普遍性倾向。

所谓社会问题剧，"是指反映现实生活中的社会矛盾，揭示重大社会问题的剧作"①。"问题剧"作为一种以题材划分的戏剧类型，之所以成为中国现代戏剧的初始样态，并在百余年间历久弥新，源于其对生存困境和人性价值的普遍关注，以及对社会思潮和意识形态的理性批判。21世纪以来的社会问题剧创作出于对市场受众审美期待的迎合和对现场演出社会影响的考虑，偏重情感层面的故事叙述，重视情节缔造的悬疑色彩，戏剧"影视剧化"倾向日趋明显。比如《镜中人》（孟冰、刘汉男）、《池塘》（阿宁）和《击釜雷鸣》（孙德民）在创作中对亲情、恋情的关系进行了缜密编制，其对问题的开掘表现为一种建立在情感回归基础之上的人性救赎，而对问题解决多以高层官员的荣归故里和微服私访为剧情转折点，政策和制度层面的不足，虽有涉及但多浅尝辄止，有隔靴搔痒之嫌。部分剧作家和研究

---

① 谭霈生. 论戏剧性[M]. 北京：北京大学出版社，1984：87.

者曾"问病当下剧本创作"[①],也曾疾呼"主流戏剧的'人'学缺位"[②]。事实上,正如前文所提及,当下主流戏剧的创作本身表现出对性格塑造和情感挖掘的极大热忱,作为一种趋向于审美主体的观赏性艺术,在情节中渗入情感元素与悬疑色彩也是情理之中,但问题的症结在于这种故事的演绎与主体价值观念的呈现本身缺乏关联性。如《这一场大雪来得太晚了》中拐卖者和被拐卖者的母女关系设置,《击釜雷鸣》中煤窑主、揭发者和当地农民山花的三角恋爱关系设置,以及《镜中人》和《池塘》中老同学关系和母子关系的设置等,主要人物之间(包括人物本身)的意志冲突停留在个人观念和性格层面的反省,缺乏在社会层面和法制层面的理性审视。当个人问题与社会问题的呈现并行不悖却没有必然联系时,人物的性格塑造和剧情的延宕效果也就失去了其在主题呈现方面的价值,沦为人物写生和剧情架构的匠人技法。另外,以历史原因造成的人物性格扭曲作为当下问题形成的根源,以英雄个人作用作为唤醒时代的剧情反转,也淡化了"主流戏剧"对当下社会问题的现实针对性,遮蔽了其在社会价值层面的批判锋芒。正如前文提及的改革题材和反腐题材的戏剧,情爱的演绎推动了剧情的发展,性格的塑造实现了主题的升华。但在审美戏剧性的合理催发下,观众和读者往往过于关注故事的呈现而忽略该题材戏剧对现实的深层指涉。涉及在叙述中的警世意义的深挖和问题根源的探求往往有意无意地被剧情和人物本身规避,这类"主流戏剧"作为一种"问题剧"的社会价值被戏剧本身的文学价值和艺术价值所覆盖。

与此同时,随着21世纪新型戏剧运作模式的成型,其他艺术形式的表现元素不断融入戏剧创作中。诸如,画面剪切和多媒体声、光影像的大量应用,舞台分区的设置和内心独白的外化,以及传统曲艺的语言技巧和写意的舞台布景将"主流戏剧"的演绎熔铸为集现代元素与传统韵味的视听盛宴。然而,导演的"二度创作"在场面煽情、剧情悬疑和表演出彩的同时,却缺乏对戏剧文本在艺术层面的深层开掘和理论规范。以《震颤》(喻荣军)、《只有我们才了解春天》(孙德民)和《神圣战争或等着我吧》(童道明)等为代表的灾难剧,诗化的语言表达和写意的舞台

---

① 孟冰. 问病当下剧本创作[N]. 中国艺术报,2013-05-20.
② 颜榴. 主流戏剧"人"学缺位[N]. 北京日报,2008-07-28.

呈现的确能震撼现场观众，感动时下读者，但就其戏剧结构而言，略显松散，缺乏自始至终的情节主线。诗剧作为一种历久弥新的艺术形式，其丰富的文学内涵和广博的艺术视野都值得当代作家和导演认真咀嚼，但作为对"题材剧""工程剧"和"英模剧"的演绎载体，如何超越"及时"和"应景"的题材局限，实现其永恒的艺术价值是其面临的最大挑战。另外，《生·活》（郑天玮、吴彤）和《独生子当兵》（王宝社）对喜剧元素和相声剧元素的融入，也缺乏"适度"的把握，前者存在对演员曲艺功底的炫技之嫌，后者存在对军旅生活的调侃过量等弊端，悲喜风格的混搭、各种艺术语汇的融入虽然丰富了戏剧的舞台呈现，但过犹不及的娱乐化诉求使得对题材主旨的凸显略显含混、刻意。正如孟冰所说："今天的社会有多元文化的需求，每个人可以有自己的选择，但是作为编剧来说要有自己的定位和选择。"①面对意识形态的规避和市场文化的诱导，剧作家和导演是否能够把持个人的主体价值观念和戏剧创作的艺术规律，决定着当下剧坛对"主流戏剧"在社会功能属性层面的划分和艺术价值层面的界定。

如上所述，21世纪以来的"主流戏剧"对英模的塑造仍然处于从"题材剧""工程剧"向"人物剧"和"问题剧"转型的过渡阶段，剧作家试图以一种情感化和故事化的叙事技巧，弥合戏剧创作在价值观念引导与人物性格塑造层面的表意冲突。一面借对英雄事迹的情感化叙述，呼吁主流文化的道德诉求；一面凭借对英模原型的境遇呈现，袒露时代发展的精神症结。二者的弥合是英模剧目精品打造的前提，姿态的相悖是现实主义批判锋芒未能尽显的根本症结。可以说该类剧作在方法和叙事技巧层面实现了对写实传统的回归，但在精神和姿态层面却缺乏锐气，因为多数剧作者止步于对英模现实困境的揭露而未能做出决绝而理性的评判。这种整体趋向造成的结果就是，"主流戏剧"中对人物形象的塑造、规定情境和场域的营造，以及社会问题的客观呈现在文学表述和剧场演绎层面都可圈可点，但就精神而言，缺乏对当代英雄处境焦虑和困境根源的深层诠释。

"主流戏剧"作为一种世界型范围内的戏剧类型，带有其深远的历史传承和鲜明的时代导向。以21世纪美国"普利策戏剧奖"的评选为例，作为世界语境内主

---

① 孟冰. 问病当下剧本创作［N］. 中国艺术报，2013-05-20.

流戏剧的"风向标",该奖项的评比表现出"从最初族裔问题的质疑上升到对人类整体生存状态的关怀",并"体现出戏剧与电影之间的良性互动"[①]。如此看来,前文所谈及21世纪以来中国"主流戏剧"创作的"情感化""性格化"和"戏剧影视化"等倾向,是与整个世界戏剧创作的发展态势同步的。然而,就审美姿态和题旨导向的层面来细看,"主流戏剧"在中国境内的概念限定和发展态势却耐人寻味。事实上,这种"走形"源于剧作者整体对现实主义风格的理解,也源于文化机制对剧场生态的引导。笔者认为,21世纪以来各种文化机构和主流媒体对奖项评比的规范和精品工程的打造,推动了"主流戏剧"在当前剧坛的进一步发展,也制约着"主流戏剧"艺术水准的进一步提高,(评奖戏剧的章节会进一步探讨,在此暂不赘述)。事实证明,"主流戏剧"作为对当代人文景观、社会状态的整体呈现,只有基于对时代韵律、现实场景的切实感触,不断融入剧作家对生命价值、人性道德的理性思辨,并逐渐摆脱及时应景的功用色彩、训诫灌输的教化姿态,才能塑造出更具性格化、生活化的英模形象,进而传达出人性、科学和现代的价值观念,把当前的生活场景塑造得更真实,让主流的剧场氛围呈现得更多元。

---

① 许诗焱. 主流戏剧的"风向标":21世纪普利策戏剧奖项研究[M]. 南京:南京大学出版社,2016:17,62.

第二章
境遇的呈现与文化焦虑的镜像

"现实主义"作为一种创作方法要求戏剧文学作品真实地反映生活，通过角色、情节的细腻描绘表现生活的本来面目。自中国话剧诞生伊始，"现实主义"作为一种契合中国现代语境的表述模式，紧跟时代脉搏，历久弥新，长期并一直主宰着戏剧文学创作的大潮。21世纪以来的现实主义戏剧创作，仍然以对社会现实的客观呈现和对人生境遇的普遍关注为旨归，整体表现出"贴近社会现实、反映民众心声"[1]的创作构想和"质朴凝练，强调内在哲理化"的演绎风格。与此同时，相对于前文提及的历史剧和英模剧，其故事情节的设置和人物关系的设定富于原创性，表现出私人化、日常化和平民化的审美倾向。然而，正如德国剧作家古斯塔夫·弗莱塔克所指出，"戏剧艺术的任务并非表现一个事件本身，而是表现事件对人们心灵的影响。"[2]毋庸置疑，戏剧对故事的呈现并非仅限于对生活的艺术化再现和戏剧性浓缩，还以对人们日常心理状态的深刻挖掘和集中描述为最终诉求。21世纪以来，剧作家整体表现出对当代人生存焦虑和精神困境的极大关注，以都市人的婚恋生活和打工者的底层叙事为主要素材，通过对时代语境、地域文化的不断融入，逐渐构建起特有的戏剧文学语境。

---

[1] 刘平. 21世纪话剧创作特点及艺术成就[J]. 云南艺术学院学报, 2011 (3).
[2] 古斯塔夫·弗莱塔克. 论戏剧情节[M]. 张玉书, 译. 上海: 上海译文出版社, 1981: 66.

第一节 都市人的情感焦虑

都市作为人类现代文明进程的必然产物，象征着物质文明的极大丰富和精神文明的自由解放。然而，都市人作为在现代化的文明场域中生存的个体，在享受着科学进步、经济发达和精神自由等进步文明的同时，也无可逃脱地承受着文明规约所带来的现代性苦果。正如弗洛伊德所说，"文明在很大程度上是通过消除本能才得到确立的，而且在很大程度上（通过抑制、压抑或其他手段）必须以强烈的本能不满足为前提。这种'文化挫折'主导了人际关系中相当广泛的领域"[①]。具体到现代的婚恋关系，以经济、法律、道德相互交织形成的文明秩序作为一种既成的现实原则，规范并限制着现代社会的婚姻制度，而个人又由于本能意识对爱欲的诉求，屈从于快乐原则和生命原则对情感生活的引导，三种原则此消彼长共同驾驭着现代人的情爱之路。都市作为一个在文明进程中相对进步的生存空间，使得生存于其中的个体对后两者的追求更为急迫，与现实原则的冲突更为激烈，因此都市人的情感困惑作为现代社会精神焦虑现象的表征，具有重要的研究价值。由于戏剧文学创作对时空的限制，剧作家对都市人情感生活的演绎集中于对婚恋题材的开掘和对现代都市文化背景的依附。21世纪以来的家庭伦理剧和都市爱情剧，作为都市人情感生活的高度浓缩和戏剧性呈现，存在较为独特的书写方式和表达策略。

---

① 西格蒙·弗洛伊德. 一种幻想的未来文明及其不满[M]. 严志军，张沫，译. 上海：上海人民出版社，2007：150.

一、境遇的铺陈：自我的迷失与爱欲的渴求

婚姻作为一种现代家庭的构成方式，既标志着在法律层面对两性情感关系的界定，又意味着在伦理层面对家族血脉的融合。现代社会的婚姻制度作为一种在法律和伦理层面的基本保障，构成两性关系在经济和道德层面的双重约束。然而，这种限定却无法从根本上阻碍"现代人"对情感与爱欲的根本诉求，随着现代社会对性观念开化程度的逐渐加深和各种交友平台的日趋丰富，情人、外遇、"婚外恋"和"利益婚姻"甚嚣尘上，成为现代都市不可忽略的时代症状。21世纪以来剧作家对这种多向度的婚恋状态的呈现，并未限定于单纯的"道德审判"立场，而是更多地借助这种多维度的异性关系，挖掘现代婚姻制度存在的弊病和都市人在情感层面的困惑。

以《www.com》（喻荣军）、《关系》（万方）和《性情男女》（徐坤）三部剧作为例，作为21世纪以来"都市婚恋"题材戏剧的代表，三部剧作凭借其故事内容的大胆新颖、情节结构的紧凑夸张和语言表达的深刻犀利，一度成为轰动一时的舞台翘楚。其对时下婚恋观和人生观所持的潜在立场也一度引发热议，成为戏剧评论界的热点话题。从编剧学的角度来看，剧作家对故事的呈现模式存在一定的共性——减缓人物的出场速度，重视情节的铺陈效果。三部剧作中的人物数目简约、关系集中，主要人物的出场也均以对话方式相互引出。所谓"好的对话的主要目的就是把必需的情况清楚地传达出来"[1]，而"必需的情况"却不限于对剧中人物在婚恋关系中前任、现任、爱人和情人等身份的定位，而是侧重于对各自在精神层面和情感层面"现状"的刻意交代。例如，程卓向"网友"（妻子艾扬，开始双方彼此并不知道对方真实身份和现实关系）袒露自己如"城市困兽"般的压抑与孤独[2]，沙辰星面对情人（叶航）"索命般"的追问表现出的困乏与无奈，以及祁士高面对前妻戏谑调侃自己"撑着了"般的疲惫和麻木等。正如乔治·贝克所指出："正确的编剧方法，不是只要你在特定的几幕之中，把你可能挤得进去的事件枝节和人物

---

[1] 乔治·贝克. 戏剧技巧[M]. 余上沅，译. 北京：中国戏剧出版社，2004：284.
[2] 喻荣军. 天堂隔壁是疯人院落——喻荣军话剧作品选[M]. 上海：上海锦绣文章出版社，2007：40，43，55.

图像都尽量堆积起来；不是这样一个问题，而是选择具有例证性的细节问题，这种选定的细节一经发展开来，就能在观众中产生你所要的最大限度的情感反应。"①事实上，剧作家对人物在精神和情感层面"现状"的铺陈，正是作为这种"选定的细节"有意呈现的。剧中类似"离婚后网友见面却是故人""原配和新情人联手对抗旧情人""现任妻子找上前任一家寻夫"等，冲突的发生和高潮的兴起也都得益于前期在"细节"层面的情绪铺垫。剧中人物对"现状"的疲乏与困顿正是最终走向反抗与打破"现状"的心理基础和行为动机，开场时人物的"慢入"和叙述的"延宕"造成剧场整体情绪的"缓存"，其人物各自在情感层面的压抑和精神层面的困惑伴随着情节的推进和观众对自身境遇的代入变得强烈而真实，致使最后极具戏剧性、甚至近似荒诞性场景的推出变得顺其自然、合理中肯。

与此同时，这种对剧中人物在情感历程层面的细致铺陈，作为一种对都市人精神状态的潜在呈现，其本身也融入了剧作家对人类境遇的深入思考。正如剧作家万方在谈及戏剧创作与人类境遇的关系时，曾多次指出，"戏剧可以对人类的境遇做出生动的表现"②"我希望我写作话剧是对存在于我的周围和心里的事情所作的沉思和充满激情的描绘，话说得再大一点，能够对人类的境遇、人类的天性，做出尽可能生动的反映。"③然而，戏剧对人类境遇的表现与反映是受制于特定的时代语境和社会阶层的。笔者认为，21世纪以来，以"都市婚恋"为题材的戏剧创作对人类境遇的观照可以整体总结为都市人"自我的迷失"和"爱欲的诉求"。正如本节论文的开始谈及，都市作为一种文明发展的产物，为人类的情感释放和欲望诉求赢得了广阔的演绎空间和近似公正的理论支撑。一方面，类似虚拟的网络交友（《www.com》）、温煦的酒吧邂逅（喻荣军《午夜哈瓦那》《暧昧》）、异形换位般瞬时的国际幽会（喻荣军《香水》）等，现代人置身于多元化的都市魅惑中，花样翻新，乐此不疲；另一方面，日渐疏离般的情感渴求（万方《关系》、徐坤《性情男女》、谢国宇《因为爱》）、沟通障碍般的情感隔膜（万方《有一种毒药》《报警者》），以及近似功利化的婚姻策略（喻荣军《去年冬天》、潘军《合同婚姻》），

---

① 乔治·贝克. 戏剧技巧[M]. 余上沅, 译. 北京：中国戏剧出版社, 2004：52.
② 万方. 写剧谈[J]. 剧本, 2007（1）.
③ 万方. 写戏有感[J]. 新闻与写作, 2007（6）.

使得现代婚姻制度在爱欲与自由的人类诉求面前相形见绌，而"爱欲"在都市层面作为现代人"自我保存的能力"①愈演愈烈。

按照弗洛伊德的观点，"自我是焦虑的实际的所在地"，"对自我来说，生存与被爱——被超我所爱——是同义的"。②伴随着当前物质资料的日渐丰富和婚恋观念的日趋开化，现代人面对都市生活的诸多诱惑逐步拥有了重新选择和被选择的权力，但精神层面仍然停留在趋向传统道德规范并渴望回归初始状态的层面。当后者作为"自我"的一种思维理念成功压抑前者，就会表现为一种现代人置身固有婚姻秩序之中的精神焦虑，而当"自我"作为"协调、改变、组织和控制"③的主要功能无法抵制"本我"的本能冲动时，人就会陷入尊重自我还是选择本我的选择困惑。剧作者对现代人境遇的铺陈实际上是一种对选项的罗列，都市人所处的"现状"也正是置身于诸多选择而茫然无措的情感焦虑。与此同时，剧中人物所面临的选择并不纯粹，剧作者笔下的"婚恋"作为一种人生"境遇"被赋予了特定的附加价值，如原有家庭的亲情眷顾（《性情男女》）、固有恋情的生活惯性（《关系》）、外乡人的身份认可（《午夜哈瓦那》），以及都市新贵对成功的渴求（《去年冬天》）等。剧作者正是通过对种种"附加价值"的展露，丰富了都市人的精神处境，也深化了这种选择背后的价值诉求。正如剧作家喻荣军在谈及自己的创作时提及："关于该剧，网络是载体，沟通与理解的话题，有关婚恋情感的故事，想说的却全是上海"（《www.com》）④；"抹去爱情表面的浮华，撕开情感矫饰的虚假，城市生活所呈现的往往是最原生态的真实"（《香水》）⑤；"城市是属于夜晚的，上海尤然……他们的悲欢离合是城市被划开的一道伤口，透过这道伤口，看到了却是城市真实的肌理"（《午夜哈瓦那》）⑥。由此观之，剧作家用一个个婚恋与感情的故事呈递的是城市的真实、生存的秩序和存在者的孤独。事实上，伦理的桎梏、物质的束缚

---

① 弗洛伊德. 自我与本我［M］. 张唤民，等译. 上海：上海译文出版社，2011：68.
② 同① 255，257.
③ 赫伯特·马尔库塞. 爱欲与文明［M］. 黄勇，薛民，译. 上海：上海译文出版社，2012：21.
④ 喻荣军. 天堂隔壁是疯人院落——喻荣军话剧作品选［M］. 上海：上海锦绣文章出版社，2007：83.
⑤ 同④ 83.
⑥ 同④ 316-317.

和情感的惯性相互交织，作为一种既成的生存"境遇"，压制着都市人对自由的向往和对人性的回归。

按照弗洛伊德对于"本能"的假定，"将那些有机体结合到较大的统一体中去的努力或许可以用来取代这种我们无法承认其存在的'趋向完善的本能'"①。"爱欲"作为一种"具有文化建设力量"为生物内驱力提供了一种"非压抑性升华"的可能，并建构了一种合理化的生存目标，即"消除苦役，改造环境，征服疾病和衰老，建立安逸的生活"②。毋庸置疑，"爱欲的解放必将成为一种致命的破坏力量必将全盘否定支配着压抑性现实的原则"③。事实上，在21世纪以来的婚恋题材戏剧创作中，都市的婚姻关系正是作为一种类似马尔库塞所界定的"压抑性的现实原则"而存在，而"爱欲的诉求"则作为一种打破这种家庭秩序的尝试而呈现。如《关系》中"处心积虑，试图通过揭发'第四者'来维系恋情"的第三者叶航；《有一种毒药》中，"痴心不改，不惜一切代价追求电影梦"的年轻人季杰；还有《报警者》中，"幽暗孤苦，最终弑父夺路"的孩子肖加等。这些人物的出现，打破了"看似"相安无事的家庭秩序，其行为动作，以对人性本真的最终诉求为旨归，真切合理无可厚非。尽管，就情节设置本身而言难以逃脱道德层面和法律层面对其价值观念的诟病，但作为一种对都市人生与婚恋情感的艺术化呈现，其深刻的哲理意味不容忽视。正如剧作家万方谈及人物叶航时指出："这种女人坚定地信仰爱情，情愿把自己豁出去，失败也不回头。这是种痛苦，但也是种幸福。"④由此观之，其敬佩之意溢于言表。与此同时，其在《写剧谈》和《写戏有感》中多次提及，《有一种毒药》的创作初衷源于一首诗，源于一种对"想做的事"的渴望等。如上，类似的人物和情节的设置并非作为一种对当事人的道德审判或法律案例本身而呈现，而是作为一种现代人对既成秩序的反抗与突破进程而书写。当然，对于故事呈现的是非评判，剧作者不置可否，仅仅作为都市人的生存"境遇"做出情节层面的铺陈。"爱欲的诉求"作

---

① 弗洛伊德. 弗洛伊德后期著作选[M]. 林尘，张唤民，陈伟奇，译. 上海：上海译文出版社，2005：46.
② 赫伯特·马尔库塞. 爱欲与文明[M]. 黄勇，薛民，译. 上海：上海译文出版社，2012：193.
③ 同② 82.
④ 罗屹.《关系》之爱情悲喜剧[J]. 新世纪周刊，2009（6）.

为一种"本我"的呈现与"自我的迷失"处境并行不悖,二者相互交织的状态正是都市人情感生活的最为真实的"现状"。

二、情节的逆转:情感的缺失与"外来人"的出现

家庭作为社会构成的基本单元,是联结都市人个体情感和社会整体文化秩序的纽带与桥梁,其成员关系的和睦与否决定着个体的幸福指数与社会整体的文明进程。21世纪以来,对家庭观念和幸福指数的探讨一如既往地成为家庭伦理剧创作的要旨,但就结构剧情的整体趋向来看存在一种对"缺失"模式的刻意青睐。简单来说,就是一种对"不完整"家庭氛围的有意营造。比如,以重组家庭为原型创作的《性情男女》(徐坤)、《报警的孩子》(万方),以单亲家庭为原型创作的《去年冬天》(喻荣军)、《活性炭》(喻荣军)和《老爸,开门》(费名)等,剧中的家庭或因婚变造成的父母离异,或因丧偶变成的晚年独身,构成一种家庭关系层面的成员"缺失"。从结构层面来看,不完整的家庭情况作为一种叙事语境和表述策略,给"外来人"的融入和剧情的进一步发展赢得了较为合理的表现空间;从内容层面来看,"缺失"的情感氛围作为一种整体的情绪铺陈,使得"幸福观"的探讨更加富有针对性,其情节的突转也由于这种氛围的浇筑,被赋予了生命哲理般的仪式感。

借用弗洛伊德后期本能理论的一个论点,"普通的创伤性神经症产生的原因乃是抵御刺激的保护层遭到了大规模的突破"[1],"情感缺失"作为其理论在人的精神层面的聚焦和延伸,既是现代家庭矛盾的主要症结,也是21世纪以来家庭伦理剧情节发展的客观前提。当然,造成这种"情感缺失"的原因有多种,戏剧文学作品中都有相应的呈现。一方面,由于婚变造成的心理创伤,如《报警的孩子》(万方)和《性情男女》(徐坤)对这种境遇的产生与对家庭成员造成的影响有着深刻的阐释。婚后"生活压力"与"家庭暴力"一次次在耗损夫妻间固有的情感与信任,"出轨"和"外遇"作为一种催化剂彻底促成了"婚变"结局的最终生成。

---

[1] 弗洛伊德. 自我与本我[M]. 张唤民,陈伟奇,林尘,译. 上海:上海译文出版社,2011:38.

然而，这种家庭单元的重组并不能完全修补固有婚姻轨迹的破损，感情的创伤制约着新家庭成员间亲情的建立和原有家庭成员健全人格的形成。个人婚姻生活的"前史"和原配子女家庭观念的"扭曲"伺机而动，成为新的婚姻家庭秩序再次被打破的节点。另一方面，对死亡的恐惧也影响着家庭成员对家庭观念的转变和对情感渴求程度的提升。正如弗洛伊德在他后期理论中对本能的假设，"一切有机体的本能都是保守性的，都是历史形成的，它们趋向于回复事物的早先状态"，进而得出一种结论"有机体的发展现象必须归于外界的干扰性和转变性影响"①。毋庸置疑，外部的破坏和生命个体对生存的焦虑会导致其自身力比多对象的转移和对固有生存状态的依赖。事实上，这一点也有效地证明了后文提及的"回归"模式的存在价值。《有一种毒药》（万方）和《老爸，开门》（费明）先后涉及了"死亡"与"等待"的母题，并将这种哲理层面的探讨切实地融入现实的家庭生活中。扮演母亲角色的兰宏由于身患癌症产生了与身体残疾的儿媳小雅类似的生存焦虑，也正由于这种焦虑，使得这种家庭成员间的对峙超越了以"家庭地位和经济利益"为争夺对象的婆媳冲突，而深化为一种基于生命存在和自我价值实现的需求竞技，对儿子/丈夫高科的争夺也作为一种力比多对象的转移完成了对爱欲的非压抑性升华。相比之下，《老爸，开门》对该主题的呈现意图更为明显，剧作者费明在场景设置和人物对话中对"时钟"的凸显直指"等待"的主题。女儿的探望和续弦妻子的陪伴都是作为对父亲查浩杰个人生活"情感缺失"的填补而存在。剧作者借二者的交替呈现有意揭示的是单身父亲对生活的恐惧与对情感的渴求，女儿是否要搬回家中也自始至终牵绊着父亲生活态度的形成，直至病危通知的揭晓将这种"等待"推向永久，也将这种人生境遇的"残缺"最终定格。除此之外，剧作家所塑造的父辈形象多是经历过"文化大革命"时期的知识精英和工人骨干，例如《活性炭》（喻荣军）中的董雄山和《老爸，开门》（费明）中的查浩杰，《忏悔》（万方）中的陈其骧和老金等，受时代的影响，剧作家对这些人物塑造整体表现出"伤痕文学"的情感基调。父辈形象对原配妻子和旧时恋人的"负罪感"（"负疚感"）造成了晚年生活中的"情感缺失"，其对固有情感的追溯具有一种忏悔色彩和救赎意识，这种"情感缺

---

① 弗洛伊德. 自我与本我［M］. 张唤民，陈伟奇，林尘，译. 上海：上海译文出版社，2011：40.

失"也作为一种特定时代语境下的人间失格被推向历史的纵深。总之,"缺失"作为都市婚恋生活中普遍存在的生存境遇被众剧作家倾情呈现,既是结构衔接和情节逆转的情绪基础,也是观念探讨和价值溯源的表述策略。

作为对"缺失"的填补,"外来人"的形象应运而生。从编剧技巧层面来讲,以"外来人"的出现作为改变剧情发展的转折并不稀奇,对"外来人"母题的探讨也一直是学界的热点。然而,21世纪以来,剧作者对都市情感的书写中,"外来人"的人物设定并非只是作为推进剧情发展的手段,其故事的呈现过程本身蕴含着剧作家对都市境遇的文化指涉,还有对情感困惑的深入思考。正如研究者在谈及喻荣军笔下的"外来人"形象时曾指出:"我看喻荣军笔下的'外来人'母题,不是从编剧技巧的角度,我关注的是与此相关的人物、主题及社会背景。"[①]事实上,孙惠柱对喻荣军剧作中"外来人"母题的开掘视角,同样适用于万方、邹静之和费明等剧作家的相关创作。首先,就角色的年龄层划分和人物间的血缘关系来看,外来人与原住民(被探访者)往往存在代际差距。如喻荣军的《活性炭》和费明的《老爸,开门》,无论是父亲进城对已经离婚的女儿的看望,还是女儿先后七次回家探访单身的父亲,探访者与被探访者之间始终保持着一种长幼关系,所牵扯出的是有关两代人之间亲情的故事,前后两者的沟通与问询表现为长辈与晚辈对彼此生活的体味与关爱。探访者作为叙事者的眼睛为读者/观众层层揭开被探望者的生活原态,伴着在情感层面对"缺失"的填补与宽慰也从另一个侧面呈现出两代人各自内心的孤独与寂寥。其次,就主题的呈现和故事情节的走向来看,维系外来人和原住民(被探访者)交流的节点都集中于对婚恋观念的探讨。正如剧作家喻荣军对自己作品的界定:"一个发生在去年冬天里用心交流的故事,一个关于情感沟通的话题与人生体验。"[②](《去年冬天》);"这又是一个发生在冬天里的故事,一对处于情感冬季的男女,因为一段冰封已久的如烟往事,带出另一双经严寒霜冻的心灵。"[③](《活性炭》)面对渐行渐远的恋人和即将破碎的婚姻,老房东陆少丰和老父亲董雄山分

---

① 孙惠柱. 角度·深度·温度——喻荣军几个作品中的"外来人"母题[J]. 艺术百家,2012(3).
② 喻荣军. 天堂隔壁是疯人院落——喻荣军话剧作品选[M]. 上海:上海锦绣文章出版社,2007:369.
③ 同②370.

别用自己的过往引导着晚辈困惑的人生，两代人婚恋观念的差异与隔膜也在温馨至诚的沟通下得到弥合与理解。作为情节发展的延伸，上一代人的情感故事也在这种"沟通"中，作为一种开解当下境遇的历史参照物而自然呈现。再次，就社会背景和地域文化的归属层面来看，外来者与原住民的对峙大都缘起于自身对城市归属感的追认。以喻荣军的《去年冬天》和《午夜哈瓦那》最具代表性，城市新贵李成与安昊各自的"利益婚姻"和底层打工者关路和陈希的"感情纠葛"都源于自身作为"外乡人"对"城市人"身份的缺失，其对"城市人"身份的获取只能通过牺牲个人情感与尊严来实现，其各自的婚姻作为融入都市上层的媒介被赋予功利化的色彩。与此同时，这种利益婚姻使得"外来者"和"原住民"之间的关系被升级为一种"非都市人"和"都市人"的对峙，后者作为利益的施予者承受着与前者作为被施予者同样的情感困惑。在现代都市生活的压制与异化过程中，婚姻的情感基础被消耗殆尽，情感诉求与身份诉求作为不可兼得的精神向度，共同构成了"外来人"的选择困境。

事实上，"外来人"的形象起初是以"拯救者"的姿态出现的，《活性炭》（喻荣军）中挽回女儿董米雪失败婚姻的老父亲董雄山，《花事如期》（邹静之）中挽救失恋女孩海伦生命的快递员"子青"，还有《老爸，开门》（费明）和《去年冬天》（喻荣军）中给予独身老人陪伴的女儿查燕和年轻房客李成、白兰等。"外来人"的出现改变了剧情发展的走向，打破了剧中人物原有的生活状态，成为剧中人生活轨迹的转折点。与此同时，"外来人"在完成其"拯救者"使命的同时，通过剧情的穿插和情感的袒露，实现了对自我境遇的反思和精神层面的洗礼，其人物的设定作为"被拯救者"同时存在。除此之外，在推动情节逆转之余，剧作者通过巧妙的安插，借"外来者"之口呈递当代社会的择偶标准和现代都市的婚姻观念，进而深化了情节逆转背后的哲理意味。当然，剧作家对婚姻观和幸福观的彰显并非仅仅依赖故事情节的逆转和人物对话的直陈，而是熔铸于剧中人生命定的"回归"和故事结局的"留白"。

三、结尾的留白：命定的回归与幸福观的探讨

纵观21世纪以来剧作家对都市婚恋剧和家庭伦理剧的结尾处理，类似《去年冬天》《活性炭》和《老爸，开门》这样清晰明了的锁闭式收场并不多见，以开放式结局作为收尾的处理方式更为普遍，如《报警者》、《原野》（原名《杀人》（万方））、《香水》等"多重叙事"般的复式处理，《合同婚姻》《关系》和《性情男女》等"未完待续"般的诗意留白。事实上，这种对"开放式"收尾的认同感与剧作者本人的创作初衷和都市纷繁复杂的婚恋现状有很大关系。

以剧作家万方的剧作为例，结局的不确定性源于剧作家万方本人对剧中人命运铺排的虚化处理。万方在谈及《报警的孩子》创作时曾表示，"宁可让自己处于一种模糊的混沌的状态"，"甚至相信这是进行艺术创作必须的状态"①。当然这种虚化的处理并不是针对剧中人物的行为动机，而是针对剧中人物价值观念的评判标准。换句话说，剧作家万方是凭借剧中人物的性格而非本人的意志决定剧情走向的，就像万方本人一再强调，戏剧创作本身是为呈现一种"人类的境遇"，"其他最好交给他们自己去选择，去采取行动，彼此投射出生命的影像。"以此来看，人物性格的多元化塑造决定着剧情走向的多重性可能，复式结尾和开放式结局的出现顺理成章。如果细心梳理万方的创作历程不难发现，从早年的影视作品《走过幸福》《空房子》《空镜子》到近年来的戏剧作品《有一种毒药》《关系》《冬之旅》等，其创作自始至终致力于对现代人生存境遇和精神困惑的呈现。"境遇"书写源于对生活的浓缩，"困惑"产生源于对选择的焦虑，剧作家万方对剧中人物命定的多重设置既是其对现实生活的客观描摹，也是对"人生中的歧义"的形象演绎。"戏剧创作当然是以人类经验为基础的，但一个剧作家更应该发现人生中的歧义，并把它推向极致。"②事实上，这种戏剧观念的形成不仅影响着万方创作风格，也同样引导着21世纪以来都市婚恋题材剧整体的创作潮流。识破谎言还是自我欺骗（《香水》），以身殉情还是选择新生（《花事如期》），遵从惯性还是尊重情感（《性情男女》）

---

① 万方. 墙上裂开了一条缝——《报警的孩子》创作谈[J]. 剧本，2011（2）.
② 同①.

等等，"选择"无处不在，只是受制于剧作家个人的审美偏好，做出不同程度、不同样态的展现。无论是对故事真相的多重解读，还是以一段音乐或一个剪影作留白式的处理，其创作意图和理念本身都如出一辙并无太大差异。

  当然，这种模糊化的结尾处理方式也彰显出剧作者本人对剧中人物价值观评判的不确定性。婚外恋和第三者作为当下都市文化的时代症状在21世纪以来的婚恋题材剧和家庭伦理剧中多有涉及。然而，面对这些情节元素，剧作家并未以道德说教般的姿态进行引导性的评点，而是多从人性复杂性的角度来分析和探讨。客观来说，这种整体的创作趋势在"大尺度"噱头的炒作中赢得了大量的票房和广泛的社会关注，也遭到了主流媒体和文艺评论界的深刻质疑。仍以万方的剧作为例，评论者在讨论万方的剧作《关系》时曾指出："全剧最后的价值取向也让人觉得迷茫。"[①]据万方自己回忆，该剧目在北京人艺艺委会审戏时，引起不小的波澜，一度让郑榕老师"一句话没说，闷闷地走了"[②]。诚然，婚外恋、第三者，甚至第四者作为一种客观存在的婚姻境遇和时代症状为剧作家所演绎本无可厚非，以人性复杂性为出发点的整体创作潮流也应该予以推崇，而不是从题材层面和道德层面加以苛刻的限制。事实上，这种潮流所存在问题不是不该写，而是写得不够彻底。剧作者万方在接受访谈中表示，"我一直同意意大利导演里尼的说法——男性是没有不喜新的，不行动也只是因为条件不允许"[③]；徐坤在剧本创作中也通过第三者与丈夫在潜意识层面对爱情、欲望和婚姻关系的探讨，表达男性喜新厌旧的欲望诉求和回归秩序的婚姻"惯性"等。结合剧作家访谈和戏剧文学创作本身不难看出，创作者的意图非常明确，就是客观地呈现都市人的情感境遇，但从故事的收尾反观其各自的创作，其态度又显得含混而不够决绝。

  整体来看，剧作者并没有塑造出多少个"喜新厌旧"的男性角色，相反却塑造出众多"喜新不厌旧"或"喜新不弃旧"的前任形象。再婚后和前妻一起给女儿过生日的祁士高（《性情男女》），在给现任妻子签订"合同婚姻"后毅然返乡照顾

[①] 周珉佳. 从李伯男的"剩女"题材话剧看小剧场话剧的生存困境[J]. 戏剧文学, 2012（12）.
[②] 罗屹. 《关系》之爱情悲喜剧[J]. 新世纪周刊, 2009（6）.
[③] 同②.

病重前妻的苏秦（《合同婚姻》），晚年进城探寻旧时恋人下落的老父亲董雄山（《活性炭》），离异后和曾有过恩怨情仇的学生再婚的老教授查浩杰（《老爸，开门》）等，剧作者在故事结构衔接层面表现出对"回归"模式的刻意青睐，在人物形象塑造层面存在对"前任"形象的美化倾向。一方面，源于心理层面的"负罪感"，"前任"回归的行为动机确实存在一定的合理性。"良心"作为一种社会道德层面的约束，以人性本真和伦理道德的名义引导着"前任"的处事原则。正如赫伯特·马尔库塞所指出，"负罪感，即对由违背这些束缚或想违背这些束缚的愿望所产生的惩罚需要（特别是奥狄帕斯情结中）便充斥于心里生活"[1]，一旦现实婚姻的制约被打破，作为一种对"负罪感"的弥补，"前任"的回归顺理成章。另一方面，这种"回归"模式打破了单一的时间向度，凭借对"记忆"的重拾，完成了对幸福观念的诠释。"因为只有记忆才能提供一种无须忧虑其消逝的快乐，因而也只有记忆才能使快乐具有一种本来不可能具有的持久性。"所以"幸福本质上还是一件过去的事。失去的天堂才是真正的天堂，这一极妙的格言肯定并挽救了失去的时间"[2]。通过对这种回归模式的营造与幸福观念的诠释，剧作者有效地契合了都市文化中的婚恋状态和剧场文化的审美期待，观众/读者为情节和情绪所感染，沉浸于对现实境遇和逝去时光的感伤与怀念。然而，这种理想化的收尾过于温婉不够尖锐，存在主题偏离和价值混淆的弊病，作为一种现实题材的戏剧创作其现实性和深刻性被大大削弱，其对都市文明与现代婚姻之间关系的挖掘与探讨，也被多重人物关系间的情绪渲染和情节演绎所覆盖。

另外，"回归"模式不仅表现为行为动作对"过去"的追溯，也表现为人物品性对"本真"的还原。通俗来讲，就是剧作家热衷于对"前任"形象的人性塑造和精神美化，用都市文明的现实压力和人性情感的爱欲渴求，冲淡婚姻背叛和弑杀亲朋的道德控诉。事实上，这种"无是非"的价值观导向正是该类创作屡遭诟病的症结所在。以喻荣军的戏剧文学创作为例，作为21世纪以来的剧坛崛起的新星，其

---

[1] 赫伯特·马尔库塞. 爱欲与文明[M]. 黄勇，薛民，译. 上海：上海译文出版社，2012：22.
[2] 同[1] 214-215.

创作模式富有一定的代表性，婚姻"前史"的记忆嵌入和旧时恋情的交错呈现是其结构剧情的常用方式。凭借诗性语言的温煦呈现、外来人母题的巧妙融入与都市魅惑的巧妙融合，其剧作整体对回归模式的演绎独具匠心，多是都市婚恋题材的上乘之作。然而，通篇读来竟没有一个"恶人"，无论是急功近利选择利益婚姻的都市白领（《去年冬天》），还是利欲熏心尊严沦丧的打工者（《午夜哈瓦那》），他们对情感的背叛、对人性的背离都因低收入者的身份和"外来人"进城的现实困境而被理解。部分剧评者曾将这种喻式创作风格中的"温度"营造归因于剧作家本人"曾经是外来人但又相对顺利的人生经历"[1]。对现实苦难境遇的体验缺失并不是喻荣军本人对剧作结尾"温性化"处理的根源所在，而是出于对观众/读者审美期待的考虑，即"通过自己的作品给那寒冷的冬天增加些'温暖'"，"带给'心底冰冷的人们一些慰藉'"[2]。冬日的故事多以春节的爆竹声收尾，雪夜的场景铺陈多以黎明的些许曙光留白，甚至类似《去年冬天》中对李成的利益婚姻的补叙——借其对瘫痪妻子的责任感赢得观众对其人性本真的理解与宽慰，种种结局的温性化处理都充分地印证了剧作家本人的创作初衷。然而，正是这种刻意的自我宽慰，在满足受众审美期待的同时，却失去了对都市生活境遇客观呈现。此类作品作为一部部都市风情剧和成人童话剧颇为成功，而作为对现实题材的呈现则显得不够厚重，略感张力不足。

相比之下，万方剧作的整体风格则较为"激越"，从剧作名字的设置[3]、故事场景的铺陈[4]，再到情节走向的极端化处理[5]，自始至终都呈现出"雷雨"前的郁积与"雷雨"时的酣畅。尽管其自身曾声明父亲曹禺文章对自己创作的指导意义，

---

[1] 孙惠柱. 角度·深度·温度——喻荣军几个作品中的"外来人"母题[J]. 艺术百家，2012（3）.
[2] 刘平. 以诗人之心描摹都市人人间风情——试论喻荣军话剧创作的艺术特色[J]. 戏剧文学，2012（8）.
[3] 万方对剧作的命名，起初都带有刺激性，有肃杀、惊异之感，类似《杀人》（后改名为《原野》）、《报警者》和《有一种毒药》等。类似《关系》中妻子与情人的直接会面，《有一种毒药》中婆婆与儿媳的当面对质的情节。
[4] 例如《关系》中妻子与情人的直接会面，《有一种毒药》中婆婆与儿媳的当面对质的情节。
[5] 例如《报警的孩子》《关系》和《原野》中涉及了"弑杀"和"服毒"的情节。万方. 墙上裂开了一条缝——《报警的孩子》创作谈[J]. 剧本，2011（2）.

"戏要写透，但又不是一览无余，和盘托出"①，也一度把剧作《杀人》《报警者》和《忏悔》名字改为《原野》《报警的孩子》和《冬之旅》，但整体风格对戏剧冲突升级和剧情节奏紧迫的追求从未改变。事实上，这与剧作家本人戏剧文学创作观念中对剧场效果的重视有关。正如万方自己所说，"在写作时经常向自己提问：注意，现在你拿什么吸引观众坐在座位上？""我信奉一条原则，或者说两个字：'好看'。就是说，戏只要开场了，目的就是要赢得观众的兴趣，越快越好，然后你的工作就要使他们的兴趣保持稳定，使之有增无减，直到最后"②。笔者认为，这种对剧场效果过分重视造成的对情节构建和人物关系设置层面的刻意与生硬，让人在观后/读后觉得有点不可思议。复杂的人物关系和人性诠释也同样冲淡了创作者的创作初衷，确实容易对观众/读者的价值观念产生误导。另外，这种迎合姿态，也同样表现在其对结尾"美好愿景"般的描摹和人性回归般的设置，如《有一种毒药》结尾对婆婆兰宏身患癌症的补充，以及《报警者》中对孩子肖加未曾弑杀亲朋的另一重结尾的补叙，都为激越的冲突与残忍的现实做了一定程度的"美化"，这与喻荣军的"温性化"收场虽有区别却是殊途同归。作为一种对剧中人物的性格塑造，行为动机为性格与情感所驾驭本无可厚非，刻意关注道德层面的负疚与缺失只会造成剧作家在创作过程中价值观念的进一步含混。结尾对人性在道德层面的填充与弥补换来的是社会的理解与同情，削弱的却是作品对都市生活和婚姻境遇探究的深刻与力度。

另外，《老爸，开门》结尾父亲去世与孩子出生的并置，《关系》开场与尾声旧情人（叶航）与新情人（刘天）的身份易位富有深意，作为一种生命意志的交替，人生际遇的轮回，其哲理意味的呈现别具匠心，作为这种整体回归模式的升级值得肯定。整体来看，"回归"作为21世纪以来婚恋题材戏剧的创作潮流有其特定的心理成因和市场需求，"过去"作为一种幸福的回忆和对时间向度的打破有效地制约着对当下都市文化境遇的价值评判，而结尾的留白则通过对二者的呈现与定格促成了婚恋题材戏剧的剧场效果，也在某种程度上限定了其艺术价值层

---

① 万方. 墙上裂开了一条缝——《报警的孩子》创作谈[J]. 剧本，2011（2）.
② 万方. 写戏有感[J]. 新闻与写作，2007（6）.

面的理论深度。

综上所述,21世纪以来的都市婚恋剧和家庭伦理剧以都市人的婚姻境遇为素材,以都市文化的现代魅惑为背景,其场景的铺陈、情节的逆转和结尾的留白都具有相应的审美价值。剧作家群体借对都市人个体在都市生活中情感困惑的生动演绎,探寻着现代人在现代文明中生存困境的根源。然而,受制于主流文化的道德诉求和剧场文化的审美期待,这种探讨往往被煽情的现实哭诉与感人的幸福感言所淡化,沦为浅尝辄止的境遇铺陈和体验陈述。当然,其富有哲理的婚姻观探讨和带有轮回命定的叙事策略提高了整体创作的艺术价值,也避免了沦为恶俗的三角恋和青春感伤叙事的可能。作为对都市生活的浓缩与撰写,这些剧作对现代性焦虑的问询和对都市文化境遇的描摹整体呈现出较为合理的发展态势。

第二节　打工者的生活困境

20世纪末特别是21世纪以来,"打工"文学创作大量出现,对打工者的境遇书写和命运探寻已成为时下较为突出的文学现象和文化热点。正如研究者所说:"如果宏大的历史叙述着眼的是现代化的成果,那么处在世事变迁中的普通人,尤其是底层大众的命运和他们的心灵史,才是艺术家应当关注的焦点。"[1]就21世纪以来的戏剧文学创作而言,剧作家群体主要以东北老工业区的下岗工人、贫困地区农民和进城打工者为人物原型,通过对其生存境遇和生活状态的细致描摹折射出当下的历史语境和时代浪潮对底层精神世界的撞击与扭曲,挖掘在现代文明建设和经济发展过程中底层人生命价值观念的蜕变与坚守。创作成果方面,先后涌现出李宝群的"工人三部曲""底层人三部曲",许多的"打工者戏剧",陈佩斯的"民生三部曲"和过士行的"尊严三部曲"等系列作品。另外,以李龙云的《万家灯火》和由吴瑕、生志昊、白先陆、陈磊、温良昆共同创作的《枣树》为代表的老城区改造戏,以杨利民的《秋天的二人转》和李宝群的《相伴一生》为代表的底层艺人传记剧也富于独特的地域民俗韵味,并带有充沛的剧场感染力。如果说生活化的场景重现、情感化的叙事铺陈和富有时代感的历史映衬是21世纪以来底层叙事的整体风格,那么时代变迁下的世道人心之变和现代文明进程中的现实空间之变才是该题材戏剧文学创作的情节内核。

---

[1] 宋宝珍. 底层生活的讲述者与底层精神的开掘者——评李宝群及其戏剧创作[J]. 文艺理论与批评, 2008(5).

一、变革:时代风潮与社会阶层的易位

在现代文明进程中,社会阶层的划分是一种以经济实力为现实原则的身份定位,"社会根据其成员竞争性的经济的操作活动而被分成各个阶层。"①具体到中国的传统文化语境中,阶层的划分不完全以经济地位为标准,也涉及权力意志和道德伦常。事实上,后两者在传统观念层面对社会阶层划分和社会成员身份的界定起到了更为决定性的作用。然而,20世纪80年代末至90年代初,伴随着国家对市场经济政策的推行和西方现代文化思潮的进入,整体的经济结构构成和国民的精神价值体系发生了显著的变化。一方面,民营企业大量出现,少数个体业主暴富和部分产业工人下岗的现象相伴而生;另一方面,自由观念和竞争意识开始普及。整体来看,经济实力作为一种特定的"现实原则"成为影响社会成员身份与地位因素之一。与此同时,这种品评标准也影响着社会成员所属社会群体的重新安置。"工人"群体首当其冲,该群体成为21世纪以来底层叙事的重要素材。

李宝群的"东北产业工人三部曲"(《父亲》《矸子山上的男人女人》《黑石岭的日子》)是该类题材戏剧文学作品的代表。出生并成长于东北沈阳工人大杂院的剧作家李宝群,凭借对工人生存境况的熟稔和细致动人的笔法为读者和观众呈现出一幅幅真实得近乎残忍的工人生存图景——偏厦丛集的工人村、低矮拥挤的棚户区、尘烟弥漫的矸子山。然而,其戏剧文学创作的艺术价值并非止步于对北方工厂、矿区和矿山等劳动场景和生活场景的定格描摹,而是赋予其时代变革语境中的流动演绎,其对人物的塑造也多涉及原有身份姿态和现实生存境遇的对比呈现。

以《父亲》(1999年)和《矸子山上的男人女人》(2007年)为例,二者先后作为中华人民共和国成立50周年和改革开放30周年的"献礼剧"呈现于舞台,均涉及了"产业工人下岗"的题材,旨在塑造东北百姓的人物群像。根据剧本的创作时间和创作初衷不难发现,剧作者本人独到的时间观念和反思意识。剧本的时间描述均为"现代",从"当下"的"下岗"境遇写起,东北产业工人成批下岗和矿

---

① 赫伯特·马尔库塞. 爱欲与文明 [M]. 黄勇,薛民,译. 上海:上海译文出版社,2012:34.

区拣煤女工的集体失业是作为一种"当下"最为迫切的社会现状被挖掘和呈现的。依照剧作者自述,"1997—1998年前后,东北地区大中型企业进入了巨大的经济困难时期。我记得,当时东北各大城市,特别是沈阳这个老工业城市,到处都是下岗工人……很多地方都有'下岗一条街'、失业工人在那摆摊,干什么的都有,我的很多同学也在那里面"①。《父亲》中的很多人物都有其特定的人物原型,"下岗一条街"和"铁西的工人村"是该剧本创作时生活积累的重要源头。为了创作《矸子山上的男人女人》,剧作者也"用了长达两年时间去辽宁的矿山搜集素材,登矸子山,进棚户区,走访矿工"②,剧中"平平"下岗后靠种兔为生,长年照料生病的丈夫、婆婆的情节就是根据剧作者在抚顺和阜新的矿山体验生活时遇到的真实故事改编的。从素材搜集的方式和创作完成的时间对比来看,两部剧作近乎是"应时"演绎和"本色"呈现,沈阳的大中型企业经济滑坡、抚顺和阜新矿区的资源枯竭作为国家经济转型期的时代缩影被如实陈述,与之相伴而生的产业工人、煤矿工人下岗失业问题作为"当下"最为迫切的社会焦点被深入探讨。正值文艺界为国家庆典之际,两部作品的完成和上演有其独特的文化内涵和时代意义,这种直面现实的创作态度和不忌时弊的创作勇气是两部剧作取得一定艺术成就的前提。

然而,两部剧作对人物的设置和生活场景的铺陈却并不局限于"当下",而是通过剧中人物的自述和他人转述将"昔日"境况不断融入其中。贴满奖状证书墙面的场景设置和劳模先进、优秀员工的身份安排普遍存在于该类题材的戏剧创作中,甚至作为剧中人物失业再就业时的"无用资本"被一次次提及。正如研究者所指出,"李宝群笔下的人物,大多数都面临着一个灾难,那就是生活脱离了固定的轨道,每一个人都无法把握自己的生活"③。"下岗"既是这场灾难的源头,也是该群体生命旅途的转折。昔日爱厂如家、"从不请假"的优秀员工由于没有学历沦为"被人养活"的待业游民(《父亲》中的大玲),曾经的劳模、生产队长由于变形的手指被用人单位拒之门外(《矸子山》中的佟丽)。原有生活轨迹的优越与当下现实

---

① 李宝群. 从梦想到现实:李宝群戏剧随想集[M]. 北京:中国戏剧出版社,2016:343.
② 同① 12.
③ 高扬. 李宝群的尊严[M]//樊国宾. 从《父亲》到《长夜》,李宝群剧作评论集. 北京:中国戏剧出版社,2016:104.

境遇的窘迫形成强烈反差，昔日的工作履历与现时用人标准的"断层"使得该群体的人生转折变得愈加乖戾与残忍。另外，这种人生轨迹的转折也呈现于两部剧作对主人公"杨万山"和"秦铁柱"的形象塑造，前者由"八级工匠"、劳模沦为"没能耐，只会在家里骂"的"四等爸爸"，后者由掘井队队长、工人领袖沦为"编瞎话，吹牛说大话"的"秦大咧咧"。二人虽没有直接承受"下岗"带来的经济损失，但剧作者对二人在家庭和工作群体中地位下降的刻意呈现颇具深意。一方面，剧作家将下岗工人现实状况镶嵌于其个人人生境遇之中，使"下岗"作为一种"灾难"的演绎，超越了单纯经济层面物质缺失的呈现，而深化为一种精神层面身份焦虑的外化。另一方面，剧作家通过对工人"前史"的有意追溯，将"下岗"这一普遍的社会现象安置于变革的时代背景下，使该群体的阶层易位拥有较为明确的时代指涉。正如研究者所强调，"李宝群写出了一个时代，即以第二产业为国家主要经济支柱的时代即将结束，以第三产业即信息化和服务业为国家主要发展动力的时代即将来临。与此同时，以产业工人的生活价值观为社会主要行为准则的局面越来越难以为继，而新兴的劳动者，白领与中产阶级新型的社会关系呼之欲出"[①]。笔者认为，两部剧作对"时代变革"的追认与浓缩也是其在众多同时代"下岗戏"中脱颖而出的关键所在。

事实上，剧作家本人借工人群体"生活轨迹"的变更指涉"时代变革"的意图在其稍晚的创作《黑石岭的日子》《师傅》和《长子》中表现得更为明显，时间跨度明显拉长，直接以年代分幕，以不同时期的文化景观作为推动幕与幕之间情节发展的故事背景。具体到19世纪80年代至今的阶段性呈现，其对时代风潮中工人群体社会阶层易位的探讨与精神层面心理落差的描摹仍然是一以贯之从未改变的。改革开放、产业结构调整和市场经济转型作为一种现代文明建设的必由之路，其时代意义不容置喙。以李宝群"产业工人三部曲"为代表的底层工人戏剧创作也并未质疑其变革的历史意义，而只是聚焦于为时代所"牺牲"的特定人群，通过袒露该群体在时代洪流中的身份落差和内心纠葛，探寻现代文明进程、社会阶层定位与底层

---

① 高扬. 李宝群的尊严[M]//樊国宾. 从《父亲》到《长夜》，李宝群剧作评论集. 北京：中国戏剧出版社，2016：105..

人现实生活境遇之间的相互关系。在现代文明进程中,经济地位的反差构成并长期维系着社会阶层的固化,时代风潮的涌动波及并一度影响着社会成员的阶层观念的形成。事实上,底层叙事中的阶层易位现象并不局限于在产业工人题材中的戏剧演绎,也同样存在于同时代的都市白领戏剧和打工者戏剧的创作中,例如《厕所》和《秋天的二人转》中以返城知青"史老大"和"老锁"的视角领略"强盗发财,艺人堕落"的时代乱象,以及《午夜哈瓦那》和《厕所》中借着打工者"陈希"和包工头"三丫儿"之口阐释"白领蓝领"①"高等下等"的阶层划分,其对文明进程中普通人命运翻转轮回的演绎极尽戏谑之能事,对"那个时代造就的一批废物"②的境遇探寻也足够深刻。作为底层叙事的共同题旨,不同题材对变革时代"小人物"的境遇呈现与精神探寻是相一致的,只是"产业工人下岗"作为呈递收入终结、心理落差等现实困境的素材最具代表性,因此也成为底层戏剧研究最不能绕过的原点。

二、追寻:生活样态与生存空间的调整

据美国文化批评家丹尼尔·贝尔对"后工业社会"概念的界定,20世纪40年代以来人类社会的核心任务已然从"人与自然的斗争""人与机器的斗争"变为"人与人的竞争",而决定这场竞争胜负的标准则是对现代化生活样态的享有和对文明规整的生存空间的驾驭。③纵观20世纪末以来中国社会经济文化的发展态势,变革作为一种时代语境一直并将长期存在。这场变革不但意味着社会形态向"后工业化"的迅速转型,也伴随着中国境内社会成员间世态人心的巨大变迁。一方面,城市以及其与生俱来的现代生活景观逐渐成为农民、下岗工人和下乡知青毕生追寻的梦想;另一方面,现实境遇的残忍与生存空间的(现状)缺失也注定了异乡寻梦者价值观念的扭曲和精神世界的坍塌。

---

① 喻荣军. 天堂隔壁是疯人院落——喻荣军话剧作品选[M]. 上海:上海锦绣文章出版社,2007:266.
② 过士行. 厕所[M]. 北京:中华书局,2015:159,146.
③ 丹尼尔·贝尔. 后工业社会的来临[M]. 高铦,王宏周,魏章玲,译. 北京:商务印书馆,1984:133-134.

21世纪以来,"打工者戏剧"极大地丰富了演出市场,如《打工棚》《一个民工的美丽期待》《我们的世界我们的梦想》和《城市的村庄》等,凭借其自述型的故事呈现策略、生活化的场景设置原则和原生态的语言表现风格成为近年来历次现代戏剧展演的焦点。尽管其现场效果的震撼与其故事本身的社会热点效应不无关联,但该类题材戏剧自我舐伤的创作勇气和以命燃灯的表演态度仍使其获得的市场价值予以肯定。从编剧角度来看,"剪刀差式"的剧情结构铺排成为该类题材戏剧创作的整体选择。城市及其现代文明的生活样态是作为进城打工者的想象而被臆造出来的,现实境遇的残酷与理想梦境的美好相差甚远,拥挤的生活条件、微薄的经济收入和不平等的身份待遇成为众剧作家创作的主要素材。然而,剧作中打工者生活的艰难与窘迫往往是在城市原住民和资源占有者生活的富足与奢华的映衬、比对中呈现出来的。无论是《城市的村庄》(许多)中农民进城做工受到的苛刻待遇,《嫂子》(李宝群)中工伤家属在打官司过程中所遇到的冷眼相待,还是《阳台》(陈佩斯)中建筑工人为追讨拖欠的工资在富人别墅中的以死相逼等,剧情开展均以都市文明的麻木、奢靡的负面底色为背景,贫富悬殊、地位差距以及随之而产生的"都市乱象"统统作为打工者不得不去面对的生存境遇而被接受。按照劳逊的戏剧冲突理论,"戏剧是处理社会关系的"[①],"戏剧的基本特征是社会性冲突——人与人之间、个人与集体之间、集体与集体之间、个人或集体与社会或自然力量之间的冲突;在冲突中自觉意志被用来实现某些特定的、可以理解的目标,它所具有的强度应足以导使得冲突达到危机的顶点。"[②]由此观之,"不平等"作为打工者情感郁结的根源,正是该类剧作设置戏剧冲突的关键,而对"平等待遇"的渴求与追逐作为该群体自觉意志的释放,则成为剧中人物完成戏剧动作、走向危机顶点的合理动机。通过这种"剪刀差式"的结构铺排策略,众剧作家有效地克制了散文化叙事的平淡与冗长,凸显了戏剧结构特有的冲突与凝练。与此同时,这种有意将打工者与城市人、富人阶层对位的演绎模式,深化了该类题材的社会价值,

---

① 约翰·霍华德·劳逊. 戏剧与电影的剧作理论与技巧[M]. 邵牧君,齐宙,译. 北京:中国电影出版社,1979:207.

② 同①213.

以一种普通人的叙述视角,为读者和观众渐次打开了一幅更为多元的都市景观。

"打工者戏剧"出现的意义并不局限于"表达出一种新的声音",或是"显示出一种'草根'的力量"①,作为20世纪末"下岗戏"潮流的延续和"底层戏剧"题材发展的走向更值得深思。以剧作家李宝群创作的"打工者"题材戏剧为例,无论是在"辽艺"时期根据李佩甫小说《城的灯》改编创作的《月亮花》,还是进入"总政"后相继创作的《黑石岭的日子》《长夜》和"底层人三部曲"(《两个底层人的夜生活》《两个底层人的地下室》《两个底层人的白日梦》)等,其人物形象的塑造总是带有"产业工人"题材戏剧中"下岗工人"的影子。例如,因工致残仍然仗义担当的"刘黑子"(《黑石岭的日子》)、"赵大利"(《长子》),碍于生计一度沦落风尘的"亮亮"(《矸子山上的男人女人》)、"荷花"(《长夜》),善良真诚但是身单力薄的支部书记"秦大咧咧"(《矸子山中的男人女人》、三轮车夫"刘大伟"(《两个底层人的夜生活》),为爱远行进城打拼的"宋雁""赵家兴",以及自始至终不断出现的"嫂子"形象(《父亲》中的大玲、《黑石岭的日子》中的"淑芬"、《长子》中的"秀芝"、《母亲》中的"秦娘"、《嫂子》中的"嫂子"、《长夜》中的嫂子)等。不难看出,剧作者李宝群的戏剧创作存在两套极度相似的人物系列,一套隶属于20世纪末的经济转型期,一套存在于21世纪初的经济发展期,前者的阶层易位是后者打工叙事的根源,后者的现实境遇是前者时代悲剧在现代都市环境中的重演。如果说以"产业工人三部曲"为代表的"下岗戏"作为叙事的原点,呈现的是产业工人命运的时代变更和境遇转变,那么以《月亮花》《长夜》和"底层人三部曲"为代表的"打工者戏剧",演绎的则是都市打工者生活的城乡迁移和心态变更。作为底层叙事发展的又一阶段,这种类型创作凭借对打工群体的心境、情感的深入窥探将该题旨的内涵引向另一重境界。

当然,"打工者"群体并不仅仅包含大中型企业的下岗职工,还包括大量的纯粹来自农村的进城农民工和返城知青,对该类群体生存境遇的描摹在《阳台》(陈佩斯)、《厕所》(过士行)和《秋天的二人转》(杨利民)等作品中多有涉及。整体来看,众剧作家对该群体境遇的呈现旨在更为明确地凸显"异乡者"身份和"漂

---

① 刘平. 新世纪话剧创作特点及艺术成就[J]. 云南艺术学院学报,2011(3).

泊者"姿态，与时代境遇对其造成的"下岗失业"处境和"阶层易位"现状"看似"关注不够。《五百克》（过士行）中以身运毒的"骡子"，《厕所》（过士行）中替父上岗的"史爷"和《嫂子》（李宝群）中进城告状的"嫂子"等，仍有其普通工人和工人家属的身份底色，剧作本身对时代变革与小人物命运的关联性均有浅隐性的阐释，只是相对于对打工者所承受的"地域困境"的主题呈现而言，这种"时代困境"更多作为一种背景陈述暂居次位而已。

事实上，这种"背景陈述"作为开解"打工者"精神困境的重要源头仍然不容忽视。生活环境的改变所带来的生活秩序、生活方式和生命价值观念的相应调整，使得城市成为规范打工者行为准则和蜕变固有品性的养成场所；而时代风潮的变革所带来的阶层的固化、身份的易位和贫富的极大差距，又将城市变为桎梏打工人追寻美满生活和实现异乡愿景的巨大障碍。因此，时代困境和地域困境作为打工者异乡寻梦过程中的现实境遇是共同存在，而且相伴而生的。

"打工者戏剧"的故事脉络可以整体归结为打工者面对当下困境不断尝试突围的过程，而这种过程本身所伴随的则是该群体面对城市秩序、都市文化及现实境况在生活方式和价值观念层面做出的相应调整。一方面是身份观念和工作观念层面的改变，从传统大中型企业的矿工、建筑工和拣煤工到给个体跑运输、走险路的"车豁子"（《长子》）、走街串巷拉私活的"三轮车夫"（《两个底层人的夜生活》）、看厕所打扫卫生的"厕所管理员"（《厕所》）、倒腾衣服和玩具的"小摊主"（《长子》《两个底层人的夜生活》）、给高层建筑刷漆的"蜘蛛人"《父亲》等，阶层固化、城市资源定量加之该群体本身在知识和技术层面的匮乏，对条件极度危险恶劣、身份地位相对低下的社会工作的接受与认可既是打工者追求经济收入改变原有生活状态的途径，也是该群体不得已而为之的现实选择。另一方面是在道德意识层面和法律意识层面的改变，从传统矜持保守的农村妇女、勤劳勇敢的进城工人、真诚善良的打工农民，沦为风月场所的"站街女"（《秋天的二人转》中的刘嫂）、有钱人的"小三"（《矸子山上的男人女人》中的亮亮），腹中藏毒的"毒枭"（《五百克》中的"骡子"）、溜门撬锁的"小偷"（《长子》中的杨万林）等，对物欲文明的屈从与对现实窘境的逃避致使该类人群走上违法乱纪、道德沦丧的"绝境"。"换个活法""改改风水""过上城里人的日子"成为"打工者戏剧"中最为普遍和最为朴实的进城宣言。然而现实境遇的苦难与该群体异乡寻梦的期许则相差甚远，剧中人物不惜一切代价不断突围换来的则是依然的窘迫或是误入歧途后受到的更为严厉的法律制裁,该类"打工者戏剧"作为底层叙事的又一重维度续写了"打工人"时代困境后的又一重困境,对"小人物"无处可逃、无路可走的现实境遇的犀利描摹具有浓郁的现实主义味道。

当然,也有少数"成功者",类似《月亮花》中的"平平""赵家兴",《母亲》中的"宋雁"和《长夜》中的"老板娘"等,李宝群对该类成功者形象的塑造颇具深意。事实上,他们的"成功"仅限于对城市资源的获取和对贫困境遇的摆脱,其代价是对旧爱的割舍、对尊严的抛弃、对金钱的屈从和对道德的沦丧。其中,"宋雁"(《母亲》)和"赵家兴"(《月亮花》)作为现代版的"陈世美"被剧作家搬上舞台,二者前期艰辛的付出和情感的真挚与后期冷峻的处事方式和功利的情感选择形成强烈的反差,二者对"伴侣"的选择实际上是对生活方式、生存环境和生活观念的选择,现时恋人(富婆)代表着城市、富有和"成功",旧时恋人(村姑)代表着乡土、贫困和"失败"。前者作为二者进城打工所追求的梦想与成功的实现却面临着被赋予人格缺失和情感失败的道德审判,成为一种人生轨迹的悖论与底层突围者的悲剧。更为戏谑的是,《月亮花》中"平平"和"春月"的最终对峙,使读者/观众明白二人各自的人生轨迹本为一体,只是在时间层面互为先后,该情节对打工者命定轮回的呈现与探讨引人深思。其后,《长夜》中对该类成功者的人物塑造和命定探寻则更为全面和深刻,是该类人物谱系的一次集体亮相。研究者曾给予这部作品极为中肯的评价,视作"李宝群现实主义戏剧创作的第三级"[1],"李宝群创作上一个里程碑式的重要'拐点'",令人"感觉到一个'生活型'的作家向'思想型'作家的突破与转变"[2]。进城打工的"七兄弟"各自闯荡的人生历程和相互间的恩怨情仇几乎浓缩了所有打工者的悲欢离合和命定归宿,其中身负命债的黑矿主、拖欠工资的包工头、心怀愧疚的老板娘作为在物质层面"成功者"和生存空间的"享有者",既是曾经"小人物"与"打工者"艰难奋斗的目标与方向,也无时

---

[1] 欧阳逸冰. 李宝群现实主义戏剧创作的三个台阶[M]//樊国宾. 从《父亲》到《长夜》,李宝群剧作评论集. 北京:中国戏剧出版社,2016:22.

[2] 马也. 我看见了:登顶之前的李宝群[M]//樊国宾. 从《父亲》到《长夜》,李宝群剧作评论集. 北京:中国戏剧出版社,2016:17.

无刻不承受着昔日事业起步过程中"污点"与"罪恶"带来的焦灼与苦闷，最后只得借嫂子长夜中对真相的坦白和危难时打工者间的众志成城，实现各自人生命定的救赎与再度轮回。笔者认为，《长夜》对打工者"苦已尽、甘未来"的命定呈现和对该群体道德与生存二者悖论式诉求的深刻剖析，是其在21世纪以来"打工者戏剧"创作中地位置顶的关键所在。

"尊严三部曲"和"民生三部曲"作为对过士行和王宝社、陈佩斯系列创作的整体命名，其创作意图同样表现出21世纪以来"打工者戏剧"对民生与尊严不可兼得的二元悖论现象的整体观照。过士行一再强调，其作品"是以悖论的眼光看待人的生存困境……人的生存困境首先是人类全体的……人类最大的困境就是人自身"①。现代化的城市文明是以对下岗职工、进城打工者和返城知青困境书写反向描摹的，底层群体的现实困境源于其时代背景和地域条件的共同约束，但更源于该群体本身的身份困惑与内心纠葛的日常显现。因此，对底层人心路历程的深入探寻和对打工者心灵状态的深度开掘才是决定"打工者戏剧"创作能否超越单纯的"草根"定位，走向更为成熟的现实主义戏剧的关键所在。

三、重构：场景叙事与政治寓言的融合

底层戏剧文学创作对场景的设置通常较为统一和集中，多以拥挤破旧的棚户区、简易楼或大杂院作为故事叙述的主要背景，场与场之间的时间跨度通过景致的微调和带有时代色彩的语汇描述来进一步实现，整体采用一种生活流式的表现手法和社会群像式的散文结构铺排剧情，其景物的安置与冲突的延宕都有其特定的生命意象和时代隐喻，表现出一种生命意识和时代语境相互融合的演绎风格。以21世纪以来有关"棚户区拆迁"和"旧城区改建"为题材的戏剧创作为例，剧中人物所生存于其中的场景既是其日常生活演绎的舞台、所处历史语境的标签，也是整个故事情节演进的线索和人物关系发展的节点，"房子"作为该题材戏剧的"题眼"囊括并昭示着居住者的生命状态和时代归属。

---

① 过士行. 我的戏剧观[J]. 四川戏剧，2005（4）.

首先,"房子"作为社会存在的标识呈现了时代的更迭与历史的演进。以生活化场景演绎历史性变迁的结构范式在中国当代戏剧文学创作的发展历程中有着一定的传统,自中华人民共和国成立初期的《茶馆》(老舍)问世伊始,从新时期以来的《左邻右舍》(苏叔阳)、《小井胡同》(李龙云)、《天下第一楼》(何冀平)和《水下村庄》(陈健秋)等,到21世纪以来的《万家灯火》(李龙云)、《厕所》(过士行)、《索菲亚教堂的钟声》(孟冰)和《故园》(王俭)等,先后体现出剧作家群体对该种戏剧结构类型的沿用与发展。研究者曾经将这种"切取历史过程中几个横剖面,连贯起来,概括比较深广的生活内容和历史蕴涵"①的创作手法界定为"历史切片结构法"。具体到21世纪以"房屋拆迁"为情节内核的底层叙事,剧作者对"历史切片结构法"的借用仍然普遍存在,且整体风格趋于多元与写意。其中,一种是在舞台美术的布景呈现和戏剧文本的舞台说明中,通过对剧中人物所生活的"房子"富有时代感的布景和修饰营造出不同场次间相应的年代区分。《黑石岭的日子》中院墙上的时代标语和《矸子山上的男人女人》佟丽家墙上贴满的奖状证书,前者通过"口号"的更替完成对历史语境的陈述,后者借助"荣誉"的褪色隐喻人生境遇的改变。另一种是在剧中人物的回忆和叙述中,借助多媒体对灯光音响的效果营造和舞台场景的分区实现历史的"闪回"。《甲子园》(何冀平)剧中伴着黄仿吾的叙述,在房子不同墙面上映现出不同时代的历史名人字迹;《厕所》(何冀平)剧中伴着史老大的自述,在场景内萦绕出不同时代的相声音频;《索菲亚教堂的钟声》剧中随着柳芭的回忆,在房间内萦绕出的不同时代的音乐背景等。印刻在岁月痕迹中的字迹和回荡在百年楼宇间的底乐,既是场景中时代变更的轨迹也是场景中人物生命存在的背景。正如约翰·霍华德·劳逊所指出的:"说明也是一个动作:准备性的动作,正如一出戏的其他部分一样,也是一个由时间组成的单元,具备它内在统一性和明确的界限。"②"房子"作为"拆迁"题材戏剧的主要场景,通过其所涵盖的时代元素为普通人的生存境遇描摹出相应的历史语境,无论剧场舞美的

---

① 廖奔,刘彦君. 中国戏剧年鉴 2009 [M]. 北京:中国戏剧年鉴出版社,2009:309.
② 约翰·霍华德·劳逊. 戏剧与电影的剧作理论与技巧 [M]. 邵牧君,齐宙,译. 北京:中国电影出版社,1979:298.

布景本身，还是戏剧文本的舞台说明都是作为该类题材故事演绎的源头而存在的。

其次，"房子"作为生存空间的具象化呈现囊括了普通人的生命轮回和精神变迁。正如剧作家李宝群的创作自述，"房子，不只是社会民生问题，也和人生有关，和人的生存质量、人的精神生活有关"，"写房子不是我的目的，目的是写人物，展示人物的人生态度、道德操守和精神魂魄"①。不难发现，剧作家李宝群的"矿工戏""打工者戏剧"多以普通人对"房子"的购置与更换为剧情推进线索，类似《矸子山上的男人女人》《黑石岭的日子》和《长子》等，对"房子"的拥有作为一种现代化生活样态的标准决定着情侣间婚姻关系的确立，也影响着工友间情感关系的维系。一方面，"棚户区搬迁"作为打工者生存空间的拥有与生活环境的改善，昭示着该群体人生命定的延展和现代社会形态建构的完成；另一方面，"矿区分房"时的利益纠纷也作为底层叙事人性论战的擂台演绎着时代语境中该群体的精神变迁。

"居住权"是一种基本人权，现代人对居住权的渴求与争取本无可厚非。然而，外来人口的涌入与本地人口的回迁（比如知青返城）致使城市空间几近饱和，加之中国传统文化"买房置地"的思维惯性使得房产逐渐沦为阶层定位的价值砝码，正如《托儿》（王宝社）中"婚托儿"老板不断行骗所追求的目标依然是换大房、还房贷一样，这种恶性循环使得购买商品房成为低收入人群遥不可及的梦想，也使得"单位分房""棚户区拆迁"和"旧城区改建"成为城市低收入人群在城市获取生存空间的唯一途径。在众多"搬迁戏"中，《黑石岭的日子》（李宝群）、《枣树》（吴瑕、生志昊、白先陆、陈磊、温良昆）和《万家灯火》（李龙云）对该社会现状的演绎富有代表性。作为一种底层叙事的日常化书写，其故事叙述的开始并未涉及普通人经济的窘迫与社会地位的低微，而是不断强调剧中人物间情感的真挚与生活的和睦。"拆迁"与"分房"作为终止其固有生活惯性的节点，造成了对剧中人物原有性格的颠覆，嫌贫爱富的拜金思想和利己主义的价值观念在剧中人物性格刻画中逐渐被呈现出来。为了房产干预子女婚姻，最终闹得恋人劳燕分飞，工友恩断义绝（《黑石岭的日子》）；为了争取分房补助、多得面积，而非法搭建、上演"假离婚"的丑剧，最终导致亲人暴病、邻里失和、孩子离家出走（《枣树》）等。诚

---

① 李宝群. 从梦想到现实：李宝群戏剧随想集[M]. 北京：中国戏剧出版社，2016：268-269.

如弗洛伊德所总结道：人们的不幸来自三方面痛苦的威胁，即身体感知、灾难侵袭和与他人之间的关系，并强调"与其他任何痛苦相比，来自这最后一个方面的痛苦也许是最剧烈的"①。家庭、工作单位群体中人际关系的不融洽是造成人们精神困扰的主要根源，剧作者借大杂居式的集体生活场景的设置，通过演绎关于婚姻观念、邻里关系、工友情谊的急剧变更，描摹出在现实苦难中无助挣扎的众生相。这场关于趋利变异的人性擂台所呈现的不仅仅是人性的卑微与复杂，也浓缩了整个时代物欲文明和精神沦陷的发展悖论。

最后，"房子"作为家园的象征，其意象的重建被赋予了政策的引导和时代的必然。正如前文所述，"房子"作为搬迁剧的主要线索，的确关系着剧情起承转合的发展，演绎着世道人心的变迁。然而，这些剧作在涉及民生、尊严和阶层主题的同时，也同样关涉对国家政绩和政策语汇的宣传。事实上，这种主流意识形态和主旋律色彩在整个底层戏剧中都有或多或少的显现，而在以李龙云的《万家灯火》、温良昆整理的《枣树》和李宝群的《矸子山上的男人女人》为代表的"棚户区搬迁戏"和"旧城区改建戏"中表现得尤为突出。仍然主要以这三部作品为例，剧中管片警察"老田"、居委会工作人员"小洪"和女子拣煤队党支部书记"秦大咧咧"作为线索人物的设定，都无一例外地被赋予党政身份和政治色彩，他们在剧中的任务除了传达改建信息和搬迁政策之外，更为主要的则是以政府名义引导低收入群体改变现实境遇、顺利完成搬迁。作为联结政府政策推行与底层境遇呈报的纽带，虽有对政策推行过程中的尴尬处境的抱怨和在为民服务中屡遭冷落的伤感，但在整体上类似《万家灯火》中"田政府"对"咱们头顶国徽，代表政府"的身份认同与精神信仰自始至终从未改变。与此同时，就剧情的走向层面来看，《枣树》中邻里纠纷的最终化解和《矸子山》中工友矛盾的破冰也都与国家对住房政策的调整和对工人生活困难的关照有关，虽然"苦情戏"作为剧作家的惯用手段一次次以情感的名义唤回人性、扭转剧情、化解冲突，但政策的最终下达与政府关爱的最终实施，作为故事真正转机的地位则无可撼动。《枣树》中对拆迁办付主任的最终出席和宣

---

① 西格蒙·弗洛伊德.一种幻想的未来 文明及其不满[M].严志军,张沫,译.上海：上海人民出版社，2007：123.

讲的情节设定将这种为政策推广、政府宣传的工程剧意味推向极致。另外，"计划生育政策""二次创业的优惠政策"和"西部大开发战略"等在剧中不时植入，也使得这种政治色彩更为明显，剧中人物的命定走向与改建搬迁的规模与进度，作为时代发展和城市建设的历史必然被意象化呈现。

事实上，在观众爱看、媒体热炒和政府推送等近乎"一面倒"的赞誉氛围中，部分研究者对该类题材在审美层面的质疑并非没有道理，比如，《矸子山上的男人女人》"还是没有脱离道德说教的窠臼"[1]，《万家灯火》作为"颂扬老城区改造政绩"的"命题之作"剥夺了戏剧创作的"个人性"[2]等。搬迁与改建作为城市文明建设的历史进程不容撼动，普通市民和外来打工者在这种境遇变迁中的心路历程也耐人回味。毋庸置疑，二者的纠缠与融合是该类题材戏剧创作的缘起，而对人性的探寻与境遇的呈现才是其作为底层叙事的价值与归宿。

纵观21世纪以来戏剧文学创作中的底层叙事，从"产业工人戏剧"对阶层易位的探讨，到"打工者戏剧"对异乡寻梦之旅的演绎，再到"搬迁题材戏剧"对生存空间和精神空间的颠覆与重构，作为对20世纪末以来国家经济变革时代和社会文化发展阶段的现实陈述，基本为读者/观众描摹出一幅较为真实的社会人文景观。无论是对社会历史和时代文化的呈现力度，还是对观众读者和新闻媒体的影响程度，底层戏剧文学创作潮流的出现与发展都是一个颇为考究的文化现象和文学潮流，其时代意义、剧场效果和剧本本身的文学价值都值得研究者深入思考并给予其相应的认可。然而，作为对人物群像式塑造和社会生活的日常化书写，其整体创作对现实主义风格的趋向与延展并未受到戏剧评论者的一致好评，甚至一些颇具影响力的代表作品的现实主义价值和叙事归属都受到质疑，如《父亲》的创作存在对现实观念冲突的弱化，《矸子山上的男人女人》"在激化或解决戏剧冲突和矛盾"方式上过于单一[3]，以及《万家灯火》和《枣树》的创作表现出对国家政策和时代语

---

[1] 孟繁华. 李宝群关于"底层"剧本写作的讨论[M]//樊国宾. 从《父亲》到《长夜》，李宝群剧作评论集. 北京：中国戏剧出版社，2016：95.
[2] 吕效平. 二十一世纪中国文学大系（2001—2010）戏剧卷[M]. 南京：南京师范大学出版社，2014：5.
[3] 同[1].

汇的恭维姿态等。事实上，此类戏剧在故事结构层面对"苦情戏"和"大团圆"结局套用，在主旨呈现层面对主流价值观念和历史时代语境屈从现象确然存在，并且不局限于以上提及的几部作品。问题的症结仍然在于整体的戏剧生态环境与个体的剧作者审美诉求之间的博弈与冲突。作为一种直观性艺术，时代赋予戏剧过多的社会效应和公众效应，尤其是在承担塑造国家形象和政府形象方面。因此，正是对戏剧这种艺术形式的社会影响和时代担当的过多考虑，导致了该类作品创作对剧场感人、煽情效果的刻意营造与对机构审查、管制条例的主动迎合。生态环境与剧作家本人创作心态共同影响并制约了此类戏剧作为一种叙事的现实意义与理论深度。当然，以《厕所》（过士行）为代表的底层叙事在题旨和表现手法层面对"历史切片结构法"的沿用与超越，以李宝群为代表的剧作家群体对现实主义风格的坚持与探索，以及近年来《长夜》和"打工人三部曲"的相继问世，仍然让戏剧界看到了此类戏剧创作的存在价值和发展潜力。不可否认，此类戏剧对普通人的困境书写作为21世纪以来戏剧创作的中坚力量，在现实主义戏剧的发展轨迹中留下了浓墨重彩的一笔。

第三节 民间文化的两难选择

21世纪以来涉及民间文化题材的戏剧文学作品中普遍存在着对民间文化捍卫者形象的塑造，或为商旅、艺匠的行业领袖，维系并推动行业的发展走向；或为乡土、边地的地域元老，影响并引导族群的精神归宿。事实上，作为行业文化的道德标杆和相应领域的精神担当，剧中捍卫者角色的文化立场与精神导向代表着民间文化的整体潮流和现实境况，该类角色的选择与焦虑也昭示着民间文化在变革时代所面临的整体转型与潜在危机。根据布尔迪厄对"场域动力学原则"的解释："作为包含各种隐而未发的力量和正在活动的力量的空间，场域也是一个争夺的空间，这些争夺旨在维续或变更场域中这些力量的构型。"[①]现代化与后工业化先后作为20世纪以来最为显著的时代底色，影响并制约着传统文化在民间的传承与发展，剧作家对古城文明、乡土文明的"场域"营造无一例外地影罩在以"市场化、经济化和全球化"为旨归的时代语境中，其对企业文化、艺匠文化和生态文化题材的描摹也呈现出民间多元"场域"结构元素的渗入。因此，剧作家们借助对文化捍卫者角色精神向度和心路历程的开掘与刻画，所折射出的是相应行业的现实处境和民间文化的整体现状。

---

① 皮埃尔·布尔迪厄，华德康. 实践与反思：反思社会学导引[M]. 李猛，李康，译. 北京：中央编译出版社，1998：139.

一、古城文化的艺匠阐释和商旅印迹

城市是现代文明的产物，是伴随着国家政治文化和商品贸易的发展而逐渐形成的。由于其特有的社会功能和相应的地理优势，城市的建立往往意味着现代文明场域的形成。作为一种复杂而多元的文明场域，"古城"由于其特有的民族历史印迹和民间文化底蕴，区别于单纯以行政机能和商业功能为目的建立的现代都市，整体表现出现代理念和民间传统的相互渗透。21世纪以来，对北京、江城、平遥、华源古镇等地域文化的印象书写蔚然成风，形成一种较为独特的创作潮流。事实上，以戏剧文学为工具实现城市旅游的文化推广和民族企业的史志撰述，只是其创作初衷的一个方面（及地域文化推广和地方企业宣传）；更为重要的是剧作家在呈现"古城"印象的过程中所牵扯出对民间文化现实处境的深入探讨，文化捍卫者的选择焦虑与民间整体信仰缺失的现象在相应题材作品中依次呈现，也正是因为该层题旨的存在，这些以"地域文化推广""精神文明建设"或"精品工程项目"为宗旨的戏剧文学创作才具有了一定的现实主义价值。

前文从"宏大叙事"和"历史呈现"的角度评述过21世纪以来部分剧作家对民间艺匠的传奇书写。以《凌合影人》（隋治操、刘家声、张汉良）和《故园》（王俭）为代表，借对影人、石匠的身世塑造和恩怨情仇呈现时代的主要矛盾，证明革命战争的合理价值；以《风月无边》（锦云）和《样式雷》（黄维若）为代表，通过对剧人、匠人的审美诉求与现实境遇，影射当下知识分子的时代处境，诠释历史文化的整体走向。以上题材剧作对艺匠的身世塑造和行规探寻旨在呈递历史和演进历史，而以古城文化为题旨的剧作虽也有对艺匠身世的追溯和对行业规矩的忖度，却旨在诠释文化和演绎文化本身，二者的艺术表现手法虽有相似但作品的题旨导向却有本质的区别。诸如《理发馆》（宋凤仪、李卫）和《老汤》（王宏、王叶丹）中对剃头手艺和烧鸡手艺的呈递，《什刹海》（蓝荫海、王志安）和《秋天的二人转》（杨利民）中对昆曲元素和二人转元素的融入等，剧作对艺匠行道的描摹与呈现带有明确的城市定位和地缘归属，其对艺匠文化的呈递与诠释带有明显推介地域文化和演进古城文明的倾向。整体来看，该类创作对艺匠文化的演绎表现出从时间维度到空间维度的视角转变，以及从历史人物传记到城市文化记忆的重心转移。

然而，视角的转变只是对场景铺设维度的更替，重心的转移也只是强化对语境营造范围的拓展，捍卫者角色作为故事推进的线索设置和文化演进的媒介定位则从未改变。正如研究者所指出："一个创新的视角，按照戏剧艺术的特性来说，首先强调的是要盯准地方文化素材中的人物活动，并考虑其相关的艺术形式，而其他的衍生和拓展，都是在这个基础上建立起来的。"①《理发馆》（宋凤仪、李卫）、《什刹海》（蓝荫海、王志安）和《建家小业》（苗九龄）三部"京味"十足的戏剧创作均以民间艺匠的现实生活为戏剧情境和写作素材。无论是《理发馆》中"以祖传剃头挑子为门面，承袭刮脸手艺"的理发师"糊涂"，还是《什刹海》中"熟谙民俗文化，拥有京城有名四合院"的房主"叶清波"，都是民间文化的传承者。作为行业手艺的继承者，剧作家通过对归国华侨来理发馆"刮脸"的情节设置呈现其作为行业手艺继承者"迷糊""剃、剪、刮、拿""伸胳膊、拍肩膀"的手艺绝活；借"叶清波"与街坊邻里对话的场景铺排，口述四合院曾是关汉卿写作故地、清末作为昆曲研习社的历史风貌和文脉传承。加之在背景设置中对"老北京"文化元素的融入，如"打灯盏""胡同游""鸽哨声""叫卖声"等，赋予该类剧作浓郁的古城韵味和京味特色。与此同时，作为艺匠文化的传承者本身，这些捍卫者角色被剧作家赋予了民间色彩，甚至是底层意味。这一点在剧作《建家小业》中表现得更为明显，"李臣"作为以倒腾"小物件"为生的"小人物"，其对古董文化、京剧文化的陈述不再附有精英姿态，其所珍藏的古董家具也屡次碍于生计沦为营生的工具。事实上，这种底层书写并不仅仅是为了给予匠艺文化民间定位，而是有意将捍卫者角色推向决策者的位置。三部剧作中的捍卫者角色均面临一种境遇，分别是现代"洗头房"的竞争、"商业展览馆"的改建和"最后一把古董座椅"的出售，在某种程度上看这些境遇都有着"商业魅惑"和"经济困境"的共同色彩。一方面，三位捍卫者角色作为传统文化的坚守者秉承敬业的古训、文脉的传承；另一方面，作为民间的世俗者承受着来自现代商业文化的蛊惑与经济拮据的围困。而对这种悖论式的身份界定和进退维谷的境遇营造，正是近年来艺匠文化题材戏剧视角转变和重心转移的核心意图所在，捍卫者角色作为民间艺匠代表的现实境遇，正是民间文化整体在兼具历史底蕴和商业特色的古城文明场域中尴尬处境的现实缩影。

---

① 张振海. 地域文化中的戏剧视角[J]. 戏剧文学，2011（1）.

另外，商业元素作为构成城市文化的一抹重要底色，面临时代境遇所要做出承袭与改变的抉择更为迫切。一方面，商业性格与商业文化具有特定的地缘归属，作为一种城市文明的印记，具有浓郁的地域文化特征；另一方面，企业精神与企业文化拥有相应的人文品性，作为一种商贾奋斗的履历，带有深远的族群史述色彩。21世纪以来，以各地商贾历史文化、民族企业改制和商业模式转型为素材的戏剧文学创作纷纷涌现，无论是作为民间文化的地域书写的又一分支，还是作为21世纪以来改革文学创作的二度回潮，都值得引起研究者的格外关注。

中国商人阶层在形成伊始就表现出浓重的地域色彩，其流派划分基本是以地域为标准，这种传统造成了中国商人性格和民族企业文化的地缘归属感。如徽商"贾而好儒，亦贾亦儒"[1]、晋商"诚信为本，以义取利"[2]、浙商"民俗情结、草根精神"等特点，在作品《徽商传奇》（黄维若）、《立秋》（姚宝瑄）和《凤凰》（李宝群、王宏、肖力）中均有相应呈现。剧作者黄维若曾阐述，《徽商传奇》的创作宗旨是"在一种理想主义角度下，描述徽州儒商们的故事"[3]；研究者也有考证，山西票号不惜以蒙受巨大损失为代价恪守信誉并非个别现象[4]；"凤凰绣，九凤朝阳有很强的象征性，浙商的所有行为是传统中华民族在现代图腾下的再呈现"[5]等。尽管商贾族群存在相似的形成轨迹，但以地域层面划定的商群流派同样具有各自的文化基因和相异的传承渠道。三部剧作立足于对现实素材的生动演绎，根植于对民族文化深刻体悟，将人文品性与地域风尚凝聚于城市的商旅印迹之中，其本身所呈现出的商业行规都折射出相应的地缘归属和时代韵味。

三部剧作先后作为古代、近代和现代商旅题材戏剧的代表，表现出戏剧文学创作共通的叙事策略——以人物塑造为主要任务，以人物在特定境遇中的成长与转变为故事线索。正如研究者所评论的，《凤凰》"这出戏的任务不是表现商业大厦和

---

[1] 吕叔春. 商鉴：中国各地商人的性格特征[M]. 北京：中国华侨出版社，2006：23.
[2] 同[1] 127.
[3] 黄维若. 一个"徽商"的诞生[J]. 剧本，2013（10）.
[4] 清末以来时局艰难，战乱频仍，类似"大德通票号"和"日升昌票号"，以及其他山西票号，都曾舍利取义，以巨大的经济损失，弥补商户的亏空。参见[1] 24–27.
[5] 江守德. 话剧《凤凰》研讨会上的专家发言[M]//樊国宾. 从《父亲》到《长夜》，李宝群剧作评论集. 北京：中国戏剧出版社，2016：338.

商业规律，是在写人"①，《立秋》"于对人物的命运捕捉中得到戏剧的生命力，于'哀民生之多艰'的人文关怀里获得精神底蕴"②。无论是因"家境所迫，弃学从商"的程梦溪、"商号告急，众叛亲离"的马洪翰，还是"深处涅槃，被迫让位"的芦阿发，都是作为企业文化捍卫者角色被设置的，也都在剧情伊始便置身于来自时代语境和文化语境所营造的现实困境之中。这种困境作为一种整体氛围，不仅仅涉及该民族企业所面临的时代危机，也涉及捍卫者角色及族群整体的情感立场和道德观念所面对的文化压迫，具有对现代人整体精神向度的普遍观照。当然，也正是由于对这种人生困境的深刻描摹和对现代文明场域的尖锐指涉，使三部剧作得以超越素材本身所涉及的时间、地域限定，拥有现实主义的审美价值。

事实上，商业题材戏剧创作的审美价值在地域文化领域表现得更为突出，如《老汤》（王宏、王叶丹）、《凤凰》（李宝群、王宏、肖力）和《建家小业》（苗九龄）等。相对于《徽商传奇》（黄维若）和《立秋》（姚宝瑄）的创作与演绎，这些改革剧作品在历史纵深层面和艺术底蕴层面并未有太多的突破，但是其对现实场域中时代观念的碰撞和文化观念冲突现状的描摹却更为尖锐和直接。这种意图明确表现为剧作家对企业竞争者"留学背景"的身份设定。剧中作为企业创始人的竞争者与晚辈，均从海外留学归来，用现代企业管理模式和西方文化思维理念应对民族企业的现实困境，或旨在助力集团走出窘境，或旨在消亡传统实现抱负。如果说《立秋》的"发人深省之处在于，它揭示了历史进程中的一种命运悲剧"③，那么现代民族企业改革剧的存在价值在于，它成功营造了多元文化的时代语境，并深刻挖掘出现代企业创业者的选择焦虑。毋庸置疑，剧中三位主人公创业、守业，甚至改业的过程是不断引领族群走出困境的过程，这种过程本身所演绎的更是在精神向度和价值观念层面的最终抉择。一方面，对三位主人公所面临新旧势力的理念争执以及中西碰撞的文化冲突的营造颇具特色，作为民间文化在现代城市中的境况铺

---

① 欧阳逸冰. 话剧《凤凰》研讨会上的专家发言［M］// 樊国宾. 从《父亲》到《长夜》，李宝群剧作评论集. 北京：中国戏剧出版社，2016：336.
② 廖奔：《立秋》的悲剧品味［J］. 山西大学学报（哲学社会科学版），2007（5）.
③ 同②.

陈，值得充分认可；另一方面，其对完满结局的刻意打造，及用家族恩怨、爱恨情仇模糊观念冲突本身的惯用手段，最终难逃改革剧的模式窠臼，略显美中不足。

整体来看，剧作家借艺匠文化的行道阐释和商旅文明的印迹书写为读者和观众营造了较为纯正的民间语境，这种立足于古城地域的民间书写，实现了中西文化碰撞、传统现代观念冲突的写意营造。行业领袖作为民间文化的承袭者，也作为这种境遇的亲临者，其接受的心态与选择的姿态富有深刻的时代内涵和鲜明的文化导向，另外其本人应对变革时的恐慌与焦虑也代表了"现代人"整体的精神状态。

二、乡土文化的民俗规约和生态维系

乡土是中国民间文化存在的雏形，也是民间生活开展的场域，费孝通在《乡土中国》中曾开宗明义，"从基层上看去，中国社会是乡土性的"[①]，并界定"乡土中国"，"并不是具体的中国社会的素描，而是包含在具体的中国基层传统社会里的一种特具的体系"[②]。事实上，包括原有的礼治秩序、差序格局，以及所伴随而生的思维方式和道德观念确实深埋于现行文明体系的架构内核之中，并与西方现代文明理念相互角力。无疑，乡土文化在很大层面上影响着当下中国现代文明的演进历程与社会生活的样态成型。自中国现代文学伊始，作家便惯常于借镜乡土叙事，评定现代文明的演进得失并探寻民族文化的精神脉络。21世纪以来，剧作家对乡土的书写仍然抱有极大热忱，既延续了乡土文学的创作宗旨，又形成了戏剧类型的独特范式。

首先，剧作家对乡土的书写源于个人的情绪记忆，是创作主体乡土情结的艺术呈现。以剧作家刘锦云、李龙云和杨利民的创作为例，剧情氛围的营造与剧中人物的设定都能从剧作家本人的生活场景中找到原型。如刘锦云剧作《老丁家》对河北地方戏曲"梆子"文化的吸纳，李龙云剧作《叫我一声哥，我会泪落如雨》对北大荒下乡生活的不断闪回，还有杨利民剧作《大湿地》以剧作家本人在大庆的诸多

---

① 费孝通. 乡土中国[M]. 上海：上海人民出版社，2013：6.
② 同①4.

见闻为故事素材等[①]。正如剧作家李龙云所指出的:"戏剧创作,事件可以采访,可以道听途说。但人物与情绪,尤其是情绪,靠的是积累。"[②]一方面,特定历史阶段的生命体悟为剧作家提供了丰富的时代感知和情绪记忆;另一方面,浓郁乡土背景的文化熏陶为创作过程积淀了深邃的民间韵味和丰富的民俗元素。整体来看,立足于剧作家下乡体验,融入历史变迁的时代语境,依附于乡土民俗的地域文化,成为21世纪伊始剧作家整体对乡土题材的创作范式,而这种创作范式在近年来的乡土叙事中被应用得更为成熟。喻荣军的《老大》和李宝群的《万事根本》《淮河新娘》,三部剧作通过对越剧、花鼓戏和泗州戏等地方戏曲元素的吸纳,在历史呈现层面对凤阳要饭民俗、江浙渔民文化和江淮婚姻风俗的对接,填补了两位剧作家作为外乡人对地方文化的陌生,以浓郁的风俗演绎呈现出地道的乡土气息。事实上,乡土书写对地域文化的呈现已然成为有别于传统历史叙事的又一重表现维度,乡土作为剧作家本人在创作中对文化情结演绎和个人情绪释放的场景定位不断被强化,剧作呈现内容本身也逐渐从纯粹的历史回述与反思拓展为对文化的记忆与寻根。

其次,剧作家对乡土文明的观念阐释和秩序呈现,主要是通过对"民间神异人物"的形象塑造来逐步完成的。"民间神异人物"是研究者在谈及杨利民剧作时给出的人物类型界定,"如《北方的湖》中的老钓者、《大湿地》中的蒙古族老人等都是民间神异人物。"[③]事实上,这种角色类型的塑造在21世纪以来的乡土叙事中普遍存在,如《黄土谣》(孟冰)中的老支书宋老秋、《老大》(喻荣军)中化身男人的大黄鱼、《立春》(李宝群)中为黄土高原种树者所信奉的树神娘娘等,这些"民间神异人物"或为写实的人物塑造或为写意的意象呈现不断出现在剧中,影响并推动着情节的构成和剧情的走向。正如研究者所指出,"乡土社会的信用并不是对契约的重视,而是发生于对一种行为的规矩熟悉到不假思索时的可靠性",

---

[①] 剧作《大湿地》里的故事设定在松辽平原大湿地的边缘,但对大庆熟悉的人,还会发现故事发生地还是在大庆,在剧作家最为熟悉的乡土。参见杨利民.戏里戏外的事情[M].北京:文化艺术出版社,2013:27.

[②] 李龙云.乡土、母亲、畏天之命及其他[J].剧本,2007(8).

[③] 汪树东.构筑主流与民间之间人性的多维景观[J].戏剧艺术,2013(4).

这种"规矩"作为一种"'习'出来的礼俗"①影响并约束着乡土的道德秩序和观念传统。这些"民间神异人物"作为乡土文明的民俗捍卫者存在于乡土社会的日常生活和精神架构之中，既是民间智慧的精粹，也是文化道德的航标。当然，剧中这些神异人物戏份极其有限，除了作为题旨层面的叙述者之外，其结构层面多以完成串联故事和剧情转机的线索任务而存在，以下乡知青和退役军人为原型的"返乡者"/"外来者"才是该类戏剧的主人公。"返乡者"与之前章节所谈及的"进城者"在人生轨迹和精神向度层面相悖，但处境却非常类似，那就是不断受困于生存环境的疏离。笔者认为，这种困境存在的根源仍然是剧中人物所夹带的思维理念与所处地域的文化观念的背离。事实上，剧作家的乡土叙事主要是以"返乡者"的视角来展开的，剧中为读者与观众所呈现出的黄土高原、江浙水乡、松辽湿地等乡土民俗与边地风情是在与返乡者之前的城市概念和现代观念的相互比对中呈现的。乡土作为现代文明与民间意识角力的场景而存在，文化碰撞和观念冲突本身才是21世纪以来乡土题材戏剧创作的主题。不难发现，"外来者"形象的塑造总是被赋予承继者的姿态，无论是替父还债的宋建国，还是坚守渔村的冯国良，以及返乡植树的铁蛋等，作为下乡知青与退伍军人从"返乡者""外来者"到"守望者""践行者"的姿态演进无疑成为剧作家本人观念诉求与道义选择的明显注解。与此同时，伴随着旧有长者对道义的坚守与新一轮革新派对传统的呈递，剧作者有意凸显的是民族文化的存在感和民俗文化的生命力。这种倾向在近年来剧作中表现得更为直接，如《凤凰》中绣娘意象的不时显形，《万事根本》结尾七代花鼓女的齐声鸣唱等，作为一种特定的叙述手法，其整体的表意趋向是很明显的。

再次，剧作家的乡土书写流露出一定的"生态情结"，并表现出对新农村建设和生态文明建设题旨的时代指涉。21世纪以来，有关乡土题材的戏剧文学创作对生态问题的普遍关注是一个显性的文学现象，既是当前剧坛对人类生存危机和生态环境问题（尤其是近年来中国本土的环境污染与生态失衡）的回应，也是伴随着世纪末现实主义精神的抬头，作为社会问题剧的一脉对经济高速发展和生态环境恶化所存在悖论关系的深入探究。《大湿地》（杨利民）、《秋天的牵挂》（孙德民）、

---

① 费孝通. 乡土中国 [M]. 上海：上海人民出版社，2013：10.

《老大》（喻荣军）和《远方有条清水河》（李宝群）等，对盗猎与反盗猎、乱砍滥伐与森林保护、过度捕捞与生态失衡、经济开发与污染治理等现实境况进行了写实的呈现，在题旨层面也表现出剧作家对生态危机的强烈警世与对人与自然的和谐共处的渴望。根据研究者对生态文学概念的界定："是以生态整体主义为思想基础、以生态系统整体利益为最高价值的考察和表现自然与人之关系和探究生态危机之社会根源的文学。"[①]实际上，以上提及的作品作为生态文学对生态意识、生存危机的演绎虽可圈可点，但这种意图本身并不纯粹，倒是对追述历史的乡愁氛围和对物欲文明中的精神困境的营造更为显著。因此，本书强调这类作品仅仅是流露出剧作家本人的"生态情结"，其对生态问题的关注作为乡土叙事的题材划定更为贴切。一方面，作为一种对人本主义的沉潜和在哲理层面的升华，这类作品借镜生态危机的现实境况呈现现代人信仰危机的精神状况，通过剧中人物的时代救赎、乡土寻根完成了对家园的现代隐喻和对人性的心灵守望。以杨利民 21 世纪以来的剧本创作为例，《北方的湖》和《大湿地》两部作品对以上主题都有所映现，比如艾蓓面对物欲需求与道德诉求的选择焦虑、老民深陷事业发展与信仰迷失的尴尬处境等，确实从故事层面有意将人的精神困境呈现出来。当然，这种创作观念本身也同样体现在之后剧坛的创作潮流中，孙德民的《喊山》对原有题材的改编，喻荣军在《老大》中对"家园"的寓言化演绎都是最好的例证。其中，评论者对《老大》在题旨层面的界定颇为准确："它完成了一个关于人类共同的困境、无奈和寻找出路的寓言。"[②]另一方面，包括《大湿地》（杨利民）、《秋天的牵挂》（孙德民）在内的这类作品，通常附着于案情解密、反思土改和知青叙事等，其"言外之意、弦外之音"往往篇幅过大，结果冲淡了其原本探究生态危机和环境问题的题旨初衷。这种重心偏移的现象在稍晚些的《击釜雷鸣》（刘锦云）、《池塘》（阿宁）等作品中表现得更为明显，作为社会问题剧，该类作品对改革开放、西部大开发、新农村建设过程中存在的现实问题有了较为明确的指涉，但作为一种更为深远的生态文明阐释和道德根源探究则略显用力不均。

---

① 王诺. 欧美生态文学［M］. 北京：北京大学出版社，2003：11.
② 冯俐.《老大》：一个关于家园的现代寓言［J］. 新剧本，2015（4）.

正如费孝通所说，"变迁是一个替易或发展的过程，从一种状态变成另一种状态"，"中国社会变迁的过程最简单的说法是农业文化和工业文化的替易"①。社会结构格局的差异所带来的道德观念的变更存在于整个历史语境中，而乡土作为中国传统文化存在与延续的场域，这种价值观念的变更与发展重心的位移则尤为显著。因此，在乡土叙事中生态文学和改革文学的交融趋势不可逆转，对现代乡土在经济发展与环境污染的尴尬处境的呈现也有其鲜明的时代意义和深刻的社会价值。但这种困境根源上仍然是一种现代乡土文明场域内的观念冲突，剧作家在作品中对生态问题的探索应该从"生态情结"本身进行深入开掘。事实上，是"修天以顺己"还是"修己以顺天"是一个人们对待自然的态度问题，与民间自然观念和西方现代意识的博弈态势有关。当然，这种冲突并不能限于现代与传统、东方与西方、发展与保留等全然的二元对立，一定是并存于国家政策、经济态势和历史文化的多元语境中，但不能因为对客观境遇的铺陈忽略主观意识的更替。

回顾《老大》（喻荣军）、《立春》（李宝群）和《大湿地》（杨利民）等这些以乡土文化为场景铺排的戏剧创作，其成功之处仍然是对民间神异人物和新旧民俗文化捍卫者形象的塑造，这些民间意象和民俗文化的打造源于剧作家对生命意志和民族史撰的深入开掘。乡土作为一种演绎民间文化的戏剧场景，无论是袒露剧作者的乡愁意蕴、生态情结，还是呈递面对边地发展和乡土变迁的道德焦虑和精神困境，对乡人生命意志的探寻和人本身所处现实境遇的融入永远是创作的根本所在。然而，该类剧作的不足之处却是过于迎合特定的时代语境和政策导向，如在作品中对科学发展观、生态文明建设规划、新农村建设纲领等政策语汇的不断涌入，以及其主旋律色彩和反腐案情色彩的不断加强，这些因素使得作品的社会价值和可读性不断提高，但也使得其经典价值和艺术深度大打折扣。当然，如果将生态问题本身作为一种农村发展和边地开发的改革困境，该类乡土题材的创作本身所附带出的乡土变迁和社会观念更替现象是颇具指导意义的。就生态情结的演绎本身来看，如何将生态危机与精神危机这二者更为切实、纯粹地糅合、熔铸于现代与传统文化观念

---

① 费孝通. 乡土中国[M]. 上海：上海人民出版社，2013：242.

对峙的多元语境中呈现,仍然是当下剧坛亟待解决的问题。

整体来看,剧作家的乡土书写是以农村的改革发展和边地的生态书写为主要素材的,剧中对民俗捍卫者作为乡土文明的守望者,其所面临的物欲魅惑和现代压迫是乡人群体所共同感知的,无论是作为民俗文化的意象阐释还是对生存环境的精神捍卫,剧作家借民间英雄的承受与选择所展现出的是一种对生命场力的追寻和道德底线的坚守,这种乡土叙事为读者与观众整体呈现出富有民俗底蕴的民族志述和生命挽歌。

三、民间文化的地缘归属和精品导向

21世纪以来,关于民间文化题材的戏剧创作都有特定的地缘归属,剧作家对民间文化的开掘都是以相应的地域场景为参照,不同的地域场景所蕴含的地缘文化也同时影响着剧作家的创作风格和写作特色。正如剧作家李龙云在接受访谈时所云:"每一位作家都有一片乡土,每一片乡土都有她独有的文化。乡土是作家赖以生存的基础,它铸就了我一种特有的自尊,为我的幼年的心灵涂上第一层底色。"[①]这里的乡土是一种情感化的地缘概念和本土情结,与前文和"城市"对峙的地域界定有所不同,类似"知青文学"的北大荒、"京味戏剧"的老北京和"都市戏剧"的大上海等都是作家心中的乡土,就像剧作家杨利民的自述,"一个作家,应该有自己的土地、阳光和空气"[②],它们既是剧作家的精神家园和灵感源头,也是戏剧文学创作本身的文化归属和地缘定位。"文化"本身是人与人之间不断建构、不断融合和不断翻新的生活习俗,只是碍于特定的时代语境为研究者追根溯源,划定泾渭分明的界限。当然,就文化研究和艺术创作本身而言,这种界定确实存在深刻的学理价值,也是笔者刻意将民间文化题材的戏剧以古城和乡土的地缘区分来逐一评论的依据所在。

---

① 傅玲. 李龙云用一生寻觅[J]. 新剧本,2003(1).
② 杨利民. 戏里戏外的事情[M]. 北京:文化艺术出版社,2013:29.

纵观这些以民间文化为题材的戏剧作品，无论是商贾、艺匠的古城印迹，还是乡人、知青的边地书写，剧作家在创作中所呈现的地域文化都带有相应的时代元素，其对民间文化捍卫者的形象塑造也旨在呈现民间文化本身在现代文明场域中的尴尬境遇。21世纪以来，"变革"仍然是当今社会的不变底色，变革本身作为一种文化碰撞，是以现代进程为旨归的外来文化和以传统民间为根源的本土文化的激烈交锋。当然，正如剧作家李龙云所袒露，"一个民族的'传统文化'和'文化传统'是两回事。面对如此沉重的传统，生为一名中国作家注定要比其他民族的作家多面临一重选择"①，而这种选择所承袭的苦难与焦虑正是通过剧中捍卫者的境遇与心态来尽数表达的。如此来看，这种捍卫者角色不仅仅是乡人、族群的代表，更是剧作家在剧中所化身成为的"代言体"和"叙述者"本身。就城市而言，以经济全球化为整体语境的现代管理理念充斥着古城传统的商业模式和艺匠行规；就乡土来看，以经济发展为首要任务的现代企业模式改变着边地农村的差序格局和生态平衡。这些观念层面的干扰与精神层面的压迫是现代人所必须坦然面对的现实，也是民俗捍卫者必须扬弃的处境。尽管传统文化中所存在的糟粕与痼疾确然该为时代所淘洗，但承袭与蜕变过程所附带的痛楚与哀婉正是这些文化题材戏剧所传达出悲情元素的根源。剧作家群体借民俗捍卫者的选择困境，将个人的乡土情结和文化焦虑根植于当下的民间场景，进而深刻体味并袒露现代人的精神裂变和观念更迭，其带有民间特色的地缘书写因此具有了相应的现实主义价值。

这些以民间文化为素材的戏剧创作普遍存在着迎合主旋律的价值观导向和泛娱乐化的大众审美趋势。21世纪以来，国家舞台艺术精品工程和地方性文化精品工程，对戏剧文学的创作和戏剧观众的培养起到了极大的推动意义，但是其艺术评介标准和价值观念导向也限定了创作本身对民间文化素材的表现深度和呈现维度。以《立秋》《理发馆》《凤凰》和《秋天的二人转》等作品为例，这些赢得奖项资助或入围精品工程的作品具有一些共通的艺术表现模式，那就是以浓郁的地域文化为底色，以精粹的民间艺术为彩头，并配以改革发展的政策语汇和历史变迁的时代语境。其中，不乏民俗捍卫者的选择困境和"民间文化"的尴尬境遇，但更多是表

---

① 李龙云. 落花无言——与于是之相识三十年[M]. 北京：北京出版社，2011：338.

现为一种"悲壮的坚守"和"崇高的愤怒"①，整体而言缺乏对自我的审视和理性的反思。一方面，以民间文化为题材的戏剧创作多是依仗或旨在赢得国家和地方文化精品工程资助，其创作要充分考虑地方院团的演剧风格和观众群体的审美习惯，有"看人下菜碟"的量身定做之嫌。由于部分剧作家本人对地域文化生活缺乏一定的情绪积累，致使作品不能深入根植于民间土壤，尽管融入了相应的民间曲艺元素，但内容与形式的结合有刻意生硬之感。这类戏剧创作的文学性价值往往为多元化、民俗化和地方性的舞台表演和曲艺技法所覆盖，存在主题淡化和深度缺乏的现象。另一方面，就戏剧文学创作的主体意识层面来看，剧作家对传统文化的道德认同感过于明显，对现代观念和全球化语境的审视态度不够客观。研究者在评介李宝群剧作时曾刻意强调："记录他们的生活景观，同时却警惕民粹意识，是大剧作家必须具备的理性修养。"②如果缺乏对自我文化的理性认知，一味歌颂吟咏，就难免将现实的文化素材灌注于"旋律化"的民族史撰和地方志著之中，其民俗捍卫者的选择焦虑本身也将缺乏历史的积淀和哲理的深度。事实上，无论是《老大》中年轻的冯国良是做"文化人"抑或"渔民"的纠结③，还是《立秋》中马洪翰及族人是做"现代银行"抑或坚守"传统票号"的选择，都没有像《什刹海》《老汤》和《理发馆》等作品中单纯以坚守"文化净土"和"文脉传承"④"义气"和"规矩"⑤和"祖训"和"国粹"⑥作为判定抉择正误的标准，而是有其特定的时代缘由和命定因素，现代意识与传统观念的背离是附着于历史时代和人生命运之中，也正是由于这种历史纵深感和时代悲剧性才使得前者较后者更具经典价值，而后者则更多作为应时应景的城市文化剧和企业文化剧昙花一现，逐渐为新一轮的"题材剧"所代替。

另外，民间文化题材的戏剧创作惯常以"外来者"的出场打破戏剧开场的平静，并通过"外来者"与（以"守望者"姿态出现的）"捍卫者"的思想交流与观

---

① 杨利民. 戏里戏外的事情［M］. 北京：文化艺术出版社，2013：217.
② 樊国宾. 从《父亲》到《长夜》，李宝群剧作评论集［M］. 北京：中国戏剧出版社，2016：98.
③ 喻荣军. 老大［J］. 剧本，2012年（2）.
④ 蓝荫海，王志安. 什刹海［J］. 新剧本，2011年（1）.
⑤ 王宏，王叶丹. 老汤［J］. 新剧本，2014（4）.
⑥ 宋风仪，李卫. 理发馆［J］. 新剧本，2014（6）.

念对峙来呈现现代意识与传统观念与的碰撞与交锋。在创作手法层面，"外来者"作为剧中故事的主人公或线索人物本无可厚非；但在思想观念层面，"外来者"相对于剧中民俗捍卫者的形象塑造则略显单薄，通常作为与"守望者"对立和承袭者的符号而存在，缺乏独立的人格意识，对自身所携带的现代气质缺乏自信。本书认为，21世纪以来民间文化题材戏剧创作的核心任务是立足于民间文化现实处境，通过对民俗捍卫者的形象塑造，探讨民间文化的时代困境与现代焦虑。因此，"外来者"所传达的现代意识和西方观念作为文化层面的时代语境存在相当一部分的合理价值，是诠释民间英雄精神焦虑的重要铺陈，也是民间文化题材书写的必要背景。导演王晓鹰在论及"精品工程"与"文化影响力"的关系时，曾强调"今天的话剧创作中仍然需要突破各种旧的和新的模式思维"，"需要创作中的'个性'或者说'独特性'或者说'不同寻常'"，并指出"这个'独特性'不是靠'猎奇'来达到而是在看似普通的生活中看到、挖掘出、领悟出的"①。一方面，充满"猎奇"色彩的创作导向源于站定西方文明语境回望东方传统文化的审美视角，也同样根植于剧作家作为文化传承者和民族史撰者的自我定位。事实上，这与剧作者群体本身对时代思潮的理解与认知维度不无关联。毋庸置疑，前现代性、现代性与后现代性是依次出现并先后引导着文化场域的时代母题，文化思潮的更迭影响、推动并丰富着乡土重建、工业改革和后工业革命的发展，但思潮的引导并不意味着精神层面的覆盖，而是在多元共融的形式中有显隐的区别而已。部分剧作家群体存在将文化语境二元对立化的趋向，也就是将文化观念和思维方式观念给予中西或是单纯的传统现代的区分。这种创作意图和观念本身决定了剧中"外来者"形象的符号化倾向和中国传统文化书写的"猎奇"姿态。另一方面，民间文化题材的戏剧创作应该借鉴都市情感叙事和底层困境的叙事方法，后者凭借日常化、生活流式的叙事手法，表现出较为细腻的写实姿态和浓郁的地方色彩，而前者对"守望者""民间神异人物"和"承继者"的塑造过于个人化，缺乏与民间整体的沟通与融入。捍卫者角色只有作为民间族群的精神代表和城市艺匠的道德担当才有被塑造的价值，单纯以"守望

---

① 王晓鹰. "精品工程"与"文化影响力"——从"精品工程"应该给我们留下什么谈起 [J]. 剧本，2009（2）.

者"到"外来者"的观念对峙,不足以呈现民间整体的精神裂变,只有不断与民间群体本身建立联系,才能完成从个体到共性的现实观照和从叙事层面到观念层面的哲理升华。

总结21世纪以来现实主义题材的戏剧创作,人物塑造的平民化和风格演绎的地域性构成了其整体的审美导向,无论是身临于都市魅惑的情欲诉求,受制于物质匮乏的底层叙事,还是深陷于现代侵袭的文化焦虑,剧作家对现代人的精神困惑有着深刻写实和维度多元的感性诠释。威廉·阿契尔曾指出:"一位剧作家必须力求做到的是实际上合情合理,而不是表面上看来如此。"[1]一方面,这些作品凭借充沛的情感表达、写实的场景搭设和生动的人物塑造奠定了夯实的现实主义风格,也使得故事的演绎合情合理;另一方面,作为对感喟民生、探寻人性的现实诉求,剧作所呈现出的"情理"本身又存在些许的游移。戏剧评论家吕效平对21世纪以来戏剧创作的范式界定可谓一语中的:"本世纪迄今为止,是中国戏剧的正剧时代。"[2]"情理"本身源于民生、民情,但诠释过程却总受到限制,用"一场个人才华与命题限制的博弈"形容部分剧作者的创作过程真是再贴切不过。另外,对民俗情结的高蹈与对大众审美的迎合使得部分创作有为民营企业、民俗文化和地域文化树碑立传的嫌疑。该类作品的创作主体普遍缺乏对民粹意识的警惕,对现代文明和传统文化的场力角逐缺乏理性的认知。当然,在人物塑造层面,对"都市新贵""城市异乡人"和"民间神异人物"的塑造,是对21世纪以来现实题材戏剧创作的主要贡献,这些角色本身也成为当代戏剧人物长廊中的独特构成,剧作者借此对现实境遇的呈现和对现代文明流弊的探究具有相应的社会价值。

---

[1] 威廉·阿契尔. 剧作法[M]. 吴钧燮,聂文杞,译. 北京:中国戏剧出版社,2004:55.
[2] 吕效平. 二十一世纪中国文学大系(2001—2010)戏剧卷[M]. 南京:南京师范大学出版社,2014:4.

第三章
观念的调整与创作风格的形成

"戏剧观"是戏剧艺术创作的整体观念，是划定戏剧创作风格流派的基本标度。戏剧观的形成既根源于剧作者对戏剧本质和戏剧功能的理解，也会受到文艺思潮和时代语境的影响。"戏剧观"作为一个学术名词最初出现于黄佐临在20世纪60年代发表的《漫谈"戏剧观"》一文，之后又于20世纪80年代作为戏剧理论界的"热点"话题被广泛讨论。前者旨在丰富戏剧表演手段和拓展戏剧艺术风格，通过对"布氏体系"的介绍完成对"写意戏剧观"的界定；后者旨在发掘戏剧本体的审美属性和文化属性，完成对艺术本体的回归进而为"探索戏剧"助力。毋庸置疑，理论界对"戏剧观"概念的提出与探讨都是基于对不同时代语境中"戏剧危机"的解决。这种意图在丁罗男于21世纪初《重提"戏剧观"》中得以承继，其研究针对"大众文化"语境和"后现代主义"思潮所催生出的"泛戏剧"现象和戏剧商业化趋势，反思20世纪90年代以来戏剧市场化机制在挽救"戏剧危机"的同时所夹带的不良导向，警示戏剧创作中"人文精神的流失"和"趋俗""媚俗"的创作弊病[1]，重申戏剧（尤其是话剧）在当代文化中的审美定位。不难发现，之前研究者对"戏剧观"的探讨多从表导演体系、

---

① 相关讨论参见丁罗男. 二十世纪中国戏剧整体观[M]. 上海：上海百家出版社，2009：281.

院团机制改革和整体文化导向为切入视角,而针对戏剧文学创作风格的论著虽有涉及但少有建树。事实上,戏剧风格从根源上决定于剧本本身的创作,而戏剧文学的创作风格既表现为剧作家群体对戏剧观念的精神选择,也基本可以框定出戏剧艺术发展的整体样态。文本缺失作为戏剧危机的主要根源已成为学界的共识,没有与艺术精神、时代语境相匹配的力作出现是20世纪八九十年代"探索戏剧"和"先锋戏剧"未能延续态势的症结所在。[①]21世纪以来,戏剧文学创作在表述语汇、结构形式和思维理念层面均有相应的革新,其整体风格表现为对不同流派芥蒂的模糊和多元文化元素的融合,作为对时代症候的突围,其创作理念的革新值得引起学界的相应关注。

---

① 相关讨论参见丁罗男. 二十世纪中国戏剧整体观[M]. 上海:上海百家出版社,2009:267-281.

第一节　现代语境与民族语汇的元素渗透*

自中国话剧诞生伊始，"现代化"与"民族化"就成为划定其历史进程的两条主线，无论是中国"话剧—戏曲"二元结构的演进，还是"两度西潮"①态势的形成，"民族的现代性"和"现代的民族性"作为并行不悖的发展轨迹，一直是戏剧创作界和理论研究界绕不过去的"死结"。21世纪以来，伴随着"文化产业"概念的引入和文化政策的宏观调整，中国现代戏剧文学的创作被置身于全新的场域，如何在"全球化"语境中发出自己的声音与如何在"市场化"机制中赢得观众的认可成为亟待解决的现实问题。面对原创匮乏、市场流失的生态境遇，话剧民族化作为历久弥新的理念尝试又一次为戏剧界所重视，并成为创作主体在观念维度完成困境突围的审美依照。整体来看，相较于20世纪末中国的戏剧创作在表演体系和舞台观念的探索革新，这场戏剧创作的民族风格演进更侧重于剧作家在文本维度的审美开掘，表现为在题材内容层面对民族文化的场景衔接和在结构语言层面对民间曲艺的元素渗透。

一、民族史述和民间传奇的题材借鉴

生存危机与精神焦虑既是现代文明的时代症候，也是当代戏剧演进发展的题旨

---

* 本节内容以《新世纪中国话剧民族化的审美基调与创作态势》为题发表于《河北学刊》2021年第4期.

① 马森. 中国现代戏剧的两度西潮[M]. 台北：文化生活新知出版社，1991.

内核。20世纪末,以揭示现代人情感困惑、精神焦虑为主要内容的探索潮流与先锋戏剧在中国剧场的先后存在正是对该题旨的内化演绎,类似精神病院的场景设置和生死轮回的情境铺排无疑受到了西方现代派戏剧的影响,尽管这种影响稍显"滞后"。然而,整体荒诞性的氛围营造和情绪化的结构搭衬与中国观众"要情节、要故事"的审美期待不相吻合,其对历史境遇的隐性触碰与对精神病理的内在开掘也并未对文化本身造成普遍影响,只能作为剧场观念的转型标志以相对先锋的姿态而"小众"存在。发展到后来,由于该类创作对原创语汇的匮乏,致使作品普遍沦为对西方现代戏剧理念的剧场实验和经典翻拍,造成研究者所总结的"题材的'趋同现象'"①。21世纪以来,具有"现代"色彩的戏剧创作仍然沿用了死亡境遇的情节铺设和病院场景的氛围营造,只是相较于20世纪末人性思辨的荒诞演绎增添了民族意象的文化反思,通过对民族史述和民间传奇的题材借鉴,使这种"趋同现象"有所改观。

一方面,作为对死亡境遇的情节铺设,剧作家通过对民族史述的文人演绎,呈递出对现代人精神境遇的历史参照。死亡是生命的终结,是人作为生活的有机组成所必须面临的生命结点和生存境遇。正如剧作家赖声川基于"自他交换"的佛理修行所阐释出的创作体会:"面临死亡是人生的特殊时刻,病人通过自己的故事显现出意想不到的智慧,为自己的生命整理出一种架构。"②当这种"架构"被安置于历史的文化语境和名人的生命传记时,通常会被赋予一定的历史深度和文化底蕴。以《大先生》(李静)和《志摩之死》(赵耀民)两部文人剧为例,前者通过"意识流"的写法,穿梭于梦境与现实之间,以鲁迅临终前的回忆完成对新文化运动、文艺大众化运动中各路文人的寓言化描写;后者通过一个"荒诞"的谎言,借着"死后"徐志摩对生前友人的探访,呈现出民国时期文化名人(胡适、陆小曼、林徽因和张幼仪等)的另一重"貌相"。前者的寓言化描写充分地展示了鲁迅"独战多数"的原委与真实,后者的荒诞化演绎深刻地揭示了志摩"诗人之死"的悲剧与真相。事实上,寓言化的生活映射和荒诞派的人性演绎在具有"现代"色彩的戏剧创作中

---

① 丁罗男. 二十世纪中国戏剧整体观[M]. 上海:上海百家出版社,2009:60.
② 赖声川. 如梦之梦[M]. 台北:中正文化,2013:17.

非常普遍，而这种于现代语境中对民族史述和文人传记的巧妙安置却耐人寻味。文人世相是传统社会的文化弊病也是当今社会的精神痼疾，该类作品通过对现代文明的历史题材嫁接将抽象概念本身演绎得写实而具体，其对人性多元性的探讨也富于现实针对性。类似的创作倾向同样存在于《甲子园》（何冀平）、《如梦之梦》（赖声川）和《狂飙》（田沁鑫）等作品中，尽管其创作风格并不能完全类属于"现代派"，但剧作家借"待死者"回述民族历史和将故事背景安置于民族文化场域中的表述策略是共通的。

另一方面，作为对病院场景的氛围营造，剧作家通过对民间传奇的梦境析解，演绎出对现代人精神焦虑的根源探讨。导演孟京辉在讲座和剧本排演中多次灌输一种理念，"梦是唯一的真实"。事实上，这种结论的得出存在特定的心理学依据。其一，"构成梦内容的全部素材或多或少来自体验。就是说在梦中再现或被记起——我们认为这至少是一个不可否认的事实"①；其二，梦是"完全是完全有效的精神现象——是欲望的满足。它们可以被插入到一系列可以理解的清醒的心理活动之中；它们是心灵的高级错综复杂活动的产物"②。因此，作为一种方法借鉴，通过对"梦的运作"既可以间接追溯角色的生活记忆和捡拾时代的历史碎片，也可以直接把握人物的情感诉求并进入精神的潜意识通道。这种"梦境析解"的方法在赖声川的《如梦之梦》、过士行的《遗嘱》和喻荣军的《老大》③等作品中均有使用，在廖一梅和孟京辉编导合作的《琥珀》和《关于爱情归宿的最新观念》中也多有呈现，采取病院场景的氛围营造，将医生"释梦"的过程与病人开潜的经历彼此融合，并通过"梦境"与"现实"的相互参照完成对角色性格的发展和对精神痼疾的现代隐喻。与此同时，这种"梦境"多取材于民间传奇故事，类似《如梦之梦》中的"开场戏"对诗人庄桁"梦中修行"的叙述，《琥珀》中的"幕间戏"

---

① 西格蒙德·弗洛伊德. 释梦［M］. 张名之，译. 北京：商务印书馆，1996：10—11.
② 同① 122.
③ 虽然喻荣军创作的《老大》并未将场景设置于"病院"，而是主要安置于即将被拆毁的渔村、漂泊于海上的渔船上，但全剧以弥留人世之际的"老大"冯良国的梦境回忆与现实境遇相互交织，最终也通过以身跳海实现梦境回忆与现实境遇的彼此融合，剧作将"老大"与友人、家人和故人对梦的分享作为剧情主线，分别以"守梦""寻梦""忆梦""恋梦"等作为分幕的名称，因此特举此例。参见喻荣军. 老大［M］. 北京：中国人民大学出版社，2015.

对书生范巨卿与张元伯"菊花之约"的杜撰,以及《老大》中的"场间戏"对"大黄鱼"为老大指引"回家之路"的传说等。研究者曾指出:"梦的运作目的是要显露梦境的潜在内容,揭露隐藏的愿望至意识的层面,最终使病人顿悟或理解他们潜意识精神官能病症。正如顿悟或理解是病人分析自我能力的发展基石,它们也是一部电影中角色发展的重要步骤。"[1]事实上,这种鉴于心理学层面的编剧理论同样适用于21世纪以来多元文化不断摄入的戏剧文学创作。作为一种对"观影效果"的跨界呈现,观众/读者在接受戏剧演出/文本过程中,同样会受到"自居作用"[2](也就是被情节代入)的影响,这种影响的最直接呈现就是在角色中发现自己、认识自己和改变自己,而民间传奇带来的文化认同感和亲和力会使得这种"顿悟和理解"更为强烈。《凤凰》(李宝群、王宏、肖力)与《万事根本》(李宝群)在写实主义中对民族写意元素的融入,以及《我爱桃花》(邹静之)和《杨三姐与陈小二》(李龙吟、丛林)在现代题材中对传统文学典故的拼贴都表现出这样的创作倾向。其中对"绣娘"和"花鼓女"的传说借鉴,对《型世言》与"杨三姐告状"的典故化用,虽然并非完全蕴含于病院场景和梦境呈现,但其以民间传奇对现代人精神境遇进行隐喻性阐释的创作意图是殊途同归的。

题材的选择和主题的开掘是奠定作品文化风貌和艺术品格的前提,透过作品在现代语境中的摄入元素,可以管窥剧作家的创作风格和审美导向。21世纪以来,戏剧创作在内容和题材层面对民族史述和民间传奇的广泛涉猎昭示出剧作家整体对历史传承的审美姿态和创作立场,也在某种程度上奠定和彰显了现代戏剧民族化进程的审美基调和创作趋势。

二、民族曲艺和民间文化的风格援引

曲艺是中华民族固有的艺术形式,凭借深远的历史浸润和多元的民风积淀,拥有其深厚的文化底蕴和广泛的接受群体。伴随着现代语境的形成和互联网媒体时代

---

[1] 威廉·尹迪克. 编剧心理学[M]. 北京:北京联合出版公司,2014:67.
[2] 马丁·艾思林. 戏剧剖析[J]. 罗婉华,译. 北京:中国戏剧出版社,1981:36.

的到来。尽管中国的曲艺市场受到多种异质文化和现代艺术的倾轧，但其民间文化的精粹地位却不容撼动，其对民族审美范式的形成作用与渗透效果也不容忽视。与此同时，由于其隶属于剧场艺术的文化属性，其表现形式、创作语汇与话剧存在诸多交汇，二者在艺术表现层面存在相互学习和相互借鉴的可能。因此，无论是文化语境的接受层面，还是艺术形态的表达层面，传统曲艺具有现代戏剧可以借鉴并值得借鉴的创作元素，是现代戏剧在民族化进程中最为直接和最为有效的参照体系。21世纪以来，戏剧作品在剧情结构和语言表述层面均出现借力于戏曲元素和民间文化的现象，剧作家对民族化戏剧表现形式的打造意图是非常明显的，其经验与教训却颇值得研究者做出细致梳理和分析。

从剧情的情节推进维度来看，剧作家通过对曲艺艺人的形象塑造与人物安置，借鉴表演桥段的唱词呈现，袒露剧中人物的内心独白并隐喻剧中人物的现实命运，表现为以曲应景的场面铺排和以曲抒情的氛围营造。以《立秋》中马洪翰与儿子马江涛串演《清风亭》一场为例，父亲深陷危局渴望孩子承继家业，儿子出世入戏期待家人放任自流，这种欲说难说的情感纠葛和欲断难断的生活境遇借父子间《认子》的晋剧串演以"戏中戏"的形式写意而又深刻地呈现出来。剧作者姚宝瑄自己曾坦言，"戏中戏，是我原稿中没有的，设计与创意来自陈颙导演……我将传统戏曲《清风亭》中的情节写入这一场。所依之本乃山西省剧作家张晓亚先生整理改编的晋剧《清风亭》中《认子》一场，才使五场戏中有了真情之戏，亲情之流露。情外之情，似游离却又紧扣全剧之魂"①。尽管创意并非产生于剧作者本人的最初构想，而是出于导演对舞台效果的整体考虑，编导双方借"戏"抒情、以"曲"造境的创作意图颇为一致。事实上，也正是由于剧作者在剧目方面的微妙调整才使"戏"外之情与"戏"中之景可以恰切融合、彼此映衬，成为剧本在二次创作中的"神来之笔"。类似的尝试在《秋天的二人转》（杨利民）、《老大》（喻荣军）和《城》（李小虎）等作品中表现得更为明显，其戏曲曲文本身所占的篇幅也逐渐加大。无论是对《蓝桥》《下关东》《状元媒》和《玉堂春》②等经典唱段的文本节录，还是根据

---

① 姚宝瑄. 《立秋》编剧如是说[J]. 山西大学学报（哲学社会科学版），2007（5）.
② 杨利民. 秋天的二人转[J]. 新剧本，2003（6）.

剧情需要依照越剧、秦腔和花鼓戏等的曲文范式的剧本原创，都能够适时并准确地呈现剧中人物的内心情感，使之外化，并作为一种"预言式"的征兆推进情节的演进。其中"二平""傻东子"、戚瑞云、秦汉生等作为民间的戏曲艺人，其所演之戏是自己的命运寓言，其所唱之曲是个人的生命悲歌，剧作家通过这种唱词、戏文的题材切入，实现了曲文、宾白在现代戏剧文学创作中的写意融合。

从戏剧结构方面来看，剧作家通过对说书艺人的形象化摄入和角色杜撰，借鉴叙述体戏剧的结构样态，以曲文开宗明义、承上启下，简述剧中故事的发展脉络并填补剧中场景的切换空隙，呈现出以曲叙事的表现维度和以曲论事的表现策略。以《徽商传奇》（黄维若）、《伏生》（孟冰、冯必烈）和《淮河新娘》（喻荣军）等作品为例，"歌队"借鉴戏曲的身段和唱腔营造民族风貌并试图还原历史场景，在作为背景承担舞台功能的同时，其语言本身对戏剧文学的整体架构也起到了承上启下的衔接作用。《徽商传奇》中对"生、旦"的角色安置，借徽剧唱词划分剧情段落、转移故事场景；《伏生》中对众奴隶的面具铺排，以诗文咏叹控制剧情节奏、评述历史真相；《淮河新娘》中对朱先生、河妹子的形象塑造，以诗词和花鼓戏交代历史背景、推进情节走向，并以上古情歌、江淮号子营造剧情氛围、外化人物心理等。整体来看，剧作者通过"歌队"的运用和剧中人物的角色间离，实现"以曲代述"和"述演兼顾"的结构构想，并以诗词咏叹和曲文吟唱作为叙述媒介实现了对民间风土的氛围营造。

另外，单就戏剧语言的表述形态来看，民族曲艺和民间文化的渗透作用也产生着巨大的影响。中外戏剧的交流是文化形态的一种对话，异质文化的影响往往取决于文化主体对现代戏剧形态的主动模仿，而传统文化的渗透却表现为民俗语汇和曲艺元素的潜在涉入。事实上，这种"渗透"不仅是题材层面对民俗文化的内容引介，更是表达方式对语言习惯的风格嵌入。"相声剧"和"方言话剧"的出现无疑是现代戏剧在语言形式和对话关系层面民族化进程的必然趋势，前者"借相声之技，行舞台之势，灵活运用传统相声中的贯口、学唱以及曲艺形式中的评书、双簧，作为材料和手段渗入到剧中形式、情境、行动和语言中"[①]；后者以地方方言为表演语

---

① 高音. 喜剧的路途——《我不是保镖》观看之道[J]. 新剧本，2015（4）.

汇,以地域风俗为规定情境,借用民间口语、俗语和俚语等语言元素,融入节日庆典和地域人文史述,还原民间生活的风土原貌。然而,"相声剧"和"方言话剧"在21世纪以来的发展态势却未能尽如人意,前者在"表演工作坊"的《千禧夜,我们说相声》(赖声川)之后,虽有延续但流于商业喜剧,少有力作出现;后者从《兰州人家》(张明,杨晓文)伊始,便徜徉于改革文学的吟咏模式,偶有《海底捞月》(李冰)的经典复现,整体创作却乏善可陈。这种"瓶颈"现象的出现虽然与时代语境的多元需求相违背,但也基本契合文化氛围对剧作家创作轨迹的影响规律。文化奖项的评定和审查机制的强化使剧作家在作品的创作中存在一定的顾虑,其作品也被赋予过多的"理性"。出于对社会影响和剧场效果的综合考虑,"相声剧"和"方言话剧"的"消声"与转型有其必然性。当然,两种创作形式所蕴含的民族元素仍然存在,并沁润于当下民间文化题材和经典改编题材的戏剧文学创作中,表现为《什刹海》(蓝荫海、王志安)《建家小业》(苗九龄)和《老汤》(王宏、王叶丹)等对相声贯口、谐音和"异口异声"等语言技法的大量使用,以及《白鹿原》(孟冰)《长恨歌》(赵耀民)和《金锁记》(王安忆)等作品对陕西方言、上海方言及民间俚语的大量使用等。因此,"元素尚存而整体消声"成为现代戏剧语言风格化的一种趋势,与21世纪以来戏剧创作流派模糊、风格混用的现象颇为相似。作为现代戏剧语言风格民族化的过渡阶段,其"对话"层面的语汇融入值得认可,但由于存在实体过于零碎,缺乏统一的形式体系,其样态缺失与原创缺失同样令人担忧。相比之下,戏剧文学创作中诗性特质的传统复归与曲文韵律的架构融合更具有史论价值,比相声元素和民俗语汇对戏剧语言的融入效果更为明显,"诗剧"和带有"曲文"色彩的"叙述体戏剧"作为一种语言风格的民族范式,值得"相声剧"和"方言话剧"借鉴。

民族曲艺和民间文化是现代戏剧民族化进程中最为有效的参照体系和最为直接的素材来源,作为民族传统的写意呈现和民族意识的精神架构影响并制约着戏剧创作的风格走向。然而,剧作家在创作中对这类元素的借鉴与融入必须通过理性的遴选和审美的嫁接,正如研究者所指出:"如何评价话剧借鉴戏曲?非常明确,就是看它是否有利于民族话剧的现代化创建。"[①]这就涉及现代语境与传统文化的

---

① 胡星亮. 中国话剧与中国戏曲[M]. 北京:人民文学出版社,2000:23.

衔接问题。现代戏剧民族风格的形成进度不仅受制于剧作家创作的技巧和手段，更与现代戏剧精神气质和民族文化审美定式的博弈处境关系甚密。戏剧理论家马丁·艾思林曾指出："一个国家精神状态的变化通过戏剧也可以看出来。"①因此，相对于现代戏剧创作中民族语汇的来源与融入，其遴选的标准与接受的过程本身同样值得思考。

三、民族意识和民间审美的现代反思

"民族化"是当代戏剧承继民族文化传统的审美导向，也是呈递当下民间文化"心理定式"的精神归宿。一方面，民族传统作为渗入戏剧风格中的内在因子，影响着剧作家的创作观念，对戏剧风格的形成和发展起着深层的建构作用；另一方面，"心理定式"作为"长期审美经验、审美惯性的内化和泛化"②的结果，造成了观众/读者的"期待视域"，对戏剧风格的理解和接受起着反向的制约效果。单就戏剧形态的"民族化"过程而言，只是形式与内容、主体与客体间的表述融合，其本身并无进步与退步之分，但当其以现代语境为场域，并以现代戏剧的审美架构为基准时，其整体走向就被置于相应的历史评判维度，也就是民族戏剧的审美现代体系之中。因此，是否具有现代意识成为现代语境遴选民族语汇的首要标准，也是现代剧场扬弃民族传统的基本尺度。纵观21世纪以来戏剧文学创作，剧作家表现出在素材选取层面对民族史述和民间传奇的刻意青睐，并注重在语言结构层面对韵文曲艺和民间文化的元素渗透，其文本创作在现代戏剧民族化进程中的诸多尝试具有美学价值，也基本奠定了民族戏剧创作在风格维度的整体雏形，但这种积极主动的创作态势和看似充盈的戏剧形态也存在一定的隐患，值得研究者在精神层面给予审美的现代反思。

有研究者在梳理新时期的文学创作现象时，曾一边欣慰于新写实小说和个人化写作中所具有的后现代主义气质和反宏大叙事姿态，一边又感喟作家的心灵渐进模

---

① 马丁·艾思林. 戏剧剖析［M］. 罗婉华，译. 北京：中国戏剧出版社，1981：25.
② 余秋雨. 观众心理学［M］. 武汉：长江文艺出版社，2013：46.

式对创作题旨层面的影响，以及主体精神对民族大合唱的融入轨迹。[①]事实上，文化机制改革进程中的21世纪戏剧文学创作存在重走这一"历史怪圈"的趋势，"作家的心灵渐进模式"作为宏大叙事与个人化写作交替并置的驱动内核已露端倪。剧作家对历史人物个人化情感诉求的表达是演进民族历史宏大叙事的一种策略，但是这种带有"情感化"和"审美化"的解读并不能完全掩盖当下时代语境对历史"合理性"的解构与重建。事实上，《淮河新娘》《万事根本》和《立秋》等带有民族史论色彩的戏剧作品，其文化导向本身也存在一些值得商榷的地方，当剧中人物的精神诉求为旧时代所掩映，剧情的发展作为对生存困境的突围是该受益于时代的更迭，还是个人意志的觉醒？该类作品的呈现无疑尊崇于前者，并以对后者的呼吁阐释悲剧的深邃和历史的反思。这类写法渐趋精致，凭借对民族情结的感召和民族意识的渲染实现了现代戏剧民族化进程中的题材摄入和形式借鉴，但这种略显狭隘的审美态势也导致作品题旨对新时代"破旧立新"的刻意吟咏和对人性复杂性的潜在忽略。毋庸置疑，戏剧创作应具有现代意识，并且要遵循人类的普适价值，其民族化要以现代化为前提，并以对人的精神探索为基准。忽略现代意识的民族戏剧是民族寓言式的"宏大叙事"，只能重复新时期文学创作的"从集体到个人再到集体"的"历史怪圈"，最终走向带有文化相对主义的民族大合唱中。《伏生》的创作对这种现象有所改观，对民族史撰的反思和对文化相对性的解读存在前瞻性，其历史人物的精神塑造具有现代品质和当代隐喻，但这种作品毕竟仍是少数。

与此同时，21世纪以来剧作者在题旨层面的民族化探索缺乏对时代语境的现实观照。民族史述和民间传奇多是作为隐喻时下精神症状和生存困境的例证而存在，对当下生活中存在文化症结的阐释显得过于隐晦。作为一种评判维度的引证技巧，这些带有历史性和传奇性的题旨借鉴在叙事层面的价值值得肯定，但比重的式微和程度的薄弱已是学界的共识。当然，纯粹以民间商旅文化、地域文化为题材的戏剧文学创作不在少数，如《老汤》《凤凰》《什刹海》和《建家小业》等，作为一部部生动写意、色彩浓郁的文化大餐颇为成功，但作为现代戏剧民族化进程中的

---

① 李扬. 拯救与逍遥：新时期文学发展的精神向度[M]. 上海：上海交通大学出版社, 2013: 2, 110.

审美标杆又都略显不足。究其原因，其地域文化的宣传色彩和文化工程的精品导向只是问题的一个方面，更为根本的原因在于剧作家群体对民族文化的阐释过程缺乏对"现代"语境的审美参照。从语用价值层面来看，戏剧文学的"现代化"是指剧中语言表述与现代人的精神体系和思维模式相匹配，是一种现代文化氛围中的语汇"交流"。而这种"交流"不是只有否定之后的肯定，也可以是肯定之后的肯定，或否定之后的再否定，只有立足于现代人的生活语境，立足于对人类情感普适追认，才能做出对民族传统的"现代"择取。《我爱桃花》（邹静之）、《寻找春柳社》（李龙吟）和《杨三姐与陈小二》（李龙吟、丛林）等作品的"戏中戏"结构虽然不能代表现代戏剧民族化进程中的审美样式，但剧作家整体对"现代"语境的参与意识和批判意识却是值得首肯的。事实上，这种与"现代人"的对话意识也是许多旨在打造文化经典的成熟"力作"所缺少的。

另外，就全球语境中多元文化对现代戏剧语言表述形态的融入趋势来看，剧作家群体仍然要尊重现代戏剧文学创作的语言范式和审美标准，其对民间曲艺和诗词韵体的元素渗透要有主体性的坚守和理性化的节制。现代戏剧的民族化应该是民风、民俗的语汇融入，而不是韵文、曲艺的形式代替。语言风格的民族化导向虽没有一定之规，其规范化、体系化的样态雏形也仍在摸索之中，但剧作家作为艺术创作者该秉承的审美主体价值观念是不容忽略的。因此，曲文诗词的引著、撰写和艺匠绝活的拼贴、打造应该依照作品的题旨和内容，在现代戏剧的审美范式中作适当的嵌入，是表述方式和表演语汇，而不是内容本身和形式本身。剧作家跨界尝试的勇气与文体革新的姿态值得首肯，但戏剧形态的创新作为一种异质文化间的交流需要以一方的语言标准作为基础，是一方对另一方的语汇融入，而不是一方与另一方的语汇交替。当然，这种戏剧文学创作中"拼贴过度"和"主体倒挂"的现象，与部分剧作家对精品奖项的刻意寻求和对剧场氛围的过度依附不无关联。21世纪以来，剧作家依据院团演员的曲艺功底的量身打造现象非常普遍，依托曲艺节庆、名人纪念的应时、应景之作也大量存在。出于对剧场效果和热点效应的片面考虑，部分剧作家的戏剧文学创作充斥着大量的无关炫技和对经典文本的刻意摘抄，致使日趋成型的民族戏剧形态看似充盈实则浮夸，无法经受历史时间的洗练和世界语境的对话。事实上，一个戏剧作品的形式和内容，应该是由剧作家而不是主办方和观众来决定的。接受群体"期待视域"和剧本创作的舞台呈现可以成为剧作家创作的考虑条件，却不是充分或必要的，否则就会造成艺术创作主体精神的缺失，导致工具论和题材论的倾向。

　　综上所述，民族化不仅是一种表述习惯和语言风格，更是一种审美趋势和精神导向。21世纪以来的戏剧文学创作，通过对民族史述、民间传奇的借鉴和对曲艺元素和民间文化的渗入，进行了从题材内容到语言形式的多维探索，其革新的姿态与进度值得认可，其存在的问题与隐患同样耐人深思。当代中国民族话剧创造是世界戏剧交流与碰撞的一维，是现代语境和民族语汇话剧审美范式中表述的融合——人学阐释的现代性探寻和艺术呈现的经典性诉求，既是全球化语境中不该遗忘的箴言，也是戏剧形态在异质的文化体系内完成创造性转化时应有的精神向度。

第二节　写实传统与写意手法的结构衔接

"写实"与"写意"是世界戏剧美学形态的两极，分别作为现代与传统戏剧的审美架构影响并制约着各自创作风格和表演体系的形成，二者在文化场域中的延伸与交汇促成了不同时代语境下戏剧精神的律动和戏剧范式的革新。20世纪80年代，中国戏剧家曾准确地把持到世界艺术的审美脉络，将"现实主义与现代主义的交叉、汇合、渗透"[①]视为20世纪艺术领域的一股显流，并在戏剧形态、舞台语汇和表演体系层面做出锐意、果敢的尝试，"现代现实主义"传统在审美层面的复归和"写意话剧"范式在创作层面的成型将新时期的"戏剧探索"推向高潮。事实上，这种将"写实"与"写意"在现代戏剧观念维度的熔铸意图早在1962年便有成文的撰述[②]，"写实与写意混合"作为"造成生活幻觉"和"破除生活幻觉"之外的观念呈递，伴随着对布莱希特作品和理论的译介逐渐完成，这种带有民族化倾向的理论探索，也在"滞后"的历史文化规约下使得现代戏剧人的创新触角重新伸向传统戏曲的矿藏之中。然而，受制于时代观念的文化导向和文人品性的审美惯性，现代戏剧观念的革新历程充斥着对"布氏体系"戏剧精神层面的误解和对"传统戏曲"形式主义借鉴的偏斜。尽管一度出现了"写意话剧"创作的短暂辉煌，但受制于"编导一体"的舞台呈现，其文本本身多数无法契合世界戏剧文学创作的评判维度。这些"隐患"于世纪末的后现代主义浪潮和大众文化语境的冲溃与诱导下一并爆发，

---

① 胡伟民. 开放的戏剧[J]. 文艺研究，1985（2）.
② 黄佐临的《漫谈"戏剧观"》一文为1962年在广州召开的全国话剧、歌剧、儿童剧创作座谈会上的发言，刊载于1962年4月25日《人民日报》。

造成了"写意戏剧"的媚俗走向和"写实戏剧"的危机境遇。作为新时期戏剧文学创作的一种延续,"危机"意识和"探索"精神是21世纪戏剧文学创作的生成语境和审美驱动,写实传统的现代演绎和写意戏剧的精神探源,作为"探索戏剧"的未竟之志再度成为剧作家观念"突围"的理论方向和观念"革新"的应有之意。剧作家立足于时代语境进行审美反思,对"写实"与"写意"的融合,表现为对"叙述体系"的结构衔接,在文本呈现中对叙述人、叙述时空和叙述线索的功能嵌入,打造了一种较为独特的叙述风格。

一、陌生化效果的氛围营造与叙述人物的角色安置

叙述人物就是戏剧舞台上的"叙事者",是中国传统戏曲和古希腊悲剧中串联剧目场次和引述剧情梗概的类型化角色。中国当代戏剧创作对"叙述人物"的设置部分沿用了这类角色的表述功能和结构任务,如《四世同堂》(田沁鑫)中的"鼓书艺人"、《徽商传奇》(黄维若)中的"生、旦"戏子,还有《寻找春柳社》(李龙吟)中的"监督、导演"等,该类角色凭借近似"全知"视角的陈述推介故事发生的背景,呈递剧情发展的走向,并通过对剧中人物心理和社会文化境遇的评述与调侃,引导观众的期待视域和审美视野,作为编剧和导演在作品创演过程中的现场"代言",整体把控文本呈阅的叙事节奏与舞台呈现的剧场氛围。世纪之交,剧作家孙德民曾结合自己的创作经历阐释布莱希特戏剧对中国当代戏剧文学创作的影响,感言"把叙事者引上舞台""正是中国当代话剧叙事观念变革的关键",并指出,"我国话剧舞台上的'叙事人'也有一个演进和发展的过程","戏剧里的'叙事人'慢慢地不再是叙事主体,而是剧中有个性的人物,他们生活在剧中,冲突在剧中,这种演进创造了话剧舞台新的演出样式"[①]。该论述相比同时期学界对布莱希特与中国"写意话剧"创演关系的探讨更为具象,也基本厘清了21世纪以来剧作家创作对叙述人物角色安置的表述规律和发展态势。

---

① 孙德民. 孙德民新剧作选[M]. 北京:文化艺术出版社,2004:280.

整体来看，剧作家群体对叙述人物的角色安置表现出基于"写意"与"写实"两种美学形态的创作尝试，前者以"事件的历史化"为创作理念将叙述者与当事人合二为一，结合剧中人物的"历史境遇"和"现时感应"，赋予"陌生化"的表达效果以历史的纵深感与现实的客观性；后者以"内心的形象化"为表述技巧将"自我"与"本我"的意念冲突具象化，通过内心世界的"角色演绎"和"意象呈现"，赋予"剧场性"的独白效果以现代的形式感和表述的直观性。

一方面，"使被表现的事件历史化"[①]是布莱希特史诗剧创造"陌生化"效果的主要目的，强调演员"采取历史学家对待过去事实和举止行为的那种距离"[②]，这种基于表演体系的审美诉求在文本创作层面通过叙述者的历史人物安置得以实现。以《红星照耀中国》（兰晓龙）为例，剧作家兰晓龙以美国记者埃德加·斯诺和新西兰人路易·艾黎的回忆视角，将这段"红色之旅"以"述演结合"的方式呈现出来。正如评论者所说，"艾黎与斯诺的分别叙述，形成了双重叙述者格局，构成了切入该剧的双重视点，这双重视点又形成了该剧的多个叙事层面"[③]。事实上，这种叙述格局的成功营造源于叙述者本身的历史存在和剧情切入，作为"陌生化"效果的文本呈现实现了史述型演绎和史论性评注间的人物"对话"。类似的叙述格局在曹路生创作的《弘一法师》中更为明显，李叔同及其友人、门生作为传记述说者和当事人的角色设定共同存在，场景的复现和人物的交游在众人的回忆中被相继引出，构成多重视角的史料铺陈和剧情补述。剧作家以叙述者的角色安置实现剧情渗透，营造出历史情境的完整幻觉，又借叙述者的角色间离打破幻觉，借叙述者的"后人"评述传达创作主体的时代反思，进而通过对叙述者的历史人物安置完成在文本创作中将"事件历史化"的理念诉求。

另一方面，"内心世界的形象化"是现代现实主义戏剧中人物形象塑造的重心所在，21世纪以来戏剧文学创作对写实传统的复归以现代现实主义的精神向度为

---

① 布莱希特. 陌生化与中国戏剧[M]. 张黎，丁扬忠，等译. 北京：北京师范大学出版社，2015：17.
② 同①37.
③ 丁盛. 一段独特的红色之旅——话剧〈红星照耀中国〉的叙事结构[J]. 上海戏剧，2008（5）.

标准,同样侧重于描写复杂而矛盾的心灵世界。区别于20世纪末"写意话剧"对人物的心理外化处理,21世纪以来的现实主义题材创作普遍放弃了"画外音"式的独白效果,而采用形象化的角色塑造直接呈现人物的内心世界。以《正南正北一条街》(孟冰、李雷)和《镜中人》(孟冰、刘汉男)两部现实题材的戏剧创作为例,剧中对"陌生人"和"镜中人"的角色设置是以刻画"李念"和"刑亮"的真实自我为旨归的。剧作家通过对精神世界的形象化塑造,以超现实的表现手法将隐藏于剧中人物心灵深处的"本我"意识暴露于表象化的"自我"面前,二者的对立与冲突正是社会现实中个人内心纠葛和情理矛盾的意象化呈现。按照布莱希特陌生化理论,"人物包含两个'我',一个和另一个相矛盾,其中一个就是作为演员的我"①,作为对"陌生化"效果的角色化呈现和对形象理解的文学性表达,剧作家通过形象化的"自我对话"实现了对人物心灵开掘方式的拓展。除此之外,如《老大》(喻荣军)中冯国良和年轻的冯国良的隔空对白,《如梦之梦》(赖声川)中每个人物的AB角设置,以及《乌合之众》(喻荣军)中的男人与女人的角色分演等也从表演形态维度呈现出对"间离"效果的表意倾向。尽管剧作家群体的这种有意铺排不乏存在对舞台效果综合考虑的元素,但作为剧中人物"自我对话"的变体,其共通的形式意味是不言而喻的。英国戏剧理论家马丁·艾思林曾指出,"来自戏剧的'独白'这个术语本身就说明了,事实上内心独白是一种戏剧形式,也是一种叙述形式"②。因此,作为一种现代的叙述技巧,以角色塑造的形式实现人物心理的外化无疑是现代戏剧在叙述形式层面的一场革新,其形式意味的心灵指向也将文本对陌生化效果的审美诉求划定在现代现实主义的精神标度之内。

  毋庸置疑,"陌生化效果"是布莱希特史诗剧的理论核心,通过"叙述体"的戏剧结构衔接营造这种"陌生化效果"是新时期以来中国现代戏剧创作对"布氏体系"最为成功的借鉴。然而,这种借鉴更多表现为在表演形式层面对叙述性手法的引入,而在戏剧文学的创作层面并未引起本质性的突破。事实上,问题存在的根源

---

① 布莱希特. 陌生化与中国戏剧[M]. 张黎,丁扬忠,等译. 北京:北京师范大学出版社,2015:55.
② 马丁·艾思林. 戏剧剖析[M]. 罗婉华,译. 北京:中国戏剧出版社,1981:10.

在于现代形式没有从深层嵌入剧本创作所要传达的题旨理念中去，其歌舞表演、诗词咏叹和幻灯影像等流于框定内容的形式，作为铺陈故事背景的叙述媒体而单纯存在。尽管部分剧作中的叙述型评注存在一定的批判立场和现代意识，但由于中国观众的期待视域与审美惯性，这种"似是而非"的角色间离使得其传递的主体观念本身存在随时被"间离"的危险。21世纪以来的叙述体戏剧通过对叙述人物的角色安置在一定程度上解决了这种"表里不合"的尴尬境遇，并对"陌生化"效果的审美接受做了折中性尝试。诚然，这种尝试的实现基于戏剧创演的整体氛围对历史语境的文化认同和对时代语境的情感认知。"叙述人物"作为历史存在的文化符码或是心理外化的形象塑造在剧情的演进中装扮角色，审美受众在叙述人物的角色安置和情绪联想中走进角色并接受角色，又伴随着幻觉的破除而跳出角色并审视角色，进而产生对历史与人性的当下思考和文化解读。另外，其整体对"心灵世界"的探源作为对"人学"题旨的复归，有效地打破了20世纪末现实主义戏剧的"异化"僵局，作为对"现代现实主义"精神向度的延续实现了对历史传奇和社会问题剧创作的题旨切入。然而，这种技巧性的创作实践却并未引起太多的市场关注，多是作为剧作家群体以老带新的案头之作而少量存在，其审美价值值得认可，其存在境遇也令人惋惜，这种现象仍然可以归咎于创作群体的文化心理结构与受众层面传统审美惯性的抵牾。相比之下，21世纪以来的剧作家创作在叙述时空维度的探索更为有效，凭借其对写意戏剧观和现代剧场模式的借鉴，拥有更为深广的叙述空间，值得研究者给予特别关注。

二、排演模式的文本呈现与叙述场景的时空衔接

"叙事能力即讲故事的能力，也就是根据对观众注意力的预测而营造情节、结构的能力。"[①]基于戏剧文学创作的剧场属性，以及对审美受众感知层面的普遍关注，剧作家惯常在创作过程中不断提升文本的叙事能力，并以对这种能力的开掘与

---

① 余秋雨. 观众心理学［M］. 武汉：长江文艺出版社，2013：154.

培养作为文本嵌入多元艺术形式和表述语汇的前提。单就中国戏剧创作的生态环境来看，无论是话剧的"写实传统"在题材选取维度对故事完整性的客观要求，还是戏曲的"写意元素"在故事呈现过程中对情节生动性的主观依赖，其表述形式虽有明显的差异，但文本创作中对"叙事能力"拓展的审美旨趣却是殊途同归的。加之中国观众/读者对故事情节、人物形象的期待视域和民族戏曲文化传统的审美定式，相对于世界戏剧的生存语境，"叙事能力"作为衡定中国戏剧文学创作优劣的标准则更显突出。21世纪以来的戏剧文学创作拥有较为完整的叙述体系和异常丰富的叙述语汇，文本"叙事能力"的普遍提升得益于剧作家对叙述时空的多维营造和叙事结构的探索革新。诚然，该类形式的创新绝非凭空建立，而是基于对异质文脉的理念参照和自身语汇的表述传承，其灵感的驱动源自西方现代艺术和传统戏曲文化的双重助力，表现为对现代戏剧排演模式的剧场演绎和对传统戏曲写意时空的场景组接。

  意大利剧作家皮兰德娄创作的《六个寻找剧作家的角色》作为荒诞派戏剧的先声开启了角色在作品中自我追寻的"排演"模式，作品借助真实与虚构的剧情交织呈现出剧中人的尴尬境遇，又通过现实与舞台的相互映衬折射现代人的选择焦虑。就中国剧坛的原创戏剧来看，20世纪90年代的《暗恋·桃花源》（赖声川）和21世纪以来的《〈人民公敌〉事件》（吕效平、李耿巍）《我爱桃花》（邹静之）、《寻找春柳社》（李龙吟）和《解药》（吴彤）等作品都存在对"排演"模式不同程度的借鉴。

  首先，"排演"模式是作为现代戏剧的叙述形式而被应用于中国当代戏剧创演过程中的，其文本的呈现是以排演角色和排演场景的经典性为前提的。剧作家群体通过对"表演时空"的有意安置，强化了舞台"角色"的符号化，"角色"本身作为剧情铺排的人物设定或是历史演进的文化符码而被观众/读者所预先接受，例如《〈人民公敌〉事件》对易卜生的《人民公敌》的现场演绎，《我爱桃花》对陆人龙的《型世言》中部分情节的剧场排练，《两个底层人的地下室》（李宝群）中两位"北漂"对曹禺《日出》经典对白的话剧演出，以及《寻找春柳社》中以不同风格排演模式还原"春柳社"演出《黑奴吁天录》（斯托夫人）的历史现场等。文学的经典化和历史的客观性赋予了"戏中戏"人物的"角色"性格和"角色"命运，"表演"时空的设置并不是为了呈现情节本身的发展和历史史实的演进，而是作为剧作家叙述现实内容的事实参照和叙述现代观念的素材媒介而存在。当"表演"时空中的人物设定与"现实"时空中的演员现状发生相悖的情节走向时，就会构成寓言化的反讽效果，呈递出剧作者对人生命定与时代语境的映射。正如剧作家邹静之在《〈我爱桃花〉笔记》中写道，"故事的由头源自《型世言》第五回前的一个小帽"，"'要巾帻会错了意，递过去一把刀'真是一个想不出来的大扣子。是千百年来痴男怨女悲剧的症结，恋人会错了意的事一定是必然的。以此来讨论情感是可拆解的"[①]。"故事"里角色之间的奸情与杀机在"现实"里演员间的生活中得到了深入的开掘与诠释，并最终以现实场景对"故事"场景的重合与映现作为结局，也就是台词所说的，"这亘古不变的星空、病人似的变了形"[②]，借对故事情节的阐述与甄别袒露人物内心的真实与骚动，进而完成对人生命定的形象隐喻，以及对人类情感的深层剖析。相比之下，《〈人民公敌〉事件》和《两个底层人的地下室》作为现实题材内容的问题书写和底层书写，在"环保问题不作为"与"北漂境遇无出路"的题旨演绎上存在批判立场和审美定位的区别，但其通过"表演时空"的有意安置实现对经典作品的剧场铺排，借戏中角色命运影射人物现实境遇的创作意图则是共同不变的。作为对现代人现实题材的嵌入和都市人生存情境的嫁接，其形式本身具有一定的批判意识和现代魅力。

其次，"排演"模式对现代语汇的融入与对当下语境的嵌入，同样得益于"陌生化"理论在文本呈现维度的拓展与延伸。正如徐晓钟对"叙述体戏剧"特征的总结，"人物在规定情境中生活、行动，又经常跳出直接向观众叙述，通过组接和拼接，传递创作者"[③]的思考，并指出"叙述体的表演有时是以人物的名义，有时是以演员的名义"[④]。事实上，导演阐释的舞台"入戏"和人物塑造的表演"出戏"正是对"陌生化"效果的舞台呈现，当这种呈现效果作为剧情的组成部分存在于文本时，就构成了在文本创作层面对"排演"模式的场景铺排和对"陌生化"效果的角色塑

---

① 邹静之. 邹静之戏剧集[M]. 北京：作家出版社，2014：93.
② 同① 88.
③ 徐晓钟. 话剧《凤凰》研讨会上的专家发言[M]//樊国宾. 从《父亲》到《长夜》，李宝群剧作评论集. 北京：中国戏剧出版社，2016：334.
④ 同③ 335.

造。以《解药》（吴彤）和《寻找春柳社》（李龙吟）两部作品为例，前者将"导演"进行了角色化设置，并由扮演企业家的演员一饰二角，剧作家有意安排该角色在剧情的结尾出场，并以企业家与心理医生"人鬼对话"[1]的排演争执营造冲突，进而将剧情推向高潮。其中以导演身份"说戏"和以演员身份"演戏"在情节中交替呈现，实现了剧作者本人所说的"跳进跳出"[2]的结构范式；后者将春柳社的排演场景进行了风格化处理，并安排持有不同戏剧观念的几位导演在李监督的统领下先后排练，进而阐释写实戏剧、现代戏剧和品味戏剧的观念差异，其中演员的现代表述和角色的历史还原相互映衬，完成了编辑所划定的"戏中戏中戏"[3]的形式样态。事实上，排演模式作为具有现代意味的剧情结构方式，旨在强调"戏中戏"的表演意味，通过对叙述平台的场景嵌入将观演一体的舞台观念纳入文本创作的表述体系中。按照布莱希特所说，"将一个事件变为偶然事件，而让风俗讲解者和历史学家能够产生兴趣"，"这样表演事件能够帮助行动着的人，它不是事先说出一定发生的事，而是说出可能发生的事"[4]。剧作家借导演"入戏"呈递事件本身的杜撰色彩与人物评定的多维尺度，以演员"出戏"完成史述演进的当下解读和演剧观念的现代反思。至此，以"排演"模式对事件进行"偶然"演绎和多重表述，有益于开启剧作家在创作中对剧中人物的心灵开掘和历史剖析，达成文本创作对经典和史述的多维探究和现代解构。

再次，这种排演模式的文本描述，同样蕴含着对传统戏曲写意韵致的审美借鉴，是对传统戏曲时空观念的现代演绎。所谓"景随身变""虚以代实"，传统戏曲以角色表演的程式化和舞台观念的假定性来呈递场景的更迭，有时剧中角色举手投足间的舞台表演就意味着对表演时空的重新划定。相比之下，叙述体戏剧则以叙述人物的语言阐释代替戏曲表演的步法身段和舞台场景的（即一桌二椅）假定臆造，作为对剧情段落的场景铺排和背景引述结构戏剧。因此，从某种意义上来说，排演模

---

[1] 吴彤. 解药[J]. 剧本, 2013（3）: 63.
[2] 吴彤. 爱无解——〈解药〉创作谈[J]. 剧本, 2013（3）.
[3] 李龙吟. 寻找春柳社[J]. 新剧本, 2007（4）.
[4] 布莱希特. 陌生化与中国戏剧[M]. 张黎, 丁扬忠, 等译. 北京: 北京师范大学出版社, 2015: 46.

式是组接戏剧性场景和架构戏剧性情节的形式设定，是对"表演时空"的叙述性衔接和对"叙述时空"的写意性呈现。毋庸讳言，21世纪以来的叙述体戏剧在很大程度上承继了"写意话剧"的结构框架，即以叙述串联场景进而形成剧情冲突的线性发展。但较为不同的是其叙述场景的呈现多以叙述人物的诗词吟咏和戏曲说唱来完成，区别于音效型的心理外化和表述型的心灵独白，其叙述本身带有更为浓郁的民族韵味。此外，《老大》（喻荣军）《淮河新娘》（李宝群）和《徽商传奇》（黄维若）等作品对叙述人物的角色性安置和对语言风格的曲艺化渗透在前文章节均有论及。与此同时，除了表述形式的内向化和民族化之外，叙述时空作为衔接表演时空的结构框架，其形式本身也融入了多维的现代元素。如《如梦之梦》（赖声川）中寻梦般的多线索叙事，《回家》（过士行）中癔症般的白日梦拼贴，还有《花事如期》（邹静之）中追"忆"般的闪回式演绎等，剧作家借对现代人精神病理和生存困惑的探寻，通过对声音、物件和境遇的情绪"联想"实现了对戏剧性场景的情节切入，带有一定的现代主义色彩。其整体结构隐匿了"导演"的角色设置，而以角色的自我编排取而代之，通过排演场景的弱化处理和对述、演时空的交错并置完成对角色主体意识的自我追寻和人物生存境遇的自我剖析。当然，其对叙述时空的成功营造仍然得益于角色塑造的陌生化效果，以及语境氛围的合理营造，其结构形式也归属于对写意时空的现代拼贴和对排演场景的变相呈现。

如戏剧理论家马丁·艾思林指出，"戏剧形式既存在于空间（如绘画或摄影一样），也存在于时间（如音乐和诗歌一样）"，"空间因素和时间因素的结合，使得一方面是节奏变换上的空间统一与另一方面是多种多样的视觉变化上的节拍和音调的统一之间，可以有无穷无尽的结构变换"[①]。由此观之，对时空的划定与衔接是戏剧形式创新和叙事节奏把控的重要手段，然而这种手段应用于戏剧文学创作又必须借鉴于表述型的语汇与结构。因此，叙述体戏剧的结构样态也可以理解为剧作家在文本创作层面对述、演时空的场景安置与复调呈现。21世纪以来，剧作家群体表现出对戏剧创作时空观念的革新态势，其对形式意味的现代性融入与对结构范式的民族化渗透源于剧作家对时空观念的理解与探索。整体来看，叙述体戏剧通过

---

① 马丁·艾思林. 戏剧剖析[M]. 罗婉华, 译. 北京: 中国戏剧出版社, 1981: 44.

对现代戏剧排演模式的形式借鉴和对传统戏曲写意时空的观念融合，实现了对写实题材与写意时空的结构衔接，通过对叙述时空的营造与嵌入，将表演时空的剧情演进分化重组，进而实现了叙事能力的有效加强和剧情推演的节奏把控。

三、评判视域的审美架构与叙述线索的情理参照

评判视域是建构于现代审美价值层面的批判立场，对评判视域的营造则是叙述体戏剧最为鲜明的形式意味和结构特征。作为打破审阅自居作用和抽离观演共鸣效果的叙述技巧，剧作家对评判空间的设置与维护有助于文本在题旨层面的多维开掘和在观演层面的理念革新。基于布莱希特史诗剧理论对评判视域的审美限定，"批判的立场可以是一种艺术的立场"，但要限定在"不失去其艺术性质的同时。"[①]由此观之，叙述体戏剧对评判视域的空间设置和氛围营造一定要框定在戏剧文学创作的审美架构中，并作为一种附有现代意识的精神向度而协同存在。21世纪以来，叙述体戏剧的文学创作在很大程度上承继了史诗剧理论对批判立场的审美框定，表现为对叙述顺序的技巧性衔接和对叙述线索的情理化安置，其叙述风格带有时空场景的现代感和诗学意象的民族化。

从故事情节的叙述范式来看，21世纪以来的叙述体戏剧借鉴了写意话剧的点线式结构和传统戏曲的时空观念，以"散文化"的叙事框架和"诗歌化"的叙述语言实现了对剧情段落和评判视域的写意融合。然而，其剧情段落的演绎却并不完全遵循于单向度的时间推进，而是依照审美接受的心理过程对故事进行"反述"，呈现出"结尾与开头部分重新吻合的循环形式"[②]。以《莲花》（邹静之）和《原野——为2012年中华人民共和国刑法修正案》（万方）两部作品为例，剧情的高潮（"莲花与天和同归于尽"与"六团的婆婆服仙死而复生"）作为开场戏被剧作家预先呈现，并作为全剧的结尾"循环"叙述。正如马丁·艾思林所说，"要造成一种兴趣

---

① 布莱希特. 陌生化与中国戏剧[M]. 张黎，丁扬忠，等译. 北京：北京师范大学出版社，2015：79.

② 马丁·艾思林. 戏剧剖析[J]. 罗婉华，译. 北京：中国戏剧出版社，1981：44.

和悬念（就其广义而言），这是一切戏剧结构的基础。剧中必须使观众有一种期待心理。并让他们保持这种期待至剧终为止"①。这种"反述"结构正是通过对时空场景的"反向"衔接完成对悬念的开场设置，使得观众/读者在欣赏戏剧伊始便沉浸于对结局原委的深入思考，进而引起其对过去故事的极大兴趣，并伴随着场景的"循环"复现被再次推向高潮。与此同时，这种"非正向"的叙述趋势在以人物叙述为线索框架的叙述体戏剧中呈现得更为普遍，形式也更为多元。例如《凤凰》（李宝群，王宏，肖力）《公民》（孟冰）和《蒋公的面子》（温方伊）中对时空语境的顺逆交叉，《老井深深》（运新华）《报警的孩子》（万方）和《谎言背后》（喻荣军）对案情真相的多重叙述等都构成了对戏剧性情节段落的"非正向"拼贴。诚如研究者对《凤凰》文本的结构评述，"全剧一直在追寻和拷问两位主人公的灵魂，用现在反思、拷问和剖析过去，现在时不断在前进，过去时又使现在时产生意义，面向未来。这样'顺逆交叉'在一起构成了这个戏独特的结构"②。毋庸讳言，"前后关系是决定一切的"③，剧作家借叙述顺序的调整完成了对场景和剧情"前后关系"的改变，蕴藏于其中的审美意图是对细节的淡化和对题旨的延伸，也就是以不可靠的多维叙述交错映衬出剧中人物的真实性格和内在灵魂，其带有批判性的叙述空间也以时空场景的错接为前提得以有效嵌入不同题材的戏剧创作中。21世纪以来，剧作家群体以叙述顺序的技巧性重排实现了对评判立场的审美架构，区别于单纯的观念陈述，这种叙述手段以悬念的设置和前后关系的调整实现了对观众期待视域的宏观把控，进而将之引向创作主体所打造的理念纵深之中。

从题材内容的选取标准来看，21世纪以来的叙述体戏剧趋向于对"写实传统"的题旨复归，在叙事层面强调故事情节的完整演绎和人物形象的性格塑造。其对叙述时空的不时嵌入旨在呈现多维并置的评判视域，并有意拉近叙述立场与当前语境的时空距离，但叙述内容本身却表现为剧作家本人的自我"写实"，并以主观的情感体悟和哲理参悟为情理依照，呈现出个性化和思辨型的叙述倾向。一方面，故事

---

① 马丁·艾思林. 戏剧剖析[M]. 罗婉华，译. 北京：中国戏剧出版社，1981：37.
② 欧阳逸冰. 话剧《凤凰》研讨会上的专家发言[M]//樊国宾. 从《父亲》到《长夜》，李宝群剧作评论集. 北京：中国戏剧出版社，2016：336.
③ 同①47.

内容的时空衔接和历史语境的场景交替作为叙述线索的物象呈现是以剧作家本人的情绪记忆为依据的，其创意空间的打造也主要源于对生活素材的广泛积累。正如赖声川自己所坦言，"催化结合的元素是原先存在我脑海中的。没有任何元素是'空降'到我体内的"①，剧作《如梦之梦》"'故事中的故事'的结构构想"②源于对杨·勃鲁盖尔"画中画"的概念转换，以及索甲仁波切《西藏生死书》中医生听病人讲故事完成"自他交换"的灵感"催化"③，而创作灵感本身则是阅读《国际先驱论坛报》（International Herald Tribune）对伦敦近郊火车车祸的报道之后的情绪记忆——"一种深沉的悲哀，想到这是一个现代人的残酷写照"④。出于对精神症候的现代指涉，其叙述场景被安置于医院病房，并将绝症病人作为主要的叙述人物；作为对恒定命题的历史参照，其故事时空被推向民国时期的上海和巴黎，并以伦敦车祸后不告而别的失踪者作为故事中伯爵的人物原型。因此，这部世纪之交的"梦剧"从素材遴选到人物设定都以剧作家个人的生命感知为情感依托，其形式意蕴的审美导向表现为对情绪记忆的写实呈现。与此同时，这种融入个体记忆的叙述格调在其后与王伟忠的合作的《宝岛一村》中呈现得更为明显，用散文诗化的语言描摹与剪贴画般的镜头特写组接成一代人的眷村记忆和文化乡愁。题旨层面的"写实"回归和情绪复现是21世纪以来叙述体戏剧共通的风格导向，在内地剧作家的"情结"叙事中同样存在，如《叫我一声哥，我会泪落如雨》（李龙云）、《神荼郁垒》（刘锦云）、《秋天的牵挂》（孙德民）和《大湿地》（杨利民）等作品都是最为明显的例证。无论是对生态危机的问题指涉，还是对精神痼疾的境遇探源，其评判视域的营造都以剧作家熟知的生命体验为情感依据，并通过时空场景的相应嵌入完成对现实题旨的历史映衬。由此观之，剧作家群体对故园往事的情绪记忆既是其结构衔接的素材基础，也是其形式翻新的灵感来源。

另外，诗词曲艺的循环吟咏与神话传奇的氛围烘托作为叙述线索的寓言导向是以剧作家本人的哲理思考为前提的，其创作题旨的演绎意在对生命价值和人类情感

---

① 赖声川. 赖声川的创意学[M]. 桂林：广西师范大学出版社，2011：52.
② 同①42.
③ 同①51.
④ 赖声川. 如梦之梦[M]. 台北：中正文化，2013：17.

的普适观照。区别于表演语汇层面的民族化渗透,21世纪以来的叙述体戏剧有意突出创作题旨的诗化表达,剧作家惯常以"诗词"作为串联情节的核心线索。以喻荣军创作的《老大》和《乌合之众》为例,《管子》[①]篇目和"越歌"[②]段落的节选作为题记被预先陈述,并作为题旨统领全剧,其诗词意象既呈现了作者的情感脉络,也奠定了作品的情感基调。类似的创作思路同样存在于《如梦之梦》(赖声川)、《北方的湖》(杨利民)和《有一种毒药》(万方)等作品中,除了以序幕"庄柠"的传说框定剧情结构[③],还表现为用"季杰"的诗歌朗诵呈递创作初衷[④],借"钓者"的"钓鱼五忌"暗喻人生哲理[⑤]等。布莱希特的史诗剧理论着重诉诸理性、启发思考,21世纪以来的叙述体戏剧作为对该戏剧范式的延展,表现出对评判视域在写意时空和现代场景层面的多维营造,而具体到叙述线索层面则主要呈现出与诗词曲韵互相结合的审美态势。剧作家借诗文曲韵营造意象化的铺陈效果,借以表达本人的人生感悟和哲理思考,其题旨的寓言化陈述使得评判视域更具有思辨性,也使得戏剧性情节的段落衔接更富有逻辑感,叙述的整体风格带有民族化的诗学品格。

中国现代戏剧文学的"写实传统"是一种现实主义的叙事传统,强调对剧情场景的现实观照和对人物形象的性格塑造,该传统的形成与西方现代戏剧形式引入中国的时代语境和民族文化传统的审美惯性有关。与此同时,传统戏曲的"假定性"与"程式化"作为隐含存在的"写意"元素沁入于民族戏剧的文化肌理,并不断影响着创作主体的审美规范和剧坛生态的氛围格局。毫无疑问,叙述体戏剧的成型与

---

① 比方说喻荣军引用《管子》,"乌合之众,初虽有欢,后必相吐,虽善不亲也"作为《乌合之众》的题记,统领全剧,隐喻人性的复杂和时代变革中的人际关系。喻荣军. 乌合之众[J]. 剧本,2016(2).

② 比方说喻荣军引用歌词"海水是咸的,那是我们的泪,是人的,也是鱼的"作为《老大》题记,统领全剧题旨,阐释人与自然的关系。喻荣军. 老大[J]. 剧本,2012(2).

③ 赖声川. 如梦之梦[M]. 台北:中正文化,2013:26.

④ "这初衷其实很简单,就是剧中那个小青年季杰所朗诵的那首诗","如果我不能做,我想做的事,那么我的工作就是,不做我不想做的,事情。这不是同一回事,但这是我能做的最好的,事情。""这首诗,我觉得它是以一种极为彻底的精神在回答一个问题:怎样活着。"万方. 写戏有感[J]. 新闻与写作,2007(6).

⑤ "且不说,人生应该学会选择或是拒绝,亦不说人生苦短,要禁忌虚火上升浮躁不安,寻得一个广阔的内心自由,仅从钓鱼五忌便可看出一真正的钓者所具备的道行了。"杨利民. 戏里戏外的事情[M]. 北京:文化艺术出版社,2013:218.

发展给写意元素与写实传统的接洽创造了机会，然而这种融合过程同样产生于异质文化的媒介衔接和观念移入。事实上，当代戏剧的叙述风格并非直接援引于本民族戏曲传统的直接介入，而是借助于对布莱希特史诗剧作品和理论的译介，在"写意戏剧观"的探索与"民族化"表演体系的回溯中逐渐形成的一种结构体系和戏剧形态。布氏体系的观念嫁接和民族曲艺的形式借鉴注定了写意话剧（作为20世纪叙述体戏剧在戏剧形态发展的制高点）对舞台语汇和表演体系层面的强调，而在文本结构和题旨衔接方面则稍显不足。鉴于20世纪末写意话剧的审美偏差和写实文本的市场衰微，剧作家群体分别在叙述人物、叙述时空和叙述线索层面开启了对叙述体戏剧在文本结构层面的重新建构。作为对史诗剧理论和写意话剧的借鉴与发展，其陌生化的效果呈现、写意性的时空衔接和批判性的叙述立场仍然构成了叙述体戏剧的精神向度。除此之外，剧作家也通过对时代语境题材嵌入、场景铺排的多维阐释和叙述线索的诗化导向构成了具有民族风格的叙述结构。整体来说，21世纪以来戏剧创作叙述风格的形成意味着剧作家群体在剧作结构层面的理念革新，基本实现了中国现代戏剧写实传统与传统戏曲写意元素在结构层面的题旨衔接，也作为世界戏剧形态的一翼促成了"写实"与"写意"在戏剧观念方面的进一步融合。

第三节　先锋姿态与大众文化的市场融合

"全球化"作为现代社会的时代语境和发展走向,带来了全球范围内"大众文化""消费文化"和"后现代主义文化"的崛起,对世界经济市场和文化交流媒介的客观依附促成了其对民族文化规约与文体表达范式的再度倾覆。正如研究者所论及,"是否存在一种后现代主义戏剧,学界至今争论不休,难以认定。但后现代思潮对戏剧艺术的影响无可否认"[1],表现为戏剧人整体对新文本(New Writing)、后戏剧剧场(Postdramatisches Theater)的诗学理论探索与剧场理念革新。具体到21世纪以来的中国剧场,剧作家对后现代主义思潮的接受与映现较为滞缓,其先锋姿态基本存在于新锐戏剧和现代派戏剧的剧本创演之中,并表现出在作品题材层面对商业元素的有意依附,以及在创作立场层面对意识形态观念的主动避让。这种发展态势的形成,一方面与后现代主义思潮本身的存在属性有关,即通过与大众文化的结盟实现其艺术场域的多维建构,另一方面也受制于该思潮引入中国时的审美偏斜,即研究者所谈及的"带有'中国式'的阴影","批判性的匮乏成为中国后现代主义理论发展的一个死结"[2]。实际上,这种并不纯粹的后现代主义戏剧风格同样熔铸了戏剧人在思维和理念层面的突围进程,带有对世纪之交文本地位衰微和审美泛娱乐化倾向的时代烙印。因此,在对其先锋意识和实验精神给予充分肯定的同时,其不足与局限也值得认真反思。

---

[1] 林克欢. 另一种叙述——后现代与戏剧[J]. 中国文艺评论, 2017(5).
[2] 李扬. 拯救与逍遥:新时期文学发展的精神向度[M]. 上海:上海交通大学出版社, 2013:107.

一、文本刊载的滞后与编导关系的嬗变

文本缺失和剧作家地位的边缘化作为戏剧危机的症结已然成为学界共识，后现代剧场对"话语"抽离的狭隘观念也被戏剧理论界给予了适度的纠正[①]，剧本作为戏剧创作的文学形态同样适用于带有后现代色彩的剧场艺术中。然而，纵观21世纪以来先锋类剧本的刊载情况，其空间层面占有率和时间维度反应度都不容乐观，普遍存在文本缺失和刊载滞后的现象。以新锐戏剧的创演呈现最为明显，带有先锋意识的新锐戏剧主要依赖于类似"大学生戏剧节"（2001年始）、"青年导演处女作展演"（2003年）和"北京青年戏剧节"（2008年）等戏剧节的会演交流，其剧本多数未能发表，部分剧本的"现身"也仅限于戏剧节的纪念集刊和戏剧档案的公开出版。当然，新锐戏剧文本创作的艺术价值参差不齐，很多作品的质量未能达到发表的标准也是不争的事实，但相较于剧场境况的热闹喧嚣，其整体在刊载维度的"失语"无疑是一个耐人寻味的现象。事实上，这与创作群体的导演中心制和会演参评的生态机制有很大关联。

首先，新锐戏剧的先锋意识主要表现在导演对戏剧经典的再度诠释和对剧场观念的空间把控，其戏剧文本多为对名著的作品改编和重译，缺乏文学艺术的原创价值。反观21世纪以来的先锋剧场，以《四川好人》（黄盈）、《沃伊采克》（顾雷）和《太阳·弑》（邵泽辉）等作品为代表，均以实验的精神和前卫的姿态完成了对西方戏剧、现代诗歌的经典解构，以及对思维理念、文体形态的形式革新，其成绩源于导演的才华与锐气，也基于原著多维而深邃的解读空间。其先锋姿态和革新意识主要表现为导演对剧场空间的整体把控和对人文语境的内在衔接，而具体到剧本改编的案头呈现并不明显，剧本改写也作为导演观念与剧场实践的附带产品沦为尝试之作。这种问题在部分原创的剧作中有所改观，类似《十个人的夜晚》（顾雷）、《小社会》（赵川）、《在变老之前远去》（邵泽辉）和《壹光年》（赵淼）等作

---

① "在后现代剧场中，'话语'当然还存在着。艺术阐释、理论、反思与自我反思以现代主义之前从未有过的程度渗透了几乎每一个艺术实践领域。其结果是——后戏剧剧场中不仅存在空的空间，而且也存在盈满的空间"．汉斯－蒂斯雷曼．后戏剧剧场［M］．李亦男，译．北京：北京大学出版社，2016：17．

品对剧情场景的有意虚构，通过交错、重叠的时空推进和隐喻、荒诞的情节铺排呈递出剧作者本人独特的生存体悟和价值思考。然而，原创作品与经典文本的脱节，也导致其先锋意识所传达的后现代风格缺少解构的方向与实体。碍于生活阅历和理论架构的局促，新锐剧作者普遍缺乏对生存境遇、民族品性的深入剖析，加上"编导一体"的身份认定，编剧文本结构的形式创新也整体趋向于对舞台效果的主观迎合。尽管这类戏剧人十分注重对文本价值的多层开掘，但由于戏剧审美的剧场化偏斜致使其后现代风格趋于怪诞与虚化，一旦脱离舞台效果的整体映衬，其文字表述则显得稚拙和刻意。因此，相对于更为扎实的写实呈现，带有先锋意识的新锐剧作整体缺乏在戏剧类刊物刊载的独立价值和竞争实力，只能与新锐戏剧人的导演自述和理念阐释相伴存在。

其次，该类戏剧节的参评以最终的舞台呈现为首要标准，其对剧本本身缺乏特定的审阅尺度，原创作品演出多数以导演和演员的集体创作和即兴创作为主要形式，编剧作为舞台排演的"场记"而存在，限于会演的时间"边排边改"的现象非常普遍。正如新锐剧作者康赫对《审问记》的修正自述："本子：这个本子里的所有人物本身是有性格设定的。这是我现在的新要求，是给大家带来表演困难的最根本的问题所在，解决它的办法只能是我们大家边走我边改。"[①]新锐导演黄盈在《枣树》的演后谈中也直言，"在排练时，演员手中根本没有可以背诵研习的台词。我们通过幕表制集体即兴创作，带领演员和剧组的工作人员，在排练场里直接用动作进行'写作'的"[②]。除此之外，还有《8008》《小社会》《时间的代价》和《38线游戏》等作品也均为导演宏观引导和演员个人陈述相互结合的集体创作，以何雨繁、赵川和黄盈为代表的新锐剧作者惯常于在排练场中预先营造氛围并设置人物性格，再通过角色自身的情绪表达和故事拼贴丰富剧本内容。事实上，这种即兴创作法源于意大利的即兴喜剧，21世纪伊始赖声川的创意美学对内地新锐戏剧的创演模式也影响颇深。主观引导和民主合作的即兴创作趋势已然成为国内先锋戏剧创作

---

① 康赫.《审问记》第一场修正案（8月22日）[M]//孟京辉.新锐戏剧档案（增补版）.北京：作家出版社，2011：28.

② 黄盈.关于幕表制集体即兴创作[J].新剧本，2006（5）.

的主流模式，类似"便携空间""集体节奏""偏离戏剧"①等先锋意识在这种模式中得以彰显，编剧也多通过个人阐述对戏剧理念做出相应注解。但是，这种集体即兴创作的模式和编导一体化的趋向，在缩短了创作时间和提升了文本剧场性的同时，也隐匿了剧本的独立价值和剧作者的主体构想。该类剧本的创作过程带有太多的不确定性，其文本自身的审美意图和文学品性多为戏剧表演的舞台构想所遮蔽，剧本作为一种演出脚本而区别于戏剧文学的自身属性而存在，这种客观趋向也导致了带有先锋意识的新锐剧作易被主流刊物所整体忽略。虽然也有少数的凝练之作，但"导"大于"编"的创作模式整体制约了剧本的文学内涵和艺术深度。另外，经济全球化所带动的文化交流与剧场沟通是国内戏剧创作理念革新的重要驱动，带有后现代主义审美导向的创作往往更易于表达先锋意识，因此类似"亚洲人民戏剧节""国际青年戏剧节"和"21世纪中日青年戏剧人交流项目"等国际邀请展演是先锋戏剧观念呈递的主要媒介。然而，这种展演主要侧重于多元艺术形式的舞台交流和多重民族文化的理念对接，加上语言障碍在很大程度上限定了评审观众对"台词"的理解，因此主办群体更加强调参演剧目在演出维度的观念呈现。作为一种负面刺激，先锋戏剧的创作轨迹带有走向音乐剧场和形体剧场的发展趋势，其文本呈现或被更为直接的形体影像所替代，或作为舞台表演的脚注而存在。不得不说，经济层面的制约仍然影响着先锋戏剧的审美导向，会演参评的生态机制限定了剧本创作的文学架构，先锋戏剧的剧本创作逐渐沦为舞台表演的脚本和导演理念的实践案例，先锋类戏剧节对参演戏剧文本品评标准的模糊，也进一步造成了原创匮乏、重"导"轻"本"的恶性循环。

再次，跳出新锐戏剧的创演圈子，实验戏剧和带有后现代色彩的剧本出版、刊载情况也同样存在类似问题。例如《如梦之梦》（赖声川）、《恋爱的犀牛》（廖一梅）、《天堂隔壁是疯人院》（喻荣军）和《操场》（邹静之）②的出版和刊载

---

① 康赫. 我独行，我偏离[M]//孟京辉. 新锐戏剧档案（增补版）. 北京：作家出版社，2011：416—418.

② 《如梦之梦》2000年首演，剧本于2013年8月出版。赖声川：《如梦之梦》，台北：中正文化，2013年版；《恋爱的犀牛》1999年首演，剧本于2012年8月出版。廖一梅：《柔软》，北京：中信出版社，2012年版；《操场》2009年首演，剧本于2014年3月出版。邹静之：《邹静之戏剧集》，北京：作家出版社，2014年版；《天堂隔壁是疯人院》2001年3月首演，剧本于2007年12月出版。喻荣军：《天堂隔壁是疯人院》，上海：上海锦绣文章出版社，2007年版。

多为舞台呈现后的案头纪实,尽管拥有较为翔实的布景说明和动作指导(甚至现场图集),但作为戏剧文学的语用价值和再度开掘的阐释空间极为狭小,加上文本本身刊载/出版时间的迟滞,其纪念价值多于研究价值。这种文本境遇的生成很大程度上源于舞台演出的版权纠纷,其剧本创作的使用价值以最终的舞台收益为品评标准,其滞后的文本"现身"也大多得益于剧作家个人作品的结集出版。毋庸置疑,先锋意识的存在价值受制于时间维度的相对属性,后现代风格的"不确定内在性"(indetermanence)特质也以评判视域的人文场域为实体参照。刊载滞后(甚至不予刊载)所造成的后果是文本创作对先锋意识的概念形式化,以及对后现代主义风格演进的娱乐大众化。这种市场机制的干预使得该类剧作家的剧本创作在成功逃离学院式品评维度的同时,濒临走向迎合大众审美、适应商业剧场的机械复制模式。

剧作者核心地位的降低是整体戏剧观念和导演中心制在现代剧场实践过程中出现的必然现象,而编导之间从平等"对话"到"覆盖性"呈现、从编导一体再到编剧职业化的发展轨迹在先锋戏剧和实验剧场中表现得最为明显。21世纪以来,以林兆华、孟京辉、赖声川和田沁鑫等为代表的多数创作团队仍在重复这种导演中心化的剧场生态模式,他们的存在既是新锐戏剧创作的最初模板,也是该类群体戏剧审美的最终导向。纵观近年来的先锋剧场,无法复归"探索戏剧"的审美架构已是不争的事实。究其原因是剧本创作中文学内涵的缺失,以及戏剧整体对剧作家和导演"对话"关系的放弃。没有高行健的剧本创作和于坚的现代诗歌创作,就没有《绝对信号》《车站》和《我爱×××》的最终出现,林兆华和牟森的实验构想能否实现无从猜想;没有廖一梅的剧本叙事和田沁鑫、安莹的经典改写,就没有《恋爱的犀牛》《生死场》和《青蛇》的剧场风靡,孟京辉和田沁鑫能否在当代剧场持续走俏也不得而知。然而,导演与剧作家对话关系的渐趋消隐,以及编剧对剧作家身份的取而代之确然愈演愈烈。先锋戏剧和实验剧场的文本创作逐渐以导演团队的整体协作来完成,剧作家失语和编剧职业化的走向意味着对文学创作主体性的丧失,其先锋意识和实验姿态开始受制于剧场环境和商业资本。例如,赖声川为完成教学规划,因剧团人数增加扩展戏剧创作规模[①];康赫因为资金问题,放弃剧本呈现而改

---

① 《如梦之梦》的创作就是赖声川先生的在伯克利和台北艺大教学项目,其编排过程由于参与人数的增多(从12人扩展为60人),致使其创作规模的扩大,最终呈现为长达七个半小时的剧场史诗。

写其他作品等现象①，都是编导一体化和编剧导演化所夹带的负面效应。该类戏剧文本所展露的艺术品质和文学理念暂且不议，其创作过程所存在的整体架构和剧场美学无疑受到了导演身份的潜在指引，其独创性也同样受到剧场收益和团队组成的条件制约。因此，相较于戏剧创作在现实主义维度的发展可以更多借助于剧作家在文字层面的自我陈述，后现代主义风格的演进则必须依仗剧场生态的整体完善来实现，而改变剧作者的"失语"境遇并让剧本富于文学的主体价值仍然是其发展的前提。

二、语言表述的狂欢与经典桥段的拼贴

富有后现代意味的戏剧创作是受西方后现代主义思潮影响形成的文化产物，非逻辑、反理性的语言风格和非线性、反常规的叙事结构是与后现代主义的创作原则以及其内在的审美原则相匹配的。具体到21世纪以来的戏剧文学创作，受制于中国现代戏剧发展对现代戏剧理念追求的滞后，其后现代主义风格的演进仍然停留于现代派戏剧在形式和结构维度的完善阶段。换言之，其先锋姿态和实验精神局限于文本表达的现代呈演，其对诗体形式的探索与延展，以及对经典桥段的拼贴与戏仿仍未跳出现代派戏剧的审美格局。

从语言的表述层面来看，带有后现代主义风格的戏剧创作十分注重对诗体形式的变相切入和对表达习惯的常规打破，相较于诗剧独白、戏曲唱词对格律韵味的表述规范，其形式架构更为自由，其语汇来源也更为多元，整体呈现出传统规整与当下流行的"混搭"模式。类似，张广天的"理想三部曲"（《切·格瓦拉》《圣人孔子》《左岸》）背景朗诵中的"语录"铺陈和廖一梅的"爱情三部曲"（《恋爱的犀牛》《琥珀》《柔软》）流行伴唱中的"情诗"搭衬，以及过士行的"尊严三部曲"（《厕所》《或者还是死去》《回家》）相声贯口中的"名句"改写等都是

---

① 康赫在《我独行 我偏离》中坦言，《受诱惑的女人》的创作是因为《鲜花工厂》的钱的问题得不到解决，才根据自己的作品《斯巴达——一个南方的生活样本》改编创作的，其中把剧中吕父吕母变成富强粉和拖把除了源于自身对生活的不屑，还因为这样处理可以省下演员费用。

对诗体形式的变相呈现。一方面，这种带有后现代风格的诗体渗透丰富了戏剧语言的表现维度，剧作家以"非交流式"的诗体独白实现了多维场景的时空并置，并通过多元语汇的诗化融合构成了剧场层面的角色对话。按照法国戏剧理论家于贝斯菲尔德的戏剧符号学理论，"戏剧语言从根本上来说是对话式的，甚至在独白中也是如此。戏剧对话与其说是一系列具有两个或几个陈述主体的文本层，不如说是一种包括两种对立元素的言语情景的口语体现"[1]。以《圣人孔子》（张广天）和《活着还是死去》（过士行）两部剧作中的部分章节为例，前者通过"子曰"和"毛说"的语录交替，将古典儒学和民主革命理念进行了历史形态层面的对比参照；后者以"古文"和"白话"的文白互译，将古典楚辞和当前时代潮流进行了语用形态层面的戏谑调侃。精神维度的哲理阐释与历史层面的角色安插赋予诗体形式以独特的对话效果，看似非交流式的语态风格下所蕴藏的是创作主体对历史潮流的现代反思，以及对意识形态的精神解构。另一方面，对表达习惯的常规打破拓展了戏剧语言的阐释空间，剧作家以隐喻式的歌词咏唱呈递了情节碎片的剧场衔接，并通过名人警句的改写、错用构成了对经典叙述的时代解构。《回家》（过士行）中老人和"声音"对历史场景的交替解读，《厕所》（过士行）中史爷和众人对时代语境的切面呈现都应用了这种"错置"的语言形式。正如研究者所总结的："过士行的戏剧乃是由'怪诞'悬念所支撑，而怪诞的背后则是一种消解片面严肃性的诙谐思想。"剧作家通过经典的语录框架与时下的语汇填充有意营造出一种怪诞的剧场氛围，也就是研究者所说的"超现实与现实之间的交融"和"情境与语言之间的'错位'"[2]，而这种略带荒诞的戏谑调侃所呈递出的并不是站定立场的意识形态追述，而是彰显一种近乎零度的叙述姿态和解构视角。然而，令人遗憾的是，这种客观的叙述方式在21世纪以来的戏剧创作中并不多见，其创作整体在题旨层面对"内在不确定性"的审美忽略也为后现代主义戏剧风格的走形埋下了伏笔。

除此之外，新锐戏剧中语言表述的混用效果更为极端，其表现出的前卫姿态也更为强烈，重复、并置和停顿的使用非常普遍，其中仍以康赫的语汇呈递最具代表

---

[1] 于贝斯菲尔德. 戏剧符号学 [M]. 宫宝荣, 译. 北京：中国戏剧出版社, 2003：226-227.
[2] 李静. 荒谬世界的怪诞对话——从过士行剧作探讨严肃文学"共享性"的扩展 [M] // 过士行. 厕所. 北京：中华书局, 2015：375, 377.

性,《审问记》(康赫)中对"人总是要睡觉的"①的异化重复、朗读者时空的理论经典对接,以及《受诱惑的女人》(康赫)中对心理时空的多声部呈现、情人间的无停顿表达②等,都带有鲜明的后现代色彩。根据研究者对后现代主义文学代码的句法学梳理,"后现代主义者对现代主义者的假定结构的厌恶,业已转化成对各不相同的句法单位的同等或然率和同等正统性的偏好","后现代主义代码将不局限于一种固定的意义上,而是进一步限制并延伸文学内聚性中的流行观念,它还会从相关的文类代码(即叙述代码)的规则中进行选择和增补"③。由此观之,这种在表述范式层面的文体互渗和语用风格层面的规则重构带有相应的先锋姿态,其革新意识也是应该给予首肯的。

就剧情的结构层面来看,带有后现代主义风格的戏剧创作倾向于对经典场景的故事拼贴和对传统角色的形象重塑,区别于荒诞派戏剧对人物性格、剧情情节的极度淡化,其内容框架富有悬念,其人物设置也富有情感,整体表现为经典架构与故事情境相互衔接的"穿越"模式。"穿越"本身意味着对自然时空观念的打破和对现实剧情场景的虚构。正如英国戏剧理论家马丁·艾思林所说:"现实和戏剧之间的区别在于,现实中发生的事是不可逆转的,而在戏剧里它可以从头重新开始。戏剧是一种对现实的模仿。"④而带有后现代风格的"穿越"模式,将这种模仿引申为超现实和非线性的诗性拼贴。按照美国戏剧批评家约翰·加斯纳在《剧作家论剧作》的导言中对现代戏剧和现代派戏剧所给出的界定,"前者追求内容、风格和形式上的现实主义,后者则热衷于富有诗情和想象的艺术。"⑤因此,从剧情结构的表述形式来看,后现代主义的"穿越"模式仍然是对现代派戏剧创作风格的一种延续,其剧情线索的依据是剧作家的情绪铺陈和审美联想。事实上,《莎士比亚打麻

---

① 康赫. 审问记[M]//孟京辉. 新锐戏剧档案(增补版). 北京:作家出版社,2011:57,60,64.

② 康赫. 受诱惑的女人[M]//孟京辉. 新锐戏剧档案(增补版). 北京:作家出版社,2011:355-357.

③ 陈世丹. 代码[M]//赵一凡,张中载,李德恩. 西方文论关键词. 北京:外语教学与研究出版社,2006:47,51.

④ 马丁·艾思林. 戏剧剖析[M]. 罗婉华,译. 北京:中国戏剧出版社,1981:11.

⑤ 约翰·加斯纳. 外国剧作家论剧作[M]. 北京:中国社会科学出版社,1982:2.

将》（纪蔚然）、《风月无边》（刘锦云）、《我是海鸥》（童道明）和《主义横行》（裴魁山、董天翼）等剧中人物和情节的原创色彩并不明显，都是读者/观众耳熟能详的剧作家及他们笔下的剧中人，剧作家对时代氛围的营造和人物关系的设置缺乏一以贯之的情节主线，并有意打破读者/观众的印象思维和常理逻辑。从剧情的细节呈现来看，其冲突构建得益于对经典桥段的戏谑和对人物形象的颠覆；从创作的整体结构来看，其题旨初衷在于对戏剧观念的辨析和对编剧症结的思考。这种拼贴场景与错置时序的创作趋向是对荒诞派戏剧"断裂"[①]戏剧观念的一种延展，它所附带的戏谑姿态和调侃意味也表现出对叙述体戏剧"间离"效果的一种呈递。然而，这种带有后现代色彩的"穿越"模式仍然附有剧作家本人的主观色彩，戏剧场景对中、西戏剧观念的评述与扬弃带有剧作家特有的审美构想，叙述者作为衔接不同情境板块的线索人物往往就是剧作家本人的现场代言。这种创作手法与之前笔者所谈及寓言史剧的表述策略如出一辙，非定向的时序衔接、非逻辑的场景并置所传达的是剧作家本人所建构的戏剧理念和价值思考。作为对戏剧思潮的剧场剖析，这种穿越式的经典拼贴构成了戏剧史述与当下语境的对话关系，也为流行语汇与现代元素的戏剧呈现保留了解读空间；作为对主流文化的市场庇护，这种明确的主观臆想制约着后现代主义"内在不确定性"的审美视域，也为意识形态化的史述浸润和商业化的媚俗导向留下了一定的隐患。

与此同时，这种"穿越"模式的情节设置多数是通过角色的舞台扮演和表演的间离效果来进一步完成的。比如，《主义横行》中"导演"通过对死神和戏剧理论家的角色扮演，实现戏剧思潮的形象描摹；《莎士比亚打麻将》中程浩通过对话观众和内心独白的叙述效果，完成编剧症结的问题凸显；以及《切·格瓦拉》（黄纪苏）和《圣人孔子》（张广天）中演员通过历史人物和现实大众交替模仿，进行历史观念和意识形态的精神解构等，都是对这种剧场化审美导向的写意呈现。刻意的角色"虚拟"，使得扮演者和被扮演者、观众/读者和演员/角色保持了一定的审美距离，

---

① "荒诞派戏剧声称自己是断裂的戏剧，'反戏剧'……他们抛弃所有现行的戏剧程式和戏剧结构，这造成一种以整体拒绝为基础而不是一种美学为基础的断裂戏剧创作。"米歇尔·普吕讷. 荒诞派戏剧［M］. 陆元昶，译. 杭州：浙江大学出版社，2014：136.

并营造出一种戏谑的批判立场和辛辣的解构姿态。毋庸置疑，作为"舞台指导"中呈现的角色阐释和剧情说明，"扮演"不再仅仅作为表演技法而呈现于舞台，也作为切实有效的间离效果表现于文本，这种独特的创演形式也是后现代主义戏剧风格步入当下剧场文化氛围最为直接的桥梁。

三、审美立场的游移与商业模式的运营

21世纪伊始的戏剧创作，无论是新锐戏剧人对文学经典的承袭和改编，还是先锋剧作家对历史场景的演绎与拼贴，均呈现出较为前卫的实验姿态和后现代性的审美立场，其中《沧海争流》（周长赋）、《切·格瓦拉》（张广天）和《圣人孔子》（张广天）等作品在世纪之交的先后出现为戏剧文学的原创领域开启了一个更为纯粹、恢宏的史论维度，《恋爱的犀牛》（廖一梅）、《左岸》（张广天）和《活着还是死去》（过士行）等作品的创作也为先锋剧场的表述层面营造了一个更为诗化、现代的语言空间。然而，这种基于政治史论重述与语言范式重建的宏观格局并未得到进一步的延续与发展，而是被更为生活化、内向化的具象呈现所逐步替代。

事实上，作为一种超现实主义的表现手法，对叙述场景的多维并置和对时空维度的多样衔接在21世纪以来的革命历史题材、当代英模题材的戏剧创作中得以广泛应用，比如《谁主沉浮》（孟冰）和《范长江》（黄维若）的穿越模式，《枫树林》（孟冰）和《生命档案》（孟冰、王宏、肖力）中的叙述场景等。但是该类作品在题旨层面的审美导向屈从于宏大叙事的精神架构和文献史撰的相互印证，与先锋戏剧的解构姿态和后现代戏剧的评判立场相去甚远。剧作家在审美个性和政论史维度的立场游移，注定了这种带有现代主义（甚至后现代主义）风格的表述模式沦为意识形态的叙述策略和当代视野的衔接方式。显然，相较于"宏大叙事"的当代阐释，现代寓言的生活映衬和荒诞喜剧的现实讽喻更富有后现代主义的精神内核。尽管这种抽离于经典史述、意识形态的超现实主义书写同样存在着导向市场文化商业架构的问题隐患，但是其带有隐喻色彩的角色安置和富于象征意味的情节建构有其独有的剧场魅力，也在某种程度上弥补了中国原创戏剧在现代主义风格表述层面的缺陷与不足。

一方面，现代寓言剧中的角色设置通常以不同职业、身份和地位的划定为基准，

并作为现代文明中的行为规范、精神诉求和价值导向的剧场符码而存在。以《天堂隔壁是疯人院》(喻荣军)、《五百克》(过士行)和《操场》(邹静之)三部剧作为例,无论是生活于精神病院的病人、被困于暴风雪中的乘客,还是游荡于校园操场上的路人,都具有政府官员、高校教师、媒体记者和底层商贩等不同的社会身份,其存在价值源于现代文明对精神理念的建构,其精神症状也带有现代秩序对人性异化的影响。正如剧作家喻荣军所谈及,"社会是个大大的疯人院","我们在真实的生活中迷失掉自己,我们在寻找一种标准,一种全新的、独特的、自我的、现代的、不熟知的、其实很遥远的身份认同"[①]。如果说"找寻失去已久的身份"是这些角色在剧中共通的行为动机,那么"寻而不得"则是他们在故事场景中情感痛苦的根源所在。剧作家通过剧中人物身份与行为动机的非逻辑性衔接,构成了对价值理念的悖论式演绎和对现代焦虑的精神性指涉——文明规约对自身个性的覆盖与湮灭。与此同时,寓言化的审美架构意味着情节设置层面对现实逻辑的突破,剧作家对现代寓言的呈现并不满足于对荒诞情境的隐喻表述,更在于对角色本身自我重塑的直接呈现。依赖于对现代医学的科学幻想和对精神梦境的虚幻臆造,"换心""换脸"和"换脑"在剧作的情节框架中大量存在。剧作家惯常于在剧作伊始为角色预设一个"虚拟"的生活目标,并把角色对该目标的实现过程设置为情节主线,角色的重塑与身份的易位成为剧情突转的关键节点。然而,新的社会身份往往伴随着新的生存困境,固有的情感纠结与虚构的生活现状构成了对角色本身理念架构、精神导向的再次颠覆,剧作家也借这种带有后现代风格的剧情框架,将题旨引向对现代人身份存在的本质问询。例如,《琥珀》(廖一梅)对欲望与爱情的意义追寻,《丈人家的狗》(余小卫)对地位与家庭的关系探讨,以及《资本·论》(喻荣军)对金钱与理想的价值衡定等,都沿用了这种虚拟现实和异化身份的情节模式,尽管剧中角色所追逐的生活意义和价值存在有所区别,但对于角色身份迷失的境遇呈现和对现代文明痼疾的批判指向是共通的,其实现结果与人性本源的背离,实现过程与文明规约的趋同,作为理念坍塌和个性迷失的影射达成了对现代人身份价值的微观解构。

---

① 喻荣军. 找寻失去已久的身份[J]. 新剧本, 2011 (1).

另一方面，现代寓言剧中的语言表述普遍以错置的时空语境为背景，并通过角色身份与语言范式的相互"矛盾"营造出荒诞、戏谑的剧场效果（以喜剧、悲喜剧的语言风格为主）。戏剧文学的语言呈现通常以人物的对话为载体，而利用对话中的"矛盾"指陈事实是戏剧符号学理论最为普遍的语用策略，这种矛盾通常被归类为，"说话者的言语与其话语位置的矛盾"和"陈述条件与话语内容之间的矛盾"[①]。具体到21世纪以来的寓言剧创作，《沉重的心》（胡巧诗）、《丈人家的狗》（余小卫）和《客厅里的白鲨》（王皓月）等以非人物的语言交流为媒介的剧作非常少见，椅子、宠物狗和机器人作为符号代码的角色安置与人物形象的角色塑造本无太大差异，这种讽喻"异化"的效果呈现较同类题材的肢体剧和木偶剧也并不明显。相比之下，21世纪以来，以前现代时空作为"陈述条件"，以后现代语汇诠释"内容"的都市言情剧和荒诞历史剧创作对"矛盾"语用价值的应用效果则更为突出。诚然，这种荒诞氛围、喜剧效果的营造仍然依赖于后现代戏剧观念对线性时空顺序的打破，表现为对前现代场景氛围的借用、参照和对过往生活历程的穿越、回述。无论是借用单一历史场景的《破阵子》（董天翼）和《驴得水》（周申、刘露），还是并置双时序场景的《浮生记》（喻荣军）和《蒋公的面子》（温方伊）都表现为角色与语言在时间逻辑层面的"误差"，这种"矛盾"本身在完成了对现代文明戏谑隐喻的同时，也将人性的荒诞暴露无遗。除此之外，类似《谎言背后》（喻荣军）、《香水》（喻荣军）和《赵平同学》（田沁鑫）等剧作对语言表述的不可靠性呈现更为明显，正如评论家指出，"谎言其实只是剧作家的一种叙述策略，是戏剧性的生成手段，目的在于展示后工业时代人与人之间的异化关系以及人们的生存窘境"[②]。剧作家通过对角色叙述的交替、重置，将生活历程逆向拼贴，将情感真实与多重表述同频对峙，达到了对现代婚恋观念和语言表述逻辑的后现代式批判。正如后现代主义理论研究所说："语言先于事实，语言对于存在有现在性和生成性。"[③]语言的现代呈现、现实陈述与场景的前现代借用、超现实营造，共同推动

---

① 于贝斯菲尔德. 戏剧符号学［M］. 宫宝荣，译. 北京：中国戏剧出版社，2003：231-232.
② 刘明录. 自我迷失与生存焦虑——论品特戏剧中的谎言叙述［J］. 戏剧文学，2013（10）.
③ 曾艳兵. 西方后现代主义文学研究［M］. 北京：中国社会科学出版社，2006：319.

了现代寓言剧后现代风格的逐步完善。

然而，在带有荒诞意味的喜剧创作逐渐为中国剧场所接受的同时，这种情节模式的艺术价值也开始受到理论学界的广泛质疑。加上近些年来置乐汇、戏逍堂和雷子乐笑工厂等商业剧团对该类形式的舞台表演、电影改编业绩的持续走俏，其商业属性和文化导向引起了评论界的再度关注和深入探讨。毋庸置疑，带有穿越、拼贴元素的荒诞喜剧拥有赢得现代剧场的先决条件，戏剧人对后现代戏剧风格的尝试确实在无形中为白领戏剧、先锋戏剧的市场化轨迹构建了成功的样态。"开心麻花"现象的出现并非偶然，《基督山伯爵》《夏洛特烦恼》和《挨打修炼手册》的"票房神话"得益于现代人对"身份置换""时空穿越"的主观臆想和情感需求，而后现代戏剧对经典的解构姿态与拼贴手法为这种情绪的剧场呈现清除了传统写实的惯性障碍。但是，该类作品相较于同类风格的《驴得水》《蒋公的面子》和《柔软》等作品又有审美立场的不同，"历史荒诞""文人世相"和"性别易位"在该类作品的中先后涉及，并作为题旨的深层探讨以先锋姿态和荒诞手法得以认真诠释，但其呈现的审美定位是探索实验的，在精神导向维度趋向于对题旨层面的精神解构、现代批判，在审美姿态层面区别于"商业戏剧"的受众迎合、盈利标准。何为商业戏剧？一定是指以消费者的审美偏好为基准，在社会监督机制允许的前提下，以市场盈利为目的的戏剧创作；何为后现代戏剧？应该是带有批判色彩的戏剧，蕴藏着在精神维度的现代性追求和对传统经典的内在化解构。因此，带有后现代主义风格的荒诞喜剧本无高雅与庸俗之分，是因不同的审美立场形成艺术化和商业化的不同趋向，前者是基于对时间、身份价值本身的理解划定，完成对现代秩序与文明规约的现代解构；后者是基于对观众、读者恋旧情结的幻觉营造，实现对精神臆想、情绪释放的感官满足。尽管"票房"作为衡定剧场盈利的客观数据具有一定参考价值，但不该成为划分戏剧文学艺术品貌的主要标准，更不能与"大众文化"与"消费文化"的厘定原则画等号。尽管，"从精英文化到大众文化的转变""从审美文化到消费文化的转变""从现代主义向后现代主义的转变"[①]是"全球化"语境下戏剧存在发展的客观境遇，后现代剧场模式带有大众文化审美趋向也是不争的事实，但

---

① 丁罗男. 二十世纪中国戏剧整体观［M］. 上海：上海百家出版社，2009：284.

创作初衷本身才是划定审美戏剧与商业戏剧的标识，以及区分幽默讽喻与恶俗搞笑的关键。事实上，具体到"喜剧风格"的现代演绎，其先锋姿态和实验立场存在于对社会现实"冒犯"，也就是当代学人在评述《蒋公的面子》时所阐明的对"真正的'戏剧性格'"和"'当代真实性'的追求"①。这种衡定标杆同样适用于近年来剧作家王宝社和喜剧表演艺术家陈佩斯的合作，以"民生三部曲"（《托儿》（陈佩斯）《亲戚朋友好算账》（王宝社）《阳台》（陈佩斯））的成功得益于这种"冒犯"的呈现，而其他军旅喜剧的渐趋平庸也源于对这种"冒犯"的忽略。归根结底，无论是强调模式化的剧场效果本身，还是应用剧场媒介讽喻当代生活的真实，戏剧人的审美立场决定了剧作的题旨内涵，也决定了剧作风格的审美导向。因此，就当代剧场而言，剧作家只有找准审美定位，学会在题旨维度把握艺术创作的精神脉络，才能合理驾驭后现代戏剧的风格演进，并有效抵制大众文化、消费文化对剧场模式的商业诱惑。

先锋姿态是具有时间相对性的审美立场和实验风格，诚如研究者所云，"之所以在特定时期被称作'先锋''前卫'，首先是因为它为那个历史阶段的人们思考人生问题提供了崭新的内容，而这种内容本身就蕴含着鲜明独特的哲学意味和美学内涵"②。具体到21世纪以来的戏剧文学创作，这种姿态不仅包括在题材语言层面对性别观念、政治语境的预言式袒露，更涉及在表述风格维度对现代秩序、文明规约的后现代解构。正如马泰·卡琳内斯库所指出，"后现代主义是现代性的一副面孔。它显现出与现代主义的某些惊人的相似"③。对经典的"解构"与对现实的"冒犯"是后现代主义的精髓，也是对带有批判立场的审美现代性的延续。然而，诚如本节开头所讲，这种立场带有"中国式"的阴影和审美"大众化"的趋向，也就是在题旨层面对形态语汇的规避，在形式维度对商业架构的迎合。剧本刊载的滞缓和语言规范的桎梏，在当代戏剧人的革新与突围中有所改观，但由于剧作家审美立场的游移，又存在再次沦为"消费产品"和"宣传工具"的危险。市场迎合是先锋姿

---

① 吕效平. 话剧《蒋公的面子》与上海[M]. 上海艺术评论, 2016（2）.
② 田本相, 宋宝珍. 中国百年话剧史述[M]. 沈阳：辽宁教育出版社, 2013：663.
③ 马泰·卡琳内斯库. 现代性的五副面孔[M]. 顾爱彬, 李瑞华, 译. 北京：商务印书馆, 2002：334.

态在现时语境的观念衔接和创作实践,可以表现出对当代剧场文化和后戏剧剧场理论的形式探寻,但不能以冲淡戏剧文学性和创作主体性为代价,警惕剧场的功利导向,把定戏剧的文学内涵,仍是缔造后现代主义风格的精神底线和完善现代戏剧审美立场的关键所在。

综上所述,21世纪戏剧文学在创作风格维度有了很大的转变,整体表现为在内容语汇层面对民族文化元素的渗透,在结构顺序层面对写意时空观念的借鉴,以及在思维理念层面对先锋姿态的沿袭。肇始于世纪之交的剧场生态,剧作家表现出模糊流派芥蒂、融进多元文化和打造剧场范式的创作趋向,其整体对戏剧观念的回溯与甄别促成了21世纪戏剧文学多元样态的演进与发展。正如黄佐临先生所说,"人类的戏剧史是一部冗长的、不断寻求戏剧手段、戏剧真理的经验总结"[①],戏剧风格的成型受制于时代语境的客观约束,也决定于剧作家群体的自我追寻。作为对观念本身的创作实践和对危机境遇的理念突围,戏剧人的探索姿态值得尊重与推崇,其不足也该得到梳理与探究。题材的生活化、形式的民族化和语言曲艺化等在创作风格维度的创新,不该仅仅满足于多元样态的剧场呈现本身,而应注重对戏剧文化品质的深层建构。另外,作为对全球化语境、市场化导向的精神反馈,戏剧人应坚守戏剧创作的文化归属与艺术品性,只有对审美大众化、剧场娱乐化的商业走向持审慎态度,对民族传统化、西方现代化的审美承继持包容姿态,才能逐渐在当下的时代语境中发出自己的声音,形成自己民族特有的现代戏剧风格。

---

① 黄佐临. 我与写意戏剧观[M]. 北京:中国戏剧出版社,1990:271.

第四章
改编剧的经典化策略与精神向度

改编剧是以经典化的文学艺术作品为初始素材的戏剧创作,以原著的情节内核为主体内容,以戏剧的表述规范为形式参照,注重对故事情节的时代语境衔接与对原始意象的现代呈现。21世纪以来的改编剧创作,根据原著文本的文体范式大致可以分为对经典剧本的翻译改写、对小说文本的戏剧改编,以及对传统戏曲的剧种移植。整体来看,创作群体借助名著效应打造现代戏剧经典的创作意图颇为明显,既呈现出人物塑造原型化和文学表述经典化的艺苑景观,也表露出名剧排演商业化和经典翻新仪式化的运营模式。诚如研究者所指出,"文学经典是一个不断的建构过程"[①],剧作家对名著的改编是一种基于文本层面的"二度创作",意味着对文学经典在空间层面的剧场解读和在时间维度的当代重构。一方面,作为应对原创戏剧危机时代的突围策略,改编剧的发展路向和创作规律蕴含其相应的精神向度和参考价值;另一方面,透过剧作家群体对文学作品的遴选标准和呈现样态,也可以管窥出当代剧场氛围的文化脉络和审美标度。

---

① 童庆炳. 文学经典建构诸因素及其关系[J]. 北京大学学报(哲学社会科学版), 2005(9).

第一节 二度西潮与经典剧本的回归

关于"经典性"问题的探讨一直是戏剧艺术评论界和文学史论研究界的学术热点，是否具有一定的经典价值往往成为学界接受并认可一部艺术作品的评判根本和审美前提。21世纪以来，艺术作品"经典性"问题的探讨不再拘泥于确立艺术价值的评判标准本身，而是开始进入到挖掘文化机制内部的影响因子之中，从21世纪伊始学人对"文学经典建构的内部要素"的梳理，到近年来对"走向经典的中国当代文学"的回望，这种以建构经典为精神诉求的研究态势和创作轨迹愈发明显。一方面，基于对"人类共通的'人性心理结构'和'共同美'的问题"探讨，"以真切的体验写出了属人的情感"[1]作为衡定经典价值的题旨标准再次被重申；另一方面，出于对现代性建制的完善和对国际化语境的融入，意识形态和文化权力作为建构时代经典的重要影响因子也开始被广泛认可。事实上，21世纪戏剧文学创作的发展脉络与这种宏观的文学经典化进程相趋同，作为诸多文体范式的重要一维，其对人性写实的回归与对国际视野的推崇也与当代文学创作的步调相一致。区别于纯粹的文学创作，戏剧文学带有剧场空间意识并遵循相应的舞台艺术规律，就现代戏剧而言，其审美品格和艺术形态又基本以西方现代戏剧为雏形。由此，建构当代戏剧文学经典的进程伊始便导向对西方经典剧目的翻译与搬演，其中也包括对受其影响而催生出的中国现代经典剧目的重排与改编。诚然，当代剧场对经典剧目的排

---

[1] 童庆炳. 文学经典建构的内部要素[J]. 天津社会科学，2005（3）.

演与改写也可以理解为应对原创剧目匮乏的权宜之计，但作为对现代剧场文化的熏染与承袭，这种方式也是戏剧同仁建构经典进程的必由之路。戏剧经典并不等同于名家名剧，尽管两者之间存在一定程度的重合，时代语境的多元格局赋予剧场文化相应的商业属性和时代观念，这也意味着名剧本身异于戏剧经典存在特定的"附加价值"。因此，以经典性的理论视野回顾近年来引入剧目、保留剧目和应邀剧目的编排，有助于厘清当下剧场氛围的文化走向，也可以为21世纪以来改编剧创作的生态研究奠定素材层面的原型参照。

一、引入剧目的文本译介与舞台搬演

新时期戏剧的"二度西潮"是近年来剧场生态环境的重要组成，也是促成21世纪戏剧文学创作改编热潮的主要策源。2016年，田本相先生通过对中国台湾学者马森教授"西潮"提法的借鉴，针对"近四五年来，大量外国戏剧在华演出的热潮"[①]提出了"新时期戏剧的二度西潮"之说。该说法自提出伊始便引起学界的广泛关注，一时间针对该现象特点、成因和影响的探讨众说纷纭，其中关于引进方式的舞台转向趋势、国内市场的文化需求要素和接受群体的审美提升作用已达成共识，而对于时间节点的具体划定和剧本创作的影响效果却说法不一。[②]笔者认为，"二度西潮"的源头确然该提前至21世纪伊始，甚至是20世纪90年代后期，以"国际小剧场戏剧节"（1998年于上海）的首创和中国国家话剧院的成立（2001年于北京）为标志。与此同时，作为一种以舞台呈现为中心的文本译介模式和以打造经典为契机的剧目推介策略，"二度西潮"在营造现代剧场氛围、提升观众审美层次的同时，也在潜移默化地拓宽了剧作家创作的国际化视野，对当下戏剧文学创作经典化导向

---

① 田本相.新时期戏剧"二度西潮"论集[M].桂林：广西师范大学出版社，2017：3.
② "事实上，这一度西潮从上个世纪九十年代后期就开始了，准确一点说，至迟点说，不过1998年，中国现代戏剧的第三度'西潮'开始了，至今已有二十年左右"。李伟：《上海与中国戏剧的第三度西潮》，田本相主编《新时期戏剧"二度西潮"论集》。"本土原创持续低迷的状况能够改变吗？西方剧目无论作为补充还是借鉴模板，能够解决中国戏剧舞台元气不足的问题吗？在我看来，'二度西潮'解决不了中国的原创问题。真正能够解决原创低迷状况的，是从制度和影响层面提高剧作家的地位，保障其相应的经济收益。"谷海慧：《市场条件下的文化现象》，田本相主编《新时期戏剧"二度西潮"论集》。

构成了一定的推动作用。

　　对引入剧目进行文本译介的终极目的是舞台呈现，其艺术价值的充分实现只有借助剧场氛围的整体调配才能最终完成，用剧作者喻荣军的话来说，"剧本不是用来读的，而是用来上演的，其最终的目的地应该是舞台"[①]。换言之，剧本的文学属性与剧场属性是相互依存、互溶共进的，剧目的引入过程应该是一场整体性的学习和内化过程，而不是片面的译介和模仿过程，后者只是前者的准备环节而不是最后成果。作为一门西方文化的舶来艺术，中国剧场对西方现代戏剧的接受历程一直存在不同程度的"偏差"，其根源问题正是对戏剧文本文学属性和剧场属性协调关系的主观忽视。当然，这种接受窘境的形成存在客观的历史局限，即影响媒介和传播方式的单一。诚如研究者所总结的，"二十世纪二三十年代和八十年代接受西方话剧影响的方式，皆以话剧理论文献和剧本为主要影响源，很多时候，这种影响甚至需要借助翻译才能实现。这在某种程度上制约着中国观众对话剧艺术的认知水平，也影响着他们对我国话剧艺术水平的准确评价"[②]。当然，20世纪以传授导演体系和剧作心得之名访华的国际戏剧大师并非少数，尤其是新时期以来，随着各种大师班开办和文化交流项目的推动，名家名导更是纷至沓来，外国名导用中国剧场和中国演员导演外国名剧的现象颇为普遍，但这种"合作剧目"更多作为圈内人士的培训课程而存在，引入剧目的演出对剧场整体氛围的影响并不明显，多数观众"看不到"或"看不懂"的现象时有发生。21世纪以来，这种引入剧目的尴尬境遇得到很大改观，国外的经典剧目开始以演出的形式为剧场观众广泛接受，而国家话剧院的成立（2001年12月25日）与国际戏剧季（IFNTC）的开办功不可没，这也是笔者以此作为"新时期戏剧的二度西潮"标志性事件的主要原因。前者，以《这里的黎明静悄悄》（2002年4月）《萨勒姆女巫》（2002年5月）和《老妇还乡》（2002年7月）等西方名剧作为"开台演出"，导演的内化处理和文本改译淡化了中国观众在审美维度对西方文化的疏离感，并借助优秀演员的精湛演技"圈粉无数"，为

---

① 喻荣军. 编剧在中国戏剧大时代的机遇与挑战［J］. 剧本，2011（1）.
② 李扬. 新世纪以来中西戏剧交流的别样景观［M］// 田本相. 新时期戏剧"二度西潮"论集. 桂林：广西师范大学出版社，2017：38.

引入剧目在国内剧场的推广奠定了相应的观众基础；后者，从"永远的契诃夫"（第一届 2004 年）"永远的易卜生"（第二届 2006 年）到"永远的莎士比亚"（第三届 2008 年）等主题设定，将西方现代名剧以剧作家的切入视角系统化引进，并开始注意到对外国剧团剧目整体搬演和中国导演演员本土化呈现的同台兼顾。期间，北京人艺、上海话剧艺术中心和天津人艺等院团也逐渐以各自的方式融入这种潮流之中，以内向化的题旨渗透、语境营造完成对引入剧目的文本重译和改编处理，并最终以舞台表演的形式呈现出来。其中，经中国导演、编剧"本土化"处理后的《普拉东诺夫》（2004 年王晓鹰导演）《建筑大师》（2006 年林兆华导演）《哈姆雷特》（2008 年林兆华导演）和《明》（2008 年田沁鑫导演，根据《李尔王》改编）等经典重排为观众所熟知，部分作品也成为剧院不断复排的保留剧目。如果按照中国台湾学者马森和南京大学教授董健先生对"中国现代戏剧两度西潮"的诠释，21 世纪伊始中国剧场对西方剧目的引入方式区别于 20 世纪"两度西潮"的文本、理论译介和舞台观念探索，表现为对西方剧目在剧目重译基础之上的舞台实践，也意味着在引入方式层面从"思潮""文媒"到"剧目""舞台"的整体转型。

因此，该次西潮态势的成型实际上略早于田本相先生对"新时期戏剧二度西潮"的时间界定，应该将 2000 年以来中国院团对西方名剧的排演阶段划入其中。诚然，原汁原味的剧场移植可以最大限度地复刻经典，但戏剧经典的再度诠释同样需要相应的剧场氛围和必要的观演交流。正所谓"有什么样的观众，就有什么样的戏剧"，限于特定的民族文化差异和审美心理定式，中国观众对现代戏剧的审美品位仍然存在提升的空间，"灌输性"或者"冒犯性"的剧目移植往往会造成观众对现代剧场理念的审美疲劳和心理排斥，只有循序渐进式的文化渗透与缝隙弥合才会营造更为和谐的剧场氛围，使得外国剧目的搬演潮流"恰逢其时"。因此，21 世纪伊始（至今仍然存在），国内院团对西方现代剧目的"本土化"演绎既是外国院团剧目整体搬演态势形成发展的充分准备阶段，也是"新时期戏剧二度西潮"的必要组成部分，作为对文学经典性的文化渗透与观众剧场观念的审美提升，其存在价值不容忽视。

除此之外，对引入剧目进行文本译介的遴选标准应该以建构戏剧文学经典的题旨架构为审美参照，院团演出的引入版本既要符合戏剧文学舞台创作的艺术规律，也要遵从借原型的现代阐释打造当代经典的文化导向，只有这样才能保证引入剧目的搬演效果，即对国内现代剧场理念的积极引导和良性互动。正如戏剧评论家所说，

"戏剧是一种特殊的、需要不断通过舞台呈现存在着的艺术，只有经典的经典性呈现，才是经典剧作的经典存在方式"①。该种对戏剧经典性的衡定标准不仅适用于西方现代剧目的当代诠释，也符合对当代剧目版本译著和舞台搬演的整体考评。反观21世纪以来西方剧目的引入历程不难发现，国内对相应剧目的剧场搬演和文本刊载趋向同频，并在剧目整体的艺术水准层面呈现出从趋向经典到泛化经典的推介轨迹。有研究者曾总结道："经典剧作在演出中仍占有相当大的比例，这是2000年以来中国话剧演出的特点之一"②，前文也曾从经典剧目引入方式，及从"译撰"到"演出"的转型规律论及"新时期戏剧二度思潮"的时间节点应该推至21世纪伊始。事实上，此次"西潮东进"确实是与21世纪戏剧文学创作的发展脉络相同步的，是一种原创剧作日渐式微的剧目性填充和戏剧文学整体衰落后的经典性示范。

一方面，演出平台的建立可以追溯至1998年"国家小剧场戏剧节"和稍晚的"上海艺术节"的创办，其文化交流的国际性视野和剧目搬演的整体性构想已基本成型，为之后各种国际戏剧演出季在国内的风靡奠定了实践基础。因此，以2014年前后作为"新时期戏剧二度西潮"的高潮而非源头更为恰切，即借助"林兆华戏剧邀请展"、第六届"戏剧奥林匹克""首都剧场精品剧目邀请展""乌镇戏剧节"和"国际青年戏剧节"等平台引入外国剧团经典剧目演出的剧场热潮。当然，产生这种时间维度的"认知"滞后现象并非毫无缘由，其原因是戏剧节创办伊始所引入的现代戏剧剧目数目较少且整体质量一般。尤其是相对于近四五年来对类似《哈姆雷特》（德国邵宾那剧院、英国TNT剧院）、《理查三世》（德国邵宾那剧院）《罗密欧与朱丽叶》（英国TNT剧院）《海鸥》（立陶宛OKT剧院）《三姐妹》（立陶宛OKT剧院）和《吝啬鬼》（意大利都灵国家剧院）等现代经典剧目的搬演，以及对类似《先人祭》（波兰剧院）、《乡村》（以色列谢尔盖剧院）、《假面·玛丽莲》（波兰华沙话剧院）《伐木》（弗罗茨瓦夫波兰剧院）和《惊奇的山谷》（巴黎北方剧院）等当代经典剧目的整版引入，其艺术水准更显得捉襟见肘。诚如"国家小剧场戏剧节"和"上海国际艺术节"的参与者所坦言，"作为城市名片的'林

---

① 傅谨. 呼唤对戏剧的敬畏之心[J]. 新剧本，2001（1）.
② 田本相，宋宝珍. 中国百年话剧史述[M]. 沈阳：辽宁教育出版社，2013：660.

兆华戏剧邀请展（2011年首办）'和'天津曹禺国际戏剧节'（2015年首办）以其在引进国外话剧的质量之高和数量之多而后来居上，令人瞩目。这大概也是本次会议认为新时期戏剧'二度西潮'发生于'近二三年来'，而不是'近二十年来'的原因"①。国际影响力的逐渐强盛和国内文化政策的日趋完善是促成这种态势形成的必要前提，但主办方和邀请人的国际文化视野和戏剧鉴赏水准也同样起到至关重要的作用，"经典作品所蕴含的世界是多向度的，引进什么样的剧本往往由邀请方的审美趣味所决定"②。因此，以对"经典剧目的经典演出"作为遴选标度无疑是确切无误的，也保证了近年来这股"西潮东渐"良性态势的稳定顺延。

另一方面，就演出剧目的文本译介热潮也可以向前推至1998年上海戏剧学院学报《戏剧艺术》对《外国戏剧专号》的创办，诸如《背叛》（哈罗德·品特）、《哥本哈根》（迈克·弗雷恩）、《4.48精神崩溃》（萨拉·凯恩）、《安魂曲》（汉诺赫·列文）、《枕头人》（马丁·迈克唐纳）和《红色》（约翰·洛根）③等被国内院团排演或直接从国外知名院团搬演的当代剧目，均可以从"专号"中寻得中文译本，甚至部分剧本的刊载时间早于剧目的演出推介，国内观众和戏剧研究者可以先睹为快。其后，中央戏剧学院学报《戏剧》杂志也开设了刊载剧本的专栏，并以外国优秀剧本的翻译为主，形成对外国剧本艺术品评推介的又一阵营；《剧本》《新剧本》和《戏剧文学》等杂志也针对现代经典剧目的当下重排和国际演出季的改编剧目，及时推送出演出的重译文本和舞台脚本，比如《雷雨》《我是海鸥》和《建筑大师》等④。整体来看，当代剧场对剧目搬演的版本意识和文献意识有所提升，作为对20世纪末戏剧文本危机、剧作家地位衰落的姿态反馈，演出文本的缺失现象有所改观。刊载和译著的平台打造也开始注意到剧目文本推介的及时性和相关剧

---

① 李伟. 上海与中国现代戏剧的第三度西潮［M］// 田本相. 新时期戏剧"二度西潮"论集. 桂林：广西师范大学出版社，2017：111.
② 李扬. 新世纪以来中西戏剧交流的别样景观［M］// 田本相. 新时期戏剧"二度西潮"论集. 桂林：广西师范大学出版社，2017：42.
③ 同① 115.
④ 陈大联. 雷雨［J］. 剧本，2013（12）.
　童道明. 我是海鸥［J］. 新剧本，2010（1）.
　张南. 建筑大师［J］. 新剧本，2006（6）.

作的丰富性，以童道明、曹路生和胡开奇等为代表的翻译家群体对此贡献良多。他们通过对自己所熟悉的外国剧作家剧本文献的结集出版，为国内观众和戏剧研究者开启了进一步了解引入剧目的深层通道。

当然，"引入"归根结底是为了学习借鉴和自我提升，引入剧目对国内剧本创作的影响是显然存在的，除了诸多翻译者开始以文学顾问的身份介入经典剧目的文学改编，导演通过对经典剧目的鉴赏与体悟拼凑出系列衍生作品之外，从剧作家原创作品的题旨导向，以及对相关题材的处理方式，也可以看出引入"经典"对其创作本身的潜在影响。《马蹄声碎》（姚远）之于《这里的黎明静悄悄》（瓦西里耶夫），《蒋公的面子》（温方伊）之于《哥本哈根》（迈克·弗雷恩），《燃烧的梵高》（伊菲）之于《红色》（约翰·洛根）等，针对战争叙述中的人性窥探、历史撰述中的人性反思，以及身份选择中的人性焦虑等，剧作家基本完成了在作品创作过程中对西方现代（当代）戏剧人性永恒题旨和经典化叙事结构的逐渐内化，这种借鉴与临摹的过程值得认可，也开启了21世纪以来对"宏大叙事""文人史剧"和"艺人传记"等题材剧目的当代演绎。但该类成功的原创作品并不多见，剧场整体对引入剧目经典成分的借鉴更多停留在剧作家对固有文本的再度完善和舞台导演对原有剧目的经典复排，即21世纪以来国内院团对"保留剧目"诸多现代版本的轮番推出，还有在"应邀剧目"中对经典桥段的文本切入（笔者将会在后文中对二者进行详细论述）。无论是对戏剧创作者国际视野的开启，还是对戏剧观演者剧场理念的提升，新时期戏剧的二度西潮对剧场文化发展的积极影响是毋庸置疑的，其对引入剧目的译撰和搬演在为剧目创新提供人性写实题旨导向的同时，也为剧目改编营造了诠释经典、解构经典的语境氛围。

二、保留剧目的版本翻新与角色塑造

基于对剧目演出情况（循环场次、相隔时间）的数理统计和演出史述的学理反馈，"保留剧目"的形成历来受到社会时代思潮、观众审美心理和民族文化品格等诸多因素的影响，"保存与否"是一场以接受美学为理论基准对戏剧艺术作品时代属性、文化属性和经典属性的综合考评。剧目的保留史无异于艺术作品的留存史，"与民族的深层心理有关，与社会的变迁有关，期间又一定沉潜着一部部有关抗击人们厌倦、赢得时间青睐的心灵探索史。"[①]21世纪以来，国内院团对"保留剧目"的重排现象蔚然成风，其中以对曹禺、田汉、老舍和丁西林等现代作家作品的集中搬演最为显著，诸多版本的竞相演绎形成了一道中国现代戏剧经典汇聚的剧场景观。其中，以彰显院团舞台表演风格为前提的对经典版本"还原"剧目仍然占有一定比例，但更多是导演、编剧基于对经典文本的当下解读呈现出的"现代"版本和"青春"版本，加上部分剧目制作人对"明星+经典"商业运营模式的套用，诸多"明星"在"保留剧目"演出中亲情加盟，"明星版"话剧层出不穷。这就使得21世纪以来"保留剧目"的"重排"浪潮不再仅仅是一场对抗时间间隔、审美厌倦的心理博弈，更是一场融入了时代文化语境和市场商业元素的文化机制。因此，认真回溯该现象形成的因由与对改编剧目创作所造成的影响，有助于理清中国现代戏剧经典建构的发展脉络，并进一步完善当下剧场对经典文本的搬演策略。

  首先，"保留剧目"的轮番推演是21世纪以来国内院团普遍推行的一种演出机制，而以现代戏剧经典作为院团"保留剧目"的重排浪潮则是伴随着新时期戏剧"二度西潮"的一场文化寻根。毋庸置疑，"保留剧目"是戏剧院团的生命线，其存在与更迭往往标志着院团自身演剧风格的传承与演变，诸如北京人艺、天津人艺、国家话剧院和上海话剧艺术中心等知名院团都有代表其自身艺术水准、戏剧品格的"保留剧目"。其中，由现代剧作家创作的经典剧目占有相当大的比重，对其的复排与重演是近年来逐渐形成的一种剧场态势。事实上，这次"重排"浪潮的形成与21世纪以来外国剧目的搬演有很大关系，引入剧目在国内剧场的集中呈现有助于国际视野的打开和现代戏剧经典水准的划定，但作为一种学习和临摹的对象，却存在民族文化心理层面的隔膜，接受与内化需要一定时间的过渡。而现代原创剧目作为西方现代戏剧形态影响下的民族化产物，相较于外国的原版剧目无疑更具有亲和力。立足于当下语境和国际视野，国内戏剧人对其在文本编排和演剧观念的完善意识也更为迫切。不同于"保留剧目"中的"外国剧目"的复排，比如《万尼亚舅舅》（上海话剧艺术中心）、《纪念碑》（上海话剧艺术中心）、《青春禁忌游戏》（中国国家话剧院）、《死无葬身之地》（国家话剧院）、《建筑大师》（北京人艺）

[①] 余秋雨. 观众心理学[M]. 武汉：长江文艺出版社，2013：226.

等，现代中国原创剧目的重排对当下剧本创作和演剧风格民族化的影响效果更为直接。无论是院团表演体系的风格传承，还是20世纪中国原创戏剧的文本品貌，都可以在《茶馆》（北京人艺2018年版）、《雷雨》（北京人艺2004年版）、《蔡文姬》（北京人艺2011年版）、《日出》（总政话剧团2008年版）、《原野》（北京人艺2010年版、天津人艺2018年版）和《西望长安》（国家大剧院2018年版）等诸多现代经典剧目的复排版本中得以再度"还原"。作为舶来的艺术形式，20世纪中国现代戏剧的发展史既是一部"接受外国戏剧理论思潮、流派和创作影响的历史"[①]，也是一部融入民族审美思维观念、方式和题旨素材的进化史，其过程蕴含着艺术发展规律、时代文化语境对留存剧目的精神萃取。因此，对该类经典作品的"复排"可以获得回述西方现代戏剧影响和表演风格民族化进程的双赢效果。当然，"复排"不是完全的"复刻"，"还原"也不是绝对的"回归"，"复排"的过程是对演剧风格、剧本架构的精神揣测和观念学习，是对戏剧民族化进程的一种自我回溯和审美反刍，最终的目的是创新，这与国内剧场对外国剧目的引入初衷并不矛盾，二者是相伴存在、互溶共进的影响媒介。作为面对21世纪以来"西潮东渐"的主观回馈，以现代经典作为"保留剧目"的复排实现了对现代戏剧民族化进程的细节梳理，也构成了对戏剧文化传统自我意识的重新确立。

其次，这场以现代经典为"保留剧目"的复排浪潮不限于剧场生态在精神层面的历史回溯，也涉及编导团队在文化层面的艺术创新。伴随着当今时代表导演体系的日趋完善和趋向多元，编导之间的分工界限呈现出模糊化的倾向，职业编剧的舞台脚本撰述和文学作家的戏剧作品书写，也在创作方式上表现出相互协同的态势，即对文本剧场属性和演出效果的预先考虑，以及对剧目案头刊载和脚本"文媒"表述的意识形成。这种趋势在21世纪以来经典剧目的复排过程中表现得尤为突出，具有一定的代表性。比如在《雷雨2014》（林兆华版）、《雷雨》（陈大联版）、《日出》（任鸣版、冯远征版）、《原野》（何念版）和《北京人》（赖声川版）等诸多复排版本中，导演既是舞台观念的传达者也是演出脚本撰写者。整体来看，该群体在编创过程中普遍注意到了现代戏剧经典价值在文学表述和剧场演绎层面的共同

---

① 田本相. 中国现代比较戏剧史[M]. 北京：文化艺术出版社，1993：2.

呈递。一方面，经典的"当代性"在该类版本的编排中得以充分的呈现，也构成了导演复排经典的创作初衷。诸如众戏剧人的改编阐述，"《雷雨》所以能弥久传世不衰，是在于期间所彰显的当代性"，"在《北京人》身上，你能看到一个时代"①，"本次叙述体版《雷雨》将从当代性立场出发，进行一次对原著只删不改，竭力忠实于原著精神的演出改编"②，"让经典变为时尚经典，让更多年轻人爱上"③，等等。事实上，无论是在时间维度对时代归属感的有意消弭④，还是在空间维度对当下时尚元素的有意切入⑤，导演的改创意图都旨在唤起当下观众的审美体认和情感共鸣，借现代演绎呈递出经典剧目永恒题旨对当代社会的现实观照。另一方面，经典的"题旨性"在该类文本改编的叙事层面也得到刻意的凸显，复排本身实现了与原剧作者和剧中角色的心灵对话。仍以几部对曹禺创作的复排剧目为例，诚如研究者所指出，对"现代人灵魂深处的这种不安与挣扎"的题旨展现，"决定了曹禺剧作的'现代性'"⑥，而借"声像造势和镜像互补"的角色塑造技巧，"使有限的舞台时空表达了深邃广阔的人生世相"⑦，构成了该类剧作"困境"题旨的"普适性"。无疑，当下以"循环体"和"叙述体"为叙事格调的改编创作均以此为理论依据。《原野》（何念版）的三重循环叙事、《雷雨·后》（万方版）剧情分置叙述⑧，以及《雷雨》（陈大联版）的角色交替叙述等都是其最为明显的例证。改编者打破了传统的线性叙事逻辑，借助场景的循环复制和角色的间离叙述实现了对原著精神的逐步渗透，以及对角色性格的深入开掘。正如研究者所说："人们对于经典名著的不断阐释，

---

① 根据赖声川在关于重排《北京人》的"赖声川对望曹禺"节目所整理，2018 年 1 月.
② 陈大联.《雷雨》的当代性——实验戏剧《雷雨》创作谈 [J]. 剧本，2013（12）.
③ 导演何念："让经典变成时尚经典，让更多年轻人爱上"，《看话剧》，2018 年 4 月号（上）.
④ 例如《雷雨》（陈大联版）中将剧情的时间设定为"X 年代"。参见陈大联. 雷雨 [J]. 剧本，2013（12）.
⑤ 例如《日出》（任鸣版）以 20 世纪 90 年代流行的"狂人的士高"为底乐，以众角色"蹦迪"为开场，其中李石清用笔记本电脑办公，信件以特快专递邮寄；《日出》（冯远征版）更以胡四穿机车服、戴耳麦的装扮亮相舞台；《原野》（何念版）最后以青春舞剧的形式让角色的集体谢幕，等等。
⑥ 李扬. 现代性视野中的曹禺 [M]. 北京：人民文学出版社，2004：64.
⑦ 刘家思. 曹禺戏剧的剧场性研究 [M]. 北京：中国社会科学出版社，2010：339-340.
⑧ "我把原著《雷雨》中的大结局，分为三段，穿插在新的《雷雨》进行之中，这样即便没有看过《雷雨》原著的观众也能明白整个故事"。万方. 冬之旅：万方剧本精选集 [M]. 北京：北京十月文艺出版社，2017：285.

其目的就在于最大限度地接近原作的精神实质,开掘在作品框架之下而又亘古常新的寓意"①。无疑,该类复排版本诠释经典的精神向度和重构经典的审美品格值得高度认可。

然而,作为国内诸多院团的"保留剧目",现代经典往往被赋予已成定式的叙事规范,部分现代版、实验版和青春版的复排遭遇到了来自观众、媒体和戏剧评论界的多方质疑。平心而论,频繁的"闪回""闪前"和"重复"确然营造了一场"叙事迷宫",为经典剧目套路化的叙事格局带来了一抹"新意"。但是,观众如果没有做好一定的阅读积累和心理预期,这种过分的"新鲜感"很容易造成审美障碍。2018年5月25日,《原野》(何念版)在天津大剧院上演时,二楼观众中场退票事件正是这种问题的升级,而媒体界、评论界以原始版本为标准对复排剧进行"比对式"的主观批评也不在少数。无疑,剧目重排需要编导团队对经典文本的敬畏之心,但更需要主创人员在"二度创作"中有敢于表达自我的真诚勇气。"一部戏不是为了再现一个文学主题,而是透过人物、语言、故事表达导演的再认识"②,导演林兆华关于剧目创作"第二主题"的阐述可谓一语中的。由此推论,只要框定于对经典剧目永恒题旨的不懈探寻,在复排中呈递形式的大胆创新与青春的节奏律动都未尝不可。当然,在该类重排中"过度阐释"的倾向也明显存在,这也是带有叙述体风格的戏剧创作必然会面临的一种表述误区。诚然,导演(或者编剧)通过剧中人物的角色间离、双口复述③和心理外化构成一种观众、演员之间易于沟通的媒介,可以借角色"叙述",将人物的性格命运、故事的情节发展和后人的议论评述镶嵌其中,形成一种独特的对话效果。但是,"理解是观众的义务,也是观众的权力",观众渴求"审美理解",需要这种"在感知的基础上探求审美对象内部联系的理性认识活动"④。过于直陈和带有引导性的评注⑤会造成对读者审美视点的牵

---

① 田本相,宋宝珍. 中国百年话剧史述[M]. 沈阳:辽宁教育出版社,2013:664.
② 林兆华. 导演小人书[M]. 武汉:长江文艺出版社,2014:52.
③ "双口复述"指《原野》(何念版),人物角色的另一重人格,用叠音复述的形式重复角色的台词,构成一种复述效果。这种技巧在《四世同堂》(田沁鑫)、《白鹿原》(孟冰)的话剧改编中同样被使用。
④ 余秋雨. 观众心理学[M]. 武汉:长江文艺出版社,2013:190.
⑤ 例如《雷雨》(陈大联版)中常常将"曹评界"对人物角色的阐释,对题旨内涵的评注引用于剧中人物"间离式"的独白中,使得观众为剧评家的审美视域所局限,消弭了原剧本身题旨的多义性和人性的复杂性,成为一种理论评注版的《雷雨》。

引,以及对观众理解权力的剥夺,最终导致观剧过程中自然生成的心灵悸动、审美愉悦为灌输式教导、诱导式牵引所取代。另外,文学经典的永恒价值除了题旨在时间和空间维度的"普适性",还包括内涵和人物性格的"丰富性",即剧目本身对潜在文本(sub-text)和人性复杂性的不断充盈,"过度阐释"会导致对戏剧经典潜在文本的消逝,致使题旨内涵、人物性格从多维导向单一,沦为在传统框架之内对经典剧目的"推介"和"普及"。因此,在"保留剧目"被赋予特定审美惯性的前提之下,导演(或编剧)如何把握经典诠释的尺度仍然是一个亟待解决的问题。含而不露,点到为止,做到对人物角色生命意识的还原和对剧目人性题旨的涵盖仍是其不变的准绳。事实上,"补述""插叙"和"片段式保留"等叙述策略在对老舍、丁西林、郭沫若等剧作的复排与改编中同样存在,是编导惯用的叙述技巧,这种趋势也影响到对名著小说文本的话剧改编,其中借评论者视野在创作中"过度阐释"的倾向也颇为明显,笔者之后会有详细论述,在此暂不赘言。

再次,对人物角色的重新塑造成为诸多经典剧目复排版本的又一亮点,不仅表现为编导团队在文本选取层面对部分角色的位置调整,也呈现出市场媒体对演员扮演机制的商业运作。导演林兆华曾坦言,"'角儿'就是殿堂的艺术"[1]。戏剧作为一门写人、演人的剧场艺术,"角儿"的位置至关重要,既是戏剧文学被赋予永恒经典价值的前提,也是剧目搬演赢得良好舞台效果的关键。就剧目文本的角色组成来看,编导团队开始重新注意到"配角"的剧场价值,并通过对剧本创作的版本选择和文本改写,赋予配角特有的象征意象和表述功能。例如,复排版《北京人》(赖声川版)中"北京人"的角色回归[2],现代版《日出》(任鸣版、冯远征版)中"胡四"的奇异亮相,还有续写版《雷雨·后》(万方)中"护士"的叙述旁白等。该类角色的人物设定在原著的相应版本中都有过存在的痕迹[3],也被赋予了原剧作者一定的表述意图,编导对其的再度创作表现出回归文本、还原文本的研读态

---

[1] 林兆华.导演小人书[M].武汉:长江文艺出版社,2014:123.
[2] 赖声川版的《北京人》中"北京人"以机械工匠装扮的"类人猿"形象出场。
[3] 赖声川版的《北京人》基本采用的是重庆文化生活出版社1941年12月初版的《北京人》,而让"北京人"作为一个登场角色是该版本与其后收录版本(1951年开明书店版《曹禺选集》、1954年人民文学出版社版《曹禺剧作选》)的主要区别。

势,对其的当代演绎也呈现出对话经典、重构经典的精神向度。而事实上,诸如"护士"借旁白解读人物命运的技巧,既是在形式层面对原剧"序幕""尾声"的一种变体,也是对叙述体风格间离效果的技巧融入。这种借配角交代剧情的方式在诸如《四世同堂》(田沁鑫)《离婚》(方旭、郭奕雯)《四季落花》(北婴)和《活着》(张先、许绿伦)等小说文本的改编剧本中更为明显,在《理查三世》(罗大军)、《罗密欧与朱丽叶》(田沁鑫)、《西厢记》(曹路生)、《青蛇》(田沁鑫、安莹)等西方剧目和传统戏曲的改编剧本中也经常出现,对"说书人"叙述功能的确立和"解读版"的改编形式的完善构成着潜移默化的影响。

相比之下,从重排剧目的演员配比来看,影视明星开始占有相当大的比重,或作为主角儿亲情加盟,或作为配角儿友情客串,呈现出一种影音媒体界与剧场文化界"联袂"打造经典的态势。毫无疑问,明星参演为"保留剧目"的复排注入了新鲜的血液,基于对观众心理学层面的理论分析,这种"换血"有助于打破在重复观演过程中观众对演员"习以为常""竞相厌倦"的"恶性循环"[1]。另外,出于对剧场票房收益的综合考虑,明星加盟给剧场带来了相应的媒体关注和巨大的市场利润,从某种程度上也保证了经典剧目复排推演的良性循环。然而,具体到经典复排对人物原型的塑造,明星效应却限定了演员本身对舞台角色的艺术创造,明星自身所附着的商业属性和文化标签构成了对重排剧目角色塑造的负面影响。不谈影视剧与舞台剧在表演技巧层面的差异,"明星"作为大众传媒缔造的文化商品,被赋予了过多"养成式"的荧幕形象和"本色化"的角色定位,与现代戏剧中的角色创造方式存在一定距离,观众出于对影音印象的观演记忆,往往难以接受演员全新的舞台创作。另外,出于对明星形象和票房收益的综合考虑,制作人和编导团队因保证演员形象而肆意改戏、加戏的现象非常普遍,这造成了部分重排版本对角色原型性格张力的消弭,甚至构成了对原剧精神题旨的歪曲。因此,鉴于"明星"效应的市场需求和"明星+经典"模式对保留剧目的推广效果,明星参演话剧值得被提倡,但对"明星"的选取应本着"因戏定人"的原则而不是"因人改戏"的策略,并且要在表演方法、舞台感触和文化修养层面给予演员专业的培训。只有以角色创造为

---

[1] 余秋雨. 观众心理学[M]. 武汉:长江文艺出版社,2013:212.

初衷、以艺术品性为底线，才能保证"明星版"复排剧目商业价值和艺术价值的双重实现。

三、应邀剧目的经典拼贴和民俗摄入

所谓"应邀剧目"就是以参演国际戏剧节或国内纪念型戏剧活动为创排初衷的戏剧作品。出于节日庆典、纪念活动的题旨需要，该类剧目基本以戏剧名家的经典作品及其创作历程为原型素材，与前文论及的"引入剧目"和"保留剧目"一样，同为21世纪剧坛推介经典的一种演剧形态。但是，区别于"引入剧目"舞台搬演的原版倾向和"保留剧目"复排经典的还原意识，"应邀剧目"的文本编排带有更多的改编成分和串演色彩，比如片段式的保留形式、嵌入式的叙事结构、民族化的场景安插和曲艺化的风格摄入等。很明显，编导团队不满足于在特定时段搬演经典的纪念价值和时代属性，而是更为注重在编排过程中赋予剧场应有的现代理念和民族语汇，进而呈现出对戏剧经典的当代解读和对民族文化品格的自我彰显。从某种程度上来说，应邀剧目的形成既是对外来"引入剧目"搬演潮流的回应，也是对国内"保留剧目"复排状态的发展，是一种带有"命题"色彩的技巧型改编。相比二者，应邀剧目与当前改编剧的创作形态更为贴近，带有相应的示范效果，其对经典文本的切入技巧和对经典题旨的内化策略都存在予以借鉴并进行深入研究的价值。

从经典文本的切入形式来看，为纪念剧作家而创排的应邀剧目普遍采用"片段式保留"的拼贴技巧，即通过演员的角色扮演将经典桥段以"戏中戏"的形式嵌入剧作家生平的介绍之中。以《狂飙》（田沁鑫）对《日本能剧》《莎乐美》《乡愁》《一致》和《关汉卿》的片段推演与《寻找剧作家》（陈小玲）对《雷雨》《日出》的片段呈现为例，两部剧作均从作家的"弥留"之际写起，田汉、曹禺作为叙述者对自身创作历程的回忆构成剧情发展的主线，而经典桥段作为剧作家艺术探索的阶段成果镶嵌其中，以自述为主体的叙述时空和以扮演为主体的演剧时空交替呈现，构成了一种"述演"结合的传记形式。《灵魂的石头——曹禺和他的剧中人》（钟海编剧，田本相文学本改编）、《爱恋·契诃夫》（童道明）和《聆听弘一》（曹路生）等都是这种形式的变体，该类作品以剧作家的友人、后人和学生的"叙述"代替作家本身的"自述"，通过剧作家与角色、友人和后人的多重对话构成对其创

作历程的纪念与追述，编导也在陈述剧作家生平的同时以角色扮演和对白复沓的形式将经典文本频繁呈现，实现了对其剧作经典的推介与保存。这种保留并非全部复刻，而是有所选取的"片段式"呈递。

  当然，该类传记型剧目不限于"图文互补"式的文献堆砌，而是存在其自身的艺术独创性，编导对经典剧目的遴选标准与对作家生平的切入视角正是其"独创"意识的个性表达。诚如法国作家安德烈·莫洛亚所说，"传记是艺术作品"，"写传记并不是要把你所知道的有关主人公的一切都写出来"，而是要"选择最重要的东西"，"自然，传记作家在进行这种选择时，往往不由自主地强调自己主人公的那些他认为最宝贵或最亲切的特征"①。无疑，编导的审美偏好以及编导所赋予"叙述者"的审美立场会影响传记型剧目的艺术品格和题旨导向，具体到人物形象的塑造，就是"作为艺术家的传记作家有时会使自己的主人公变形"②，呈现出与"历史真实性"相背离的虚构成分。整体来看，基于对剧作家本人情感经历的追述，探讨情感生活对剧作家戏剧观念和戏剧创作的影响成为该类剧目最为普遍的叙述维度。正如田沁鑫在《我为什么要做〈狂飙〉》中所强调，"戏中田汉的私人生活是围绕他的四个妻子的对话展开的。她们的戏虚构的成分或许是最大的，我愿意强调女人在生活中的影响力"③，剧中带有性别色彩的情感导向和蕴藏于成长母题中的困境题旨已露端倪，并在其后来的改编剧创作中愈发成熟。这种情感化的叙述视角同样表现在童道明以契诃夫为题材创作的三部剧作中，无论是用以直陈当代演员生活境遇的《我是〈海鸥〉》，还是用来注解经典人物原型的《契诃夫和米奇诺娃》（后改名为《爱恋·契诃夫》）、《契诃夫和克尼碧儿》，剧作者都试图通过对契诃夫恋爱心路历程的剖析丰富观众对其剧作题旨的想象，而对其恋人角色的塑造也为读者理解《海鸥》《万尼亚舅舅》和《樱桃园》中的人物形象提供了原型参考。与此同时，对学人视野的彰显也是近年来传记型剧目的一大特色，这种学术化风格的形成与翻译家、戏剧史论研究者对剧本改编工作的参与有很大关系。以童道明、

---

① 安德烈·莫洛亚. 传记是艺术作品［M］//王春元，钱中文. 北京：生活·读书·新知三联书店，1986：154.
② 同①.
③ 田沁鑫. 田沁鑫的戏剧场［M］. 北京：北京大学出版社，2010：93.

曹路生和田本相几位老师的创作为例，基于对史料的熟稔和学识的积淀，编剧借助剧作家、评论家和主持人等角色的摄入，在剧中探讨戏剧观念的更迭和人物原型的演变，为经典剧目片段节选配以学理型注解，在构成经典剧目当代诠释的同时，也为经典推介本身增加了哲理的深度。

除此之外，史述立场是编导为戏剧名家编排传记型剧目的根本所在，既是该类剧目"应邀"创作的初衷，也是该类题材"应时"演绎的意义。以上所提及的剧目多数是为纪念剧作家诞辰而作，并以在不同名义的周年庆典和戏剧节搬演为时间期限，具有特定的时代性和时效性。编剧对剧目的串排除了旨在表达对经典的"敬意"，还要凸显剧作家本人对中国话剧发展的"贡献"。诸如《狂飙》（田沁鑫）、《灵魂的石头》（钟海编剧，田本相文学本改编）、《老舍五则》（王翔）和《丁西林民国喜剧三则》（班赞）等剧目以纪念之名对田汉、曹禺、老舍和丁西林等剧目的串排，无异于以剧作家的视点回看中国话剧的发展历程，其对经典文本的"片段式"保留不仅仅是打包式的精粹集合，更是一种系统化的脉络梳理。这种史述立场在以特定纪念日对特定剧目的串演更为明确，比如2007年前后剧作家借镜中国话剧百年诞辰以中国话剧诞生为素材创作的《寻找春柳社》（李龙吟）和《吁天》（喻荣军），2015年为纪念反法西斯战争胜利70周年以诗剧形式书写的《神圣战争或等着我吧》（童道明）等，前者通过对春柳社排演《茶花女》《黑奴吁天录》的场景复现追述中国话剧发展的源头，后者通过歌队扮演《这里的黎明静悄悄》的精彩片段将反对战争、呼吁和平的题旨引向高潮。尽管该类创作的意旨更多在于"纪念"本身，但其中对经典的"片段"截取同样起到了推介名剧的艺术效果，也呈现出编导本人充沛旷达的史述立场，其诗体结构和排演模式也为后来改编剧创作的风格转型起到了示范作用。

就经典题旨的内化策略来看，应邀剧目的编导通常采用语境切换和语汇摄入的改排技巧，即通过场景的民族化安置和表演的民俗化渗透完成对剧目题旨的"中国式"呈现。前者，以《海鸥》（赖声川版）、《玩偶之家》（吴晓江版）、《明》（田沁鑫版）和《罗密欧与朱丽叶》（田沁鑫版）为代表，将西方经典的故事原型分别置于"民国""明朝"和"当下"的民族文化场景之中，成为"引入剧目"现代改编的文本雏形；后者，以《理查三世》（王晓鹰版）、《奥赛罗》（王延松版）和《西厢记》（吉拉斯导演、曹路生编剧）为代表，以"东方扮演"的意象整合综合摄入"戏曲""诗词""鼓乐"等民族艺术语汇，成为"推出剧目"文化交流的演出范例。总的来说，区别于前文提及"引入"和"保留"剧目的原版倾向，编导对"跨文化戏剧"的排演有意淡化戏剧文本的"移植"色彩，并在原型框架的演绎过程之中凸显自身的文化属性和经典的时代价值。

诚如评论者所指出，"当今的各国民族戏剧，越来越频繁地活动在国际文化的交流格局中，为什么交流，拿什么交流，在国际文化活动中就凸显出来"①。21世纪以来，"跨文化戏剧"作为应邀参演和文化交流的剧目形式有其存在的合理价值，而划定经典的核心标准和文化属性则是该类剧目发展演变的审美前提。一方面，"普遍性、永恒性、美学性"仍然是恒定经典的"核心标准"②，这种标准应该在改编者选择经典和诠释经典的过程中起到指导作用，即有意去筛选那些富于现实指认感和时代关联性的戏剧作品，并凸显该类作品为当下文化语境和剧场场景相契合的精神题旨。具体来说，对易卜生、莎士比亚和契诃夫戏剧作品的推介不应止步于剧情结构的叙述和人物原型的模仿，更应该对其所归属的时代语境和社会场域进行深入的了解，从人与时代、社会的关系层面去开掘剧作题旨的经典性成分。比如《玩偶之家》作为一个"社会问题剧"所呈现出的人性解放和社会伦理之间的现实矛盾，《李尔王》作为一个"性格悲剧"所表露出的权欲诉求与道德情感之间的人性悖论，还有《海鸥》作为一个"爱情悲剧"或"理想悲剧"所表现出的精神追求与现实阻碍之间的成长困惑等。平心而论，前文所提及的几部"跨文化剧目"在题旨的选取层面均做到了合理的筛选和巧妙的衔接。无论是嫁入中国的"洋媳妇"在出走前所承受的精神困惑（《玩偶之家》（吴晓江版）），尚存善念的"三王子"在政变中所面临的选择焦虑（《明》（田沁鑫根据《李尔王》改编）），还是相爱至深的"两演员"在排演中所遭遇的现实阻碍（《我是海鸥》（童道明根据《海鸥》改编））等，剧作家通过经典原型与民国语境、明史撰述、北漂际遇的场景"嫁接"，使得"人性困境"的题旨演绎有的放矢，也令中国的当代观众在接受经典过程中产生更

---

① 吴戈. 王晓鹰印象：艺术探索与中国话语［N］. 文艺报，2018-04-02.
② 谢纳，宋伟. 何为经典 如何建构——"走向经典的中国当代文学"学术论坛述评［J］. 当代作家评论，2017（1）.

为深刻、切实的情感体悟。

"经典是一个民族、一种文化标志性的存在","凝聚着一个民族、一种文化最深刻的思维与情感内涵"[①]。不同国家、不同民族间的戏剧交流正是以经典为媒介,实现异质文化间的精神沟通和审美对话的。"跨文化戏剧"作为文化交流的创排形式,除了"引入"经典性的故事原型与精神题旨之外,更要"推出"民族化的审美意象和演剧风格,也就是在国际化的语境中以经典为素材呈现自身的话语体系和审美形态。王晓鹰在《理查三世》的导演阐述中强调,"所谓'中国版',不仅是由中国国家话剧院制作出品,不仅是中国演员用中国语言演出,更重要的是,它试图实现'莎士比亚与中国'、'话剧与戏曲'以及'经典与现代'三个层面的高度融合"[②]。事实上,这种审美诉求在诸多应邀参演国际戏剧节的"跨文化戏剧"中共同存在,不管是在法国阿维尼翁戏剧节中以西方现代戏剧理念阐释东方戏曲经典的《西厢记》,或是在英国萨姆·沃纳梅克戏剧节(Sam Wanamaker Festival)中以东方程式化风格扮演西方现代名剧的《奥赛罗》。其中对东方意象的现代诠释和对西方经典的戏曲演绎成为东西方戏剧文化彼此"融合"的两种向度,也就是东方戏曲的现代化改编和西方名剧的戏曲化演绎。另外,以更为宽泛的民俗概念来统摄戏剧创排中的文化交流,还包括在环球莎士比亚戏剧节中《理查三世》(王晓鹰版)对"英文方块字""傩戏面具"和"三星堆图腾"的舞美呈现,在柏林戏剧节中《查理三世》(林兆华版)对角色穿着现代西装相互奔走、格罗斯特与众人玩弄"老鹰捉小鸡"民间游戏的肢体表述,还有在国家莎士比亚戏剧节中的《明》(田沁鑫)对"明代"服饰、"山水"布景和"皇帝"上朝的氛围营造等。正如评论者所指出,"'交融'已是当今全球化时代不同领域及各领域间的普遍现象,这种'交融'实际上是一种'互补',应该是双向的"[③]。因此,区别于前文论及"引入剧目"译撰与搬演单向的经典输入,跨文化戏剧改编与"扮演"的价值正在于反向的文化输出,即凭借对经典的民族化演绎让中国的文化"走出去",在戏剧交流的国际化

---

① 傅谨. 呼唤对经典的敬畏之心[J]. 新剧本,2001(1).
② 王晓鹰. 追求东西方戏剧的合璧之美——中国版《理查三世》的导演创作追述[M]//杜宁远. 合璧:《理查三世》的中国意象. 北京:文化艺术出版社,2016:3-4.
③ 余匡复. 戏剧文化的当代交融——评话剧《西厢记》[M]//陈明正,宫宝荣. 中法合作话剧《西厢记》:改编与演出. 桂林:漓江出版社,2013:125.

语境中发出属于自己的声音。当然,"融合"不是"并置"与"堆砌",而是"交流"与"渗透"。"跨文化戏剧"不能单纯以"国粹"为噱头博得观众的喝彩,而应该以"经典"为契机赢得剧场的尊重。把定经典文本的题旨脉络和时代精神,并以此为民族元素、中国意象的摄入标准,才能确保"跨文化戏剧"艺术生命的永恒延续。

综上所述,引入剧目、保留剧目和应邀剧目是21世纪剧场推介经典的主要形式,其发展态势和风格演变受到来自当代文学经典建制、新时期二度西潮、全球化语境交流格局的多方影响,既是一种文化政策的剧场推行,也是一种经典建构的戏剧推送。作为应对原创匮乏、经典缺失的文化策略,该类剧目的存在确实丰富了剧场的生态,并且在创排技巧、剧场理念和演剧风格等层面对国内剧人和观众产生了深入的影响,在为其开阔眼界、提升审美素养的同时也提供了诸多可资借鉴的先例和方法。然而,作为一种艺术形式,该类剧目普遍缺乏"本土化"的创新,限于其特定的文化功用,其改编成分仍然停驻于对名剧的"几则式"串演(如《老舍五则》和《丁西林民国喜剧三则》)和"民俗化"翻新。正如欧阳予倩针对旧戏改革所指出,"改编也等于创作"[1],其原则应该以现代戏剧的表述形式为规范,并以现代性的精神诉求为基准,在改译、改写与改排中融入新的文化品质和精神脉络。只有如此,才能使经典重排常演常留,使原型塑造历久弥新。毋庸置疑,引入是为了指导创作,推介经典是为了创作经典。21世纪剧场对名剧的推介确然为文学创作营造了宽泛、多元的文化氛围,也为改编创作提供了丰富、鲜活的素材原型,但就其剧目原创成分和艺术创新层面而言还有很大的提升空间,与真正成熟的改编剧创作尚且存在一定的距离。"真正的影响永远是一种潜力的解放"[2],面对渐趋完善的推介机制和日益丰富的经典素材,如何在改编剧创作中"借他人之酒杯,浇自己之块垒"仍然是一个亟待解决的现实问题,这一困惑也引导笔者进入对文本形式和原始意象的深入思考,并开始了对小说文本话剧改编和传统戏曲现代改写的细化研究。

---

[1] 欧阳予倩. 欧阳予倩全集(第5卷)[M]. 上海:上海文艺出版社,1990:20.
[2] 乔治·卢卡契. 卢卡契文学论文选(第2卷)[M]. 范之龙,译. 北京:中国社会科学出版社,1981:452.

第二节　跨界写作与当代作家的参与 *

作为当代剧坛危机境遇的一项重要表征，"文本缺失"成为戏剧创作和理论研究领域关注的中心，并成为这场大讨论（"戏剧命运大讨论"）的焦点与热点。"跨界写作"被视为缓解"文本缺失"危机的重要"突破点"。区别于 20 世纪 90 年代中国作家群体在市场机制推动下向编剧领域的"试水"现象，这场"跨界写作"浪潮具有一定的"问题意识"，也被赋予了更多的"学人姿态"：从事戏剧理论研究者和翻译学者，熟谙剧场艺术的小说家和诗人，以及从事戏剧院团排演工作的导演和演员作为"跨界"写作中"外援"的生力军带着问题进入剧本创作领域。

一、研究者的名剧推介与经典示范

纵览几位理论研究者的戏剧作品，除少数几部改编自同名小说之外，绝大部分是以戏剧名家的生命轨迹和戏剧经典的创排过程为内容素材进行创作的。无论是基于自身的理论研究和学术积淀，为纪念曹禺、契诃夫和李叔同等戏剧大师所作的带有传记色彩的《弥留之际》《爱恋·契诃夫》《弘一法师》等文献剧，还是以"排演"模式推动剧情发展，将《人民公敌》《海鸥》《北京人》《三姐妹》等原著的部分段落镶嵌其间，通过台上台下的场景切换和剧里剧外的情节比对反映现实生活的《〈人民公敌〉事件》《我是〈海鸥〉》和《秋天的忧郁》等舞台剧，均能

---

* 本节内容以《新世纪剧坛的"跨界写作"》为题发表于《中国现代文学研究丛刊》2020 年第 9 期。

体现出编剧作者推介名家、评注名作的学人姿态，以及对话经典、重构经典的研究意图。

"学者型"作家的创作明显受到了各自学术研究的影响，融入了作者本人在作家评论、作品翻译、理论研究和剧目排演过程中的所思与所感。从某种程度上讲，该类作品更像是研究者对戏剧名家及其经典作品研究成果的一种艺术再现，尤其是《弥留之际》和"与契诃夫相关的三部曲"①完全可以被认为是对《苦闷的灵魂——曹禺访谈录》和《我爱这片天空（契诃夫评传）》中部分章节内容的剧场"搬演"。

就传记体话剧的创排手法来看，编导通常会采用"戏中戏"的结构模式，凭借舞台的分区和演员的角色扮演完成场景的转接，进而将与作家创作密切相关的生活细节与代表作品的经典桥段"搬演"到作家生平的叙述场景之中。《弥留之际》一剧，田本相先生从曹禺的"弥留"之际写起，通过"曹禺"与生母、妻子、巴金、女儿、黄永玉和自己剧中人物的对话串演全剧，演员对《北京人》《雷雨》《家》《日出》中七个小段落的"搬演"构成"戏中戏"，编剧以作家的叙述时空与演员的演剧时空交替打造一种"述演"结合的传记形式。当然，这种传记体话剧的写作模式并非"学者型"编剧所独创，锦云、李静和田沁鑫等职业编导在同种类型剧本的创排中均有所尝试，《风月无边》《大先生》《狂飙》《聆听弘一》等在人物叙述与作品搬演的交互配合上都有精湛的表现。相较而言，学者型编剧对这种模式的运用更强调叙述素材的文本依据与搬演段落的问题导向，文学性、真实性与学理性是他们完成该类传记体话剧创作的审美底蕴。

《弥留之际》是田本相先生根据访谈录《苦闷的灵魂》写成的剧本，剧中所引用的剧本段落、书信和诗文基本上遵从于"初版"，部分曹禺的晚年诗作还援引于《灵魂的石头——我的爸爸曹禺》。剧作者对文本出处谨严的考据姿态与自身从事学术研究的习惯有关，而这种文献剧的最终付梓也是得益于他们对所撰者资料收集、译注与整理工作的长期从事。这类剧作中的"戏中戏"在很大程度上是为深入探讨作家的创作问题而有意安置的，其对学理性的追求体现在编剧本人对"戏中戏"选择、切入和评论的各个阶段。区别于在纪念型的演出中编导对名剧名段纯粹的拼贴与串

---

① 童道明. 爱恋·契诃夫：童道明的人文戏剧. 二［M］. 北京：华文出版社，2017：83，84.

排，该类剧作者会假借作家的角色设定进入规定场景，以与其亲人、朋友甚至剧中人物对话的方式开启对搬演段落的文本赏析。在《弥留之际》中，曹禺"晚年悲剧"的根源探寻作为总提纲挈领全篇，而《雷雨》是否该砍去序幕和尾声、方瑞死亡的真相、陈白露人生的悖论等分别作为子项目在分幕中逐一被探讨。伴随着叙述时空人物对白与表演时空角色扮演的交替呈现，现实的人物与剧中的人物产生了对照关系，曹禺"苦闷的灵魂"在"戏中戏"里周朴园、陈白露与曾文清的人生境遇中得到了直观的映现，问题的症结以及创作的精髓也在对"戏中戏"的主题陈述与人物分析中得到了深入的解答。无论是段落的扮演，还是台本的品读，抑或主持人的介绍或导演的排练，都是"戏中戏"形式的变体，都是带有问题指向性的文本切入。编剧作者借助作家本人、作家亲友和剧中人等叙述角色的安置，在剧中探讨戏剧观念的更迭和人物原型的演变，为经典剧目片段节选配以学理性的注解，在完成经典剧目当代诠释的同时，也为当代剧坛的剧本创作提供了切实的帮助。特别是剧中对戏剧经典的创排经验的描述，作家对创作瓶颈的突破与创作灵感的获取，对 21 世纪剧坛的原创缺失、经典缺失和精神萎靡现实困境的突围都具有问题导向性。

二、叙述者的方式调整与故事新编

21 世纪以来，知名小说家、诗人和影视剧编剧受邀为艺术院团创作剧本的现象开始集中出现，形成了剧坛的"跨文体写作"热潮。以北京人民艺术剧院为例，莫言、叶广芩、刘恒、邹静之、金海曙和徐坤等纷纷加盟编剧队伍，为剧院贡献了多部票房和口碑俱佳的话剧作品。

事实上，作家为剧院提供的不仅是作为"故事"的小说文本及其所彰显的价值理念，更有其自身在不同文体领域创作实践中摸索出的"讲故事"的方法技巧与已趋成熟的语言风格。就创作手法来看，作家群体普遍倾向于借助"人物叙述者"的设置来完成对"叙述文本"的编排，结合话剧舞台的表演技巧（如时空场景的转接与内心独白的外化）让"叙述行动者在其中讲述故事"[①]，进而实现对原著文本的

---

① 巴尔. 叙述学：叙事理论导论 [M]. 谭君强，译. 北京：北京师范大学出版社，2015：12.

故事新编与对既定题旨的生动演绎。

世纪之交，剧作家孙德民曾结合自己的创作经历阐释布莱希特戏剧对中国剧坛的影响，感言"把叙事者引上舞台""正是中国当代话剧叙事观念变革的关键"，并指出："戏剧里的'叙事人'慢慢地发展成不再是叙事主体，而是剧中有个性的人物，他们生活在剧中，冲突在剧中，这种演进创造了话剧舞台新的演出样式。"① 就21世纪以来小说文本的剧场移植情况来看，多数排演者会采用"叙述体"话剧的创作模式，按照叙述学的理论，根据"讲述的对象"的不同可以将"叙述者"区分为"外在式的叙述者"与"人物叙述者"，即"讲述其他人情况的叙述者与讲述他或她自身情况的叙述者（这样的叙述者被人格化为个人）"②。

"外在叙述者"的文本搬演侧重于对故事脉络的直观梳理，意在将情节内容与叙事场景的"真实性"无限还原。叶广芩改编自同名小说的剧本《全家福》，作家作为"外在叙述者"将自己小说的内容以剧中人物的对话形式按照时间顺序有所选择地记述于剧本中，其改编成分主要体现为对时间顺序的调整、对"无关"情节的省略（比如，小说中王满堂与麦子的"旧事回述"，筱粉蝶与福来的"感情描写"）与对"次要"人物的合并（王满堂两个女儿"鸭儿"与"坠儿"合成一个人来写），借镜"古建队"四十年的风雨历程，梳理出一条共和国从成立初期到二十世纪九十年代的成长轨迹，在剧场中直观而凝练地演绎了原著小说的故事情节。

"人物叙述者"的文本叙述注重对作品题旨内核的深度开解，强调向作家个人审美意蕴与创作风格的无限靠拢。潘军对自己小说的改编，无论是《合同婚姻》中苏秦在其"主观"维度与李小冬的"隔空对白"，还是《重瞳——霸王自叙》中项羽的亡灵对楚汉之争的历史回叙，均传达出作家本人浓郁的主观情绪与理性思考。相比"外在叙述者"对小说情节的"真实"还原，后者通过"人物叙述者"的"视阈"聚焦传达的是作家本人的"真实"情绪，具体到作品中也就是对现代婚姻制度与传统史学观念的深入省思，以及对现代人情感焦虑与精神困境的内向化书写。作家是把话剧当作"一种独特的书写形式"来看待的，强调"形式的唯一性"是话剧

---

① 孙德民. 孙德民新剧作选［M］. 北京：文化艺术出版社，2004：280.
② 巴尔. 叙述学：叙事理论导论［M］. 谭君强，译. 北京：北京师范大学出版社，2015：11.

的灵魂，承认"形式自身也是内容的一部分"①。对"人物叙述者"的引入可以视为作家实践个人话剧观念的一种方式，这种改编模式也由此被赋予了区别于原著小说更为独特的语言风格和形式意味。

"人物叙述者"在邀约作家的原创型剧作中也被广泛应用。《我爱桃花》一剧中的三位演员，游弋于现实生活与剧情场景之间，在现代人的身份境遇中重新排演古代传奇；《我们的荆轲》中的荆轲，醉心于侠客之名又困顿于求"大义"而不得，用切身的心智成长与情感体悟颠覆历史典故，等等。作家将叙述功能赋予了"素材中的行为者"，使得这些"人物叙述者"既可以完成衔接段落、补述情节并推动剧情发展的任务，也可以作为作家本人在剧中袒露人物心灵空间、颠覆传统文化观念并承传现代人文思想的媒介而存在。"人物叙述者"的引入意味着应邀作家对"话剧文本"创作观念的调整，不再满足于从"纯粹的"叙事文学（当代小说、历史故事与民间传奇）到"对话型"演出脚本的方式转换，而是尝试用"一个较为合适的讲故事的方法"②去重新铺排"剧中人"眼中的故事，并以"这种传播思维信息的独特方式"③去传达"叙述者"心中的声音。

邀约作家的"原创型"剧目很多是以《史记·赵世家》《史记·项羽本纪》、《赵氏孤儿大报仇》（元杂剧）和《型世言》④这类经典化文本的故事为蓝本，或以其中故事情节片段为由头，围绕"人物叙述者"演绎剧情。按照叙事学的理论，"视角是人物的，声音则是叙述者的，叙述者只是转述和解释人物（包括过去的自己）看到和想到的东西"，这种"双方分离的状态"⑤为旧有故事模式或既定内容题旨的再度开掘提供了多维的视点，也为已有历史撰述或成型历史典故的现代改写营构了更为灵动的空间。一方面，"视角与声音"在"时间、智力、文化和道德等"

---

① 潘军. 潘军文集（第拾卷）[M]. 北京：文化艺术出版社，2012.
② 邹静之. 邹静之戏剧集[M]. 北京：作家出版社，2014：91.
③ 刘恒.《窝头会馆》写作笔记及其他相关文字[J]. 新剧本，2009（6）.
④ 邹静之."故事的由头源自《型世言》第五回前的一个小故事帽，有四百来字左右，《型世言》为明代崇祯年间刊行的拟话本小说集，十卷四十回，陆人龙著，原本进藏韩国汉城大学奎章阁。"《〈我爱桃花〉笔记》，《邹静之戏剧集》第93页.
⑤ 胡亚敏. 叙事学[M]. 武汉：华中师范大学出版社，2008（21）.

方面的差异[①]为作家的故事新编创造了条件，也就是为原始文本增设了一层现代的、当下的和生活化的场景；另一方面，编导通过对演员"采取历史学家对待过去事实和举止行为的那种距离"[②]的强调，赋予了"人物叙述者"独立省思和自我解构的现代思维，进而通过"使被表现的事件历史化"[③]的"陌生化效果"的实现，建构了一重由叙述者群体共同编织的评判维度。邀约作家正是在"传统与现代""历史与当下""剧场与生活"的对峙中，彰显一种叙述的张力，完成从"讲故事"到"讲道理"的理念提升，并借"人物叙述者"对原有叙述文本的评说完成对原著题旨经典化的提纯，导向对现代人成长困惑、情感焦虑和生存困境等现实问题的深入探讨。

邀约作家的剧本创作确实有效缓解了21世纪剧坛"原创缺失"危机，在很大程度上激发了观众的观剧热情，增加了剧院的票房收益。邀约作家甚至有很多人借势入行成为戏剧院团的职业剧作者，刘恒、邹静之与万方于2008年创办"龙马社"是非常典型的表征。从票房成功和政府相关奖项的角度看，邀约作家"跨界写作"是成功的。然而，文艺批评始终需要明确自己根本立足点是"艺术性"本身，直面话剧艺术文学性与剧场性的融合度问题。

"知名度"是邀约作家跨入剧坛的重要"砝码"，获奖作家或金牌编剧的光环往往成为院团机构邀请他们创作剧本的"由头"，这本无可厚非。借助作家的明星效应，将榜上有名的获奖作品或契合时代主旋律的当红小说搬演至话剧舞台，也自然会成为院团推陈出新过程中最为便捷和"保底"的举措，如《重瞳——霸王自叙》《合同婚姻》《全家福》等小说的剧本改编与排演。除此之外，针对历史时段的特定主题并根据院团演员的表演风格，由作家限时、限人、限场景来完成创作"任务"，这也成为类似《万家灯火》《北街南院》《窝头会馆》等"邀约之作"的另一种"由头"。"名号"与"由头"既预设了作家联合院团完成精品剧目的舞台效果与演出价值，也影响了作家创作剧本的艺术视野与文学深度。

---

① 胡亚敏. 叙事学[M]. 武汉：华中师范大学出版社，2008：21.
② 布莱希特. 陌生化与中国戏剧[M]. 张黎，丁扬忠，等译. 北京：北京师范大学出版社，2015：37.
③ 同② 17.

迈克尔·弗雷德在《艺术与物性》中提出一种观点，"品质与价值的概念本身——就这些概念对于艺术的重要性而言，还有艺术概念本身——只有在各门艺术内部才有意义，或有充足的意义"，戏剧文学的创作尤其如此，因为"各种艺术的成功，甚至是其生存，越来越依赖它们战胜剧场的能力"[①]。以《窝头会馆》的编排为例，从"选定编剧"到"选题出题"，从"演出时间"再到"演员配置"和"导演处理"，剧本的完成过程被赋予了太多的"题旨约束"与"条件框范"，尽管这些外在因素也同时伴随着相应的"成功基数"与"附加价值"。作家对市井生活的熟稔与对小人物形象塑造的擅长构成了其完成这部作品的前期准备，因此不能单纯把这部剧作认为是针对人艺演员的"因人写戏"，而应该视为是观察生活、体察民情与省察人性后的个人化写作。该剧的成功很大程度上也源于作家对其原来小说和影视剧对底层生活世俗化书写的一种延续。

然而，像《窝头会馆》这样的成功之作在剧坛上还属凤毛麟角，更多"精品"剧作仍然得益于名制作、名作家、名导演和名演员的"剧场和鸣"，编剧本人的努力通常为直观化的舞台效果和仪式化的演出意义所遮蔽，舞台规定性也在很大程度困扰着作家，这种困扰致使多数邀约作家从创作之初就开始考虑到剧目排演的实际效果，并有意迎合院团的演出客观条件，多数剧本的完成带有过多"导演"干预的痕迹，从而导致编剧个性的迷失。

三、排演者的理念引导与台本写作

排演者对剧本编写工作的介入是21世纪剧坛的一大特色。《我爱桃花》中"第三维想法"的"加入"与"拿掉"就是导演任鸣的意见，而并非编剧邹静之的个人意愿。[②]这种影响效果不是产生在剧本完成之后而是生成于剧本的写作过程之中，是导演的意见在左右着编剧者的创作思路，并成型于完成剧本的叙事结构。从话剧

---

① 迈克尔·弗雷德. 艺术与物性：论文与评论集[M]. 张晓剑，沈语冰，译. 南京：江苏凤凰美术出版社，2013：172，174.
② 邹静之. 邹静之戏剧集[M]. 北京：作家出版社，2014：94-95.

剧本在文学期刊的刊载情况与在作家作品集的出版情况来看，"新"剧本趋向于演出台本化或舞台脚本化。导演对"跨界写作"的干预，实际上也是剧本创作中文学性与舞台性融合的过程，融合的过程也意味着两者部分属性的和解与消融。

出于对人物性格、故事情节和语言对话等诸多共通要素的占有与运用，小说与话剧之间的"跨界"相对其他文体之间确实更为直接与便捷，所谓的"跨文体写作"更多就是指从小说到话剧的改写。当然，也有类似《赵氏孤儿》（金海曙）这种从话剧到小说的再创作，以及像《蛙》一样将话剧的写作过程融汇于小说叙事结构之中的创作等。但二者之间的叙事容量与表达方式毕竟有所区别，因此小说家的叙事能力不能轻易转化或完全等同于其作为剧作家的技术水平，原著的思想深度也无法简单或直接地与改编话剧的艺术水准划等。出于对演出时间与舞台空间限度的考虑，编剧作者需要对初始素材做出相应的选择与压缩，但这种处理不能以影响或改变作品题旨内核与语言风格为代价，否则就会导致剧作者主体意识的丧失，演变为一场"失真"的剧场版复制。

"导演与编剧主从关系"的探讨本质上是对戏剧的文学属性与剧场属性的论争。编剧影响的降低是戏剧整体观念与导演中心制在现代剧场推行过程中的连带效应，编导一体的创作模式正是这种趋向的极端化表现。21世纪以来，以赖声川、孟京辉、张广天、田沁鑫、李龙吟和方旭等为代表的导演群体开始作为剧作者"重新"涉足剧坛，创作并出版了多部话剧作品。这些刊载物或出版物多数是对剧目演出台本和搬演过程的实录，除了场景描绘和人物对话，还具有翔实的动作说明和舞台调度。从剧本的语言方式来看，编剧作者通常会融入其他的艺术元素，将古典诗文、流行音乐、肢体造型或戏曲念白穿插于人物的对话场景之中，部分元素会作为情节发展的线索，部分元素会直接构成叙述内容的载体。张广天"理想三部曲"（《切·格瓦拉》《圣人孔子》《左岸》）中的歌词与集体造型，不单单是作为剧目的排演背景，而是作为剧本的语言方式与叙事框架而存在。

从剧本的结构形式来看，"导演型"编剧通常会采用"戏中戏"的叙述框架，通过经典段落的戏仿、拼贴完成对原始文本素材的重新整合。区别于《老舍五则》《丁西林民国喜剧三则》《老舍赶集》等"串排式"的段落拼贴，"导演型"编剧对经典文本的整合会放置于整体的叙述框架之中，并借人物叙述者或潜在叙述者的身份表达自己的思想理念。《狂飙》借田汉一生命运的流转"强调女人在生活中的影响力"①,《寻找春柳社》(李龙吟)通过"戏中戏中戏"不同排演风格的呈现完成对不同戏剧观念的比较,以及《杨三姐与陈小二》(李龙吟、丛林)和《〈人民公敌〉事件》(吕效平、李耿巍)借剧情的穿插铺设完成对当下社会问题的指涉等,都是导演以文本形式传达出的。这种评判视角使得"导演型"编剧对经典的改编具有一定的文学内蕴与思想深度;同时由于对"经典文本"与"剧场模式"的依附,这类作品在故事情节推进与人物形象塑造层面存在先天的不足,剧目演出价值远大于剧本的文学价值。

赖声川21世纪以来的剧本创作消融了剧场属性与文本属性之间的芥蒂,对编导的关系处理也趋向合理,在完整驾驭剧目空间结构与演出节奏的同时,也赋予了剧本本身更为独立的形式架构与内容基础。赖声川所谓的创意空间融合了个体情绪记忆与现实思考,剧作的文学性完美融入舞台。这种融入在其后与王伟忠的合作的《宝岛一村》中呈现得更为明显,散文诗化的语言描摹与剪贴画般的镜头特写组接成了一代人的眷村记忆和文化乡愁。

21世纪以来,理论研究者、跨文体写作者和话剧导演用各自擅长的方式进入戏剧文学的创作,贡献了多部话剧作品。作为21世纪剧坛的"外援",他们在经典改编、故事叙述与空间调度等不同层面都做出了果敢的尝试,其中不乏佳作与经验。但由于应邀机制与改编模式在戏剧主题层面的限定,以及作家戏剧技巧与主体意识的欠缺,一些剧本创作仍然缺乏故事的原创性与对现实的观照。在充分认可他们做出的努力与这些"新作"艺术价值的同时,也需要冷静反思"外援"机制给中国戏剧带来的影响和启示。"外援"作为解决戏剧"文本缺失"问题的路向,值得肯定其贡献,同时也需要提升其对编剧职业的认知,重塑剧作家的主体性。优秀的编剧既要能够遵循舞台规律,把握时代脉搏,"通过文学剧本的创作,表达对生活、时代或历史的感悟"②;同时还需要深入生活,凭借"社会责任意识和现代意识",

---

① 田沁鑫在《我为什么要做〈狂飙〉》中强调,"戏中田汉的私人生活是围绕他的四个妻子的对话展开的。她们的戏虚构的成分或许是最大的,我愿意强调女人在生活中的影响力"。田沁鑫. 田沁鑫的戏剧场[M]. 北京:北京大学出版社,2010:93.

② 丁罗男. 文学的边缘与戏剧的贫困化——关于戏剧与文学关系的再思考[J]. 艺术评论,2016(6).

捕捉"生活中敏感尖锐的问题与现象",以文学个性驾驭舞台,用真实的情绪与现实的感知触发创作的灵感。唯其如此,"旧相识"才能真正地步入剧坛,成为优秀的剧作家;"新相交"才能重构出经典的作品,用文化的深度与灵魂的重量为剧场营造真正的繁荣和未来。

第三节　文本移植与人物角色的塑造

根据小说原著改编的戏剧文学创作既是改编剧的主要组成部分，也是21世纪以来将经典化叙事进行剧场呈现的重要文本依据。小说凭借其深邃的人物性格塑造和丰润的故事情节设置成为戏剧文学创作的素材来源，戏剧也依仗其凝练的人物对话关系和紧凑的冲突悬念设置成为小说舞台呈现的艺术媒介，小说和戏剧作为两种相对独立的艺术样式在改编剧的发展与呈现过程中互为借鉴，彼此渗透。然而，诚如美国戏剧理论家乔治·贝克所指出，"戏剧是与小说不同的一种独立艺术"①，"戏剧的更大的速度，更大的压缩和更大的生动性，以及由于它的合作性，它的诉诸集体而不是诉诸个人"，"创作出了一种使戏剧不同于小说的基本技巧"②。具体到21世纪以来的改编剧创作，这种技巧主要表现为叙述型的故事呈现方式和群像式的人物塑造模式。一方面，遵从于戏剧文学表述规范的客观要求，剧作家对人物原型的选择和对原著内容的压缩表现出个人化的审美品位；另一方面，作为经典叙事舞台呈现的中间环节，改编剧对角色性格的阐释与对文本风格的演进呈现出整体性的文化导向。

一、叙述型的角色阐释

改编剧是尊重于原著人物设定和情节模式下的二度创作，对文本经典架构的再

---

① 乔治·贝克. 戏剧技巧［M］. 余上沅，译. 北京：中国戏剧出版社，2004：5.
② 同① 13.

度呈现取决于剧作家对原著题旨的深入挖掘和对当前语境的内化衔接。区别于单纯的文本复述，21世纪以来的改编剧创作注重与原著作者的心灵沟通和对人物角色的情绪释放，原著作者和角色本身在二度创作中带有相应的独立意识，无论以叙述视角的角色设定，还是以间离效果的心理外化，人物都不再满足于按照原著小说的文本设定完成动作并诠释性格，而是以更为富于剧场性的表述风格叙述情节并剖析角色，构成一种带有评判视域的叙述结构。剧作家通过这种叙述型的文本框架建构出个人化的解读空间，其对原著文本的戏剧创作等同于对经典叙事的再度阐释，而这种阐释过程本身也正是改编剧本作为文学创作的审美价值所在。

现代戏剧对角色的塑造与对剧情的推进主要通过人物间的对话来完成，舞台指导和场景说明只起到必要的补充作用，用乔治·贝克的话来说，就是"最后一种手段"①。这种文体规范适用于原创戏剧，更适用于对小说文本的改编剧创作。无论是第一人称的自我陈述，还是第三人称的全知视角，小说的创作都无法规避作者主观的精神诉求与审美品位，因此如何将原著小说中作家的阐释、描写或分析融入戏剧文学的正文对话是改编剧创作的关键所在。

21世纪以来，以第一人称叙事的小说创作逐渐成为改编剧创作的热点，《天朝上邦三部曲》（李龙云）、《老舍五则》（王翔）、《我这一辈子》（李六乙）和《尘埃落定》（曹路生）等都是这类创作的代表。为了贴近原著小说中"我"的叙述视角，剧作家或是通过作者的原型设定描摹剧中的人物形象，或是借鉴"自我"的角色安插融入剧情的演进发展，均呈现出一种带有"作者的语言"的叙述风格。前者以《天朝上邦三部曲》中对老舍先生的原型设定为例，故事背景的陈述与剧中人物的依次出场，并非通过场景介绍的历史铺陈或是戏曲角色的自报家门，而是假借作家老舍的自传式独白循序呈现。当然，这种方式也部分取材于原著的创作构想，作为对未竟长篇《正红旗下》的续写与补述，其故事的原创成分基本符合原著的精神脉络，即"故事由龙云完成，脉还是老舍的脉"②。后者以《老舍五则》中"算命的""王文元"（琴师）"黑头"（黑汉）等角色塑造为例，原著中"我"对角

---

① 乔治·贝克. 戏剧技巧［M］. 余上沅，译. 北京：中国戏剧出版社，2004：255.
② 舒乙. 我看《天朝上邦》［J］. 剧本，2007（2）.

色的心理剖析和对情势的局面预测并非通过全知视角的画外音来陈述，而是通过这些人物角色的语言对白来表达。另外，剧作者对其余人物的塑造也基本脱离了原著"我"的引述框架，而以更为独立的角色意识和更为直陈的对话形式完成人物性格的自我塑造。不难发现，这类根据第一人称叙事小说改编的作品，角色性格的塑造基本符合原著作者的审美构想，正文的很大篇幅也存在对原著文本在对话层面的角色转述。然而，这些"作家的语言"并不完全等同于英国戏剧理论家威廉·阿契尔所指陈的"作家的语言"①，而是评述性的警句和性格化的对白的结合。由于原著小说第一视角的诠释姿态，"作家的语言"被赋予叙述者和剧中人的双重视角，既是原著文本在剧本改编过程中的对白嵌入，更是原著作者对审美品性的脉络衔接。这种带有"作家的语言"的叙述风格使得原著作者的评判视野巧妙融入剧本的正文对话，其对角色的心理剖析和对人物的情绪释放成功脱离了戏剧文本的说明框架，是内化型的语言撰述和形式改写。与此同时，剧作者凭借对原著文本的截取、安插有效地将自己对角色的理解渗透其中，构成了在文本题旨演进层面与原著作者的深入沟通。诚如剧作家李龙云自己所说："剧本创作的过程，是一个作家在写另一个作家；是我与老舍的一次心灵交流。"②这种交流意识在剧作家对《我这一辈子》和《尘埃落定》的剧本改编中表现得更为强烈，掌灯人对"我"的心理剖析和"傻子少爷"对形势的自问自答贯穿全剧，剧作家以陌生化的效果营造凸显对原著小说潜在文本的理性思考，并以暗示性的问询口吻将对角色性格的深入挖掘引向原著作者的精神世界。

以第三人称进行创作的小说作品在改编过程中同样存在叙述方式的转换问题。相比借原著作者转述文本的"代言"模式，这类改编更侧重于在戏剧文本的结构层面完成对叙述时空的场景铺排，通过原著小说内在元素的摄入与演绎彰显题旨。一方面，"作家的语言"与"文本的摘录"在改编剧的文本写作中仍然存在，分别以"序幕""尾声"和"幕间戏"等形式由叙述角色的剧情解说依次呈现。《四世同堂》（田沁鑫）中的"说书人"、《活着》（张先、许绿伦）中的"朗读者"，以及《无

---

① 威廉·阿契尔. 剧作法[M]. 吴钧燮，聂文杞，译. 北京：中国戏剧出版社，2004：321.
② 李龙云.《天朝上邦》写作的前前后后[J]. 剧本，2007（2）.

常·女吊》（郑天玮）中的"活无常"与"红女吊"等都是这种叙述角色的代表，其所营造的叙述时空抽离于原著小说的情节线索，构成相对独立的叙述体系。由于剧作家赋予了该类角色一定的性格设定，其语言阐述作为人物对话的正文脱离于舞台指导和背景说明的形式框定，并为陌生化的剧场效果留下了开掘的空间。再加上，其阐释角色的原创色彩，这种叙述媒介不再受读者/观众对原著文本的印象式规范，使改写的风格可以更为多元、写意。研究者对《无常·女吊》中"鬼域"空间的效果肯定并不为过，剧作家对这种叙述时空的营造确实"鬼气精怪地跳出'鲁迅氛围'，制造了一个别样的'郑天玮氛围'"①。这种创意本身体现了剧作者对原著题旨的个人理解，也使文本经典性与语境当下性的衔接更为便利，侧重于对命定轮回的荒诞演绎与对人性异化的过程阐释，借助"两鬼"对人物原型的性格剖析与命定预言，改编创作的精神题旨得以明确呈现。与此同时，原著中人物形象参与叙述空间氛围营造的创作趋势也非常明显，以《金大班的最后一夜》（赵耀民）、《四季落花》（北婴）②和《金锁记》（王安忆）的改编为例，叙述者既是故事中的角色，也是讲故事的人。"穆老""护士"与"小双"作为诱发角色讲述故事的线索人物而存在，叙述空间的营造以三者与原著主人公的对话逐步完成。事实上，小说的改编也是一种文本篇幅的调整，存在对短篇情节的扩充与对长篇角色的删减，三部以女性情感历程为主要内容的戏剧改编均采用了以叙述空间架构情节内容的表述方式，情节的删节与补述、人物的移接与合并均通过叙述者的引述来完成。金兆丽对"上海恋情"的回述，萧娴对"婚姻生活"的思考，曹七巧对"人生世相"的寻味，均通过叙述时空不断切入进行凸显，淡化历史演进的时间概念和末世情结，强化生活轨迹的循环交替和情感困惑成为该类改编作品共通的题旨导向。同时，在改编中给原著角色安置叙述任务的现象也非常普遍，《红楼梦》（喻荣军）和《白鹿原》（孟冰）的改编中借助原著角色的安插将叙述情境沁入剧情发展过程之中，比如"秦可卿"的显灵③、"田小娥"的还魂和"朱先生"的算卦等同样起到了提炼

---

① 黄益倩. 话剧《无常·女吊》对鲁迅作品的改编及其意义 [J]. 鲁迅研究月刊，2006（9）.
② 北婴. 妇女生活 [J]. 新剧本，2011（1）.
③ 喻荣军根据曹雪芹小说《红楼梦》改编的话剧将原著"秦可卿"的两次显灵增至近十次，"秦可卿"作为全剧情节的线索人物和太虚幻境的叙述人物而存在。

情节和把定题旨的叙述效果。

另外,对"角色性格"的塑造与"人物心理"的描写仍然是全知视角小说文本改编的重点,剧作家多凭借"时空并置"的空间调度以"自我交流"的叙述方式完成对故事情节的线性书写和对人物形象的多维展开。诚如剧作家喻荣军所说:"相较于小说,同样的故事,剧本只是用了不同的说法,如果说原著是散点式的,那现在的文本就是线条性的"[①]。以《简·爱》和《洛丽塔》的戏剧文学改编为例,剧作者喻荣军以双时空的线性结构代替了单时空的散点渗透,故事情节的集中发展并置于当下时空和过往时空的交替呈现,成年简·爱和老年洛丽塔以叙述者的姿态回述过往,并不时以戏剧创作特有的时空调度完成与幼年自我的直接对话。这种时空交替的复式叙述加深了故事情节的悬疑效果,借助人物生存境遇的今昔对比呈现出发展式的性格塑造,这种贯穿时间维度的线性表达也将剧作对原著的题旨演绎引向对人类情感的永恒探索。与此同时,作为对间离效果的角色化演绎和文本型呈现,A/B 角的设定有效地拓展了人物性格的阐释空间,《红玫瑰与白玫瑰》[②]和《离婚》[③]的改编都沿用了这种叙述方式。前者的版本改写通过对三位角色("佟振宝""孟烟鹂"和"王娇蕊")的重组设置,将情节演进与心理独白以两组人物的交替述说共同完成;后者的小说改编借助对主要角色(老李)的甲、乙分离,将人物的内心独白以"自我"的对白形式最终呈现。这种建构于熟悉情节与经典原型的角色叙说,淡化了故事内容的动作呈现,加深了角色自身的心理袒露,并通过角色的自我分离突出语言对白的潜在文本和复杂人性的纠缠扭曲。整体来看,相比叙述体戏剧在创作风格维度的观念突破,改编剧创作中阐释型的角色塑造更侧重于对原著题旨的深层开掘,是立足于文学经典价值层面的人物性格交流和作家心灵沟通,尽管在角色定位层面有原著作者、人物和原创角色、形象之分,在结构呈现维度有幕间、过场和场景切换、时空并置之别,但借助叙述型角色的陌生化效果,完

[①] 喻荣军. 喻荣军舞台剧改编作品选(壹)[M]. 北京:中国人民大学出版社,2014:196.
[②] 该剧本根据张爱玲的同名小说改编,由罗大军的改编版本刊载于《新剧本》2006 年第 6 期;由田沁鑫再次改编的版本收录于《田沁鑫的戏剧本》(北京大学出版社 2010 年版)。
[③] 该剧本根据老舍的同名小说改编,由方旭和郭奕雯改编的剧本刊载于《新剧本》2014 年第 2 期,也以《老李对爱的幻想》为剧名在上海东方艺术中心上演。

成对小说内容压缩和精神提炼的创作意图是伊始不变的,剧作家的叙述立场和价值观念也在这种类型角色的叙述中彰显出来。

二、地域性的群像白描

相较于小说文本所擅长的心理刻画和细节描写,戏剧文学更倾向于通过场景化的氛围营造和动作性的语言表述来诠释角色,这种限于文体范式的表述规律同样适用于由小说改编的戏剧文学创作。21世纪以来,对文学经典的地域性呈现成为改编剧创作的一种潮流,《四世同堂》(田沁鑫)《长恨歌》(赵耀民)、《俗世奇人》(喻荣军)和《白鹿原》(孟冰)等带有地缘归属感的小说作品纷纷成为剧作家再度创作的文本素材,对原著作品群戏场景的青睐与杜撰成为该类创作的亮点所在。一方面,该类小说的故事情节建构于地域风土的场景之中,其艺术价值蕴藏于民族个性的地缘归属;另一方面,改编剧本的群像刻画框定于平民史述的镜像之内,其文化内涵表现为民族风俗的语境衔接。因此,地域性的群像白描既是该类改编作品陈述小说题旨的主要方式,也是剧作家再现民族文学经典的重要手段。

纵览21世纪以来小说文本的戏剧改编,以对旧京文化、上海文化和关中文化的舞台呈现最具特色,这种改编格局的形成既与京味、海派和乡土文学的风格传承有关,也与以北京人艺、国家话剧院、上海话剧艺术中心和陕西人艺等院团发展的文化策略不无关联。具体到戏剧文学的创作层面,作家作品的地缘归属与剧作家所隶属的院团特色在这种改编中得以充分表达,比如对"胡同闲聊"(《四世同堂》)、"弄堂麻将"(《长恨歌》)和"祠堂祭祖"(《白鹿原》)等戏剧场景的铺排,既是地域文化渗入文学经典创作的趋势体现,也是剧本创作的文体要求。

首先,对老舍作品的剧本改编呈现出编导整体对京味文化的空间构想。以《老舍五则》(王翔)和《四世同堂》(田沁鑫)的文本改写为例,剧作家分别通过北京味的方言对白和"群聊式"的胡同场景营造出浓郁的旧京氛围。诚如改编者王翔所说,"北京是老舍的城","北京话是这个戏最大的特色"[①],"为了统一戏剧

---

① 王翔. 老舍五则[M]. 合肥:安徽人民出版社,2012:26-27.

的语言风格,话剧《老舍五则》的故事背景被完全置于皇城脚下"①;编导田沁鑫也一直提醒创作人员,"把对老舍先生的尊重,转化为对老北京的喜爱,对北京话的熟悉,对京味儿文化的理解"②。事实上,两部剧作的成功改写正是得益于对原著地缘文化的深层开掘,以及对戏剧情境氛围的京味还原。原著小说的精粹之处在于老舍对城市性格的深层剥离和对市井生活的细腻描绘,鉴于剧作者对北京人骨子里聊天意识的准确把控,群像式的人物塑造在戏剧艺术独有的空间调度中得以充分呈现。以《四世同堂》第一幕《惶惑》的开场戏为例,卢沟桥一声炮响引出的是"祁、钱、冠"三家及车夫、巡警等数人的"胡同闲聊",相比原著小说的历史铺陈与叙述评点,以对白呈现的众生貌相和以空间摄入的性格刻画显得更为生动活泼,这种胡同街巷的场景衔接也带有家国同构的文化隐喻和京味民俗的空间想象。诚如评论者所说,"话剧《四世同堂》的空间调度,客观上吻合了原著的空间构想",这种空间调度,"让人们再一次看到了话剧艺术的魅力,是其他演绎形式无法取代的"③。另外,这种借"群戏"渗透城市文化性格的改写方式在《饥荒》"南海会场"、《柳家大院》"小媳妇诈尸"和《断魂枪》"街头卖艺"等场景中也表现得颇为独特,拉洋车、办丧事和耍把式等情节场景的安置,在增强了戏剧冲突的同时,也凸显了老北京的民俗风味,原著中"沉默的大多数"(均由叙述者代言)在该类戏剧情境中得以自由言说,共同绘制出一幅旧京市井的动态画卷。

其次,对"魔都"印象的文本演绎表现为海派剧作家对旧时繁华的时代恋殇。区别于京派剧作家的皇城观念和家国意识,海派剧作家的创作偏于现代和欧化,热衷于从情感维度陈述家庭琐事,并以生活层面的人伦变迁隐喻历史时空的时代更迭。一方面,基于国际大都市的精英姿态和海派文化的市场站位,剧作家的戏剧创作带有更为开阔性的国际视野和富有现代感的人本立场;另一方面,伴随着多元文化的格局演进和城市发展的重心迁移,剧作家的叙述格调又保留着普遍的精神失落和怀旧情绪。诚如戏剧评论家对赵耀民剧作的风格总结——"'惑'与'不惑'的

---

① 王翔. 老舍五则[M]. 合肥:安徽人民出版社,2012:22.
② 田沁鑫. 田沁鑫的排练场之四世同堂[M]. 北京:北京大学出版社,2011:132.
③ 孔庆东. 论《四世同堂》的话剧改编[J]. 艺术评论,2011(3).

交融""通俗化与哲理化的结合"①是其作品的基本特色。而具体到21世纪以来的主要成果，在同样关注"人"的现代焦虑和精神症状的同时，"其改编的两部有关上海题材的小说——王安忆的《长恨歌》和白先勇的《金大班的最后一夜》，颇有点怀旧的色彩。"②事实上，这种审美趋向和创作格调在海派剧作家的小说改编中具有普遍性。作为对都市印象的时代回想，改编剧对小说内容的遴选标准偏向于对上海繁华盛景的情境再现，类似《金大班》（赵耀民）、《长恨歌》（赵耀民）和《四季落花》（北婴）等都从侧面阐释出"魔都"的现代与魅惑。与此同时，这种对旧时上海的印象书写多与剧中人物的人生经历互为映衬，金大班的"百乐门"、萧娴和王琦瑶的"电影梦"都被赋予了都市文化的时代印迹，作为旧有时光的文化象征为剧中角色循环复述、交替呈现。无论是剧中人的回述视角，还是对旧时光的情节特写，都表现出剧作家群体对旧时繁华的怀恋与向往，对现时境遇的忧郁与感伤，回忆的末世格调与生存的现实症状在改编后的戏剧文本中彼此重合、相得益彰。剧作家喻荣军对冯骥才同名小说集《俗世奇人》的改编颇具代表性，改编剧（第二幕）对天津文化的貌相梳理和对世俗众生的角色拼贴被置于上海的社会场景中，并强调以地域性的文化差异诠释人物角色化的性格差异，这种以海派文化为参照基准的轴心意识和创作倾向可见一斑。另外，作为对人物角色的性格塑造，改编剧对小说文本的改写同样侧重于场景化的群像书写，并注重在场景中摄入上海城市的文化性格。以《长恨歌》（赵耀民）和《金锁记》（王安忆）的改编为例，前者牌局场景的人物对谈和后者相亲、定亲场景的家族聚会，都是剧作者基于原著文本的题旨导向，并以人物性格的原型塑造杜撰出来的。弄堂文化的世俗观念与现代思潮的人本诉求在场景氛围的烘托下交互杂糅，人物角色精神貌相和时代印记的城市性格在戏剧冲突的对白中相互映衬。总的来说，海派剧作家改编剧创作既是一段带有时代记忆的城市书写，也是被赋予末世格调的情绪释放。

再次，对陕西民间的乡土书写袒露出改编者对农村宗法礼俗的理性批判和对民族文化史述的现代反思。陈忠实的《白鹿原》是中国当代文学的"扛鼎之作"，

---

① 丁罗男. 读解赵耀民［J］. 戏剧艺术，1999（4）.
② 李伟. 怀疑主义美学视野下的赵耀民剧作论［J］. 戏剧艺术，2009（4）.

原著恢宏的史诗建构和深邃的文化视野给不同形式的艺术创作留下了多维的改编空间，就现代戏剧而言，曾先后出现北京人艺（2006）和陕西人艺（2016）两个风格迥异的舞台版本，前者格调高亢嘹亮，后者氛围鬼魅阴郁，孰优孰劣，对此众说纷纭，并一度成为业内的文化事件。然而，两个舞台版本所依据的戏剧文本却源于剧作家孟冰一人，就脚本比对来看陕西人艺版虽较北京人艺版略有删节但整体改动不大。风格的不同源于导演二度创作的审美侧重和院团体制的姿态定位，但审美导向偏向于民俗风土的氛围营造，精神题旨侧重于民族传统的理性反思是共同不变的，这种文化定位和精神格局源于剧作家孟冰对原著经典内涵的审美开掘，并表现在改编对原著角色的群像式书写和整体氛围的地域性营造之中。基于原著作者的心灵引导和戏剧文学的结构要求，在情节的发展中"呈现一个民族精神的剥离过程"[①]，并为角色的塑造"创造一个语言环境，将全剧人物的台词都统一在一个格调之内"[②]成为孟冰以剧场语汇重构经典的审美向度。歌队帮腔的村民"议论"和地方曲艺的适时切入着实为剧本改编的气质还原增色不少，诚如评论者所说，"孟冰在整个结构上设计最成功最巧妙的当属歌队的运用，即村民群戏"[③]，"老腔和秦腔的运用，为这个戏的表现找到了精神灵魂"[④]。前者借陕西方言的台词"复沓"交代换田置地的事实真伪和白鹿神话的前因后果，并通过剧中角色的问答交替实现人物语言的潜在叙述和角色台词的表面叙述之间的相互沟通；后者以老腔、秦腔的词曲引述烘托剧情发展的整体节奏和审美情绪的隐喻表达，并借助"歌队"的间离表述完成对剧情段落的时空分区。与此同时，除了对带有陕西地域特色的语言艺术形式借力之外，剧作家对整体氛围的地域还原还包括舞台背景的统一设定，以及群戏场景的民俗摄入，从旷远昏暗的黄土堆砌（北京人艺版）到关中特色的牌坊高悬（陕西人艺版），从村民祭祖诵读乡约到白鹿祠堂会审黑娃，剧作者对舞台背景、群戏场景的

---

① 郑荣健. 如何讲述民族精神剥离过程的复杂性——专访话剧《白鹿原》编剧孟冰[N]. 中国艺术报，2016-03-18.
② 孟冰. 十年《白鹿原》：戏剧与文学的对话——兼述2016年陕西人艺版话剧《白鹿原》引发的争论[J]. 当代戏剧，2016（2）.
③ 刘晓涵. 史性的继承，诗意的缺失——试论陕西人艺版话剧《白鹿原》之得失[J]. 上海戏剧，2017（9）.
④ 牟利锋，罗涛. 话剧《白鹿原》研讨会综述[J]. 当代戏剧，2006（5）.

剪裁都注重对地域风土的借镜和对传统民俗的还原。另外，人物自身的角色代入也呈现出对氛围营造的舞台价值，除了"歌队"作为村民群像的间离叙述，还有"小娥"作为冤魂附体"鹿三"的双簧表演等，人物的性格塑造借角色的代入和语言的表达来完成，这种塑造过程同时被置身于群像式的人物剪影之中。角色既是独立的个体，也是众生的代表，角色的怨怼与愤怒既源于个人生活的境遇遭际，也源于风云际会的文化没落。《白鹿原》不同版本的改编上演与观众/读者的批评接受存在一个发展性的时间过程，作为一部非陕西作家呈现的戏剧文本，其地域风格的艺术价值和语汇衔接的诗学品格曾经一度引起争议。但不管怎样，剧作家孟冰遵从于原著地缘属性的创作倾向是切实存在的，这种对小说经典改编的审美向度在后来《平凡的世界》[①]的剧本创作中得到佐证，侧重于原著作者的精神阐释和文本内容的地域还原，逐渐成为孟冰改编剧作风格品貌的精粹所在。

戏剧文学是基于人性解读的剧场文学，区别于小说在故事情节发展中的人物塑造，侧重在剧场情境氛围的营造中的刻画角色，是置身于不同场景的形象阐释和性格描述。21世纪以来的改编剧创作以绘制文学经典的人物图谱为创作宗旨，整体呈现出地域化、群像化的审美倾向。无论是旧京的市井闲聊、上海的旧梦重温，还是陕西的家族史撰，角色的性格刻画都被置于特定的地域场景之中，并被赋予民族集体的精神共性。当然，这种地域呈现带有整体性的文化导向，也就是剧作家对民族个性的再度开掘，而这种开掘的过程既是在时间维度的文化寻根，也是在空间层面的文化建构。

三、情感化的族群史述

巴尔扎克曾经说过，"小说被认为是一个民族的秘史"。事实上，这种在精神层面对民族文化的隐性开掘，不仅是小说家结构经典文本的题旨导向，也是改编者诠释经典原型的审美参照。一方面，"借用那片土壤写一写中国人血液里的一些

[①] 《平凡的世界》是剧作家孟冰根据路遥同名小说改编，于2017年12月26日，作为第三届陕西省现代文化艺术节开幕大剧目，由陕西人民艺术剧院在西安首演。

东西"①,"将民族的成长史('秘史')呈现在读者和观众的面前"②,成为剧作家移植小说文本进行再度创作的叙述初衷;另一方面,通过"视听展现的史诗凝练"③,成就"末世文明的心灵史诗"④,也成为研究者评判改编剧作艺术水准的审美标杆。纵观 21 世纪以来小说文本的剧本改编,剧作家通过叙述型的角色塑造和地域性的群像白描构成了对族群史述的心灵开掘,并凭借生活化的性格描写和民俗化的氛围烘托形成了一种地域空间型的改编风格。伴随着"移植型"向"创作型"改编模式的进一步发展,情感化的生活叙述成为小说文本剧场演绎的重要组成,也逐渐成为族群史述精神探源的主要视角。

以《四世同堂》《金锁记》和《白鹿原》的剧本改编为例,历史镜像的嵌入与民族传统的发掘无疑是原著小说题旨演进的精粹所在,剧作者通过叙述者的前史铺陈和地域氛围的情境还原也呈现出对话作者、解读文本的阐释姿态。然而,这种改编作为与戏剧文学表述语汇的衔接,存在对故事情节的删减与加工,表现为叙述风格和审美品味在情感维度的细节调整。整体来看,经典化的史述框架为更多具象化的场景演绎所填充,角色的性格刻画也被更为多元化的情感叙事所覆盖。尤桐芳对钱先生的"崇拜"、姜长白与童世舫的"幽会",以及白灵与鹿家兄弟的"虐恋"等,无疑成为改编后剧情结构的亮点。作为小说文本移植改编的剧场需求,这种情节凸显确实为人物角色的性格刻画奠定了丰富的情感基础,也使原型角色的当代塑造更接地气。但随着编剧者对感情戏份的过于强调,以及演剧者对情节演绎的加分出彩,势必会带来原著题旨的重心偏移,甚至会造成观众/读者欣赏经典的审美误区。事实上,情感类的题材改写业已成为 21 世纪改编剧创作的一大热点,类似《长恨歌》(赵耀民)、《金大班的最后一夜》(赵耀民)和《永远的尹雪艳》(曹路生)等都是最为鲜明的例证,剧作者对剧中人物情感生活的叙述篇幅一再扩大,甚至成为剧情结构的主线。细腻的情感体悟和清晰的感情线索为小说原著的剧场呈现

---

① 李龙云.《天朝上邦》写作的前前后后[J]. 剧本,2007(2).
② 孟冰. 十年《白鹿原》:戏剧与文学的对话——兼述 2016 年陕西人艺版话剧《白鹿原》引发的争论[J]. 当代戏剧,2016(2).
③ 吕效平. 下一生再回到这个地方——读剧本《尘埃落定》[J]. 新剧本,2006(3).
④ 吕效平. 二十一世纪中国文学大系(2001—2010)戏剧卷[M]. 南京:南京师范大学出版社,2014:9.

增添了一抹亮色，但小说原著对末世文明的理性开解和对人生无常的哲理反思却被弱化。该类小说的经典价值在于对人性复杂性的精致演绎和对民族文化性格的理性窥探，性别化、生活化的情感阐释只是该类小说故事呈现的一个方面，如果单纯以个人化的情感模式去改写显然会限定原著的叙事格局，走入感伤叙述和青春怀旧的题旨窠臼。具体到个人的剧作改写，《志摩归去》（赵耀民）对原作《记得也好最好忘掉》（赵耀民）的艺术超越具有一定的说明性，相比文人之间情感纠葛的单一维度，以世人貌相的文化批判开掘诗人之死的原委，带有更为深邃的哲理内涵，也具有更为广博的阐释空间。

  人本精神和批判意识是写实主义小说创作的精神主流，也是文学创作艺术价值与经典品质的衡定标准。诚如原著作者所说："从十九世纪的写实主义小说至今，小说的主流一直不离人道主义，人本精神，西方小说维系这个传统，我国'五四'以来的新小说也是如此"[①]，"新的心灵得到新的表现工具，才能产生内容与形式一致新颖的作品。'五四'给予我一个新的心灵，也给了我一个新的文学语言"，"假若没有这一招，不管我怎么爱好文艺"，"也不敢对老人老事有任何批判"[②]。21世纪以来，剧作家对小说文本的遴选与改编注意到了人本精神的呈现，表现出对两性情感的细腻揣摩和对人性复杂性的写实呈现；而往往忽略批判意识，缺乏对民族文化性格的批判立场和对民族史述架构的回馈姿态。具体到情感类题旨内容的摄入，从《简·爱》（喻荣军）、《洛丽塔》（喻荣军）和《V独白》（喻荣军）等世界文学中情感欲求的人性袒露，到《金锁记》（王安忆）、《红玫瑰与白玫瑰》（田沁鑫）和《离婚》（方旭、郭奕雯）等现代文学婚恋生活的两性言说，剧作家凭借新锐与果敢的态度、真诚而细腻表达营造了多元而深邃的情感空间。然而，具体到原型角色的史述衔接，却表现出个人化的情绪渲染过于突出，而民族文化的性格阐释相对薄弱的表述趋向。仍以《四世同堂》（田沁鑫）、《老舍五则》（王翔）和《白鹿原》（孟冰）几部颇为成功的改编剧创作为例，剧作者往往给予剧中人物更为丰富的情感铺陈和较为合理的命运归宿。正如研究者对《白鹿原》的直观感受，"话剧舞台上的田小娥更加美好、更让人同情"，并认为"这是舞台表达的

[①] 白先勇. 白先勇经典作品集[M]. 北京：当代世界出版社，2007：47.
[②] 老舍. "五四"给了我什么[N]. 解放军报，1957-05-04.

规律性需要"①。事实上,改编后招弟志在救母终被李空山所杀,张二媳妇出于同情为小媳妇仗义执言,白嘉轩为族群尊严力救鹿子霖等都存在类似的风格导向——人物性格塑造的感性化和正面化。尽管这种风格起到了对剧场氛围的烘托和对民族情结的整体唤起,但极端的善恶之分却阻碍了对人性复杂性的深入开掘,纯粹的民族立场也局限了民族史述的哲理深度。原型塑造的经典价值在于人性复杂性的空间延展,也在于历史多维性的时间开掘,相比前者,剧作者对批判视域的现代性承袭显然不够。精神上的个人魅力和道德上的善恶区分呈现的是民间文化的空间演绎,而民族性的劣根剥离和历史性的现代反思表现的则是传统文明的时间更迭。尽管原著作者自身也因为时代语境的改变和生命进程的体悟存在对二者陈述的亲疏远近,但作品的经典价值永远是在空间、时间维度彼此博弈中共同存在的,作为对当代小说文本在戏剧形态中的经典重构,对二者的平衡极为重要。

当然,通过叙述型的角色安置,剧作者借对叙述者的心理外化和叙述模式的氛围营造,显示了人性的多重姿态和文化的民族立场,但这种表述也多止步于角色的情感表达和民间的语境还原。具体到叙述立场对评判视域的整体切入显然不够尖锐,史述框架对人物形象的性格剖析也多带有一定的感情色彩。如田小娥以"自由"的精神追求出场,舍去原著中在地主家生活前史的描写;钱先生以"家国"的理论直陈育化众人,省去原著复仇者的潜在心理;还有白稼轩以"族群"的利益为大,抹去个人对权力的掌控欲求等,都或多或少地带有美化剧场角色的改编意图和隐匿批判锋芒的创作倾向。类似情节的调整无疑使剧中人物更富于"人情味"和"是非观",而原著角色作为族群代表所具有的性格缺憾和思想痼疾则被相对忽略。换而言之,该类改编剧过于凸显人物自身生存境遇的无奈和时代命运的悲怆,而缺乏对民族整体的精神症结、传统痼疾的内在揭露。事实上,文化反思意识和理性批判精神的整体匮乏是21世纪改编剧创作的通病,毕竟类似《天朝上邦三部曲》(李龙云)这种内化型的史述结构和带有评判立场的精神格局仍是少数,更多是以情感化的生活写实呼唤带有民族立场、性别立场的人性表陈。

族群史述的切入视角,人物角色的情感世界的确适于作为戏剧的表现空间;但就

---

① 郑荣健. 如何讲述民族精神剥离过程的复杂性——专访话剧《白鹿原》编剧孟冰[N]. 中国艺术报,2016-03-18.

民族品性的现代演绎而言，过于泛滥的情感基调也存在文学维度的表意局限。戏剧文学的人物塑造需要特定的结构框架，文学经典的剧场呈现也需要照顾到受众的审美期待和接受能力，然而这些客观的限定不能以弱化经典的精神气质为代价，否则将会走向消费经典的商业化误区和杜撰经典的民族主义倾向。原著文本的情感开掘是立足于对人性复杂性的基础之上，其生活场景的群像白描也是基于对民俗文化和民生境遇的深入开掘。因此，小说经典的移植摄入仍然要以原著的地缘架构和族群的心灵史述为题旨重心，情感戏份可以作为人物角色的性格描写适量展开，但不能成为剧情框架的内容主体，更不能成为民性解读和经典阐释的主要媒介。经典化的族群史述应该是对现代社会进程中的民族文化性格的内在开掘，是旨在阐释人性复杂性和历史多面性的心灵叩问。改编者只有立足于人本主义的现代视野选取经典，以带有批判视域的回馈姿态阐释经典，才能在更为客观的族群史述中完成更为丰盈的民族性格刻画。

综上所述，剧作者对小说文本的戏剧改编既是对文本素材的语汇移植，也是对原著题旨的形象演绎。"移植性改编和创作性改编是依托名著改编的两种类型"[①]，21世纪以小说文本为素材的戏剧创作主要以移植性的改编模式为主，并呈现出趋向创作性改编的发展态势。改编者通过叙述型的角色塑造、场景化的细节描写实现了对小说作者的心灵沟通和对叙述文本的剧场演绎；借助地域性的群像书写、情感化的族群史述完成了对文学作品的精神提炼和经典架构的审美再现。人物角色的性格塑造作为改编剧创作的审美向度，尽管存在对迎合剧场氛围、唤起民族情绪的功利成分，但整体而言仍然是属于文学经典架构的人学范畴，对原型塑造的情感开掘与对民族文化的语境衔接都起到了积极的作用。文学的经典性带有时间维度的永恒性和空间维度的普适性，改编剧对文学经典的原型借鉴也应该是在时间维度和空间维度的交互发展。相对于其他的文学形式，小说的故事内容结构与人物角色塑造有着更为便捷的借鉴基础，这也是以原著小说改编的剧本创作风潮愈演愈烈的主要原因。改编剧仍然是一种基于原型塑造的戏剧创作，是被赋予当代意识和审美价值的再度创作。因此，只有立足于时间维度的回馈视角和空间维度的文化立场，才能真正地把握文学经典的时代脉络，实现戏剧艺术的永恒魅力。

---

① 邹红. 当话剧与名著联姻［J］. 新世纪剧坛，2014（4）.

第四节　原始意象与现代理念的呈现

历史故事与民间传奇是传统戏曲剧目编排的基本内容，也是现代改编剧本创作的重要素材。一方面，作为历史发展和民间文化传承中不断重复、增值的艺术创造，传统戏曲中的历史人物和传说人物具有原型意义[①]；另一方面，作为原始意象和原型象征的现代呈现，剧本改编后的精神气质和审美导向较传统戏曲又有所区别。诚如分析心理学家荣格所指出，"原始意象或者原型是一种形象（无论这形象是魔鬼，是一个人还是一个过程），它在历史进程中不断发生并且显现于创造性幻想得到自由表现的任何地方"[②]。与此同时，这种"来自集体无意识的必要及必须的反应把自己表现在原型形式的观念之中"[③]，其在文学表述过程中的重复与再造是一种集体性的心理导向，代表着民间文化的精神诉求和主流社会的观念选择。这种基于"情结自主性"理论的"原型"界定，基本可以厘出艺术家通过原始意象的置换与变形为同代人所理解与接受的创作思路。反之，透过艺术形式和文化语境对原型的借鉴与重释，也可以探寻到特定时期民间文化整体的心灵图谱和审美标准。21世纪以来，现代戏剧对传统戏曲元素的吸纳与借鉴已然成为一种潮流。作为当下改编剧创作的素材来源，传统戏曲拥有着丰富的角色类型和完整的故事框架，除了以国粹品牌进行炒作的商业动机之外，改编者借助原型置换打造当代经典的创作思路和艺术情怀

---

① 胡志毅. 神话与仪式：戏剧的原型阐释［M］. 上海：学林出版社，2001：160.
② 卡尔·古斯塔夫·荣格. 心理学与文学［M］. 冯川，苏克，译. 南京：译林出版社，2017：84.
③ 同②40.

是值得肯定的。整体来看，现代戏剧对传统戏曲的改编呈现出在内容层面对故事框架和角色行当的整体借鉴，以及在精神层面对题旨内涵与叙述立场的当代重构，前者立足于改编创作素材对观众审美惯性和民族文化心理结构的契合，后者则代表着现代戏剧形式在审美意识形态和主体价值观念层面的转型。

一、侠义的戏谑："复仇"母题的现代阐释与英雄人物的成长书写

英雄史诗是戏剧文学最富传统也最为擅长的创作素材，无论是古希腊悲剧，还是西方的近、现代戏剧都不乏传世佳作，通常以恢宏磅礴的氛围营造和悲怆深邃的命定探寻见长。相比之下，中国传统戏曲对英雄人物的塑造则更偏向于内向化的品性讴歌和道德推崇，外向化的业绩呈现和功成演进通常作为一种道德品评的例证而存在，个人化的行为举措凭借道德化的行为动机被赋予"侠者"义举和"仁人"治世的概念标签。如"霸王别姬""荆轲刺秦""程婴救孤"和"兰陵王入阵"等，其行为动机的合理性体现为英雄人物对侠义品性的拥有，其情节走向的程式化表现为战胜一方（或战败一方）对正义伦常的彰显。整体来看，区别于西方戏剧英雄史述的悲剧风格，中国传统戏曲的英雄塑造带有更多的正剧色彩。一方面，侠之大者——中国儒家文化的道德楷模和精神能指，是传统戏曲不断塑造的人物典型，其英雄义举作为中国观众的喜闻素材，成为现代戏剧不断改编的故事原型；另一方面，侠义精神——中国传统文化的道德框范和伦常训诫，作为现代文明不断解构的精神实体，加之故事内核本身所存在的诸多疑点，也成为现代戏剧不断重构的历史素材。21世纪以来，现代戏剧创作对传统戏曲中英雄史述的改编蔚然成风，西楚霸王、荆轲、赵氏孤儿和兰陵王等经典形象以迥异的姿态伫立于现代剧场之中，剧作家分别通过其个人成长的前史铺陈和理性精神的自我开掘，完成了对"复仇"和"成长"两大母题的置换变形，进而以现代的思维理念实现了对传统文化中"侠义"观念的内在颠覆。

2003年被戏剧评论界称为"赵氏孤儿"年，河南省豫剧院二团、北京人民艺术剧院和国家话剧院先后推出由元杂剧《赵氏孤儿》改编的新作，陈涌泉、金海曙和田沁鑫三位剧作家分别对纪君祥的原版曲谱做了不同程度的删节和调整。这种对同一戏曲剧目改编创作的扎堆现象受到学界的热切关注，对不同版本的鉴别与比对

成为之后几年来学界讨论的热点话题，版本孰优孰劣说法不一，改编成功与否众说纷纭。抛开剧种的表述语汇和演剧形式不谈，剧本改写的内容侧重和题旨导向具有同一性，表现为对"程婴救孤"的原型借鉴和现代阐释，以及对"孤儿报仇"的冲突性弱化和合理性消解。依据史料分析，元杂剧《赵氏孤儿大报仇》的版本刊载有四折和五折之分[①]，"报仇"一折均不作为剧情主体，但尽管如此，"报仇"仍是剧目题眼和剧中人物的行为动机所在。这种叙事结构的形成与传统戏曲的喻世功能有很大关系。中国传统戏曲文学中的角色塑造以鲜明的道德评判标准为前提，基本可以划分为正邪、忠奸、善恶等二元对立的阵营谱系，并最终以邪不压正、沉冤昭雪、善恶有报的大团圆式结局作为收尾，进而实现对观众的精神育化和观念引导。不难发现，孤儿"报仇"代表着这种结构框架的最终实现，其本身也是对这种"教义"题旨的形象表述。当然，这种叙事格局带有封建思想的残留和民族史述的局限，撤除忠奸对立和善恶对垒的道德划定，从人性和情感维度来分析，"复仇"本身的合理性存在诸多疑点。简单来说，就是正派角色（程婴、韩厥和公孙杵臼等）的救孤义举对反派角色（屠岸贾）的育孤行为的价值覆盖，以及集体意识的忠义信仰对个体层面的自我认知的理念遮蔽。无疑，对'忠义'这一伦理要素和内在结构的现代阐释，是三个改编版本共通的精神旨趣。类似，戏曲版（陈涌泉）更名"程婴救孤"，侧重救孤义举、消隐报仇情节；北京人艺版（金海曙）改为政治斗争，强化权势威慑，弱化人为作用；国话版（田沁鑫）变为情感纠纷，重视欲念感知，搁置历史（或是非）影响等，都从叙事结构本身对故事原型的"复仇"模式做出了相应的解构。从"纪版"的必然报仇，到"陈版"的不谈报仇，"田版"的犹疑报仇，甚至是"金版"的放弃报仇。"孤儿报仇"（这一基于道义层面的行为）的合理性遭遇到来自不同叙事格局的一再颠覆，诸多版本对"复仇"原型的现代重释也构成评论者所论及的"对'纪本'宏大的道德正义性叙事的一种修正和位移"[②]。当"复仇"不再与正义完全画等号，其原型所被赋予的"侠义"推崇也不再绝对成立。

---

① 纪君祥的元杂剧《赵氏孤儿大报仇》现存于《元刊三十种》、《元曲选》及《酹江集》中，前者版本无第五折，也就是孤儿赵武复仇屠岸贾的一折。

② 孟汇荣. 被激活的经典文本——新世纪以来"赵氏孤儿"的话语意义生产[J]. 戏剧文学，2012（4）.

事实上，类似《赵氏孤儿》借重释"复仇"母题解构"侠义"观念的改编现象绝非个案，莫言创作的《我们的荆轲》带有相似的题旨呈现，并以后现代主义的叙事格调将侠士名流的"成义"情结与市侩主义的"成名"欲求做了戏谑性的类比。"荆轲刺秦"作为经典化的历史原型被传统戏曲不断演绎，剧中荆轲感于燕太子丹知遇之恩，替黎民百姓刺杀秦王嬴政，在某种程度上也可视为侠士"复仇"的母题变体，其反抗暴政的正义归属和一诺千金的侠士风范使"刺杀"本身成为符合传统道德标准的侠义之举。然而，这次舍生取义的刺杀壮举，被当代作家莫言改写为精心策划的——饱含"侠肝义胆美人血"等诸多元素的"成名"大作。诚如剧作家本人所言，"《我们的荆轲》是一部解构侠义的戏"，"侠的精神，有很多不符合现代社会的部分，因此应该对其批判。批判并不是全盘的否定"，而是"把人的境界从侠义的层面提高一步"[①]。由此可见，剧作家莫言对历史原型的呈现是一种基于人性维度的当代诠释，以及对侠义情结的理性甄别。该剧对故事原型的改写模式与《赵氏孤儿》颇为类似，同样是侧重于"刺杀"行为的前戏铺陈，通过对剧中人物行为、动机的质疑与回述，完成对刺杀"合理性"和刺客"侠义精神"的现代解构。统观全剧，不难发现"刺秦"（第十节）仅作为故事原型的题眼收尾和剧中人物的定格造型而存在，"成义""受命""断袖""壮别"等前九节则依次体现为对"侠义"精神从注解到消解、从诠释到重释的演绎过程。其中既有田光和樊於期的正面说教、慷慨赴死，也有狗屠和太子丹的反面烘托、戏谑调侃；既有燕姬的理性甄别、历史解构，也有荆轲本人的感性体悟、自我剖析。剧中燕姬与荆轲的对谈语言犀利，剧作家借助虚拟人物的辩词如数家珍般罗列古代刺客的"侠义"之举，并以史为鉴对荆轲诸多堂而皇之的"刺秦"动机逐个否定，最终得出结论，即刺秦乃是博取"侠士的荣誉"的逐名之举。从"舍生取义"到"争名逐利"，刺秦义举在富有现代语汇的戏谑调侃中被重新解读，这种解读的过程实为基于历史原型的现代阐释，是英雄史述的祛魅书写。正如研究者指出，"褪去英雄光环的荆轲拉近了历史与现实的距离，其常人心态更易于引发观众对问题的思考，同时荆轲形象的现实化、世俗化也弱化了传统戏

---

① 莫言. 我们的荆轲[M]. 天津：百花文艺出版社，2012：197，200.

曲的道德评判功能"①。至此，传统戏曲借荆轲原型打造的刺秦义举，被现代戏剧人性剖析的评判视角彻底解构，"复仇"主题以侠义情结所传承的道德理念，也被剧作者站在历史的理性高度重新阐释。

与此同时，现代戏剧对英雄神话的重新演绎侧重于个人化的成长叙事，这种书写构成了对原著"复仇"情节的前史铺陈。根据研究者对坎贝尔"单一神话论"的总结与概括，"所有的神话在本质上都是一样的"，英雄神话的意义可以被共同解释为"自我的发现"②。21世纪以来，剧作家对英雄神话的现代重构正是以这一神话理论为基础，其对英雄人物的原型重塑也以角色"自我的发现"为前提。一方面，"自我的发现"意味着角色的性格完善和理性修复，对行为动机的感悟与思辨构成了"成长"叙事的内容主体；另一方面，这种过程本身带有剧作者的自述色彩，融入了剧作家的成长体悟和时代焦虑。区别于传统戏曲"脸谱化"的角色定位和"程式化"的叙事格局，现代改编剧中的英雄塑造带有性格的多元性和行为的自主性。仍以《兰陵王》（罗怀臻）、《赵氏孤儿》（田沁鑫）和《我们的荆轲》（莫言）的改编为例，人物的出场及被赋予来自"性别""身世"和"身份"等不同层面的精神困惑，这种选择焦虑既受制于角色个人的性格缺陷，也与角色本人的历史使命休戚相关，角色"复仇"行为的能否开展决定于自身性格的成熟完善，人物"复仇"动机的理性开解意味着精神境界的最终定型。诚如莫言自己所说，《我们的荆轲》是"写人。写人的成长与觉悟，写人对'高人'境界的追求"③。事实上，这种精神层面的原型阐释同样适用于"兰陵王"和"赵氏孤儿"的成长书写：是做柔弱性情的"可人儿"，还是勇猛嗜血的"兰陵王"，"这两张面具在罗怀臻看来，都是人性病态的选择"④；是承继养父以德教诲的"在世为人之道"，还是义父以血唤起的"在世为人之勇"⑤，这两种轨迹在孤儿面前，都是成长面临的必然历练。"复仇"的使命与"人性"的磨砺相向而至，"复仇"的演进与"成长"的叙事并向而行，

---

① 张海明. 莫言《我们的荆轲》人物三题［J］. 戏剧文学，2011（12）.
② 叶舒宪. 神话—原型批评［M］. 西安：陕西师范大学出版社，2011：368，365.
③ 莫言. 我们的荆轲［M］. 天津：百花文艺出版社，2012：1.
④ 颜榴. 非人与人之间的面具：《兰陵王》的戏剧张力［J］. 新剧本，2017（6）.
⑤ 田沁鑫. 田沁鑫的戏剧本［M］. 北京：北京大学出版社，2010：167.

剧作家通过剧中角色的"自我"发现和性格发展打破了传统戏曲"复仇"演绎的道德规劝，作为一种"成长的仪式"[①]书写，赋予原型重释的人性之维。另外，评论家的猜想可谓一语中的："编导之所以要为孤儿选择这样一种态度，一定是受到了某种新的观念的诱惑；或者，剧作者的假设，其支撑点是在当下社会某种境遇的感受。"[②]无论是有感于"客观上对个人生命存在的意义"[③]的不容回避，还是悲伤于"现今社会的混乱，私欲的弥漫，道德底线的几近崩溃"[④]，剧作家的创作初衷都是基于时代更替的信仰危机，呈现出对当下社会文化之"孤"的理性思考。

总的来说，现代戏剧借对英雄神话的原型阐释颠覆的理念是传统伦理与侠义情结的绝对对等，解构的实体是传统戏曲对历史陈述的"教义"框定。"复仇"母题在当下文化视域的置换变形以英雄原型的自我发现为基础，旨在扬弃传统侠义理念对英雄情结概念的道德约束。从某种程度上看，英雄神话对"自我的发现"意味着英雄原型在人性和文化视域的精神"重生"，剧作家借助英雄角色的成长叙述突破了传统戏曲对"复仇"题旨的一维撰述，将英雄神话的审美向度引向多元。

二、禅理的参悟："生存"境遇的传奇映射和才子佳人的欲念独白

才子佳人的爱情演绎是中国传统戏曲最为常见的素材。郎才女貌的角色设定、几经周折的情路危局和花好月圆的最终实现共同构成了该类原型阐释的模式框架。整体的叙事格局带有民间化的传奇色彩和道德化的引导功能。以诸多剧种对《西厢记》《白蛇传》和《牡丹亭》等经典作品的改编为例，剧中人物在恋爱进程中对"门第之别""善恶之辨"和"人鬼殊途"等僵局的突围，往往以"状元及第""衣锦还乡"的身份变化和"天神下凡""明君良将"的贵人相助作为剧情"突转"的关

---

① 胡志毅. 置换变形、复仇母题与象征意象——《赵氏孤儿》的神话原型阐释[J]. 同济大学学报（社会科学版），2015（4）.
② 解玺璋. 没了复仇，还有没有"赵氏孤儿"？——看话剧《赵氏孤儿》有感[J]. 艺术评论，2003（10）.
③ 金海曙. 演出说明书[J]. 戏剧文学，2003（10）.
④ 田沁鑫. 田沁鑫的戏剧本[M]. 北京：北京大学出版社，2010：151.

键节点。不难发现，创作者在凸显爱情至上、精诚所至的浪漫题旨的同时，不忘宣扬因果命定、忠君守义的传统理念，结局也往往以"题目正名"的方式借着"有情人终成了眷属"的姻缘完满体现出对"善恶报偿、人间正道"的道德规劝。作为民间文化的情感愿景，才子佳人的爱情述说带有普适性的情感归属和人性袒露；作为民族精神的心理凝结，才子佳人的原型演绎附有时代性的理念承继和民族化的伦理建构。21世纪以来，以曹路生、田沁鑫和安莹为代表的剧作家立足当前的文化语境和个人的情感体悟，以现代戏剧的表现形式完成了对诸如"崔莺莺待月西厢""白娘子永镇雷峰塔"和"月明和尚度柳翠"等话本、传奇的重新演绎，表现出对经典戏曲"风月"吟咏的审美还原和对传统戏剧"教义"灌输的题旨解构。

相较于传统戏曲写意灵动的空间转换，现代戏剧的改编创作在对话场景的空间设置方面较为集中，以《西厢记》（曹路生）和《青蛇》（田沁鑫、安莹）两部"才子佳人"模式的现代剧作改编为例，改编者分别通过情节的大幅删减和角色的铺陈补述将故事发展的主要脉络集中呈现于禅院之中，甚至是佛堂之上。例如，前者在改译中对元杂剧《西厢记五剧》（王实甫）"幽会西厢"和"解围普救寺"的情节凸显，对"长亭送别"和"草桥店梦姑"的情境简化；后者在改编中对拟话本《白娘子永镇雷峰塔》（冯梦龙）中"庙堂攀谈"和"金山寺斗法"的加戏演义，对"断桥重逢"和"仙山盗草"的补述代替等。限于舞台艺术的时空限定，这种以禅院场景为中心的剧情编排与形式更替无疑起到了对原著题旨的提纯效果。更为重要的是，这种改编方式将角色之间的理念冲突融入僧俗对位的空间建构之中，在有意营造东方禅韵文化氛围的同时，也契合了改编者在主观审美层面对禅理阐释的创作初衷。正如剧作者田沁鑫在对《青蛇》的阐述中所强调，"做这样的戏我个人认为我的精神的主旨，就是一个传统文化如何当代化体现。这部戏作为传统文化的当代化体现，里面有一个很重要的文化的文脉的一支，就是中国的禅学"①。然而，剧作者对禅学的阐释并非凝滞于传统理念的摒除杂念、清修悟道，而是倡导以人间尘缘的现实体悟，说法不辍。"妖想成人，僧想成佛"既是剧中僧、妖品评人间情欲的价值标准，也构成了仙、妖、人三界纲常划定的冲突焦点。寺庙佛堂作为僧俗修行

---

① 田沁鑫. 东方禅意诉说中国文化——《青蛇》导演阐述［J］. 戏剧文学，2013（9）.

的空间设置熔铸了三者间的交互对峙,雷峰塔作为镇压情欲的礼法象征为民间臆想所一次次推倒。①《青蛇》最终以"雷峰塔倒,不见白蛇,只见释迦牟尼佛法舍利!"②的结局改写完成了对传统视域中误解禅修、摒弃情欲的理念纠错。五百年来,青蛇盘踞禅堂横梁与法海相伴的情节补述也有意开释了佛堂禅定秉持轮回、教化三界的命里禅机。

场景氛围的营造伴随着剧中角色精神世界的空间建立,场景物象的搁置重组也意味着对原型题旨的理念颠覆,《西厢记》的现代剧本改编同样侧重于这种意象化的原型阐释,东墙一跃与雷峰塔倒在某种程度上讲存在着类似的象征色彩。《西厢记》顾名思义以西厢为剧情演绎的主要场景,"原著南轩,离著东墙,靠着西厢","这个花园,和俺寺中合著"③,改编创作以"借宿西厢""隔墙吟诗"和"花园幽会"等情节为重心亦是原著题中应有之义。这种道场相会和禅院通幽的物象铺设,连同剧中老僧法本、惠明和尚的助力张生都体现着"佛度有缘人"的禅理内涵。相比之下,这种题旨导向在剧作家曹路生创作的《玉禅师》对《四声猿》(徐渭)的改编中更为明显,不仅以"一件红肚兜正好落在蒲团上"的场景错置打破僧俗清修的伦常芥蒂,以"双下山"的结局重塑颠覆戏曲原型因果报偿、轮回转世的题旨预设,更借叙述者"懒导人"的中间串场自问自答、直陈主题,"人生中最大的一个禅机,那便是爱。"④很显然,相比《西厢记》改编剧的佛度众生,《玉禅师》改编后的"佛度自己"对传统视域中禅理命定的颠覆程度更为激越。事实上,现代版《西厢记》的改编并不限于还原"只羡鸳鸯不羡仙"的唯爱题旨,对"佛度有缘人"的禅理开解也有更为深邃的表现,只是其"重生"的仪式演绎和"穿越"的时空交替未能表现在改译剧本上,而更多呈现于法国导演吉拉斯的二度创作之中。诚如改译者曹路生自己所说,张生"惊梦"一折是"王实甫写的很重要的一个情节。吉

---

① 《白蛇传》的民间传说、戏曲改编的结局或以青蛇苦心修炼打败法海推到雷峰塔,或以白蛇之子许士林长大成人状元及第拜倒雷峰塔,而《青蛇》的结局却以民国年间相互馈送"塔砖"的风俗蔓延,拆倒雷峰塔。
② 田沁鑫,安莹. 青蛇[J]. 新剧本,2013(4).
③ 王实甫. 西厢记[M]. 北京:人民文学出版社,2017:28.
④ 曹路生. 玉禅师[J]. 戏剧与影视评论,2016(2).

拉斯就此终结,其实故事还远未圆满"①。作为补充,导演吉拉斯赋予了《西厢记》原型重释的"轮回"主题,借头尾的现代穿越,让张生两度重生,把民间传说的线性演绎改写为爱情传奇的循环解读,也就是评论者所说的"将莺莺与张生的爱情从特定的传统戏曲语境中抽离出来,导向人们都能理解的价值观念"②。笔者认为,导演吉拉斯的创作理念同样依附于对"西厢"原型题旨的禅理开悟,其本人对诸如"生是死的开始,死是生再生的开始"的生死阐释与董解元借张生之口言说"生者死之原,死者生之路"③的轮回观念十分吻合,而这种以穿越模式黏合当下语境的情节设定也与田沁鑫在《青蛇》结尾以角色转世现代再续前缘的叙事结构如出一辙。总的来说,该类改编创作注重在空间维度的禅院设定和对时间维度的当代黏合,带有东方文化的禅理韵味和当代视野的叙述风格。

另外,区别于元杂剧以正末或旦角为单一角色主唱的曲谱创作模式,21世纪以来现代戏剧对经典戏曲的改编以叙述与表演的交替模式为基本的结构样态,呈现出对原剧主角体系的淡化和易位,由一人主唱改为不同角色的众说纷纭,由一人主演变为多角对位的"影像"呈现。仍以"西厢记"和"白蛇传"的改编为例,改编者在借原有爱情故事框架塑造生、旦角色的同时,对"郑母""红娘""青蛇"和"法海"等原剧配角也都赋予了鲜活的人物性格刻画,其中"青蛇"还作为法海禅师的爱慕者和原有故事的叙述者身份成为改编新剧的主角。另如,郑母碍于门庭冷清、世态炎凉的身份苦恼,红娘抑于张生情痴、莺莺做作的嫉妒心态,青蛇苦于欲壑难填、不遇真心的在世忧愁,以及法海苦于斩妖除魔还是完满姻缘的选择焦虑等,都是对在世为人之情感困惑的形象演绎和舞台呈现。这种对精神困境的搬演是借着诸位角色对"爱情传奇"情节发展的不同态度来演绎的,是推波助澜还是竭力阻止,其行为动机本身都受到个人境遇体悟的情感限定,也都存在自身身份赋予的合理价值,表现为人性"欲念"与人间"规矩"的对应存在。改编后,剧作家对主角体系

---

① 徐佳,崔润芳. "我的前世可能是中国人"——2011年9月30日《第一财经日报》[M]//陈正明,宫宝荣. 东方经典与西方阐释:中法合作话剧《西厢记》:改编与演出. 桂林:漓江出版社,2013:168.

② 丁盛. 主体间性视野下的话剧《西厢记》,陈正明,宫宝荣. 东方经典与西方阐释:中法合作话剧《西厢记》:改编与演出. 桂林:漓江出版社,2013:142-143.

③ 董解元. 西厢记[M]. 北京:人民文学出版社,2017:301.

的局部消隐意味着对众生品貌的整体塑造，配角以多维深刻的性格刻画映射出现代人在世为人的身份焦虑和现实困境。与此同时，配角的性格刻画构成了对原剧主角再度塑造的"影像"效果，两部剧作中才子与佳人都有其"相反相成"的角色搭衬。比如，法海的刚正克己与许仙的自私贪生，青蛇的率真果敢与白蛇的痴念犹疑，红娘的聪慧泼辣与莺莺的猜忌做作、惠明的勇猛豁达与张生的文弱多情等，原型的重新阐释以"影像角色"的性格优势反衬出"才子佳人"的人性弱点，以"爱情传奇"的多重述说映衬出"民间神话"的人性真实。

诚如研究者所说，"当代白蛇故事很大程度成了对人性的拷问"，"不再是'引人入胜'的神话，而只能作为文学，记录下无所适从的人在没有救赎的世界上的欲念与梦呓、呻吟与泪痕"[①]。剧本《青蛇》的创作正如题目所标榜（主要根据李碧华同名小说改编），部分延续了当代作家改编白蛇故事的情感色彩。与此同时，更以法海和诸位僧人的多重叙述代替了原著小说中青蛇的单一叙述，进而将对白蛇传说的当代解构赋予了更为深切的禅理开释和文化引申。类似的创作倾向同样存在于曹路生对《西厢记》和《玉禅师》的改写，正如剧作者曹路生自己所说的"现本译写用了夹叙夹议的手法，叙咏的对象意识流似的变换"[②]，借诗词佛理的氛围营造和人物欲念的交互外露有效地凸显了剧中角色的情感焦灼，以及置身现世的选择焦虑。

当然，作为对传统戏曲"风月"意趣的审美还原，"欲望"无疑成为《青蛇》《西厢记》和《玉禅师》等剧中独白的核心词汇。一方面，作为剧中角色情感外化和情绪释放的媒介，改编者将当代人的情感困惑和人性苦闷融入其中；另一方面，作为剧中情节禅理的引入和伦理品评的焦点，改编者将现代人的思维方式和道德准则纳入其内。如此一来，禅理的参悟与生存的境遇彼此对照，人性的炙烤与欲望的焦虑相向而来，剧中所抒之情皆是人间常情，剧中所悟之理皆是人生常理。戏剧理论家基于对曹路生改编剧创作"主题的现代性"的诠释，曾提出"最纯粹的Drama

---

① 耿传明，平瑶．"风云"与"风月"的缠绕——"白蛇传"重述与现代中国特定历史时空下的情欲叙事［J］．中山大学学报（社会科学版），2015（5）．
② 曹路生．《西厢记》——从元杂剧到现代台词本［M］//陈正明，宫宝荣．东方经典与西方阐释：中法合作话剧《西厢记》：改编与演出．桂林：漓江出版社，2013：38．

不过是欲望在其毁灭或实现过程中的延宕"①。相较于传统戏曲中才子佳人风月吟咏的感性抒发，现代改编剧赋予情欲独白更为深邃的哲理判定；区别于当代小说改编侧重"到人间去"的情感诉求，21世纪的改编剧更强调"在世为人"的情理救赎。

总的来说，21世纪戏剧文学创作中的爱情传奇不再是劝善育人的素材，而是品评人性的谈资，不是传统文化的情感归属和道德规劝，而是现世文明的思辨场景和人性写实。该类改编以现代人"生存"境遇的传奇映射，将爱情故事的欲念书写引向人性探讨的哲理纵深，并赋予了当下语境的文化解读和时代观照；以叙述场景的集中、叙述时空的穿越、叙述角色的散置等实现了对东方禅理的审美还原和现代开掘，构成了对传统戏曲"才子佳人"模式的原型置换和精神解构。

三、史实的辨伪："叙述"立场的审美转型和历史人物的品评翻案

神话传说普遍以一定的历史史实为基础，其形成过程往往表现为对某一历史事件的民间叙述和特定时代风尚的民俗演绎。一方面，作为对民族史述的艺术再现，神话传说的版本演变对历史资料的阶段呈现存在着极为强烈的依附作用；另一方面，作为对民族文化的心理凝结，神话传说的话语流变也受到历史观念时代更迭的深远影响。无论是帝王将相的英雄史述，还是才子佳人的爱情传奇，笔者前文所论及的两种戏剧原型模式都存在神话传说所共有的民俗史论色彩，历史撰述的多义性既决定了民间传说对原始意象的纷繁演绎，也构成了戏剧文学创作对原型重释的丰富内涵。诚如原型理论研究者所指出，"我们今天所看到的戏剧文学，哪怕它的发生形态属于远古，都羼入了后来各历史时段和形态的知识积累和堆叠"②。从神话原型的演变历程来看，现代剧场对传统戏曲中原始意象的重塑不仅仅是一种对经典模式的援引，更是一种对民俗文化的承传与对民间史述的借鉴；从戏剧艺术的审美

---

① 吕效平．从传奇到Drama——论曹路生的改编剧《庄周戏妻》与《玉禅师》[J]．戏剧与影视评论，2016（2）．

② 彭兆荣．仪式谱系：戏剧文学与人类学[M]//叶舒宪．神话—原型批评．西安：陕西师范大学出版社，2011：44．

形态来说，改编创作对原型模式的史实辨伪不止步于切入经典素材的表述策略，也意味着叙述立场的审美转型和对历史人物的品评翻案。

首先，剧作者对历史撰述的版本选择影响了改编剧作的细节呈现和题旨导向。传统戏曲对英雄神话和爱情传奇的演绎往往以特定的历史史实为材料支撑，并以相应的历史人物为角色参照。作为该类戏曲文学创作的原型素材，历史典故的民间撰述既决定着剧情发展的整体框架，也影响着题旨走向的精神脉络。这种以"典故"为"本事"的创作思路在21世纪以来的改编剧创作中得以延续，但剧作家的改编创作并不完全以经典化的情节走向为根本雏形，而表现出以史为据和追本溯源的创作趋势。以《赵氏孤儿》的剧本改编为例，区别于纪君祥以司马迁《史记·赵世家》为本事的元杂剧创作，现代改编对该段历史带有更为细节化的考究意味。与此同时，金海曙和田沁鑫的两次改编又因为所依史述版本的不同呈现出彼此相异的情节架构，进而演绎为大相径庭的题旨貌相。前者更多以《史记·晋世家》中所记载的赵氏家族与晋式家族的权力争斗为内核，强调复仇前史的权术之辨，凸显个人恩怨在权势演变中的孱弱；后者主要以《左传·鲁成公八年》所记述的庄姬、赵朔与赵婴的三角关系为因由，突出弑杀、淫乱的逆臣之说，强调个人情感在性格成熟过程中的困惑。诚如研究者所指出，"新版《赵氏孤儿》与其说是对纪君祥同名之作的一种改编，毋宁说是一种基于同一原始素材的再创作，它们共同体现了作者的现代意识和艺术理念"[①]。换句话说，现代改编的"原始素材"不限于元杂剧《赵氏孤儿大报仇》戏曲原型的故事框架，而融入《左传》和《史记》对"赵氏孤儿"的身世介绍，其"意识"与"理念"也区别于历史典故对忠义题旨的彰显，而涉及"欲念"和"成长"对"复仇母题"的置换变形。类似的改编策略同样呈现于莫言、潘军对"荆轲刺秦"和"霸王别姬"的原型演绎，《我们的荆轲》（莫言）、《霸王别姬》（莫言）、和《霸王歌行》（潘军）在对历史典故所传承的侠义恩仇、江山美人的题旨框架解构之余，摄入了更多现代人的成长困惑和选择焦虑，将历史史实的原委阐释引向多元。按照原型批评的理论，原型"每一次的'重现'实际都是以

[①] 邹红. 在历史与现实之间——历史剧《赵氏孤儿》的改编策略[J]. 北京师范大学学报（社会科学版），2006（2）.

主体的需要为动因，以对其'利用'为取舍原则""是人的主观需要与客观对应物的契合过程"①。剧作家对历史原型的再创作正应验了"现代需求"和"历史史实"的契合过程，其改编的前提和初衷是对历史典故的时代反思和理念颠覆，而改编的素材和依据则是对历史撰述的版本遴选和细节强化。

其次，剧作家对历史观念的时代选择决定了历史剧演绎的叙述立场和历史人物的价值评判。历史（history）作为他者的叙事不同于事实本身，历史的撰述带有叙述者的主观性和虚构性，"它不仅直接创造出族群记忆的社会结构中的知识系统、权力话语和资源配置，而且，一个族群的族性认同（ethnic identity）也与之有密切关联"②。基于历史撰述的民族文化属性，传统戏曲在对历史典故的原型阐释中赋予"忠义千秋"和"因果报偿"的理念承袭本无可厚非，其借侠士复仇的母题置换彰显儒家诚信、忠君爱国的传统精粹也理所当然。然而，伴随历史观念的时代更迭，现代剧作家立足于全新的文化语境自然会以当代视野和世界视野重述历史，这种重述有可能构成了对传统理念的解构和对道德评判的颠覆。一方面，剧作家对历史故事的叙述表现出视角的散置，无论是《兰陵王》（罗怀臻）中齐主、皇后和兰陵王对"杀宫"情节的不可靠叙述，还是《赵氏孤儿》（田沁鑫）中屠岸贾、程婴、庄姬对"灭门"惨案的多重性解读，以及《我们的荆轲》（莫言）和《霸王歌行》（潘军）中的人物间离、角色扮演，《兰陵王》（罗怀臻）和《青蛇》（田沁鑫、安莹）中的歌队帮腔、群像白描等，都借剧中人物的不同立场赋予了历史撰述不同的版本，进而达到割裂历史与真实的对等关系，并将读者/观众审美视野引申为对历史的理性思考的目的。除此之外，作为21世纪改编剧的一种独特现象，剧作家借虚构或演义的女性角色评述历史的表述策略同样构成了对传统男权史述的话语解构。比如，《霸王歌行》中的虞姬、《霸王别姬》中的吕雉、《赵氏孤儿》中的庄姬、《我们的荆轲》中的燕姬等，以鲜明的性别立场和女性言说完成了对传统道德体系的理念颠覆。另一方面，剧作者对民间传奇的演绎表现为对原型解读中

---

① 程金城. 原型的内涵与外延[M]//叶舒宪. 神话—原型批评. 西安：陕西师范大学出版社，2011：122.
② 彭兆荣. 仪式谱系：戏剧文学与人类学[M]//叶舒宪. 神话—原型批评. 西安：陕西师范大学出版社，2011：41.

心意识的消隐,前文所论及《青蛇》中的主角背景化和《西厢记》中的配角人格化都是这种创作趋势的最好例证,而现代改编创作对原型塑造的"去中心化"趋势还体现为对历史人物印象书写的重新判定。受限于传统戏曲的喻世功能和教义属性,历史人物的角色塑造往往被赋予忠奸善恶的道德化品评,如屠岸贾与奸臣、程婴与义仆、项羽与暴君、崔母与恶母、法海与妖僧等,其人物的历史评判都以绝对的道德符码划定,现代改编剧则站在人性的立场与理性的高度为其翻案。而这种翻案的过程仍然是"个人主观"与"历史客观"的契合过程,前者表现为通过剧中人物的现实处境和身份焦虑呈现其自身的精神困境,笔者前文论及不再赘述,后者则表现为假借剧中角色的史实纠错和自我辩护叙述其个人的身世之谜。以《青蛇》和《霸王歌行》对历史原型的改编为例,田沁鑫在《创作谈》中基于对法海历史原型"裴文德"的追本溯源,突出"这部戏是想从一个出家人的坚守和出家人的信仰上来塑造这个法海,等于是给法海的形象扳正"①,潘军也借剧末字幕的史实简述,强调"据说,经最新考古证明,阿房宫根本没有建成过,说我烧阿房宫更是子虚乌有,感谢你们为我洗刷千古骂名"②,并多次假借内心外化的人物间离效果评述"鸿门宴""四面楚歌"与"乌江船渡"的史实真相,凸显项羽自身崇尚天然的诗人气质和不做君王的治世理想。诚如研究者所指出"近年来历史题材创作或改编的流行"主要与"历史观的变迁"③有关,剧作者对历史观念的时代选择,对个性情感和理性思维的历史切入无疑构成了对经典原型作为道德符码的色彩变更,也实现了对历史典故的当代重解和对历史人物的品评翻案。

再次,剧作家对传奇改写的思辨模式也意味着原型重释的审美转型和现代戏剧的理念嵌入。历史的讲述与故事的讲述具有共通的审美属性,正如原型理论批评家弗莱所说:"历史中具有普遍性的东西就是由'故事'(mythos)即历史叙述的形式所传达的东西。一个神话的产生不是为了描述某一特殊的情况,而是为了以一种并不限制其意义的方式把特殊情况包孕在其中。神话的真实就在其结构之中,不

---

① 田沁鑫.《青蛇》创作谈[J].新剧本,2013(4).
② 潘军.霸王歌行[J].剧本,2008(6).
③ 邹红.在历史与现实之间——历史剧《赵氏孤儿》的改编策略[J].北京师范大学学报(社会科学版),2006(2).

在其结构之外。"①由此来看，结构形式本身所附着的不仅仅是历史史实的知识构架和理论体系，更是作为故事叙述的话语形态和审美标准。从某种层面来讲，神话传说无疑是对历史叙述中民间话语的集中体现，也普遍成为戏剧文学创作的精神内核。具体到中国戏剧的语态生成，这种结构形式多以传奇、话本来过渡，传奇话本作为戏剧文学的素材也成为在戏剧舞台上赓续历史原型的重要节点。

事实上，21世纪以来剧作家对民间传奇的现代改编仍然是神话原型阐释的一种历史延续，之所以区别于传统戏曲的演绎发展，不在于剧种类别的表述形式之分，而在于叙述结构的话语形态之别。仍以《青蛇》和《西厢记》两部作品为例，改编剧的故事原型均具有从话本、传奇到传统戏曲，再到现代戏剧的形态变更历程，并附有从"以圆满宣扬伦常礼教"到"以人性反抗封建传统"，再到"以理性反思生存境遇"和"以历史解构文化脉络"的题旨转型趋势。从唐人元稹的传奇《莺莺传》到金代董解元的戏曲《西厢记诸宫调》，从元代王实甫的元杂剧《西厢记》到当代田汉先生的京剧《西厢记》；从明代冯梦龙的拟话本《白娘子永镇雷峰塔》到清代玉山堂主人小说《雷峰塔奇传》，从当代田汉先生的京剧《金钵记》到现代京剧《白蛇传》……认真梳理叙述版本的演变历程不难发现，"才子施恩，佳人报德"的传统主题被逐渐弱化，"反抗礼教，为爱私奔"的现代主题逐渐加强，后者又通常与时代语境的革命题旨所趋同。尽管如此，这种逐渐趋向于人性化的题旨演进仍然带有时代语境的功用色彩，从传奇到戏曲的话语流变也始终未能走出大团圆式的审美格局。区别于传奇的喻世功能和现代戏曲的革命话语体系，21世纪的两部改编更为侧重对人性欲念的多重阐释和对民族文化模式的脉络梳理。例如，《青蛇》中通过"歌队"的角色扮演解构"白蛇传说"的演变历程，透析传奇本身所灌输的传统妇道；《西厢记》中通过"梦境"的时空穿越阐释"循环命定"的重生模式，诠释理想本身所带有的现实虚无等。毫无疑问，改编创作以更为多重的叙述立场和更为深远的史述视野完成了对故事原型的重述，剧中的每个角色都拥有各自的行为动机，而不再以完成动作为最高任务，剧中的故事框架都带有自我演变型的史论色彩，

---

① N. 弗莱. 圣经文学与神话[M]//叶舒宪. 神话—原型批评. 西安：陕西师范大学出版社，2011：340.

而不再以单纯的情节发展为根本使命。剧作者对角色自身行为动机的赋予和对原型塑造理性思辨意识的渗透正是区别传奇、戏曲与现代戏剧的界限所在，而21世纪以来几部以戏曲经典为故事原型的改编剧作无疑在建构审美意识形态和现代戏剧表演体系层面都有了质的提高。除了以上提到的爱情传奇外，其他如《我们的荆轲》对刺客史撰的梳理、《赵氏孤儿》对英雄成长史述的铺陈等，都富有理性思辨的史论色彩，其人物也具有自我剖析的独立意识。因此，这种改编不仅仅是从话本小说到舞台演绎的表述转型，更意味着民间传奇到现代戏剧的审美建构。

21世纪初，中国话剧与民族戏曲传统的关系探讨再次成为学界热点，同样是基于对世纪之交戏剧危机的探源与突围，研究者通过对20世纪以来中国话剧所经历的"反戏曲传统—回归戏曲传统—话剧与戏曲传统融合"[1]历程梳理，以及对20世纪以来新旧杂陈的文化矛盾表象中所蕴藏的"'现代/传统'二元结构"的历史判定，分别从戏剧史论和艺术本体层面对现代戏剧民族化进程给予了相应的理论预测，并对21世纪戏剧文学创作与传统戏曲文化的取舍与对接寄予厚望。21世纪以来以戏曲经典为素材原型的改编剧作成为该类理论判定在实践维度的最好佐证。诚然，剧作者以传统经典打造现代经典的改编策略难以逃脱借用文化品牌的造势之嫌，这种改编创作从故事情节的来源标准也难以被完全划为原创戏剧之中，但作为一种赓续历史、重铸经典的学习态度和实验精神仍然值得充分认可。与此同时，诸多改编者借助经典原型的当代演绎，通过对人性维度的成长叙述、感性层面的审美融合和理性层面的史实纠错，在传统戏剧风格的悲喜转换、叙述立场的多维呈现和现代审美的形态确立等方面都有不俗的表现，其中绝大多数作品都能以现代视野和解构姿态赋予原型阐释相应的理性判定。事实上，只要秉持一种理性思辨的史述立场，并以人性情感的写实标准为前提，这种戏曲经典的改写趋势自然会延续现代戏剧民族化进程的现代走向，也会逐渐孕育出具有现代意识的经典原型。

---

[1] 胡星亮. 论中国话剧与民族戏曲传统[J]. 中国社会科学, 2001（1）.

第五章
评奖机制对戏剧生态的影响

　　戏剧评奖是影响21世纪戏剧生态环境的重要因素。它既是国家推动戏剧文化建设、规范审美意识形态的文化策略，也反映了当代戏剧人对戏剧艺术进步的不懈追求。在布尔迪厄看来，"艺术场是对艺术价值和属于艺术家的价值创造权力的信仰不断得到生产和再生产的场所"[1]。毫无疑问，诸多戏剧类奖项的设定凭借其对戏剧文学艺术价值的标准确立，以及对剧作家身份职责的引导划定，从外部客观决定着"艺术场"的最终成型，而这种评奖机制的形成与发展也从内部主观影响着戏剧文学创作的整体貌相和剧作家创作的审美立场。整体来看，这种以评奖机制为宏观架构的"艺术场"促成了戏剧文学创作的繁荣表象，但与此同时也造成了对创作主体审美方式的限定，是一种动力机制与精神困境的混同存在。按照主办方的归属和参评方人群，有关21世纪戏剧文学创作的奖项设立大致可以分为政府类和民间类，并相应地呈现出舞台精品化和剧本中心化的评奖趋势。本章主要讨论对各类戏剧奖的审美偏好、获奖作品的艺术品格，探究获奖作家的创作心态、参评作家的精神困惑，有助于从艺术场域层面挖掘当下剧本创作的生态困境，进而为剧作家的创作营造更为完善的剧场氛围。

---

[1] 皮埃尔·布尔迪厄. 艺术的法则：文学场的生成与结构［M］. 刘晖, 译. 北京：中央编译出版社, 2011：275.

第一节　政府评奖与剧作家的身份焦虑

21世纪以来，伴随着政府相关部门组织并参与戏剧类评奖活动的逐渐增多，"国家话语"在建立并完善评奖机制过程中的推动作用日趋明显。这种整体态势的形成，除了表现为政府对精神文明建设"五个一"工程奖（中宣部主办）、"文华奖"（原文化部主办）评选活动的延续与发展，对"国家舞台艺术精品工程"精品战略的确立与实施（2002年），还表现为借"中国戏剧奖"（2005年）、"全国戏剧文化奖话剧金狮奖"[1]（2012年）的全新设立，完成对"曹禺剧本奖"[2]"校园戏剧奖"[3]"中国戏剧文学奖"和"中国话剧金狮奖"等固有戏剧类奖项的精简与整合。毋庸置疑，

---

[1] "'全国戏剧文化奖话剧金狮奖'是2009年经中共中央、国务院同意、批准的原文化部八个大奖之一，是中国话剧专业的最高奖，周期三年，其前身是中国话剧金狮奖"。刘平：《2012全国戏剧文化奖话剧金狮奖在武汉颁奖》，《剧本》2013年第1期。之前，金狮奖由中国话剧研究会主办，自改设起由中宣部和原文化部主办，成为综合性奖项。与此同时，在《剧本》2010年第4期的征稿启事中，该奖署名为"首届全国戏剧文化奖（第七届中国戏剧文学奖）"，之后"中国戏剧文学奖"不再单独评奖。

[2] "中国戏剧奖·曹禺剧本奖创建于1980年，其前身名为全国优秀剧本奖，中国曹禺戏剧文学奖，中国曹禺戏剧奖·剧本奖。2005年，中宣部进行全国性文艺新闻出版评奖整顿后，这一奖项改称为"中国戏剧奖·曹禺剧本奖"，成为中国戏剧奖的六个子项之一，每两年评选一次"。《首届中国戏剧奖·曹禺剧本奖在广州举行》，《中国戏剧》，2006年第7期。

[3] "2005年经中宣部批准，在中国文联和中国剧协设立了'中国戏剧奖·校园戏剧奖'。'中国戏剧奖·校园戏剧奖'设有优秀剧目奖10个，单项奖6个。优秀剧目奖颁给思想性、艺术性、观赏性相统一的整体水准较高的优秀剧目，单项奖颁给在编剧、导演表演上有突出表现的个人"，"中国校园戏剧节是中华人民共和国成立以来首次举办的国家级校园戏剧节，是唯一一个面向全国校园，以学生为主体的全国性戏剧节。中国校园戏剧节旨在推动校园文化建设，加强学生素质教育，促进校园戏剧繁荣发展，并将'育人为本'体现在校园戏剧节的全过程。中国校园戏剧节设立的'中国戏剧奖·校园戏剧奖'，为国家级文艺常设奖项，每两年评选一次，也是我国校园戏剧的最高奖"。《第三届中国校园戏剧节隆重开幕·关于中国校园戏剧节》，《中国戏剧年鉴2013》2013年版，第392-393页。

凭借其鲜明的政策导向和优厚的资金扶持，政府机构的介入会使戏剧评奖引起更为广泛的关注。受政府的职能所限，这种扶助措施也倾向于将评奖标准框范在舞台艺术精品工程建设、国家文化政策推行的整体调度之内，即在评判过程中侧重于对戏剧作品"思想性、艺术性和鲜明的时代精神"①的"整体性"要求。置身于政府"精品"战略的文化愿景，剧作家对参评作品的文本创作在选定题旨、确立风格和修改文本等方面存在诸多制约，其剧本的创作过程多是基于编剧才华和精品规范相互协调的审美博弈。因此，以"五个一"工程奖、文华奖和"十大精品工程剧目"评选等为代表的政府类综合奖项的评比，既是剧作家走出边缘化处境的市场机遇，也是其应对"正剧"模式、驾驭"主流"话语的自我挑战。

一、政策的引导：题旨选定时的形态化规范

题旨即题材和主旨，是戏剧文学创作的内容和主题。一方面，作为戏剧创作的素材来源和情节内核，题旨的遴选取决于作家本人的生活积累、知识储备，并与作家自身的情感历程、审美偏好休戚相关；另一方面，作为艺术呈现的主体框架和精神脉络，选题的锁定意味着作品风格的审美定位和类型划定，也从根本上决定着完成作品的艺术品貌和文化深度。"从有感于生活，到题旨的选定，到谋篇布局，再到舞台呈现"是一种常态化的戏剧文学创作流程，也是作为艺术家的剧作者应该遵循的戏剧艺术创作规律。然而，21世纪以来（或者从20世纪90年代初），这种创作轨迹便被不断地打破，剧作者多采取"针对剧团条件、进行题旨选定、再到体验生活、直接完成舞台脚本创作"的创作程序。这种"反之而为"的创作现象在诸多参评作品中非常普遍，类似，"国家舞台艺术精品工程"中的企业改革剧、工人下岗剧，"五个一"精神文明奖获奖作品中的"劳模剧""英模剧"，以及文华新剧目奖获奖作品中的部队转业题材剧、基层农建题材剧等，多是剧作家按照题材设定，根据院团特点，并以完成评奖任务为前提的应邀创作。该类作品既表现

---

① "申报剧目须具有以下基本条件：（一）具有较强的思想性、艺术性和鲜明的时代精神"，《国家舞台艺术精品工程项目管理办法·第二章 项目申报》。

出氛围感人、情节跌宕的精品化意识，也同时呈现出题旨先行、千篇一律的模式化倾向。事实上，两种创作思路的根本区别在于题旨选定所遵从的依据，是个人的情感体悟、编排的审美意愿，还是院团的客观条件、评审的审美标准，二者的转变也最终形成了创作主体从"作为艺术家"的文学作者到"作为生产者"的职业编剧的身份转换。

按照法国当代社会学家皮埃尔·布尔迪厄的文化理论，"文化场每时每刻都是两条等级化原则及他律原则与自主原则之间的斗争的场所"①，作为戏剧文学的创作主体，剧作者置身于"相对自主的空间"，其"自主性"取决于"文学场"和"艺术场"对"纯粹"艺术观念的独立性修复，意味着其创作初衷对"自主原则"的绝对遵从，其"相对性"表现为"经济场"和"政治场"对"客观"文化氛围的整体性干预，也就是在创作过程中对"他律原则"的部分迎合。相较于纯粹的文学书写，剧作家作品的艺术价值通常需要借助于剧场表演来完整呈现，这种文体范式对"市场空间"的依赖属性易于将戏剧创作变成"二度选择的产物"②，也就是将"自主空间"的"相对性"不断扩大，逐渐并入一种"专业化"的创作轨道，即"专门供市场之用的文化生产"③。随着《中共中央关于制定国民经济和社会发展第十个五年规划的建议》于2000年10月11日正式出台，"文化产业"的概念被国家高调引入，并迅速渗透于艺术文化市场的各个领域。具体到剧目创新和剧场建设层面，则分别表现为国家借助政府类奖项资助打造舞台艺术精品和通过院团建制调整向企业机制转型。区别于20世纪90年代市场经济体制影响下民营剧团的大量涌现、争相竞演和"泛娱乐化"商业剧目的喧嚣尘上、花样翻新，21世纪以来国家政府宏观调配下的"文化产业"模式赋予了戏剧生态更为严肃、规整的创作氛围，剧作家的社会地位相较于20世纪末也有所回升。然而，这种借助评奖资助打造精品的"文化产业"模式并非绝对"自主"的艺术空间，同样需要遵从"权力"机制的"他律原则"。因为，政府对获奖剧目动辄百万（甚至千万）的奖励扶持并非完全归属于"艺术"奖励和"文学"资助，其中"道德文明建设"和"精神文化建设"的物资

---

① 皮埃尔·布尔迪厄. 艺术的法则[M]. 刘晖, 译. 北京: 中央编译出版社, 2011: 193.
② 同① 82.
③ 同① 109.

成分同样占有相应的比重。换言之，政府类戏剧奖项的评判标准是以建立、健全良好的精神文明体系为前提的，承传政策法规的思想性、道德性，以及满足观众日益增长的文化需求的观赏性，作为"官方机制"赋予"精品"剧目的审美准绳规范着"文学场"的形成，也不断影响着戏剧生态的发展。由此看来，诸多精品剧作也可说是剧作家在剖开"经济场"之外的"他律原则"和相对独立的"自主原则"的交互呈现中"刻意为之"的文化产品。

在21世纪以来政府类评奖剧目的题旨分布中，社会改革题材剧和革命历史题材剧占有绝大的篇幅，剧作家以社会大变革为时代背景创作的"改革叙事"和"历史叙事"更易于受到政府类评奖体系的青睐。以"2002—2007"年度"国家舞台艺术精品工程"剧目评选结果为例，经过为期五年（一年一评）的推选评审，由原文化部和财政部共同主办的第一期精品计划共推出"精品剧目"50部、"提名剧目"100部，其中话剧分别占11部、16部。而细数这30部获奖的话剧作品，涉及当代社会制度转型的有9部，与革命历史题材相关的有6部，通过小说文本改编的有3部，3部改编作品也分别以抗日民族战争[《生死场》（田沁鑫）]、军事院校创办[《虎踞钟山》（邵钧林、嵇道青）]和西藏铁路修建[《我在天堂等你》（黄定山）]为故事背景。这种侧重"改革文学"和"宏大叙事"的题旨偏好在第二期的"国家舞台艺术精品工程"评选过程中得以延续，在之后"文华奖"和"五个一"工程奖的评选标准层面则更为明确。诚然，借助对改革题材、革命历史题材剧目的推演，呈递国家政策导向、传达政府改革机制，并以民族史述为背景弘扬爱国主义精神、确立民族文化向心力无可厚非，这种精神导向也是主流戏剧在思想道德和社会文化层面的价值所在。然而，国家话语在戏剧评奖中对"改革叙事"和"宏大叙事"的推崇，也在一定上影响剧作家个人创作在选题中的题旨框定。借助宏大的历史背景，并以民族情结为情绪积淀的"题材剧"更易于赢得评审的认可，也更容易满足主流媒体的审美期待，所以旨在评奖的创作团队更倾向于选择该类题材的戏剧文本，引导甚至联合编剧共同完成带有该类题旨倾向的剧本创作。这种风气导致戏剧创作在选题层面普遍疏于对当下生活的现实观照，以及在思想层面对当今社会信仰缺失和人们情感焦虑现象的深入剖析。

以霍秉全编剧的《又一个黎明》为例，作为"2003—2004国家舞台艺术精品工程"的参评剧目，故事背景不涉及体制改革和革命战争，而是围绕现时语境中一个狭小的医院病房展开情节。主人公何亮既是"见义勇为"的英雄,也是"少不更事"的罪人,面对由于自己儿时"谎称溺水"引人相助却导致终身残疾的同房病友,是该选择低调相助、息事宁人,还是选择坦然面对、勇于承担。诸位情境中的角色不断承受着来自社会媒体的牵绊和现实利益的诱导,最终遵从于人性本真做出善意的选择,进而实现灵魂的救赎和精神的升华。事实上,诸多获奖作品中类似这种"以小见大""以人见性"的戏剧文学创作并不多见,而这种不以"历史变迁""地域文化"为宏大背景的"小题材"作品却只能止步于"提名剧目",政府类评奖机制对"历史背景""重大事件"的"题材"偏好可见一斑。试问,在政府奖项的评判标准中,相较于诸多精品剧目所具备的革命历史格局和民俗文化韵味,戏剧本体的人性思辨成分和知识分子的社会批判色彩到底占有多大的比重,值得深思。

以社会改革为叙述背景的诸多获奖作品取材多元,内容也涉及了和平年代部队建设、城乡建设、国企转型、外企改制、旧城拆迁和新城改建等方方面面。其中不乏完整、优秀的作品创作,如《黄土谣》(孟冰)、《"厄尔尼诺"报告》(姚远、邓海南、蒋晓勤)、《岁月风景》(唐栋)、《爱尔纳·突击》(兰晓龙)、《父亲》(李宝群)、《郭双印连他乡党》(王真)和《万家灯火》(李龙云)等整体呈现出现实主义创作的"人学"向度,即强调从情感层面和精神维度完成人物角色的性格塑造,并注重表现黎民百姓在时代变迁中所承袭的生存困境和精神焦虑。但诚如笔者前文所坦言,部分该类作品的创作过程存在机构"命题"和院团"定制"之嫌,作为"委约之作",题材的选定与题旨的设立给予了剧作者诸多束缚,这种创排风气,也开始影响到作家本人的创作心态和相关群体的审美立场。

剧作家李龙云在创作日记中谈到,"《万家灯火》在我一生中的创作中具有诸多特殊性。首先它是一种奉命之作;其次,留给我的写作时间很短;再其次,它是在我离开人艺仅仅三个月之后被重新召回写的一个戏"[①]。"戏尚未有眉目就安排演员,所有一切都是倒着的、违背规律的。但又不得不如此"[②]。作为2003—2004年度"国家舞台艺术精品工程"的"精品剧目"和2003年第九届精神文明建设"五个一"

---

① 李龙云. 万家灯火[J]. 北京:中国青年出版社,2004:228.
② 同① 188.

工程的"优秀剧目",《万家灯火》创作的心路历程却充斥着紧迫、惆怅和无奈的情绪,剧作家的精神境遇由此可见。相较于李龙云创作的知青戏(《荒原与人》《叫我一声哥》)和改编剧(《天朝上邦三部曲》),该作品的创作方式实为异数,可以说是"自主原则"和"他律原则"交互影响下的"催生"产品。"自主性"表现为剧作家对故园情结、儿时记忆的情绪调动,对老舍经典、角色描述的原型借鉴;"他律性"则演化为"田政府"角色语汇的政策传达,"团圆式"剧情收尾的氛围营造。这种命题创作的思路同样体现在《为你喝彩》(王磊)[①]和《甲子园》(何冀平)[②]等其他获奖作品之中,剧作家应文化部门和院团领导的邀请,或以外资企业的党团建设为原型,或以院庆纪念的关键词为标准,通过对采风生活的进一步体验和对城市记忆的更深层调度完成创作。而类似"田政府"的人物类型设定也多次出现在之后《矸子山上的男人女人》《黑石岭的日子》(李宝群)和《枣树》(吴瑕、生志昊、白先陆、陈磊、温良昆)等为代表的下岗戏和拆迁戏中,剧作家借"角色代言"传达政策动态,并通过政策调整支援、百姓互助自助的剧情设置实现境遇逆转,完成从底层叙事、苦难叙事到献礼剧目、工程剧目的形态转换。

总之,文化政策的偏斜与文化资金的投入确实推动了精品剧目的创作,但致力于打造精品的评奖机制也在一定程度上构成了对创作主体的题旨性限定和形态化规范。意识形态化的题旨导向构成了戏剧场域的"他律原则",舞台精品化的评审原则制约着作品创作的"自主原则",两种原则的平衡关系被打破,这种状况不但可能反作用于剧本写作的审美初衷,也可能限定了剧本完成的艺术水准。

---

① "2002年初,我随天津的一些作家到开发区采风……不久局领导给了我一个很好的创意:写一部外资企业中一群优秀党员形象的话剧剧本,我欣然接受了……很快,我到摩托罗拉去深入生活,以一个普通的中国员工身份在那里逗留了一个星期"。王磊. 插上翅膀,与时代同行——话剧《为你喝彩》编导手记[M]//中华人民共和国文化部艺术司. 2002—2003国家舞台艺术精品工程论评. 北京:文化艺术出版社,2004:279.

② "《甲子园》是个命题作文,这个戏要为人艺60年庆贺,受到各层领导重视,当时给了三个关键词:北京、现代、原创"。何冀平. 剧作家何冀平:梦里不知身是客[J]. 中国文艺评论,2018(3).

二、审美的偏好：风格形成中的舞台性依附

根据笔者对获奖剧目名单的系统整理不难发现[①]，精品剧目、优秀剧目以及提名剧目在刊物、媒体中的信息登载普遍以表演院团或举荐单位来署名。从获奖信息的登载形式中不难发现，综合类剧目奖项的评定与所属院团的整体演出效果、各级部门的推介宣传力度关联甚密，而剧本创作的独立属性、文本价值却通常为剧组的集体建制与演出的艺术整体性所覆盖。事实上，这种现象的形成既根源于政府奖项和精品工程的设立初衷，即通过打造"舞台艺术精品"丰富并完善当前的剧场文化，也与评审机制和剧场生态的审美偏好有关，也就是更倾向于通过舞台性的整体效果品评剧目本身的艺术价值。

以"文华奖"的设立原则和"国家舞台艺术精品工程"的实施方案、评审条件为例，前者定位于"中华人民共和国文化部主办的专业舞台艺术政府奖"[②]的打造，后者致力于"创作具有强烈艺术魅力和鲜明时代特征，深受群众喜爱并经得起历史检验的优秀舞台艺术作品"[③]，并在申报条件中注明须"具有一定实力的创作队伍"[④]。两大奖项对剧目舞台演出整体效果的要求非常重视，对其剧目创作团队整体建制的强调也十分明显。（"精神文明建设'五个一'工程"更是以实体性的剧目演出和成品化的演出录像为参评对象，在此暂不赘言。）基于这种评审原则的确立，精品剧目的打造促成了独立剧作家向所属院团编剧的身份性转型，优秀剧目的评选也影响了戏剧文学向舞台脚本的功能性转化。事实上，剧本的创作和演出是戏剧文本艺术价值实现的一体两面，而这种文学价值和艺术功用的磨合过程在21世纪以来的剧场生态中则表现得更为迫切。缘于对奖项评审机制的认可与趋同，院团在寻找适合于时代命题和剧场条件演出文本的同时，剧本也在试图通过院团的排

[①] 参看本书附录一.

[②] 张树. 对舞台艺术精品的理解[M]//中华人民共和国文化部艺术司. 2002—2003国家舞台艺术精品工程论评. 北京：文化艺术出版社，2004：428.

[③] 中华人民共和国文化部艺术司. 国家舞台艺术精品工程论评（2003—2004）[M]. 北京：文化艺术出版社，2005：471.

[④] 中华人民共和国文化部艺术司. 国家舞台艺术精品工程论评（2002—2003）[M]. 北京：文化艺术出版社，2003：472.

演和剧场的检验成为"精品",这种双向选择促成了国有院团机制企业化转型后诸多剧作家与剧院团体的再度联手,也构成了多数剧作家从"刊载类"文学创作到"剧场性"文本编剧的职业性回归。剧本创作与剧场排演在风格层面上的默契程度有助于对戏剧文本艺术价值的充分开掘,以及舞台艺术"精品"的打造,而剧作家的地缘归属与院团归属影响着这种"默契"的形成也是不争的事实。

21世纪以来,地方院团编剧在改革题材领域佳作频仍、持续走俏,部队院团编剧也以革命战争历史、当代军旅生活为创作素材在诸多剧目奖项评比中大放异彩。不可否认,该类精品剧目的成功在很大程度上得益于编剧创作与院团演出的相互配合,以及剧本内容与剧场氛围在风格层面的彼此融洽,其创编方式确实存在诸多令作家同仁以资借鉴的经验。一方面,以《三峡人家》(伟巴)、《兰州人家》(张明、杨晓文)和《红旗渠》(杨林)等为代表的方言话剧为例,相较于同时参评的诸多作品,该类创作带有更为浓郁的地域文化特色和生活写实色彩,是编剧置身于剧场氛围和剧情场景之中的改革风俗剧创作。身为"重庆万州区三峡曲艺团""甘肃省话剧团"和"河南省话剧院"的职业编剧,剧作者对各自院团的舞台条件、演员的整体素质和地方的史志风土了然于胸,甚至于素材呈递本身就以剧作者对家族记忆的梳理为切入点。①基于对地域风土民情和地方民族语汇的熟稔,编剧伟巴、张明、杨晓文和杨林等可以对地方方言、俗语驾轻就熟,并将地方曲艺、山歌镶嵌其中,与所属院团集体创排、整体合作编织出一幅原生态的生活画卷。类似的作品还有《移民金大花》(伟巴、夏祖生)、《兰州老街》(张明、杨晓文)和《郭双印连他的乡党》(王真)等,改革题材在该类方言话剧中得以地域化、情境化和风俗化的呈现。这种依附于地域文化风貌和院团曲艺传统的舞台脚本创作风格朴实、氛围浓郁、情感真切。整体来看,编剧通过剧本与剧场的整体调配,将形态意识规范化的题旨素材引向了民俗文化的审美纵深。另一方面,以姚远、孟冰、唐栋和兰晓龙为代表的部队作家群体为例,其获奖作品的文本创作同样呈现出对剧场氛围和规定情境的整体性依附,该类剧本艺术价值的完整呈现与编剧对军人使命的信仰传承

---

① "话剧〈红旗渠〉是我献给父亲的一部作品。我父亲杨培英,林县人。修建红旗渠就是他们那一代人的事情"。参见杨林. 几句题外话[J]. 剧本,2011(9).

和所属院团（解放军总政治部话剧团、南京军区政治部前线话剧团和广州军区政治部战士话剧团等）的风格传统息息相关。诚如评论家所说，"情境是姚远军旅话剧的前提"①，"他总是把笔下的人物置于极端情境中，让他们或者面临死生考验，或者经历是非抉择"②。事实上，这种对极致情境的预设是当代军旅话剧创作共通的艺术策略，而在规定情境中的信仰抉择也是军旅戏剧彰显当代军人品性的题旨担当。编剧对极致情境的把控源于其本人对军旅生涯的生命感知，而面临抉择时的情感迸发也出于对军人使命的精神追溯。此外，《黄土谣》（孟冰）、《马蹄声碎》（姚远）、《天籁》（唐栋、蒲逊）、《岁月风景》（唐栋）、《爱尔纳·突击》（兰晓龙）、《兵者，国之大事》（王宏、李宝群、肖力）和《麻醉师》（唐栋、蒲逊）等作品的创作均是如此，其信仰的忠贞与情感的炽烈是由内而外的，是置身于军旅生活的极致情境之中的，其风格的雄浑与舞台的规整也是整齐划一的，是融浸在部队院团的审美格调之内的。因此，对极致的情境设置和规整的氛围营造是当代军旅作家共同的审美向度。这种整体氛围的营造既是其革命历史战争题材剧中情感叙事的前提，也是在当代军旅题材剧中信仰呈递的基础。也正是基于对这种整体性风格的把握，军旅作家的文本创作得以在剧场中以更为真诚、真实和真切的姿态呈现。

与此同时，鉴于剧目评奖机制中的整体化倾向和院团编演一体的舞台性优势，剧作家与院团的"重组"现象开始盛行，多种方式的联合制作剧目纷至沓来。既有类似于《万事根本》（李宝群/安徽省话剧院）、《泉城人家》（王宏/济南市曲艺团）和《窝头会馆》（刘恒/北京人民艺术剧院）等院团借调作家文本的邀约之作，也有类似于《雾蒙山》（孙德民/河北承德话剧团演绎有限公司）、《秋天的二人转》（杨利民/黑龙江省哈尔滨话剧院）和《矸子山上的男人女人》（李宝群/辽宁人民艺术剧院）等作家重返原属院团的"重耕"③之旅，多数作品可以名利双收，也

---

① 谷海慧.当代军旅话剧的艺术策略与生长空间——以姚远剧作为例［M］//李伟.剧评的境界.上海：文汇出版社，2016：172.

② 同① 169.

③ "重耕"一词源于余林先生为剧作家孙德民《孙德民新剧作选》作的序，指"一个剧作家在已经耕耘过的题材上重耕，它无疑是一种创作现象"。余林.丰厚的文化传承和历史积淀——《孙德民新剧作选》序［J］.中国戏剧，2004（7）.另外，这里的"重耕"不仅指剧作家对固有擅长的创作题材（山庄题材、黑土题材、工人题材）的重写，还指剧作家与原来合作密切或者曾归属的院团的剧目合作。

有少数作品反响平平。整体来看，该类作品的创作在表现出对题旨地缘优势和语言剧场属性深入开掘的同时，也呈现出对院团表演风格和舞台演出效果的主观迎合。诚如评论者所云，"策划之利：度身定做，有市场卖点；委约之弊：命题作文，束缚局限多"①。毫无疑问，该类获奖剧目从舞台调度、舞美布景到演员台词、演员表演都堪称精品，其中剧作家的台词设置和舞台说明功不可没。但反思这些作品普遍是以舞台为媒介走入观众视野的，其文本的刊载也是演后作为舞台脚本的公布而存在，一旦离开剧场氛围和演出实体，该类作品能否依旧赢得读者和观众的青睐值得商榷。这种戏剧创作在文本层面的症状也让问题重新回到了关于"剧场性"与"舞台性"的概念区分，以及对剧作家与职业编剧的身份界定。

戏剧文学的创作是诸多文体范式中较为困难的一种，究其根本源于剧场美学对剧本创作的潜在约束，即形式本身对文本角色塑造、剧情结构衔接和人物语言表述的形态规范。尽管戏剧理论界针对戏剧文学艺术功用的"读""演"之争从未间断，但对其艺术综合性，即"文学性"与"剧场性"兼而有之、互相融进的风格品貌却从未质疑。作为剧作家在创作过程中的审美想象，"剧场性"以语境摄入的方式规范着剧本写作的文体结构，并以对话模式的风格演变影响着剧本创作的文学表述。但是，这种戏剧文学的"剧场性"并不能完全等同于剧目创作的"舞台性"，二者之间需要从审美意识形态到实体演出观念的内在过渡。简单来说，遵从于审美感知对剧场的想象，并以此为文体范式进行文学剧本创作的人就是剧作家；而依附于客观实体对舞台的限定，并以此为艺术标准完成舞台脚本编写的人就是职业编剧。二者姿态的不同在于文本创作审美立场的区分，二者身份的融合源于戏剧表演舞台艺术的整合。21世纪以来，剧目评奖资助的政策和舞台艺术精品的意识构成了对剧场生态的统摄作用，也将戏剧文学创作的"剧场性"从审美意识层面直接过渡于舞台实体层面，即注重在文本书写中呈现出更为直观化的"舞台性"效果。这种审美导向影响了参评作者对"剧场性"风格的主观侧重，也导致了评奖作品对"舞台性"整体的有意迎合。毫无疑问，这种剧坛创作的整体态势成了职业编剧团队发展并逐步完善的机遇，也构成独立剧作家群体萎缩并自我迷失的困境，最终也就演变为前

---

① 中国戏剧年鉴社.中国戏剧年鉴2010[M].北京：中国戏剧年鉴社，2010：290.

文所陈述的编剧职业化的身份转变和剧作脚本化的功能转型。

诚然，评奖体系和审美标准对剧目"舞台性"效果的刻意偏好确实存在偏颇，但这种舞台实体化的"剧场性"导向并非当前剧坛佳作贫乏、文本缺失的主要原因，毫无生活体验却要预设题旨，以及舞台先行的委约之风才是问题的根本。针对当下院团体系创排剧目的精品化趋势应该理性地对待，其题材的"地域性"与表述的"风格化"可以合理借鉴，但不能整体效仿。因为，剧种、语言都存在一定的地缘文化归属，刻意为之会显得硬性生分，只有内在弥合才能变得深邃有味。区别于其他的文体范式，剧本的创作要融入剧场氛围并遵从于舞台艺术的表述规律，但不能放弃剧作家的审美立场以及文学创作的主体意识，只有将规定情境内化于心，让剧情题旨有感而发，不断在生活中塑造角色，在创作中表达自我，才能完成属于剧作家自己的戏剧文学作品。

三、奖项的调整：剧本修改后的主体性缺失

透过21世纪以来"国家舞台艺术精品工程"对"优秀剧本奖"的设立，"文华奖"评选对"专项奖"的调整，以及"中国戏剧奖"和"全国戏剧文化奖"对诸多戏剧专业奖项的整合不难发现，戏剧类政府奖项的评判体系已经开始意识到编剧与剧本创作对于建立并完善当前剧场生态的重要价值，也试图通过对"编剧奖""剧本奖"的细化与重视凸显这种价值。但是，这种渐趋具象的评奖格局并未营造出绝对遵从于剧作家主体意识和戏剧文学本体层面的审美语境，而是导向了创作团队基于题旨形态规范和舞台整体原则改写文本、重排旧本的参评趋势。一方面，区别于"单纯的、静态的评选活动"，以"国家舞台艺术精品工程"为代表的政府类评奖更为注重的是"贯穿在整个评选过程之中的、对现有的或是已经获得定评的作品的进一步修改、加工和提高的过程"，并通过这种"动态化"推选"建构舞台艺术的国家形象、在舞台艺术领域为国家代言"[①]；另一方面，依附于节庆类和实体化的剧目会

[①] 傅谨. 政府发问：哪台戏能代表国家形象——2003—2004年度国家舞台艺术精品工程评选心得[J]. 艺术评论，2005（1）.

演、政府类戏剧奖项的评选活动，致力于节庆仪式的氛围打造以及剧场文化的政策推行，评奖在戏剧审美方面的批评功能不断被弱化，而为发展剧场生态的资助功能不断被加强。前者以剧作者本人对《父亲》（李宝群）《商鞅》（姚远）和《秋天的二人转》（杨利民）等获奖剧目的文本改动为例证，后者以近年来"精品工程"和"文华奖"对"单项奖"的具体调整为说明，二者的交互存在影响着剧目参评中剧本修改的"非自主化"倾向，也构成了多数剧本在修改后剧作家的"主体性"缺失。

21世纪以来戏剧类奖项的评定不限于2000年以后的创作，而是将时间限定向前推至新时期。因此，诞生于20世纪80年代的《商鞅》（姚远）、90年代的《沧海争流》（周长赋）、《父亲》（李宝群）等作品得以重现剧场，但诚如笔者前文所论及，精品工程的实施不限于"静态"评奖，而是"动态"推演，这就迫使剧作家依照形态规范对原剧本进行题旨、细节和人物等多方面的修改，评奖后所刊载、结集出版的演出本与原文本差异明显，形成了一种"专家修改"和"导演翻拍"的改编趋势，而在此过程中剧作家本人则是"失语"的。诚如评论家所云，"在评奖机制下，领导的意志主导了创作的思路，专家的主张遮蔽了剧作家的创意"①。以获奖剧目《父亲》（李宝群）的修改现象最为突出，按照导演的修改要求和风格定位，参评的《父亲》应该是"具有浓郁的生活气息和生活实感的现实主义正剧"②。经过多次修改，"毅然把'表现下岗的痛苦'改为'重新建立精神支点，建立新的生活理念和价值观'"，使得剧目具有"雄浑而悲壮的英雄史诗意味"③。不难发现，这种旧剧改写与前文提及的命题创作风格类似，旨在淡化苦难叙事、问题叙事，强化英雄叙事、改革叙事，是在以"正剧"的形态定位迎合精品工程的题旨规范。改后作品大多获得评奖体系的认可，修改过程本身也呈现出一种示范作用，这种示范效果构成了对剧作家本人和相关群体创作风格的题旨引导，催生出以倡导"下岗工人创业"［《黑石岭》（李宝群）、《平头百姓》（王立信）］"城市改建搬迁"

---

① 宋宝珍. 由"剧本荒"透视戏剧创作的人文缺失和机制失衡［N］. 人民日报，2012-04-17.
② 曹琪敬. 指导《父亲》所思所想……［M］// 中华人民共和国文化部艺术司. 2003—2004 国家舞台艺术精品工程论评. 北京：文化艺术出版社，2005：119.
③ 齐致翔. 赏心之旅——2003—2004年度入选国家舞台艺术精品工程十大剧目赏析［M］// 中华人民共和国文化部艺术司. 国家舞台艺术精品工程论评（2003—2004）. 北京：文化艺术出版社，2005：47.

[《搬家》（杨耀红）、《移民金大花》（伟巴，夏祖生）]和"农民进城打工"[《嫂子》（李宝群）、《打工棚》（李世勤）]的"题材剧"创作趋势。尽管该类创作确然会触及经济发展中的社会隐患和时代症状，但剧情走向永远朝着完满的结局发展，对现实困境的解决普遍寄希望于国家政策的宏观调整和个人良心的猛然觉醒，其中能尖锐地指出问题根源并窥探到人性肌理的戏剧冲突颇为少见，嫁接其中用以烘托氛围的宣传语汇和寄托于机缘巧合的情节逆转比比皆是。剧作家群体的主体意识存在偏失，这种"现实主义题材"创作中本应具有的批判锋芒也多为"正剧"的形态规范所遮蔽。

除此之外，这种修改文本的现象同样呈现2000年以来的新创剧目中，以剧作家杨利民创作的《秋天的二人转》为例，相比发表于《新剧本》2003年第6期的原剧本，收入《国家舞台艺术精品工程剧作集·9》的演出本改动诸多。除了对作为"戏中戏"出现的二人转表演进行了祛魅化处理（使"说口"脱离"荤腔"变得文明）之外，还精简了"老锁"母亲的角色以及她从南方回东北老城看望"知青"儿子的"知青戏"情节①，并将其中"刘嫂"迫于生计去火车站"站街招揽顾客"的桥段，演绎为一场"误会"，"不是去火车站化妆找男人，是去火车站换衣服干活……去火车站、货场、道线，找点别人不愿意干的活。"②另外，《父亲》中借退休工人之口传递政府"劳保"政策、"拆迁"政策调整的表述方式，也同样渗透于《秋天二人转》对于"地方文化""民间艺术"政策落实的改写之中，并逐步将"老锁"仗义、血性的性格化塑造，转变为懂法、道德的英模化演绎。事实上，这种以民间逸闻为原型，其中摄入地方曲艺表演的类型话剧在"精品工程""五个一"工程和"文华奖"评选剧目中非常普遍，诸如《望天吼》（卫中、钟海、周振天）、《十三行商人》（陈京松、吴惟庆）、《移民金大花》（伟巴，夏祖生）和《郭双印连他的乡党》（王真）等都具有相似性，其文本在参评、参演的改写过程中同样呈现出对民间曲艺"祛魅化"的处理，对乡风民俗"文明化"的规范，以及对国家

---

① 杨利民. 秋天的二人转[J]. 新剧本，2003（6）.
② 杨利民. 秋天的二人转[M]//中华人民共和国文化部艺术司. 国家舞台艺术精品工程剧作集·第9卷（话剧儿童剧木偶剧卷三）. 北京：文化艺术出版社，2007：940.

语汇"艺术化"的宣传，对现实苦难"写意化"的规避，整体来看是一种基于"精品剧场"和"国家立场"的模范式改写。

这种创排团队的旧剧重排和新剧改编都是以政府类奖项评审原则为基准的，剧本的改写过程既是对剧场文化身份、民族形象确立的一种完善，也是对剧坛生态机制、文化政策导向的一种回应。根据笔者对前后两期《国家舞台艺术精品工程实施方案》的比对，以及对 2000 年以来报刊、媒体、年鉴刊载的获奖信息的整理[①]得出，"国家舞台艺术精品工程"的奖项设立进行了如下调整：以 2008 年为前后两期的界限，从"第一期"每年分设"精品剧目"（10 部）、"提名剧目"（20 部）、"推荐剧本"和"优秀剧本"（2002—2003 年度 5 部、2003—2004 年度 8 部），到"第二期"每年分设"重点资助剧目"（2007—2008 年度、2008—2009 年度各 10 部，2009—2010 年度、2010—2011 年度各 15 部）和"年度资助剧目"（2007—2008 共 20 部、2010—2011 年度共 42 部，其余不详），再到"近期"（2016 年）分设"国家舞台艺术精品工程重点扶持剧目"（10 台）和"全国舞台艺术重点创作剧目"（25 台）。评审机构整体呈现出对剧目演出资助、剧院团体表彰力度的持续加大，而对剧本征集工作、作家原创奖励政策渐趋忽视的倾向。一方面，"滚动制""循环式"的推举方式使剧目可以重复参评，一些剧目通过修改多次入选"提名""年度资助"剧目，甚至最终荣获"精品""重点资助"剧目；另一方面，肇始于 2002 年"精品工程"实施之初的"剧本征集工作"持续了一期，但"推荐剧本"奖和"优秀剧本"奖在 2004 年之后则不再设立。前者在促成剧场对已有剧目加工完善的同时，限定了剧本原创的文本形式，并使新创剧本获评的难度系数明显增高；后者尽管一度激起院团机构和作家群体的创作热情，但征集工作同样意在实体舞台精品的打造，及"征集优秀剧本和音乐总谱，由精品工程办公室采取竞标或推荐的办法提供给具有实力的院团排演"[②]，该计划最终也随同优秀剧本奖项的取消不了了之。不难发现，"精品工程"奖项调整的整体趋势导致剧作家（或者参与剧本创排的编剧群体）的剧本

---

① 参见本书附录一。
② 陈晓光. 在 2003—2004 年度国家舞台艺术精品工程申报工作会议上的讲话（2003 年 9 月 14 日于昆明）[M]//中华人民共和国文化部艺术司. 国家舞台艺术精品工程论评（2003—2004）. 北京：文化艺术出版社，2005：6.

创作只能通过与剧院团体合作，以剧本演出的形式赢得"精品"，而在剧目参评过程中剧作家自身价值的实现也主要基于对已有创作文本修改工作的进一步完善。《国家舞台艺术精品工程（第二期）实施方案》明确指出："对重点剧目给予每部100万元的资助，用于剧目的不断演出和进一步修改提高"。由此观之，"精品工程"的艺术遴选、审美批评的"评奖"色彩逐渐淡化，而文化建设、剧场建设的"资助"色彩日趋明显。作为一种剧场奖励措施或文化资助方案，这种评审导向致使文本的"演出和修改"成为参评院团的工作重心，剧作家的"主体性"及其剧本创作的"原创性"被普遍忽略，而置身于这种评奖机制下剧作家身份也开始向职业化舞台编剧过渡。

与此同时，一直以奖项设立细化、专业化著称的"文华奖"在近年来的评选中也呈现出偏重舞台表演、淡化文本创作的倾向。不同于第二期"精品工程"对"优秀剧本奖"的悄然隐匿，第十五届"文华奖"取消"编剧类"奖项则引起文化媒体界、戏剧评论界的诸多质疑，甚至出现类似"文华奖取消编剧类奖：不重编剧乃短视逐利"[1]的激烈言论。事实上，这种疾呼并非危言耸听，尽管"文华奖"对奖项设置调整旨在精简全国性的文化艺术评奖，营造剧目整一化、舞台规范化的评奖机制，但于原创贫瘠的剧坛形势之中刻意推崇舞台表演，只会让文本缺失的剧场生态更趋萎靡，剧作家的生存空间更趋狭窄。

另外，笔者开头曾提及政府文化部门通过对"中国戏剧奖""中国戏剧文化奖"的设立完成对诸多专业奖项的"整合"，而这种现象同样存在导向剧目"整体化"和演出"仪式化"的评审趋势。以"中国戏剧奖"（由中国文联和中国剧协主办）对"优秀剧目奖"（2005年）和"校园戏剧奖"（2008年）的设立为例，二者分别以"中国戏剧节"和"校园戏剧节"的举办为实体平台，戏剧评奖既是剧目获得参演资格的必要途径，也是节庆举办中颁奖环节举办的重要前提。其中虽有对编剧类、文本类奖项的专门设立，但具体的评比过程仍然依附于剧目整体的参演效果，并最终分属于剧目整体获奖信息之列。显然，作为政府部门开展剧场文化建设的鼓励措施，这种带有"节庆化"和"仪式化"色彩的戏剧评奖丰富了剧场的文化生态。

---

[1] 文华奖取消编剧类奖：不重编剧乃短视逐利[N]. 北京晨报，2016-11-07.

但是，由于对剧目调演和节庆仪式的依附，剧目评审的文化立场和专业姿态则相对淡化。事实上，戏剧评奖也是戏剧批评，"什么被鼓励，什么被贬损，不同的讨论、推介、奖励体现的必然是不同的评价标准"①。相对于专业化的评审选拔，这种"鼓励性"会演评奖的存在价值备受争议，之后诸多节庆活动采取"不设奖"或"以评代奖"②制也是一种必然趋势。总的来说，以文艺会演为实体平台的戏剧评奖旨在征集适宜节庆主题的舞台剧目，并通过该类剧目的舞台竞演共同呈现该类活动的主题。为赢得入围资格，创作团队的剧目演出必须符合节庆、会演的整体标准，剧作家（或参与剧本创作的编剧群体）的文本修改也必须适用于舞台演出实体和节庆会演主题，剧本原貌普遍丢失，多数编剧类获奖文本也是根据现场演出整理所得，其中的集体修改和舞台翻排在所难免，获奖剧本自身的文学价值多为剧目演出的整体价值所覆盖，而剧作家借此表达的主体情怀也受到来自院团集体意志和节庆主题氛围的多方制约。

何为"精品"？既要达成"异地共赏、异时共存"和"文化创新"的经典化标准，也要实现"思想性、艺术性和观赏性"的整体化原则。③作为"国家舞台艺术精品工程"确立与实施的审美向导，精品意识的形成与发展影响着 21 世纪以来节庆类戏剧评奖生态的整体格局，也构成了政府类艺术奖掖措施的根本原则。随着国家文化政策导向的偏斜、政府经济资助力度的加大，参与评奖并成为评奖戏剧是戏剧团队步入 21 世纪剧坛最为便捷的方式媒介，"精品工程""五个一"工程和"文华奖"等获奖剧目也确实构成了 21 世纪剧场最具亮色的风景。然而，具体到戏剧本体的艺术层面，精品化的剧目打造并不完全等同于经典化的戏剧创作，前者作为文化生产的引导机制和舞台艺术的示范标准无疑是成功的，但作为艺术本体的发展氛围和原创戏剧的生产语境却是带有局限性的。"精品意识"在政府评奖中的

---

① 张先. 面对混沌——戏剧批评为什么缺席 [M] // 张洁. 中国戏剧奖·理论评论奖获奖论文集. 北京：中国戏剧出版社，2009：280.

② 例如第五届中国校园戏剧节，不设立奖项，采取"以评代奖"的评审制度. 参见黄艺芹，洪伟成. 以评代奖，"演后谈"更有意义——第五届中国校园戏剧节侧记 [M] // 中国戏剧年鉴社. 中国戏剧年鉴社 2017. 北京：中国戏剧年鉴出版社，2017：154.

③ 陈晓光. 以最大努力求精品工程的最大效益（代序）[M] // 中华人民共和国文化部艺术司. 国家舞台艺术精品工程论评（2002—2003）. 北京：文化艺术出版社，2003：4.

广泛介入确实对当前剧场的文化建设起到了推动作用,但介入本身也意味着对精神题旨、审美意识和表述语汇等诸多层面的限定,因为"精品"的获评与剧团生存、剧目资助的现实利益直接挂钩。置身其中,剧作家的创作无法全然跳脱于"功利化"的现实场景,实现"自觉性"的文学创作,主体精神多为集体利益所诱导,个人情感也多为整体形态所覆盖。诚如戏剧表演艺术家于是之所云,"作品不是什么人抓出来的,而是作家写出来的""这个观念很重要,不好颠倒了"①,这种以评奖机制为动力源泉的剧场生态能否催生出真正的戏剧文学创作有待探讨,但作为戏剧文学创作的主体应该以警觉的姿态面对这场竞争。只有跳脱于政策语汇的题旨限定、舞台表演的形态规范,才能真正冲破形势、形态赋予剧本体裁的束缚,为剧情脉络的发展、人物语言的表述和剧场文本的修改营造出更为自由、宽泛的人学空间。剧作家是戏剧家更是文学家,其创作的作品应该具有文学的独立审美属性以及知识分子的批判立场,只有基于这种文体范式和精神品格的艺术创作才能构成真正的戏剧文学经典。

---

① 李龙云. 我所知道的于是之[M]. 北京:中国青年出版社,2004:65-66.

第二节 民间评奖与剧本中心意识的回归

民间评奖是指由戏剧、文学协会组织承办，以期刊编审为评审主体，以刊载剧本为评审对象的戏剧文学类评审活动。21世纪以来，中国戏剧家协会、中国文联、中国戏剧文学协会以及知名剧作家的研究会、基金会等相关机构，以各自主办、协办的戏剧、文学刊物为主要阵地，通过对"曹禺剧本奖""田汉戏剧奖"评选活动的延续与发展，对"中国戏剧文学奖""老舍文学奖（戏剧部分）"和"老舍青年戏剧文学奖"等奖项评比的开设与调整，逐渐营造出趋向于戏剧文学本体意识层面的专业化评审语境。有别于政府类评奖对舞台整体观念和文化精品意识的强调，民间类评奖主要针对剧本创作本身，侧重于对戏剧创作的文学属性和品阅价值的艺术评判。当然，该类评奖并不回避戏剧文本创作所蕴藏的剧场潜能，只是更为注重剧场属性在剧本创作过程中的文字表述，并主要通过对文本形式的甄别、鉴赏来衡量戏剧创作的艺术内涵。作为当前戏剧评奖体系构成的重要一维，民间类评奖立足于对剧本中心意识的回归并致力于对剧本推介氛围的营造，这种评判体系的建构有助于从根本上解决当前原创性缺失、文学边缘化的戏剧困境。但是，伴随着多媒体影像时代的到来和国家政策对剧场建设的推动，刊物读者的分流现象、流失现象也使该类评奖的影响效果日渐式微，相较于精品工程类、舞台综合性评奖作品的剧场风靡，多数刊物类、文学性评奖作品无人问津。尽管文化部门和评奖机构随之做出相应的改革举措，但问题本身并未从根源上得到解决。与此同时，评奖机构为赢得官方认可四处"寻援"、评奖作品为获取市场认可争相"竞演"，评判体系的审美标准和获奖作品的示范效果纷纷呈现出诸多变种。因此，仔细梳理2000年以来民间类评奖机制的政策调整和获奖作品的风格转型，有助于探寻戏剧文学性评奖的文化价值和时代症状,并从深层挖掘戏剧评奖与剧场生态格局、戏剧创排与戏剧文学理念之间的内在关联。

一、场域的划定与评审体系的形成

戏剧期刊是剧本刊载和剧评发表的"文媒"场域,既是剧作者与读者进行心灵沟通的桥梁,也是剧评家与作者实现理论探讨的媒介。作为鼓励剧本创作、活跃剧评氛围的文化阵地,戏剧期刊的出版发行是民间类评奖得以延续发展的重要前提。类似"曹禺剧本奖"(《剧本》)、"田汉戏剧奖"(以《上海戏剧》、《戏剧丛刊》和《戏文》为代表的十余家期刊)、"中国戏剧文学奖"(《中国剧本》)和"老舍青年戏剧文学奖"(《新剧本》)等都以其所依附的戏剧期刊作为传播媒介,并以相应的期刊编辑部作为活动具体承办的职能机构。根据皮埃尔·布尔迪厄的"文学场生成与结构"理论,"场是位置","每个位置客观上都被它与其他位置的客观关系决定,或换个说法,都被直接相关的也就是有效的属性系统所决定,这些属性准许这个位置处在属性的总体分布结构中并与其他一切位置相关联。"[①]具体到21世纪以来民间类评奖体系的形成,戏剧刊物作为剧本刊载的文学场域影响并受制于评审格局的逐步划定。一方面,多数戏剧杂志隶属于地方文化机构,对参评剧本的推介标准带有明显的地缘导向,也就是侧重于剧本创作对当地地域风土和历史人文的艺术呈现;另一方面,出于戏剧评奖影响效用的品牌打造需要,其对评审格局的整体设定又趋向于全国整体范围内的剧目引介和剧本推广,即在诸多期刊媒介和评审标准的平衡过程中尽量拓展自身的规模性优势。

21世纪以来"田汉戏剧奖·剧本奖"的评选与该奖设立之初相比,在获奖作品的剧种比例和成员单位的结构构成层面都存在大幅度调整。据资料显示,"田汉戏剧奖"由"华东六省一市十家戏剧期刊(《上海戏剧》《上海艺术家》《安徽新戏》《戏文》《戏剧丛刊》《戏剧世界》《戏剧界》《剧影月报》《福建戏剧》《影剧新作》)

---

① 皮埃尔·布尔迪厄. 艺术的法则——文学场的生成与结构[M]. 刘晖,译. 北京:中央编译出版社,2011:207.

编辑部研究决定联合举办",并注明"评奖活动一年举办一次。自一九八七年起对上一年十家刊物所发表的剧本(现代戏、新编历史戏、经加工整理的传统戏)及戏剧评论文章进行评选"①。而事实上,该奖项自举办开始成员单位的构成就由于部分刊物的停刊不断调整,至第12届(1998年)减少为7家。自第13届(1999年)开始,随着"华东地区田汉戏剧奖"更名为"田汉戏剧奖",成员单位的期刊构成开始向全国范围扩展,依次增加了《艺海》(湖南)、《东方艺术》(河南)、《剧作家》(黑龙江)、《戏剧文学》(吉林)和《大舞台》(河北)等期刊,成员单位数目也先后从7家(12届)到10家(第13届),最终扩充到14家(第16届)。②到第30届的举办为止,"田汉戏剧奖"从由民间发起的华东区域评奖"逐步扩展成由中国田汉研究会主办、14家戏剧期刊轮流承办的学会评奖活动"③。地域范围的拓展使参评剧本的来源更为丰富,学会的参与也使得奖项评比的专业标准更为系统。总的来说,这种地域范围的外延和专业标准的导向赋予了该奖项规模性的优势,其奖项的影响力和获奖作品的知名度也随着这种调整得以显著提高。而具体到话剧这一现代戏剧形态,其在获奖作品中所占的比例较20世纪末也有了明显的改观,根据本书附录二中对获奖剧目总数和话剧获奖剧目的整理情况来看,话剧已逐渐成为"田汉戏剧奖"剧目评选中的重要组成部分。尽管其中获奖的话剧作品仍以对地方戏曲和新编历史剧的改编为主,如《天苍苍野茫茫》(周长赋)、《吴越枭雄》(夏强)、《花蕊夫人》(郭启宏)、《才女鱼玄机》(王文胜)和《大明四臣相》(刘艳卉、陆军)等话剧文本仍然带有传统戏曲的审美导向和艺术风格,透过其作品的素材原型、行文风格也多半能划定出推介刊物的地域归属和文化类属,但参评作品对戏剧形态的尝试和评审标准对剧目形式的拓展都为"田汉戏剧奖"营造了更为宽泛、系统的格局。事实上,剧本评奖对现代戏剧文本所占比重的提升不仅仅是对多元剧种比例调配的客观完善,更意味着体系格局对现代戏剧理念形态和世界戏剧生态氛围的一种融入,而这种现代趋向(在不影响奖项本身对传统戏曲、地方剧种保存发展的前提下)也是与"田汉戏剧奖"从地方区域化走向全国专业化

---

① 华东十家戏剧期刊联合主办"田汉戏剧奖"评奖活动[J].上海戏剧,1987(4).
② 参看本书附录二。
③ 全国戏剧期刊主编年会暨第30届田汉戏剧评奖评委会在盐城举行[J].戏剧文学,2016(9).

的格局调整相同步的。

当然，这种趋于规模化和专业化的评奖格局并不独属于"田汉戏剧奖"评选，而是覆盖了21世纪戏剧文学评奖的生态整体。"中国戏剧文学协会"自2000年伊始便以"惠及大众、还戏于民"的民间立场和"戒除垄断、扶掖新品"的专业姿态承办剧本评奖，其举办的"中国戏剧文学奖"以类型细化、层次均匀的奖项设定赋予了专业、非专业剧本作者展示才华的机会，其主办的《中国剧本》杂志也为其剧本的刊载营造了较为广阔的空间。2009年，随着国家文化部门对评奖活动的参与以及《全国戏剧文化奖章程》的颁布，剧本类评奖成为包含"剧本创作、戏剧评论、剧目演出和制作"的综合类评奖设定的组成部分，改名后的"全国戏剧文化奖"（"第七届中国戏剧文学奖"）更是成为"中共中央、国务院批准保留颁发的全国大奖，国家文化部门评比达标的八个保留项目之一"[①]。平心而论，细化的评审标准和宽泛的评审格局确实冲破了"贵族式"的戏剧圈脉，为剧作者打造了一个"平民化"的创作平台。其中不乏对优秀戏剧创作、戏剧作家的扶掖，比如《天之骄子》（郭启宏）、《兰州老街》（张明、杨晓文）和《梅兰芳》（龚孝雄、毛坚）等剧本的评出眼光卓睿并早于其他戏剧奖项对该作品的关注。毋庸置疑，同步于21世纪戏剧文学创作的"中国戏剧文学奖"评比旨在激发文本创新热情并唤回戏剧文本意识，其规模性、专业性格局导向也很具有代表性。但是整体来说，庞大的奖数设定、烦琐的层次区分在泛化评奖的同时拉低了奖项的含金量，这种"规模性"的评奖格局也导致"中国戏剧文化奖"逐渐演变成一种带有"专业性"的文本汇编。

相较而言，同样以"发掘剧坛创作人才，繁荣21世纪戏剧文学创作"为宗旨的"老舍青年戏剧文学奖"评比具有更强的针对性和时效性，是中国戏剧文学奖"推剧模式"的"精简版"和"青春版"。2002年，该奖项由北京戏剧家协会、《新剧本》杂志社和老舍文艺基金会共同举办，至2017年已成功举办四届。作为一个"立足北京，面向全国、面向青年的戏剧文学大奖"，除了对参评作品"现实性、新锐性和原创性"的倡导，还刻意强化参评作者的年龄层次为青年群体，注明作品本身须未曾刊载、未曾演出和未曾参与其他评奖。这些剧本获奖后的刊载相对集中，以增

---

① 姜彤林. 解读全国戏剧文化奖[J]. 中国剧本, 2013 (1).

刊设置或相继刊载的形式呈现于《新剧本》杂志，并通过这种平台本身达成剧本推介、剧评鉴赏和剧团演出的具象合作。以第三届为例，主办方开始采用"混合评审"，也就是"不再分设戏曲、话剧两大块进行评审"①，并同步开启"青年戏剧文学奖励扶持计划"。作为一种以文学奖项征集剧本、推介新人的项目模式，"老舍青年戏剧文学奖"有意模糊剧种框定、拓展剧场理念，致力于面向全国范围、新锐戏剧的平台打造，是当前戏剧评奖体系"规模性、专业化"整体格局的必要补充。

最后，作为戏剧文学评奖体系中最为重要的构成单元，"曹禺戏剧文学奖"于2000年以来在奖项设立名称、剧本选评范围和评审主体构成层面的调整也同样呈现出规模性和专业化的趋势。只是，不同于"田汉戏剧奖""中国戏剧文学奖"和"老舍青年戏剧文学奖"等奖项设立对剧本新作的推介意图，该奖的评比色彩和追认成分更为鲜明，其剧坛影响的规模性优势和剧本遴选的专业性标准也渗透着较为明确的国家话语导向和意识形态规范。"曹禺戏剧文学奖"名称的由来，在评选章程的总则中曾有详细说明，"曹禺戏剧文学奖是中国戏剧家协会主办，中国戏剧家协会创作委员会和《剧本》杂志社承办的全国性的戏剧文学创作奖，其前身为中国戏剧家协会自1980年起主办的每两年一度的全国优秀创作奖"②。毋庸置疑，从首届"全国优秀剧本奖"到第三届"全国优秀创作奖"③，从"'92—'93曹禺戏剧文学奖"到"'97中国曹禺戏剧文学奖"④，再从"'98中国曹禺戏剧奖·剧本奖"到"首届中国戏剧奖·曹禺剧本奖"⑤，奖项命名的更迭意味着主办单位构成和评选标准体系的调整，

---

① 杨乾武．序：老舍青年戏剧文学奖励扶持计划的前身今世［J］．新剧本，2015（增刊）．
② 颜振奋．曹禺剧本奖——促进戏剧创作的繁荣发展［J］．中国戏剧，2009（10）．
③ 首届"全国优秀剧本奖"（1980—1981年）由原文化部、中国剧作家协会主办，《剧本》月刊编辑部具体负责；第二届"全国优秀剧本奖"（1982—1983年）开始由中国剧作家协会主办，《剧本》月刊编辑部具体负责。
④ 1992年，也就该奖举办的第七届改名为"曹禺戏剧文学奖"，"'92—'93曹禺戏剧文学奖"仍然由中国剧协主办，《剧本》月刊编辑部具体负责；"'97中国曹禺戏剧文学奖"开始由中国文联和中国剧协共同主办，《剧本》月刊编辑部具体负责。
⑤ 1999年，"曹禺戏剧文学奖"改名为"中国曹禺戏剧奖·剧本奖"，和"梅花奖"一同置于曹禺戏剧奖之下，每年举办一次，由中国文联和中国剧协共同主办，《剧本》月刊编辑部具体负责；2004年，中宣部开始对全国文艺评奖活动进行整顿，该奖改名为"中国戏剧奖·曹禺剧本奖"，划归为同时包含"曹禺剧本奖""梅花表演奖""理论评论奖""校园戏剧奖""小戏小品奖"和"优秀剧目奖"的"中国戏剧奖"的子项目之一，由中国文联和中国剧协共同主办，《剧本》月刊编辑部具体负责。

既是对戏剧协会以及《剧本》编剧部门对参评剧本题旨导向、风格引导的一种具象呈现，也是对政府文化部门重视程度、监管力度政策调整的晴雨表露。而2000年以来，也就是从第15届开始，国家政府的参评意识逐步增强无疑一种显著趋向。另外，"曹禺戏剧文学奖""规模性"的扩大并不是指获奖剧目数量的增多，（相反其数目呈递减趋势，从2000年开始精简到10部以内，2017年第22届在政策改革后缩减为5部），而是体现为对刊载时间限定的拓展和对剧场空间影响意识的强调。事实上，该奖项设立伊始是一种年度总结式的及时评奖，也就是主要针对在该年度刊载或者演出的优秀剧本，进行择优录取（除了首届由于积压优秀作品太多例外），而这种时空限定在2000年以来被不断打破。以《荒原与人》（李龙云）《知己》（郭启宏）《有一种毒药》（万方）和《风刮卜奎》（张明媛）等几部获评作品的为例，剧本创作（刊载）时间、首演时间与获奖时间间隔很长，奖项评选在很大程度上意味着对旧作重刊和旧剧重演的"追评"。这种评选意识使剧场媒体和期刊媒体的来源范围不断扩大，奖项含金量也显著提升。与此同时，"专业化"是对评奖"理论规范"和"奖项细化"的一种要求，"中国戏剧奖"在全面提升"曹禺剧本奖"影响效应的同时，也将奖项标准独立于表演类、演出类和剧种类（小戏小品），并凸显出专注于剧本创作本身的文学内涵和艺术水准。

这种官方意识的介入在助力评奖开展、提升奖项知名度的同时，也为评奖体系带来了题旨和形态层面的约束，体现为获奖作品整体对革命史述的宏大演绎、对改革建设的时代讴歌。相比革命历史题材和当代英模题材，获奖剧本对婚恋叙事、底层叙事和社会问题叙事的关注明显薄弱，除了《有一种毒药》（万方）、《大都市辩护》（王钢）、《临时病房》（沈虹光）、《矸子山》（李宝群）和《老大》（喻荣军）等少数几部关注都市情感危机、涉及底层生存困境的作品获奖之外，多数超脱于"主旋律"色彩和宏大历史背景的剧本创作均未能入围或者止步于奖项"提名"。诚如长期参与评奖的评委指出"作品体裁单一"是当前"曹禺剧本奖"的主要症状，获奖作品中"正剧占绝大多数，可谓'一统天下'"[①]，而这种述评

---

① 温大勇. 从曹禺剧本奖等获奖作品看话剧创作存在的问题[J]. 戏剧文学, 2010（4）.

与部分戏剧理论研究者对21世纪"正剧时代"①的形态界定如出一辙。不难发现，21世纪以来曹禺剧本奖、提名奖与国家舞台艺术精品工程、文华奖、"五个一"工程奖的重合程度持续走高，这种导向也意味着"曹禺戏剧奖·剧本奖"评选的主流色彩和正剧导向日趋明确。由此可见，以倡导"主旋律与多样化的统一，思想性与艺术性的统一"②的评审宣言并非姿态性的导言陈述，而是普遍渗透于整个带有舞台综合导向、民族文化理念的审美体系，而曹禺剧本奖作为戏剧评奖格局的中流砥柱，对主流戏剧在题旨选材、形态示范层面的影响作用无疑是决定性的。

简而言之，格局意识就是不同奖项对自身形态、层次和职能的整体划定，21世纪以来的戏剧评奖体系主要由主流剧场呈现（曹禺剧本奖）、民间剧本发表（中国戏剧文学奖、田汉戏剧文学奖）和新锐戏剧推介（老舍青年戏剧文学奖、老舍文学奖的戏剧部分）三种模式构成，三者之间彼此影响但互不冲突，存在交叉又互不重合。由刊物编辑部承办的奖项评比等同于纸媒编辑的二次筛选，也意味着文化阵地的自我坚守。按照"戏剧老人、田汉戏剧奖名誉秘书长"所云，"戏剧期刊必须融入当代的戏剧运动，成为戏剧人展示才艺的平台；成为剧作家、理论家与读者、观众的纽带"③。平心而论，戏剧期刊作为评奖格局形成的场域，于21世纪呈现出专业化的水准和及时性的势头，戏剧评奖格局的整体构成也体现出全国范围的规模性导向和回归剧本中心意识的审美姿态，这种对戏剧场域的打造趋势，也引起了本书对当前获奖剧本在文学理念重塑、剧场理念革新层面的深入思考。

二、界限的消融与文本理念的革新

民间类评奖是文学评奖，剧本创作对文学性的蕴藉与凸显，是剧作者赢得该类奖项的重要依据。何为戏剧的文学性？戏剧理论家曾有多维而细致的表述，这里可

---

① 吕效平. "本世纪迄今为止，是中国戏剧的正剧时代"。吕效平. 二十一世纪中国文学大系（2001—2010）戏剧卷［M］. 南京：南京师范大学出版社，2014：4.
② 晓耕. 第十四届中国曹禺戏剧奖·剧本奖颁奖典礼在上海举行［J］. 中国戏剧，2001（10）.
③ 章骥. 站在田汉故居前——写在"田汉戏剧奖"评奖颁奖活动二十周年之际［J］. 戏剧文学，2006（5）.

以简单概括为精神层面的人文关怀、美学层面的诗意表达、叙事层面的形式建构和语言层面的性格塑造。①诚如评论者所指出，"好的戏剧绝不应该随着节庆而昙花一现，应该能长久演出；而且，戏剧总体上是一种叙事性的文学样式，它的第一步是作家的单独劳动——写作"②。由此可见，戏剧的文学性是衡量一部剧作艺术品质优劣的核心标准，是决定该部剧作能否历经剧场检验成为舞台经典的首要前提。21世纪以来，民间类评奖对戏剧文学性的审美回归既与整体规模性、专业化的评奖格局趋势相同步，也与当前原创性缺失、文学边缘化的戏剧困境相关联。可以说，评奖体系中文学性标准的确立，是华文戏剧界致力于打破僵局、营造良好创作氛围的一种文化机制和引导策略；而伴随着期刊媒介对剧坛文学生态的引领，参评剧本的创作也确然呈现出对文学本体意识理念的回归，并趋向于对文体、剧种表述形式界限的消融。纵览21世纪以来期刊类戏剧评奖的参评作品，富于诗词韵白语汇的文人历史剧和带有民族曲艺元素的当代改革剧占有很大篇幅，这种文体的互渗现象构成了当前剧本创作的一种潮流。而伴随着"界限的消融"，剧作家群体在剧本创作的表述风格、叙事结构和素材选取层面均作出相应的调整，其整体对戏剧文学理念的革新基本可以归结为语言层面的诗词引述、结构层面的曲韵衔接和故事层面的原型借鉴。

首先，"诗词入'话'、歌赋造'境'"是当前历史故事剧创作较为普遍的话语形态。一方面，作为中国古典文学的精粹，诗词歌赋字字珠玑、句句练达，熔铸着吟咏者的人伦感触和历史怀兴。《与苏武诗》《金缕曲》《白马篇》和《七步诗》等名篇蕴藏着诗人对人性的永恒追溯和对历史的戏谑喟叹，由此演绎的《天苍苍野茫茫》（周广赋）、《知己》（郭启宏）和《天之骄子》（郭启宏）等历史文人剧以千古文人的士族情怀和精神境遇为切入点，借古论今、针砭时弊，呈现出历史重排的人性思辨和时代韵律，其在诸多民间类评奖的获评实至名归。另一方面，作为格致、凝练的语言形式，诗词格律在提升剧本创作文学品相的同时，也为人物性格

---

① 丁罗男. 文学的边缘化与戏剧的贫困化——关于戏剧与文学关系的再思考［M］//李伟. 剧评的境界：二编. 上海：文汇出版社，2017：50-51.
② 孙惠柱. 文学的退场，是对戏剧的最大误解［N］. 文汇报，2016-03-01.

的塑造和故事情节的发展营造出更具空灵的境界。按照剧作家郭启宏自己所说，"空灵似乎是一种境界，它通过戏剧语言形象化的叙述把受众引入一个想象的空间。这个空间即所谓境界"，"从本质上看，空灵不属于戏剧，而属于诗！在戏剧里追求空灵，追求的是戏剧的诗化"①。从《天之骄子》剧中曹氏父子"疑坟"相会品公道，到《知己》剧中吴兆骞、顾贞观二友"梦中"相会论气节；从《沧海争流》剧种施琅、郑成功"庙堂"之上品功过，到《天苍苍野茫茫》剧中李陵、苏武"塞外"边陲论善恶，以郭启宏、周广赋为代表的史剧作者一直延续着对人物内心情境的深入开掘，并不断借助诗意的独白（或对白）将人物的心灵空间具象呈现。无疑，诗词曲赋是文人心相的语言外化，赋诗、品诗、谈诗和论诗则成为文人心境最为直观的交流平台。事实上，类似以吟诗为开头的《风刮卜奎》（张明媛），以谱曲为高潮《风月无边》（刘锦云），以唱词为结尾的《知己》（郭启宏）的剧情架构不胜枚举。②吟诗、作词和谱曲作为人物动作的设置和故事情节的走向附着于诸多获奖的史剧创作中，剧作家借助对韵文的吟咏抒发角色塑造的潜在文本并对全剧题旨完成提纲挈领的隐喻勾勒，寥寥几笔足以描画出传统文人的气节风骨，袅袅回音将人世况味和人性思辨推向历史的纵深。

其次，"话剧加'唱'、幕间加'戏'"仍然是21世纪以来评奖剧作独具民俗韵味的结构形式，这种风格导向以当代改革题材的方言话剧创作最为明显，也涉及部分革命历史题材戏剧的地域性创编。无论是镶嵌于剧情演进之内以"戏中戏"形式呈现的"二人台"（《黄土谣》）③、"快板书"（《红旗渠》）④和"落子戏"（《祖传秘方》）⑤；还是贯穿于全剧始终以"幕间戏"结构呈递的"越剧"

---

① 郭启宏. 郭启宏文集·戏剧编（卷一）[M]. 北京：文化艺术出版社，2006：232.
② 《风刮卜奎》以宁汝城与众爱国诗人赋诗笔会为开场，《风月无边》以李渔为雪儿谱写《比目鱼》传奇为高潮，《知己》以云姬吟唱《金缕曲》为收尾.
③ 孟冰. 黄土谣[M]//剧本杂志社，武汉市文化局. 曹禺剧本奖获奖作品选. 北京：作家出版社，2007：338.
④ 杨林. 红旗渠[J]. 剧本，2011（9）.
⑤ 孙浩，黄伟英. 祖传秘方[J]. 戏剧文学，2015（8）.

(《老大》)①、"秦腔"(《凌河影人》)②和"鼓子戏"(《兰州老街》)③等，地方戏曲和传统曲艺的戏文穿插于剧本之中，或作为题旨隐喻深化主题，或作为结构框架推进剧情发展，或作为内心独白塑造角色，或作为画外音效渲染情绪。这类戏文的切入打破了传统与现代戏剧的语汇间隔，成为现代戏剧创作最为地道的民俗形态。剧作者通过对地方戏曲元素的渗透和传统曲艺形态的借鉴，也营造出浓郁的地域风情和鲜活的戏剧效果，为当下的戏剧文学创排的语汇挖掘和空间缔造增色不少。当然，这种回溯传统民俗、借鉴戏曲理念的创作潮流并非缘起于21世纪戏剧评奖对"文学性"理念的重视本身，而是20世纪中国戏剧民族化进程的一种延续和发展。只是相比于20世纪末《桑树坪纪事》《中国梦》和《狗儿爷涅槃》等民族话剧在舞台排演理念层面的探索，《黄土谣》、《红旗渠》和《兰州老街》等戏剧作品更为重视"戏文""曲文"和"歌文"在文本层面的表述，以及"戏曲唱段""曲文节选"和"歌词复沓"对人物性格和题旨呈现维度的引申。总的来说，是一种从导演形态到编剧模式的具象化过渡。这种曲艺模式连同前文笔者提及的诗化导向，都源于21世纪以来剧本创作立足民间、回溯传统的文化理念。而这种潮流本身既是21世纪全球化语境的一种文化趋势，也是华文剧坛缔造民族语系的一种戏剧构想。诚如奈斯比特和阿伯迪妮对21世纪的预测，"我们的生活方式越趋向同一，我们对更深层的价值观，即宗教、语言、艺术和文学的追求也就越执着。在外部世界变得越来越相似的情况下，我们将愈加珍视从内部衍生出来的传统的东西"。④作为中国戏剧语汇的民俗积淀和文化传统，诗词、曲赋被现代戏剧文学创作的形态所借鉴、移接，甚至溶解、内化是一种必然趋势，也是华文戏剧以独立品貌跻身于世界剧坛的客观基础。但这种对诗文格律、戏曲传统的吸纳仍然应该以现代戏剧理念和人道主义精神为前提，以舞台形式规范和人物塑造要求为标准，否则将会导向

---

① 喻荣军. 老大[J]. 剧本，2012（2）.
② 隋治操，刘家声，张汉良. 凌河影人[M]//中国话剧艺术研究会. 中国话剧百年剧作选（2000—2007）第19卷. 北京：中国对外翻译出版公司，2007：337.
③ 张明，杨晓文. 兰州老街[M]//剧本杂志社，武汉市文化局. 曹禺剧本奖获奖作品选. 北京：作家出版社，2007：117.
④ 约翰·奈斯比特，帕特里夏·阿伯迪妮. 2000年大趋势[M]. 军事科学院外国军事研究部，译. 北京：中共中央党校出版社，1990：141.

文学理念的偏差和戏剧观念的倒退。

再次，以现代经典和当代小说为原型素材的改编创作也是21世纪评奖剧目的重要组成部分，改编剧在"曹禺剧本奖""老舍文学奖"和"老舍青年戏剧文学奖"的评选剧目中占有着很大篇幅，其对原型素材的借鉴方式和改写风格具有文学化、经典化的审美导向。无疑，叙事性是衡量一部戏剧作品文学价值的重要维度，主流戏剧作品的演绎仍然是以对剧情的直观呈现为前提的。小说作为以叙事为主的文学形式可以为戏剧的创排提供鲜活的角色类型和丰富的故事情节，也自然会成为戏剧改编最为便捷的文体参照和素材来源。但是，戏剧的根本任务决定了改编剧的叙事性与小说的叙事性有所区别，诚如戏剧理论家所说，"戏剧的任务并不在于把事件的过程叙述清楚，而在于写人，在于塑造人物性格，在于揭示人物的内心世界"[1]。因此，对于小说的改编不该拘泥于简单的剧场搬演，而应该通过文本层面全新叙述开掘人物角色内在感知。基于对布莱希特"叙述体"戏剧观念的发展，获评的小说改编剧基本呈现出以下两种叙述类型：一类是以《大先生》（李静）和《金大班的最后一夜》（赵耀民）为代表的时空化改编，一类是以《我在天堂等你》（黄定山）和《正红旗下》（李龙云）为代表的评注化改编。前者通过时空的措置串联角色、切换剧情，进而呈现角色本人的心灵空间；后者凭借叙述者的角色安置引述情节、分析角色，完成对原著小说潜在文本的再度阐释。当然，改编剧的兴起与原创缺失的剧坛困境有很大关系，剧作家群体借助优质小说的文学基础，通过对原型的引入和素材的重排为当下剧场树立了戏剧经典的文学标准，其对小说形式"文学性"的借鉴是以对戏剧剧目"经典性"的打造为旨归的。作为评奖生态文本导向，这种改编风格也构成了对近年改编剧创排的示范效果，例如《老舍五则》（王翔）、《丁西林民国喜剧三则》（班赞）和《聆听弘一》（曹路生）对经典文本的串联性拼贴，《四世同堂》（田沁鑫）、《活着》（张先、许绿纶）和《平凡的世界》（孟冰）对叙述人物的角色安置等，都带有之前获奖改编剧本的影子。

剧作家通过诗词语汇的摄入，戏曲元素的借鉴和文体形式的互渗呈现出多元化

---

[1] 谭霈生. 论戏剧性[M]. 北京：北京大学出版社，1984：134.

的戏剧文学形态,民间类评奖凭借文体形式"界限的消融"营造出更为宽泛的审美格局。然而,这种依附于文本形式的文学性追溯是否可以完全跳脱于剧场语境?答案显然是否定的。因为,剧作家和理论界对剧本理念的文学化建构必然受制于剧场化建构,而事实上这种形态限定不仅仅指剧场理念对剧本语言的形式化引导,也涉及政策语境对剧本内容的题旨性规范。

三、整体原则的介入与综合性评审的导向

戏剧文学属于文学创作,由戏剧刊物、协会评选出的优秀剧本与其他形式的文学创作一样浸润于中国文学发展整体的生态之中,既是该种生态孕育催生的精神产物,也是形成这种文化格局的示范模板。按照文化批评者的总结,"文学生产的市场他律与政府调控的文化领导交错并存"是"21世纪文学生态表现出的重要特点"①,而这种特点同样体现在21世纪的创作氛围和剧场生态之中。戏剧文学创作的结构规律和语汇形态决定了其对剧场生态的客观依附,这种交互关系也决定了剧本创作必须置于当前的艺术场域。因此,文学生态的文化语境和剧场生态的整体原则共同影响着剧作家的创作心态和戏剧理念,进而影响到参评剧本整体的艺术水准和审美趋向。毋庸置疑,戏剧评奖是鼓励戏剧创排的文化策略和示范机制,这种评审初衷不仅属于政府机构设立工程类奖项,也同样属于刊物、协会评选文学类奖项。前者以艺术基金的大量资助为基础,致力于剧场精品的打造;后者以刊物媒体的文本推介为平台,致力于戏剧困境的解决。两者都有对戏剧文学的关注,但两者对"文学主体"和"剧场主体"的审美侧重有所区别,然而这种区别在21世纪民间类戏剧评奖的发展过程中却渐趋消解。从某种程度上说,文化政策的整体干预和剧场理念的市场介入,共同导致了民间类评奖从"文学性评奖"向"综合类评奖"的转型。

笔者在前文曾提及,对精品剧目的舞台缔造是政府部门主办的艺术工程类戏剧奖项的评审初衷,而这种侧重舞台艺术、院团建制的"整体性"原则同样开始介入

---

① 雷鸣. 新世纪中国文学生态与"文学事件"的发生[J]. 天津社会科学,2018(2).

到由期刊、协会承办的文学类评奖体系之内。诚如李默然代表中国剧协对2002年以来"曹禺剧本奖"评奖过程的总结性发言中所说,"六年来,剧本奖在保持较高文学性的前提下,注重了入选剧本的舞台性,产生了积极的影响"①;2009年,"中国戏剧文学奖"主办方也通过"优秀出品人"奖的设立和优秀剧目调演活动的筹办为获奖作品搬上舞台建立条件,也预示着"中国戏剧文学奖将由一剧之本的纯文本评奖扩展为面对舞台和荧屏的立体艺术的综合性评奖"②。除此之外,"第四届老舍青年戏剧文学奖励扶持计划"(2017)的市场运营,也逐渐明确了"老舍青年戏剧文学奖"作为资助新锐剧本的项目定位和呈递演出实体的媒介属性。毫无疑问,无论是来自政府机构的文化引导,还是源于市场机制的舞台需求,民间类评奖的评审原则开始都偏向于戏剧文学的剧场属性和舞台潜能是不争的事实,其中部分剧本的获评也与自身在艺术节展演和精品工程评选中的成功有很大关系。舞台剧目的优质和戏剧文本的获评有所重合应该是一种较为合理的评审状态,但是这种重合度是由剧本自身的文学内涵和导演排演的艺术水准共同铸成,而不是由精品工程推动和舞台演出效果的整体原则来单方决定。剧本奖评选的"舞台性"倾向和民间类评奖的"格局化"意识相同步,在影响力、知名度骤增的同时,其自身的审美针对性、文学批判性存在被评奖机制、剧场生态"整体原则"遮蔽的趋向。

中国现代戏剧百年诞生之际,剧作家李龙云曾坦言,"绝大多数剧作家的处境是被动的,实现舞台实践有时往往需要扭曲自己。现在我不会这样做了,我用戏剧这种形式在搞我的文学"③。事实上,此番宣言最初见于2002年8月18日《万家灯火》的创作日记,并特别注明,"现在,至少从1997年开始,我不会这样做了。我用戏剧这种形式在搞我的文学。在我这里作品的发表就是一部剧作的终结"④。然而,之后《万家灯火》的命题创作,《叫我一声哥》的精品推选,以及获得第

---

① 李默然. 求真务实开拓创新促进我国戏剧事业的繁荣发展——中国戏剧家协会全国代表大会工作报告(2005年6月28日)[M]//中国戏剧年鉴社. 中国戏剧年鉴2005—2006. 北京:中国戏剧年鉴出版社,2006:10.

② 梧桐. 第六届中国戏剧文学奖隆重颁奖[J]. 剧本,2010(2).

③ 李龙云. 乡土、母亲、畏天知命及其他[J]. 剧本,2007(8).

④ 李龙云. 万家灯火[M]. 北京:中国青年出版社,2004:202.

14届曹禺剧本奖和首届老舍文学创作奖剧本提名奖的戏剧文学《正红旗下》的改编上演，无不置身于评奖机制的形态规范和三大院团（北京人艺、国家话剧院和上海话剧艺术中心）的剧场调度之中，文本的刊载并未构成文本创作的终结，而仅仅是作为戏剧作品艺术呈现的开始。无独有偶，从姚远的《马蹄声碎》到《雁叫长空》（音乐话剧），从万方的《忏悔》到《冬之旅》（小剧场话剧）、从李静的《鲁迅》到《大先生》（无场次非历史剧）等，获奖剧本的剧场实现得益于剧作家创作对剧场观念和舞台效果的整体考虑，而演出脚本的最终确定相较最初发表的版本改动甚多，其中既有作家主动遵循演出形式的语汇调整，也有编剧被动依照规范形态的内容删节，而凸显舞台剧场的演出效果、隐匿现实批判的指涉锋芒是其基本的整改向度。由此可见，戏剧形式和剧场生态对文本创作的影响作用客观存在，获奖文本的剧场走向和脚本呈现的剧场改编受制于整体原则的规范引导。最为优秀的剧作家和剧本创作也未能免俗，一味在创作姿态上的超脱与决绝无济于事，回归戏剧审美的本体，并以此作为持守评奖剧本剧场走向的创作准绳，才是完善评奖剧本剧场理念进而营造良好戏剧评奖剧场生态的关键所在。

何为戏剧性？戏剧理论家归结为，"在假定性的情境中展开直观的动作；而这样的情境又能产生悬念、导致冲突；悬念吸引、诱导观众，使他们通过因果相承的动作洞悉到人物性格和人物关系的本质"①。因此，剧场生态是剧本排演的假定情境正如文学生态是剧本创作的艺术场域，它们作为戏剧和文学的生成的必要条件客观存在并始终存在。换言之，题旨层面的主流规范和剧场层面的舞台导向并非造成剧本创作文学边缘化、精神性缺失的根源，剧作家创作行为的心态定位和戏剧文本理念的审美定位才是戏剧危机的根本所在。只要主流形态的引导和形式层面的限定不影响到"戏剧的本体"，也就是不影响到对"情境中的人的生命的动态过程"②的最终呈现，剧本创作的剧场调整可以存在。以此为前提，剧作者通过调动不同媒介的语汇形态和不同时空的剧场观念，完成对"不受规范与约束的自

---

① 谭霈生. 论戏剧性[M]. 北京：北京大学出版社，1984：319.
② 谭霈生. 戏剧本体论[M]. 北京：北京大学出版社，2009：281.

由想象力与创作力"①的充分开掘,凭借塑造鲜活复杂的人物性格和深刻具象的叙事格局,把剧本的写作"变成一种自觉,一种精神生存的需要"②,由此产生的作品或以此改编的脚本就是最为理想的、兼具文学性和戏剧性的剧本文学。

何为剧作家?既是戏剧文学的创作者,"是作家的一种","通过文学剧本的创作,表达对生活、时代或历史的感悟"③;也是时代的发言者,"必须担负起社会责任",要凭借"社会责任意识和现代意识",捕捉"生活中敏感尖锐的问题与现象"④。无疑,剧场生态对刊物评奖的整体介入提升了剧作家的社会知名度和剧场影响力,但这种评奖语境对于剧作家而言是机遇也是考验。剧作家只有绝对遵从于戏剧形态的审美规律,并坚守知识分子的文化立场,才能抵制市场的利益熏染和评奖体系的形态束缚,将作品的发表与推演后的改写作为引导良好剧场形态的示范性行为,为营造更为宽泛、自由和纯粹的创作环境贡献力量。也只有如此,置身于评奖生态的剧作家群体才能在塑造英模典型和陈述民族历史的过程中具备更为深邃的理性思辨和人性观照,以对当下生活的现实感悟回溯历史撰述的缝隙裂变,用对角色命运的理性拿捏探寻人性演进的道德边缘,使评奖中多数带有主旋律色彩的英模剧、历史剧跳脱道德正剧的模式框定,变成具有人性味和哲理味的艺术戏剧。

综上所述,民间类评奖通过期刊媒介的场域划定、剧种形态的界限消融和剧场文化的生态介入为剧本的参评营造了较为宽泛的空间,剧作家群体也凭借传统语汇的借鉴、文体结构的互渗和整体理念的融入实现了对现代戏剧文本理念和文本形式的革新。诚如戏剧家所指出:"戏剧的流派是根植于文学的,文学的独特性才能

---

① "我向来主张,戏剧文本的创作应该遵循一定的表演艺术规范;然而最要紧的,不是如何接近表演(那是导演的事),而是不受规范约束的自由想象与创造力"。郭启宏. 好一朵美丽的芙蓉花——写在话剧《花蕊夫人》上演后[J]. 戏剧文学,2011(5).

② "对于一个剧作家而言,现在是写好作品的时代。一方面不为时尚所诱惑的作品自然得不到时尚的青睐;而不受青睐的剧作报酬又是那样的低廉。那么,如果一个剧作家仍在写作,就不再是为了名和利。他所写的东西一定是他最想写的东西,写作已经变成一种自觉,一种精神生存的需要,这样写出来的作品,应该是好作品"。李龙云. 杂感二十三题[J]. 戏剧文学,2000(12).

③ 丁罗男. 文学的边缘与戏剧的贫困化——关于戏剧与文学关系的再思考[J]. 艺术评论,2016(6).

④ 刘明厚. 剧作家的社会责任——从遭遇《青春残酷游戏》谈起[M]//孙洁. 中国戏剧奖·理论评论奖获奖论文集. 北京:中国戏剧出版社,2009:385.

带来戏剧表现世界、表现人生的独特样式。"①21世纪以来,剧本奖项的设立与参评正是以戏剧创作的文学价值为审美标准,并以优秀剧本的刊载推介为评审初衷,其格局本身虽然带有主流话语、剧场观念的形态印记,但整体而言是引导于剧本创作和文学创作自身走向的,是以期刊为平台媒介的文学性评奖和专业性评奖。2002年岁末,魏明伦关于"当代戏剧之命运"谈话发表后,戏剧界关于"中国当代戏剧之命运"的讨论从未终止,针对"戏剧危机"根源的探讨也构成了21世纪(伊始)戏剧文学创作与研究的核心命题。总的来说,"精神的萎缩"和"文学的边缘化"是当前戏剧困境的症结所在。为了实现对这种戏剧困境的突围,21世纪的戏剧评奖机制随之调整,标志着剧作家身份地位和剧场影响力的回升,原创剧本和改编剧本大量出版,21世纪初剧本缺失、原创缺失的尴尬境遇得到部分解决;但随着剧场文化的引导和整体原则的干预,参评剧本的整体品貌开始趋于主流化和题材化,奖项的评审标准也开始导向市场化和形态化。剧坛生态整体的原创性和文学性有所提升,但精神性和批判性仍显不足。诚然,刊物评奖作为针对"文学性"的戏剧评奖凸显着评选主体和参评客体对戏剧文本意识的理念回归,但只有笃定更具审美属性的文学性标准和更具专业属性的戏剧性标准,才是这种评奖保有独立意识不为整体原则所同化的根本前提。

戏剧评奖是推动剧场文化建设、鼓励戏剧文学创作的一种引导机制,既是当前戏剧生态格局的主要构成元素,也是影响21世纪戏剧文本创排风格的重要因子。奖项的评定不仅给获评剧目带来了资金的支持和名誉的授予,也为获评剧本提供了刊载的媒介和排演的条件。不可否认,作为当前剧场生态运行的一种内在驱动,诸多鼓励政策对剧作家创作积极性的引导和获评剧本市场影响力的提高产生了积极效果。但同时奖项的评定受到来自国家语汇、市场需求和主流观念等诸多方面的制约,其审美标度、评审原则趋向于精品化、题旨化、舞台性和精品性。在很大程度上,这种趋向从内部影响着参评剧目的形态走向、风格走向,以及剧作家的创作心态和创作理念。作为当前剧场生态发展的一种"市场框架"和"示范标准",舞台精品

---

① 罗怀臻. 呼唤戏剧文学意识的回归[N]. 文学报,2015-07-16.

意识的泛滥一度造成了剧作家创作的主体性缺失和戏剧剧本排演的文学边缘化，尽管戏剧刊物、协会评奖的参与完善对此僵局有所缓和，但整体上影响微薄。事实上，通过剧作家、理论界的不断探索，以及文化部门、戏剧机构的不断调整，无论是工程评奖、节庆评奖还是刊物评奖都在试图营造一种更为专业合理的剧场生态，而这种生态格局的规范性却由于诸多"外在原则"的潜在影响不断被打破，又不断被重建，周而复始，形成奖项名称、理念、标志的不断翻新。21世纪以来，精品剧目的打造和评奖剧本的刊载是当前剧场生态的主体，也是中国戏剧发展的标志，剧作家和戏剧理论家要看到该类作品的整体进步，即对剧本缺失、原创缺失的格局弥补；也应该认识到作品整体存在的问题，即题旨单一、风格单一的形态束缚。在剧作家、理论家的理性探索下，在文化媒体和评奖机构的政策调配下，经过两者的通力合作才能为剧目编排搭建更为专业、合理的评奖机制，为剧本创作营造更为自由宽泛的文化生态。

结　语

2001—2017年间，刊载于文学期刊、出版于作家专集和公布于网络媒体的新创剧本达千余部，是一个数目庞大、种类繁多、题材广泛和风格多元的作品集合。其剧作者除了20世纪末业已成名的知名剧作家，还涌现出大量的新锐导演编剧，以及诸多从事影音文媒、小说诗歌创作的跨界作者。相较于世纪之交剧作家身份边缘、数目锐减的整体状态，该群体的构成规模有了一定的改观，其在戏剧文本舞台呈现过程中的影响地位也有所提升。与此同时，由于文化产业格局的大幅调整和政府文化政策的大力推动，精品剧目建设、工程剧目创办以及带有戏剧节庆色彩的政府类评奖热闹非凡，加之文学协会、戏剧协会和戏剧期刊对民间评奖的大力推介，日趋规模化、专业化的评奖体系逐渐成为剧作家剧本创作的内在驱动，也使得评奖剧目、参评剧本成为21世纪原创戏剧文学作品的重要构成。另外，在全球化语境格局影响下，国际之间多种形式的戏剧文化交流也为国内戏剧文学创作带来了更为专业和系统的经典参照。不可否认，21世纪以来戏剧文学创作迎来了发展的机遇。然而，回述十余年的创作进程，经典性的文本力作仍不多见；细数百余位戏剧作者，杰出的当代作家屈指可数。剧场的繁荣与作品的锐增令人欣喜，杰作的匮乏和生态的含混也令人担忧，这种优劣比例层面的反差与发展轨迹维度的相悖是一个耐人寻味的议题，而这种困惑也启发着笔者开始了对近十余年戏剧文学题旨导向、形态发展和风格演变的细致梳理，以及对戏剧作家创作心态、审美旨趣和精神境遇的深入挖掘。

就题材的选取来看，军旅题材、革命历史题材和当代英模题材构成了"主流"

戏剧创作的主体，文人史剧、社会问题剧和地域题材剧退居其次，前者占据了精品剧目评奖的绝大篇幅，后者也多数可以跻身于戏剧文学评奖的前列位置。知名剧作家对固有题材的"重耕"现象非常普遍，表现为对改革题材的地域文化解读，还有对历史题材剧的剧场理念革新。对宏大叙事的情感书写和对历史叙事的当代反思是21世纪以来"主流"戏剧创作的题旨导向，剧作家集体意识到戏剧创作的"人学"本质，并将题旨形态化的戏剧创作导向对"情感"和"人性"的深层剖析。英模境遇的内心述说、英雄角色的情感袒露和历史文人的境遇感叹充实着剧本创作的文本构成，丰富了题材本身的内容含量，也将题旨领域的表述形态引向多元。然而，对社会问题根源的探讨和对人性本质的深度开掘却止步于境遇呈现和形式探索本身。受制于精品剧目的评审原则和获奖文本的社会效应，主流戏剧在表述风格日趋写实的同时，其精神题旨仍然导向于旋律主调和政策语汇。因此，主流戏剧的剧本创作虽有导向文学经典化的审美诉求，但整体处于从道德正剧形态向写实主义风格的过渡阶段。

就故事的叙述来看，剧作家对都市新贵、打工者和民间文化捍卫者群体生存境遇的日常述说赋予了一定的哲理深度。不限于单纯为读者陈述情节脉络，而是试图在剧中角色做出选择的同时开掘其内在的心理动机，进而深入探讨现代人婚恋情感、精神焦虑和生态危机等问题。剧作者假借剧中人物对自身生活状态、生活轨迹和生活理念的反思，质疑现代规约、文明秩序与人性本真、情感欲求的内在重复，以及都市建设、工业建设与民俗文化、生态文化的外部矛盾。作为对现实主义题材的日常演绎，该类作品多数呈现于舞台，是影响当前剧场观众审美视野、精神品位和文化理念的主体构成。相较于宏大题材和历史题材对文化工程的依附，日常叙事与生活叙事更多立足于民间剧场本身，既给民营剧场融入了鲜活的生机，也时刻面临着更新换代的挑战。与此同时，戏剧文本的文学价值和哲理深度仍然是判定该类剧目品格优劣的重要标准，也是该类剧本在当下剧场重复演绎仍能历久弥新的必要前提。无疑，跳脱出情节迷宫的叙事格局、深入开掘叙事背后的文化深度是该类作品存在、完善和继续发展的精神依托。

就戏剧观念和创作风格来看，剧作家对戏剧观念的调整影响着自身创作风格的形成，结构形式和语汇元素趋于多元化，戏剧作品往往呈现为一种复合式形态。剧作者群体针对写实与写意、传统与现代、先锋与大众的对位关系进行了不断的尝试。比如在语言表述层面对诗体、曲体以及地域方言等民间语汇和传统元素的切入，形式结构维度对叙述体、陌生化以及排演格局等剧场理念和时空观念的探索，先锋姿态倾向对文学经典、表述方式以及道德规范等主流形态的解构。事实上，该类剧作对于不同戏剧风格的尝试是基于剧场演出的整体形式而存在，这也导致剧作家或编剧者对戏剧观念的探索更多导向于舞台整体观念和市场受益层面。换言之，市场文化和剧场生态构成该类剧本创作的客观场景，这也是很多知名导演、电视编剧可以越俎代庖以身试"剧"的根源所在。风格化的多元呈现和观念性的不断探索是戏剧发展的根本，而这种探索与革新只有趋于专业层面（或是文本，或是剧场，或是表演等）才能有所成效，否则只能被限定于姿态和形式维度的片面尝试。对于剧作者与编剧的界定区分，以及导演与编剧的关系探讨，在剧本创排的风格探寻中非常重要也极为迫切。编导一体和编剧职业化现象是当前剧坛发展的一种走向，戏剧文学创作导向舞台演出的脚本模式也是当代剧场生态的一种趋势。客观地说，导向本身没有正误之别，但剧本理念和剧作家的主体意识却不该受到侵扰。也就是说，纵使跨界也要遵循戏剧文学的审美原则和艺术规律，基于此的探索尝试才有艺术价值，基于此的戏剧文本才有文学内涵。其中，新锐作家群体的形成为当代剧坛带来了生气，其多数成员的学院化背景和学理化姿态也为剧本创作理念的革新态势留下一抹亮色。但是，相较于剧场理念的侧重，该群体完成剧本创作的文本意识、刊载意识仍显薄弱，这也致使其理念创新多数未能保存于或体现在剧本创作中，只在先锋剧场、导演书籍中以演出实体、图谱照片的形式昙花一现。

　　就戏剧创作的人物塑造来看，基于对经典原型的现代演绎是近年来改编剧本创作的一种走向，也是当前剧坛应对经典缺失的一种策略。一是小说文本的跨界改编；二是传统戏曲的现代翻拍；三是现代剧目的复排拼贴。伴随着"新时期二度西潮"对经典剧目的整体引入，经典性的戏剧文本成为当前创作的审美标准和重要参照，而立足本土文化、戏剧形式的经典改写也成为近年来剧本创作导向文学性、经典性的一种主要形式。戏剧贵在写人，经典的角色可以为读者和观众带来相应的心理预期，其自身的呈现也被赋予行动和性格方面的丰富内涵，所以在特定阶段，对原型角色的剧场开掘和跨界文本的剧场移植有助于经典标准的直观确立。与此同时，戏曲原型和民间故事中的原型带有民族文化的亲和力，戏剧作者在重新塑造角色的同时也拓展了文化解读的空间，并在原始意象的呈现中凸显了自身的主体意识和现代意识。当然,借力的初衷不能成为借力的结果,改编剧的创作不能限于剧场的繁荣与文学评奖的收获,而是应该给予剧作家审美的参照和经典的标准,进而从当代的生活中挖掘素材,从生活的场景中塑造角色。剧作者需不断用经典的理论标准检视角色的性格塑造,用原型的评判视域探究文化的生命蕴藏,只有这样才能将原创戏剧文学的发展推向全新的境界。

就创作氛围的生态构成来看,专业的评判体系、政府的评奖机制和市场的文化导向是构成当下剧场生态的外在因素。一方面,"危机"之说自2002年开启,并延续至今,探讨剧作家身份的主体缺失、戏剧创作的文学"边缘化"和现代戏剧的精神萎靡构成了评论界的主流声音,其对文学性、批判性和专业性的呼吁与剧作家群体形成了一种对话关系(尽管整体的回应意识略显薄弱),也促成了戏剧文学领域在学院体系和学理层面的进一步延伸。另一方面,戏剧评奖作为当前剧场生态格局的重要构成元素,既是政府部门鼓励剧作家剧本创作的动力机制,也是国家话语引导剧本整体题旨风格的规范措施。置身于规模化、专业化和整体化的评审体系,剧作家的评奖剧本表现出"文学性""剧场性"和"经典性"精品化导向,也附带着"题旨化""主流化"和"脚本化"的模式化倾向。再有,商业的运营模式也为诸多戏剧节庆的主办、期刊媒体的交流和评奖戏剧的推介构成了很大的影响,在商业市场的赞助与推动下,诸多经费层面的现实困境得以解决,跨国交流、剧场实践和出版经费的赞助为剧作者的创作争取到了更为广阔的视野。当然,盈利本身也代表着一种理念束缚,抛开纯粹的商业戏剧不谈,仅就当下的戏剧文学整体来看这种束缚趋向薄弱,对其发展的推动效果却很明显。

外部的原则主要是通过内部的调整而产生效果的,剧场生态外在的推动与限定、引导与规范始终伴随着剧作家本人(以及参与剧本创作的戏剧人)的遵循与配合、自律与突围。21世纪戏剧文学的创作是20世纪中国现代戏剧百年历程的延续,肇始于世纪之交的戏剧危机与生存困境,先后历经"新时期二度西潮"与"中国话剧百年纪念",是一场置身于中西交汇、文白交汇、古今交汇等多重格局之中的探索历程。致力于对旧有僵局的打破,剧作家整体在题旨的演绎、形态的尝试和语汇丰富层面都做出了一定的贡献,而形式的革新、文化的格局与剧场的生态在促成"困境"突围的同时,又赋予了创作主体更为深层的结构"秩序"与形态"规范"。如何再次突围?如何重构经典?如何让21世纪戏剧创作立足于世界的戏剧之林?这是当前戏剧评论的核心要点也是21世纪戏剧文学研究的初衷。问题的解决仍该回到问题的起点，即对剧作家和现代戏剧文学的概念界定，对戏剧本体和戏剧精神的理念梳理。何为剧作家？是遵从于现代戏剧形态规律的审美创作者，是立足于知识分子文化立场的时代发言者。何为戏剧文学？是富于时空观念和剧场潜能的语言作品，是带有人物性格塑造和场景氛围格局的审美想象。何为戏剧本体？是假定情境中的直观动作和带有悬念的性格冲突；是情节发展中的性格刻画和置身其中的人物关系探讨。何为戏剧精神？是直陈现实的批判立场和以命燃灯的表演热情，是以理为镜的思辨维度和以情为本的人道情怀。以此为界，评论界、文化界才能为戏剧创作营造更为自由、合理的生态格局；以此为训，剧作者、戏剧人才能为剧本创作设置更为专业、长远的文化标准。及此，21世纪的戏剧文学创作才能走出现有的困境，呈现更为良好的状态。

参考文献

[1] 陈白尘，董健. 中国现代戏剧史稿[M]. 北京：中国戏剧出版社，2008.

[2] 董健，胡星亮. 中国当代戏剧史稿[M]. 北京：中国戏剧出版社，2008.

[3] 田本相，宋宝珍. 中国百年话剧史述[M]. 沈阳：辽宁教育出版社，2013.

[4] 田本相. 中国现代比较戏剧史[M]. 北京：文化艺术出版社，1993.

[5] 田本相. 中国话剧艺术通史[M]. 太原：山西教育出版社，2008.

[6] 胡星亮. 中国戏曲与中国话剧[M]. 上海：学林出版社，2000.

[7] 胡星亮. 当代中外比较戏剧史论（1949—2000）[M]. 北京：人民文学出版社，2009.

[8] 宋宝珍. 中国话剧史[M]. 北京：生活·读书·新知三联出版社，2013.

[9] 宋宝珍. 心境情境：中国话剧的人文景观[M]. 北京：北京时代华文书局，2014.

[10] 钱谷融. 论"文学是人学"[M]. 北京：人民文学出版社，1981.

[11] 夏衍. 夏衍电影论文集[M]. 上海：东方出版中心，2011.

[12] 周宁. 20世纪中国戏剧理论批评史[M]. 济南：山东教育出版社，2013.

[13] 钱穆. 从中国历史看中国民族性及中国文化 [M]. 北京：中华书局，2016.

[14] 李扬. 拯救与逍遥：新时期文学发展的精神向度 [M]. 上海：上海交通大学出版社，2013.

[15] 许纪霖. 中国知识分子十论 [M]. 上海：复旦大学出版社，2015.

[16] 顾仲彝. 编剧理论与技巧 [M]. 北京：中国戏剧出版社，1981.

[17] 陈世雄. 现代欧美戏剧史 [M]. 北京：文化艺术出版社，2010.

[18] 李扬. 现代性视野中的曹禺 [M]. 北京：人民文学出版社，2004.

[19] 许诗焱. 主流戏剧的"风向标"：21世纪普利策戏剧奖项研究 [M]. 南京：南京大学出版社，2016.

[20] 杜维明. 道·学·政——儒家公共知识分子的三个面向 [M]. 北京：生活·读书·新知三联书店，2013.

[21] 邓齐平. 20世纪中国史剧研究 [M]. 北京：中国社会科学出版社，2010.

[22] 朱立元，张德兴等. 二十世纪美学 [M]. 北京：北京师范大学出版社，2013.

[23] 李宝群. 从梦想到现实李宝群戏剧随想集 [M]. 北京：中国戏剧出版社，2016.

[24] 樊国宾. 从《父亲》到〈长夜〉李宝群剧作评论集 [M]. 北京：中国戏剧出版社，2016.

[25] 吕叔春. 商鉴：中国各地商人的性格特征 [M]. 北京：中国华侨出版社，2006.

[26] 费孝通. 乡土中国 [M]. 上海：上海人民出版社，2013.

[27] 谭霈生. 论戏剧性 [M]. 北京：北京大学出版社，1984.

[28] 谭霈生. 戏剧本体论 [M]. 北京：北京大学出版社，2009.

[29] 赵耀民. 赵耀民戏剧杂谈 [M]. 上海：上海社会科学院出版社，2007.

[30] 吕效平. 对正剧的质疑 [M]. 上海：上海人民出版社，2009.

[31] 李伟. 剧评的境界 [M]. 上海：文汇出版社，2016.

[32] 李伟. 剧评的境界（二编）[M]. 上海：文汇出版社，2017.

[33] 张洁. 中国戏剧奖·理论评论奖获奖论文集［M］. 北京：中国戏剧出版社，2009.

[34] 王诺. 欧美生态文学［M］. 北京：北京大学出版社，2003.

[35] 杨利民. 戏里戏外的事情［M］. 北京：文化艺术出版社，2013年版.

[36] 李龙云. 落花无言——与于是之相识三十年［M］. 北京：北京出版社，2011.

[37] 李龙云. 我所知道的于是之［M］. 北京：中国戏剧出版社，2004.

[38] 田沁鑫. 田沁鑫的戏剧场［M］. 北京：北京大学出版社，2010.

[39] 马森. 中国现代戏剧的两度思潮［M］. 台北：联合文学出版社，2006.

[40] 丁罗男. 二十世纪中国戏剧整体观［M］. 上海．上海百家出版社，2009.

[41] 黄佐临. 我与写意戏剧观［M］. 北京：中国戏剧出版社，1990.

[42] 余秋雨. 观众心理学［M］. 武汉：长江文艺出版社，2013.

[43] 贡淑芬. 孙德民与山庄戏剧［M］. 石家庄：河北教育出版社，2006.

[44] 赵一凡，张中载，李德恩主编. 西方文论关键词［M］. 北京：外语教学与研究出版社，2006.

[45] 田本相. 新时期戏剧"二度西潮"论集［M］. 桂林：广西师范大学出版社，2017.

[46] 刘家思. 曹禺戏剧的剧场性研究［M］. 北京：中国社会科学出版社，2010.

[47] 徐健. 时代、审美与我们的戏剧——21世纪以来话剧文化观察［M］. 北京：中国戏剧出版社，2018.

[48] 叶舒宪编选. 神话—原型批评［M］. 西安：陕西师范大学出版社，2011.

[49] 胡志毅. 神话与仪式：戏剧的原型阐释［M］. 上海：学林出版社，2001.

[50] 周宁. 西方戏剧理论史［M］. 厦门：厦门大学出版社，2008年版.

[51] 刘平. 追寻心灵之光：孟冰戏剧创造之路［M］. 北京：中国戏剧出版社，2011年版.

［52］曾艳兵．西方后现代主义文学研究［M］．北京：中国社会科学出版社，2006．

［53］林兆华．导演小人书［M］．武汉：长江文艺出版社，2014年版．

［54］中国戏剧年鉴社．中国戏剧年鉴［M］．北京：中国戏剧年鉴社，1999—2016年版．

［55］爱德华·W·萨义德．知识分子论［M］．单建兴，译，北京：生活·读书·新知三联书店，2016．

［56］黑格尔．美学［M］．朱光潜，译．北京：商务印书馆，1981．

［57］让-弗朗索瓦·利奥塔尔．后现代状态［M］．车槿山，译．南京：南京大学出版社，2011．

［58］卢梭．论戏剧［M］．王子野，译．北京：生活·读书·新知三联书店，1991．

［59］基里尔·瓦西列夫．情爱论［M］．赵丹，译．合肥：安徽文艺出版社，2013．

［60］大卫·休谟．人性论［M］．关文运，译．北京：商务印书馆，2016．

［61］赫伯特·马尔库塞．爱欲与文明［M］．黄勇，薛民，译．上海：上海译文出版社，2012．

［62］古斯塔夫·弗莱塔克．论戏剧情节［M］．张玉书，译．上海：上海译文出版社，1981．

［63］丹尼尔·贝尔．后工业社会的来临［M］．高铦，王宏周，魏章玲，译．北京：商务印书馆，1984．

［64］亚里士多德．诗学［M］．陈中梅，译注．北京：商务印书馆，1996．

［65］约翰·霍华德·劳逊．戏剧与电影的剧作理论与技巧［M］．邵牧君，齐庙，译．北京：中国电影出版社，1979．

［66］皮埃尔·布尔迪厄，华德康．实践与反思：反思社会学导引［M］．李猛，李康，译．北京：中央编译出版社，1998．

［67］西格蒙德·弗洛伊德．释梦［M］．张名之，译．北京：商务印书馆，1996．

[68]威廉·尹迪克. 编剧心理学[M]. 井迎兆,译. 北京:北京联合出版公司,2014.

[69]马丁·艾思林. 戏剧剖析[M]. 罗婉华,译. 北京:中国戏剧出版社,1981.

[70]贝托尔特·布莱希特. 戏剧小工具篇[M]. 张黎,丁扬忠,译. 北京:北京师范大学出版社,2015.

[71]贝托尔特·布莱希特. 陌生化与中国戏剧[M]. 张黎,丁扬忠,译. 北京:北京师范大学出版社,2015.

[72]乔治·贝克. 戏剧技巧[M]. 余上沅,译. 北京:中国戏剧出版社,2004.

[73]威廉·阿契尔. 剧作法[M]. 吴钧燮,聂文杞,译. 北京:中国戏剧出版社,2004.

[74]汉斯-蒂斯雷曼. 后戏剧剧场[M]. 李亦男,译. 北京:北京大学出版社,2016.

[75]于贝斯菲尔德. 戏剧符号学[M]. 宫宝荣,译. 北京:中国戏剧出版社,2003.

[76]约翰·加斯纳. 外国现代剧作家论剧作[M]. 杨知,译. 北京:中国社会科学出版社,1982.

[77]米歇尔·普吕讷. 荒诞派戏剧[M]. 陆元昶,译. 杭州:浙江大学出版社,2014.

[78]马泰·卡琳内斯库. 现代性的无副面孔[M]. 顾爱彬,李瑞华,译. 北京:商务印书馆,2002.

[79]卢卡契. 卢卡契文学论文选(二)[M]. 北京:中国社会科学出版社,1981.

[80]卢卡奇. 卢卡契论戏剧[M]. 罗璇,等译. 北京:北京师范大学出版社,2014.

[81]诺斯罗普·弗莱. 批评的解剖[M]. 陈慧,袁宪军,吴伟仁,译. 天津:百花文艺出版社,2006.

［82］皮埃尔·布尔迪厄. 艺术的法则：文学场的生成与结构［M］. 刘晖,译. 北京：中央编译出版社, 2011.

［83］约翰·奈斯比特, 帕特里夏·阿伯迪妮. 2000年大趋势［M］. 军事科学院外国军事研究部, 译. 北京：中共中央党校出版社, 1990.

［84］西格蒙德·弗洛伊德. 弗洛伊德后期著作选［M］. 林尘, 张唤民, 陈伟奇, 译. 上海：上海译文出版社, 1986.

期刊、报刊及论文

［1］胡星亮. 中国话剧与民族戏曲传统［J］. 中国社会科学, 2001（1）.

［2］施旭升. 话剧与戏曲关系建构的逻辑基点［J］. 戏剧艺术——上海戏剧学院学报, 2000（4）.

［3］谢纳, 宋伟. 何为经典如何建构——"走向经典的中国当代文学"学术论坛书评［J］. 当代作家评论, 2017（1）.

［4］童庆炳. 文学经典建构诸因素及其关系［J］. 北京大学学报（哲学社会科学版）, 2005（9）.

［5］宋宝珍. 21世纪话剧的创作面貌概览［J］. 云南艺术学院学报, 2016（1）.

［6］孙德民. 也是一份答卷《春天的承诺》创作谈［J］. 剧本, 2016（10）.

［7］赵瑞泰. 我写《董必武》［J］. 剧本, 2016（8）.

［8］杨健. 时空间形式与叙事结构类型［J］. 新剧本, 2015（3）.

［9］张先. 如何表述镜像中的艺术世界及历史——剧本《尾生与丘》阅读的个人感受［J］. 新剧本, 2015（5）.

［10］丁涛. 质疑与辨析——关于曹禺戏剧的现实主义（或社会问题剧）诸评论［J］. 戏剧, 2003（1）.

［11］刘平. 21世纪话剧创作特点及艺术成就［J］. 云南艺术学院学报, 2011（3）.

[12] 万方. 写戏有感[J]. 新闻与写作, 2007（6）.

[13] 万方. 写剧谈[J]. 剧本, 2007（1）.

[14] 孙惠柱. 角度·深度·温度——喻荣军几个作品中的"外来人"母题[J]. 艺术百家, 2012（3）.

[15] 万方. 墙上裂开了一条缝——《报警的孩子》创作谈[J]. 剧本, 2011（2）.

[16] 周珉佳. 从李伯男的"剩女"题材话剧看小剧场话剧的生存困境[J]. 戏剧文学, 2012（12）.

[17] 宋宝珍. 底层生活的讲述者与底层精神的开掘者——评李宝群及其戏剧创作[J]. 文艺理论与批评, 2008（5）.

[18] 过士行. 我的戏剧观[J]. 四川戏剧, 2005（4）.

[19] 张振海. 地域文化中的戏剧视角[J]. 戏剧文学, 2011（1）.

[20] 黄维若. 一个"徽商"的诞生[J]. 剧本, 2013（10）.

[21] 廖奔, 张平, 杜学文, 杨品, 等. 《立秋》笔谈[J]. 山西大学学报（哲学社会科学版）, 2007（5）.

[22] 李龙云. 乡土、母亲、畏天之命及其他[J]. 剧本, 2007（8）.

[23] 汪树东. 构筑主流与民间之间人性的多维景观[J]. 戏剧艺术, 2013（4）.

[24] 冯俐. 《老大》：一个关于家园的现代寓言[J]. 新剧本, 2015（4）.

[25] 傅玲. 李龙云用一生寻觅[J]. 新剧本, 2003（1）.

[26] 王晓鹰. "精品工程"与"文化影响力"——从"精品工程"应该给我们留下什么谈起[J]. 剧本, 2009（2）.

[27] 董伟, 欧阳逸冰, 李春喜等. 查明哲与"00后"现实主义（查明哲现实题材作品研讨会评论荟萃）[J]. 中国戏剧, 2009（7）.

[28] 姚宝瑄. 《立秋》编剧如是说[J]. 山西大学学报（哲学社会科学版）, 2007（5）.

[29] 高音. 喜剧的路途——《我不是保镖》观看之道[J]. 新剧本, 2015（4）.

[30] 胡伟民. 开放的戏剧[J]. 文艺研究, 1985（2）.

[31]丁盛.一段独特的红色之旅——话剧《红星照耀中国》的叙事结构[J].上海戏剧,2008(5).

[32]吴彤.爱无解——《解药》创作谈[J].剧本,2013(3).

[33]林克欢.另一种叙述——后现代与戏剧[J].中国文艺评论,2017(5).

[34]黄盈.关于幕表制集体即兴创作[J].新剧本,2006(5).

[35]喻荣军.找寻失去已久的身份[J].新剧本,2011(1).

[36]刘明录.自我迷失与生存焦虑——论品特戏剧中的谎言叙述[J].戏剧文学,2013(10).

[37]吕效平.话剧《蒋公的面子》与上海[J].上海艺术评论,2016(2).

[38]童庆炳.文学经典建构的内部要素[J].天津社会科学,2005(3).

[39]喻荣军.编剧在中国戏剧大时代的机遇与挑战[J].剧本,2011(1).

[40]傅谨.呼唤对戏剧的敬畏之心[J].新剧本,2001(1).

[41]陈大联.《雷雨》的当代性——实验戏剧《雷雨》创作谈[J].剧本,2013(12).

[42]舒乙.我看《天朝上邦》[J].剧本,2007(2).

[43]李龙云.《天朝上邦》写作的前前后后[J].剧本,2007(2).

[44]孔庆东.论《四世同堂》的话剧改编[J].艺术评论,2011(3).

[45]丁罗男.读解赵耀民[J].戏剧艺术,1999(4).

[46]李伟.怀疑主义美学视野下的赵耀民剧作论[J].戏剧艺术,2009(4).

[47]孟冰.十年《白鹿原》:戏剧与文学的对话——兼述2016年陕西人艺版话剧《白鹿原》引发的争论[J].当代戏剧,2016(2).

[48]刘晓涵.史性的继承,诗意的缺失——试论陕西人艺版话剧《白鹿原》之得失[J].上海戏剧,2017(9).

[49]牟利锋,罗涛.话剧《白鹿原》研讨会综述[J].当代戏剧,2006(5).

[50]吕效平.下一生再回到这个地方——读剧本《尘埃落定》[J].新剧本,2006(3).

[51]邹红.当话剧与名著联姻[J].21世纪剧坛,2014(4).

[52]孟汇荣.被激活的经典文本——21世纪以来"赵氏孤儿"的话语意义生产[J].戏剧文学,2012(4).

[53] 张海明. 莫言《我们的荆轲》人物三题[J]. 戏剧文学, 2011（12）.

[54] 颜榴. 非人与人之间的面具：《兰陵王》的戏剧张力[J]. 新剧本, 2017（6）.

[55] 胡志毅. 置换变形、复仇母题与象征意象——《赵氏孤儿》的神话原型阐释[J]. 同济大学学报（社会科学版），2015（4）.

[56] 解玺璋. 没了复仇，还有没有"赵氏孤儿"？——看话剧《赵氏孤儿》有感[J]. 艺术评论, 2003（10）.

[57] 刘平. 开掘"经典"，还是颠覆"经典"？——由两台《赵氏孤儿》改编的戏谈起[J]. 戏剧文学, 2003（10）.

[58] 田沁鑫. 东方禅意诉说中国文化——《青蛇》导演阐述[J]. 戏剧文学, 2013（9）.

[59] 耿传明，平瑶. "风云"与"风月"的缠绕——"白蛇传"重述与现代中国特定历史时空下的情欲叙事[J]. 中山大学学报（社会科学版），2015（5）.

[60] 邹红. 在历史与现实之间——历史剧《赵氏孤儿》的改编策略[J]. 北京师范大学学报（社会科学版），2006（2）.

[61] 杨林. 几句题外话[J]. 剧本, 2011（9）.

[62] 傅谨. 政府发问：哪台戏能代表国家形象——2003—2004年度国家舞台艺术精品工程评选心得[J]. 艺术评论, 2005（1）.

[63] 华东十家戏剧期刊联合主办"田汉戏剧奖"评奖活动[J]. 上海戏剧, 1987（4）.

[64] 全国戏剧期刊主编年会暨第30届田汉戏剧评奖评委会在盐城举行[J]. 戏剧文学, 2016（9）.

[65] 姜彤林. 解读全国戏剧文化奖[J]. 中国剧本, 2013（1）.

[66] 杨乾武. 序：老舍青年戏剧文学奖励扶持计划的前身今世[J]. 新剧本, 2015, 增刊.

[67] 颜振奋. 曹禺剧本奖——促进戏剧创作的繁荣发展[J]. 中国戏剧, 2009（10）.

[68] 温大勇. 从曹禺剧本奖等获奖作品看话剧创作存在的问题[J]. 戏剧文学, 2010（4）.

［69］晓耕．第十四届中国曹禺戏剧奖·剧本奖颁奖典礼在上海举行［J］．中国戏剧，2001（10）．

［70］章骥．站在田汉故居前——写在"田汉戏剧奖"评奖颁奖活动二十周年之际［J］．戏剧文学，2006（5）．

［71］雷鸣．21世纪中国文学生态与"文学事件"的发生［J］．天津社会科学，2018（2）．

［72］梧桐．第六届中国戏剧文学奖隆重颁奖［J］．剧本，2010（2）．

［73］郭启宏．好一朵美丽的芙蓉花——写在话剧《花蕊夫人》上演后［J］．戏剧文学，2011（5）．

［74］穆海亮．话剧创作仍需突围——以入选"国家舞台艺术精品工程"的话剧剧目为例［J］．理论与创作，2010（1）．

［75］董健．论中国现代戏剧"两度西潮"的同与异［J］．戏剧艺术，1994（5）．

［76］董健．论中国当代戏剧精神的萎缩［J］．中国戏剧，2005（4）．

［77］李龙云．杂感二十三题［J］．戏剧文学，2000（12）．

［78］马德生．后现代语境下文学宏大叙事的误读与反思［J］．文艺评论，2011（5）．

［79］王加丰．从西方宏大叙事变迁看当代宏大叙事走向［J］．世界历史，2013（2）．

［80］傅瑾．中国戏剧的世纪性转折［J］．中国新闻周刊，2007（3）．

［81］谷海慧．当代话剧史建构中的军旅话剧［J］．解放军艺术学院学报，2014（4）．

［82］丁帆．"现代性"与"后现代性"同步渗透中的文学［J］．文学评论，2001（3）．

［83］吴义勤．21世纪中国当代文学研究的现状与问题［J］．文艺研究，2008（8）．

［84］田本相．美国戏剧的"衰落"与"抵抗"［N］．文艺报，2015-12-25．

［85］孙惠柱．文学退场，是对戏剧的最大误解［N］．文汇报，2016-03-01．

[86] 宋宝珍. 由"剧本荒"透视戏剧创作的人文缺失和机制失衡[N]. 人民日报, 2012-04-17.

[87] 孟冰. 问病当下剧本创作[N]. 中国艺术报, 2013-05-20.

[88] 唐栋. 军旅作家的时代担当[N]. 解放军报, 2014-11-27.

[89] 颜榴. 主流戏剧"人"学缺位[N]. 北京日报, 2008-07-28.

[90] 孟冰. 让主旋律创作好看起来[N]. 光明日报, 2015-10-21.

[91] 钟艺兵. 革命历史题材戏剧创作的回顾[N]. 中国文化报, 2001-08-07.

[92] 黄佐临. 漫谈"戏剧观"[N]. 人民日报, 1962-04-25.

[93] 林克欢. 赖声川版《北京人》问题何在?[N]. 北京日报副刊, 2018-4-12.

[94] 吴戈. 王晓鹰印象:艺术探索与中国话语[N]. 文艺报, 2018-04-02.

[95] 郑荣健. 如何讲述民族精神剥离过程的复杂性——专访话剧《白鹿原》编剧孟冰[N]. 中国艺术报, 2016-03-18.

[96] 老舍. "五四"给了我什么[N]. 解放军报, 1957-05-04.

[97] 孙惠柱. 白领话剧:一种新的商业戏剧[N]. 文汇报, 2005-08-28.

[98] 罗怀臻. 呼唤戏剧文学意识的回归[N]. 文学报, 2015-07-01.

[99] 李静. 从本土出发,话剧方能扎根[N]. 北京日报, 2017-10-26.

[100] 陶子. 现实戏剧真的无路可走吗?[N]. 北京日报, 2005-08-16.

[101] 傅瑾. 2006文化戏剧占据北京舞台[N]. 北京日报, 2006-12-26.

[102] 陈薪伊,贾茂盛,杨邵林等. 中国话剧百年:传承与突围[N]. 文学报, 2007-04-19.

[103] 周珉佳. 中国当代小剧场话剧的文学性与剧场性[D]. 吉林大学博士论文, 2015.

[104] 张姬宰. 中国大陆先锋戏剧先锋性之变迁研究[D]. 南京大学博士论文, 2015.

[105] 胡明华. 东西文化融合视野中的赖声川戏剧研究[D]. 山东大学博士论文, 2015.

[106] 周爱华. 赖声川即兴创作研究[D]. 上海戏剧学院博士论文, 2015.

［107］何明燕．七宝楼台的光华——赖声川舞台剧的多重美学特征［D］．浙江大学博士论文，2012．

［108］宋林生．现代性与民族性——话剧"民族形式"讨论的再讨论［D］．上海戏剧学院博士论文，2007．

［109］宋宝珍．论中国话剧的审美现代性［D］．中国艺术研究院博士论文，2003．

［110］吴保和．中国当代小剧场戏剧论［D］．上海戏剧学院博士论文，2003．

［111］陈吉德．中国当代先锋戏剧研究（1979—2000）［D］．南京大学博士论文，2002．

［112］靳小蓉．传统戏曲的经典化与再生产——以《赵氏孤儿》为中心［D］．武汉大学博士论文，2014．

［113］高鸽．中国话剧演员文化研究（1977年—2014年）［D］．上海戏剧学院博士论文，2015．

［114］珠沙楞．21世纪蒙古戏剧文学审美形态研究［D］．内蒙古大学硕士论文，2017．

［115］樊朝阳．"先锋"与"商业"的并流——孟京辉21世纪先锋戏剧研究［D］．广西师范大学硕士论文，2015．

［116］孙一平．21世纪中国先锋戏剧研究［D］．吉林大学硕士论文，2011．

［117］陈小明．21世纪以来东北戏剧对民间资源的利用［D］．辽宁师范大学硕士论文，2017．

附录一 政府类戏剧评奖结果汇总（1998—2017）

	国家舞台艺术精品工程 （原文化部）			精神文明建设 "五个一工程" （中宣部主办）	
	"十大精品剧目" （2002—2007）/ "重点资助剧目" （2007年至今）	精品提名剧目 （2002—2007）/ "年度资助剧目" （2007年至今）	推荐剧本 与优秀剧本 （2002—2004）		
1998年					
1999年				第7届： （戏剧部分39部）：话剧13部（其中多部重复获奖《虎踞钟山》（总政）； 《洗礼》（总政）；《沧海争流》（福建）； 《炮震》（总政）； 《古玩》（北京）； 《工人世家》（山东） 《圣旅》（河北）； 《春夏秋冬》（湖北）； 《浪涛碧海》（中纪委）； 《马背菩提》（甘肃）； 《小巷民警》（江西）； 《大江奔流》（江苏） 《一人头上一方天》（黑龙江）	

文华奖 （原文化部主办）		中国戏剧奖·优秀剧目奖（中国戏剧节）（中国文联和中国剧协）	中国戏剧奖·校园戏剧奖（中国文联和中国剧协）
文华大奖·文化大奖特别奖· 文华优秀剧目奖·文华新剧目奖	文华单项奖		
第8届： "文华大奖"（共6部）（注明：于2000年6月补评） 《虎踞钟山》南京军区政治部前线话剧团； 《沧海争流》广州军区战士歌舞团； "文化新剧目奖"（共29部）： 《虎踞钟山》南京军区前线话剧团； 《沧海争流》福建人民艺术剧院 《炮震沈阳军区前进话剧团； 《新居》广东省佛山市话剧团； 《老兵》济南军区前卫话剧团； "文化新剧目特别奖"（共7部）：《大江奔流》江苏省南京市话剧团； 《兵妹子》兰州军区战斗话剧团；《马背菩提》甘肃省话剧团。	第8届： "文华剧作奖" （共10部）： 《虎踞钟山》邵钧林 嵇道清； 《沧海争流》周长赋； 《炮震》庞泽云王承友； 《一人头上一方天》张明媛。		

	国家舞台艺术精品工程 （原文化部）			精神文明建设 "五个一工程" （中宣部主办）	
	"十大精品剧目" （2002—2007）/ "重点资助剧目" （2007年至今）	精品提名剧目 （2002—2007）/ "年度资助剧目" （2007年至今）	推荐剧本 与优秀剧本 （2002—2004）		
2000年					
2001年				第8届： （戏剧部分共51部）： 《父亲》（辽宁）； 《"厄尔尼诺"报告》（总政）； 《邓小平在江西》（甘肃）； 《桃花谣》（总政）； 《秦淮人家》（江苏）； 《马卫华》（武警）； 《风驰瑶岗》（安徽）； 《三峡魂》（中国文联）； 《吴登云》（新疆）； 《窗外有片红树林》（团中央/广东）； 《情满草原》（西藏）； 《梅家小院》（宁夏）； 《千秋功罪》（建设兵团）； 《中国制造》（总工会）。	

	文华奖 （原文化部主办）		中国戏剧奖·优秀剧目奖（中国戏剧节）（中国文联和中国剧协）	中国戏剧奖·校园戏剧奖（中国文联和中国剧协）
	文华大奖·文化大奖特别奖·文华优秀剧目奖·文华新剧目奖	文华单项奖		
	第9届： "文华大奖"（共11部）： 《"厄尔尼诺"报告》南京军区政治部前线话剧团； 《生死场》中央实验话剧院； 《父亲》辽宁人民艺术剧院； 《洗礼》解放军总政治部话剧团； "文华新剧目奖"（共53部）： 《圣旅》河北省承德市话剧团； 《岁月风景》广州军区政治部战士话剧团； 《绿荫里的红塑料桶》北京军区政治部战友话剧团； 《绿色的阳台》广东话剧院； 《世纪彩虹》江苏省人民艺术剧院； 《北方的湖》沈阳话剧团； 《工人世家》青岛市话剧团；《三毛钱歌剧》中国青年艺术剧院； 《秦淮人家》南京市话剧团； 《古井巷》江西省话剧团； 《寻迹唐古拉》西藏自治区话剧团。	第9届： "文华剧作奖" （共17部）： 《"厄尔尼诺"报告》姚远邓海南蒋晓勤； 《生死场》田沁鑫； 《父亲》李宝群； 《圣旅》孙德民； 《岁月风景》唐栋； 《绿荫里的红塑料桶》孟冰； 《古井巷》陈伦元。		

	国家舞台艺术精品工程（原文化部）			精神文明建设"五个一工程"（中宣部主办）	
	"十大精品剧目"（2002—2007）/"重点资助剧目"（2007年至今）	精品提名剧目（2002—2007）/"年度资助剧目"（2007年至今）	推荐剧本与优秀剧本（2002—2004）		
2002年					
2003年	2002—2003年度：《商鞅》上海话剧艺术中心演出	2002—2003年度（20部）：《爱尔纳·突击》北京军区政治部战友文工团话剧团演出；《叫我一声哥》国家话剧院演出；《为你喝彩》天津人民艺术剧院演出。	2002—2003年度（5部）：《秦始皇》黄维若 兰晓龙；	第九届：优秀作品奖（10部）：《任弼时——开国大典随想曲》（辽宁）；《万家灯火》（北京）；《我在天堂等你》（总政）；《为你喝彩》（天津）；	
2004年	2003—2004年度：《父亲》辽宁人民艺术剧院演出；《虎踞钟山》南京军区政治部前线话剧团演出；《万家灯火》北京人民艺术剧院。	2003—2004年度：《爱尔纳·突击》北京军区政治部战友文工团话剧团演出；《生死场》中国话剧院演出；《又一个黎明》陕西省人民艺术剧院演出。	2003—2004年度：《红尘》编剧：霍达 王为政；排演单位：国家话剧院；《道拉斯先生到达之前》编剧：贺国甫宗福先；排演单位：上海市剧本创作中心 上海市工人文化宫。		

文华奖 （原文化部主办）		中国戏剧奖·优秀剧目奖（中国戏剧节）（中国文联和中国剧协）	中国戏剧奖·校园戏剧奖（中国文联和中国剧协）
文华大奖·文化大奖特别奖· 文华优秀剧目奖·文华新剧目奖	文华单项奖		
第10届： "文华大奖"（7部）： "文华新剧目奖"（22部）： 《水下村庄》湖南省话剧团； 《夏天的记忆》天津人民艺术剧院 《母亲》武汉话剧院武汉市艺术创作研究中心； 《兰州老街》甘肃省话剧团； 《秋天的牵挂》河北省话剧院	第10届： "文华剧作奖"（7部） 《水下村庄》陈建秋； 《兰州老街》张明杨晓文。：		
第11届： "文华奖大奖"（12部）： 《凌合影人》辽宁省人民剧院辽宁省朝阳市艺术剧院 《平头百姓》江苏省南京市话剧团； "文华大奖特别奖"（1部）： "文华新剧目奖"（38部）： 《秋天的二人转》黑龙江省哈尔滨话剧院： 《北街南院》北京人民艺术剧院； 《兵心依旧》南京军区政治部前线话剧团； 《老柿子树》甘肃省话剧院 《我能当班长》（儿童剧）山西省话剧院	第11届 "文华单项奖"（根据剧目来分别评奖）：涉及剧目51部： 《凌河影人》： 剧作奖：隋治操刘家生张汉良 《平头百姓》： 剧作奖：王立信； 《秋天的二人转》剧作奖：杨利民； 《老柿子树》剧作奖：张明杨晓文； 《打工棚》		

	国家舞台艺术精品工程 （原文化部）		
	"十大精品 剧目" （2002—2007） /"重点资助 剧目" （2007年至今）	精品提名剧目 （2002—2007） /"年度资助 剧目" （2007年至今）	推荐剧本 与优秀剧本 （2002—2004）
2005年	2004—2005年度： 《黄土谣》总政话剧团演出； 《凌河影人》辽宁人民艺术剧院朝阳市话剧团联合演出； 《生死场》中国国家话剧院演出	2004—2005年度： 《立秋》山西省话剧院演出； 《平头百姓》南京市话剧团演出； 《秋天的二人转》哈尔滨话剧院演出	
2006年	2005—2006年度： 《立秋》山西省话剧院演出； 《我在天堂等你》解放军艺术学院演出。 入选国家舞台艺术精品工程下半年初选剧目的有：话剧《望天吼》（天津人民艺术剧院）	2005—2006年度： 《望天吼》天津人民艺术剧院演出； 《沧海争流》福建人民艺术剧院演出； 《"厄尔尼诺"报告》南京军区前线文工团演出； 《十三行商人》广东省艺术研究所广东话剧院联合演出	
2007年	2006—2007年度： 《郭双印连他乡党》西安话剧院演出； 《天籁》广州军区政治部战士文工团演出	2006—2007年度： 《移民金大花》重庆移民金大花剧组演出； 《望天吼》天津人民艺术剧院演出； 《南越王》广州话剧团演出	

精神文明建设"五个一工程"（中宣部主办）	文华奖（原文化部主办）	中国戏剧奖·优秀剧目奖（中国戏剧节）（中国文联和中国剧协）	中国戏剧奖·校园戏剧奖（中国文联和中国剧协）
	文华大奖·文化大奖特别奖·文华优秀剧目奖·文华新剧目奖	文华单项奖	
第10届： （2003—2006）"五个一工程"评选： "五个一工程"特别奖（戏剧类1部）： 《立秋》（山西省委宣传部）； "五个一工程"优秀作品奖（戏剧类25部）： 《黄土谣》（解放军总政治部）； 《郭双印连他乡党》（陕西省委宣传部）； 《马蹄声碎》（解放军总政治部）； 《凌合影人》（辽宁省委宣传部）； 《独生子当兵》（武警总部政治部）； 《移民金大花》（重庆市委宣传部）； 《北街南院》（北京市委宣传部）	第12届： "文华大奖"（17部）： 《立秋》山西省话剧院； 《黄土谣》总政话剧团； 《矸子山上的男人女人》辽宁人民艺术剧院； 《天籁》广州军区政治部战士文工团； "文华大奖特别奖"（1部） "文华剧目奖"（36部）： 《马蹄声碎》南京军区政治部前线文工团； 《我在天堂等你》解放军艺术学院； 《郭双印连他乡党》西安话剧院； 《秀才与刽子手》上海话剧艺术中心； 《沦陷》南京市话剧团； 《荒原与人》国家话剧院； 《全家福》北京人民艺术剧院		

	国家舞台艺术精品工程 (原文化部)			精神文明建设 "五个一工程" (中宣部主办)	
	"十大精品剧目" (2002—2007)/ "重点资助剧目" (2007年至今)	精品提名剧目 (2002—2007)/ "重点资助剧目" (2007年至今)	推荐剧本 与优秀剧本 (2002—2004)		
2008年	2007—2008年度国家舞台艺术精品工程"重点资助剧目"(共10部):《矸子山上的男人女人》辽宁人民艺术剧院;《爱尔纳·突击》(《士兵突击》)北京军区政治部战友文工团	2007—2008年度国家舞台艺术精品工程"年度资助剧目"(共20部)		第11届: 获奖戏剧(30部) 《矸子山上的男人女人》(辽宁省委宣传部); 《万事根本》(安徽省委宣传部); 《生命高度》(解放军总政治部); 《风刮卜奎》(黑龙江省委宣传部); 《坚守》(四川省委宣传部)	
2009年	2008—2009年度国家舞台艺术精品工程"重点资助剧目"(共10部)(该年度无话剧作品入选)				
2010年	2009—2010年度国家舞台艺术精品工程"重点资助剧目"(共15部):《生命档案》总政话剧团;《黑石岭的日子》辽宁人民艺术剧院;《这是最后的斗争》国家话剧院	2009—2010年度国家舞台艺术精品工程"年度资助剧目":《窝头会馆》北京人民艺术剧院;《万事根本》安徽省话剧院			

文华奖（原文化部主办）		中国戏剧奖·优秀剧目奖（中国戏剧节）（中国文联和中国剧协）	中国戏剧奖·校园戏剧奖（中国文联和中国剧协）
文华大奖·文化大奖特别奖·文华优秀剧目奖·文华新剧目奖	文华单项奖		
第13届 文华大奖（10部） 《红帆》广州军区政治部战士文工团； 《毛泽东在西柏坡的畅想》总政话剧团； 文华大奖特别奖（20部）： 《黑石岭的日子》辽宁人民艺术剧院； 《扎西岗》西藏自治区话剧团； 文华优秀剧目奖（35部）： 《三峡人家》重庆三峡歌舞剧团； 《春雪润之》广州话剧艺术中心； 《万事根本》安徽省话剧院； 《风刮卜奎》黑龙江省齐齐哈尔市话剧团； 《日出而作》河北省话剧院	第13届 文华剧作奖（24部）： 《红帆》唐栋、蒲逊； 《毛泽东在西柏坡的畅想》孟冰； 《三峡人家》伟巴； 《黑石岭的日子》李宝群		

	国家舞台艺术精品工程 （原文化部）		
	"十大精品剧目" （2002—2007） /"重点资助剧目" （2007年至今）	精品提名剧目 （2002—2007） /"年度资助剧目" （2007年至今）	推荐剧本 与优秀剧本 （2002—2004）
2011年	2010—2011年度 国家舞台艺术精品工程"重点资助剧目"（共15部） 《谁主沉浮》 浙江话剧团有限公司； 《三峡人家》（方言话剧） （重庆三峡歌舞剧团）； 《毛泽东在西柏坡的畅想》 （总政话剧团）； 《郭明义》辽宁人民艺术剧院； 《四世同堂》（国家话剧院、北京儿童艺术剧院股份有限公司）； 《解放，解放！》（西藏自治区话剧团）	2010—2011年度 国家舞台艺术精品工程资助剧目（共42部）： 《郭明义》辽宁人民艺术剧院； 《谁主沉浮》浙江话剧团有限公司； 《天地文通》（贵州省话剧团）； 《搬家》（云南省话剧院）； 《解放，解放！》 （西藏自治区话剧团）； 《大巴扎》 （新疆艺术剧院话剧团）； 《四世同堂》 （国家话剧院、北京儿童艺术剧院股份有限公司）； 《毛泽东在西柏坡的畅想》 （总政话剧团）； 《三峡人家》（方言话剧） （重庆三峡歌舞剧团）	
2012年	2011—2012年度 国家舞台艺术精品工程 "重点资助剧目"（共15部）： 《天下第一桥》甘肃省话剧院； 《雾蒙山》 （河北省承德话剧院）		

精神文明建设"五个一工程"（中宣部主办）	文华奖（原文化部主办）		中国戏剧奖·优秀剧目奖（中国戏剧节）（中国文联和中国剧协）	中国戏剧奖·校园戏剧奖（中国文联和中国剧协）
	文华大奖·文化大奖特别奖·文华优秀剧目奖·文华新剧目奖	文华单项奖		
第12届 获奖戏剧共32部： 《郭明义》（辽宁省委宣传部）； 《生命档案》（解放军总政治部）； 《雾蒙山》（国家人口计生委）； 《寻找李大钊》（河北省委宣传部）； 《拓跋鲜卑》（内蒙古自治区党委宣传部）； 《搬家》（云南省委宣传部）； 《留守小孩》（儿童剧）（江苏省委宣传部）； 《信仰》（湖北省委宣传部）				

	国家舞台艺术精品工程 （原文化部）			精神文明建设 "五个一工程" （中宣部主办）	
	"十大精品剧目" （2002—2007） /"重点资助剧目" （2007年至今）	精品提名剧目 （2002—2007） /"年度资助剧目" （2007年至今）	推荐剧本 与优秀剧本 （2002—2004）		
2013年					
2014年					
2015年					
2016年	2016年度全国舞台艺术重点创作剧目（25台）；并从中遴选出10台2016年度"国家舞台艺术精品工程重点扶持剧目"： 《北京法源寺》；《从湘江到遵义》				

文华奖 (原文化部主办)		中国戏剧奖·优秀剧目奖(中国戏剧节)(中国文联和中国剧协)	中国戏剧奖·校园戏剧奖(中国文联和中国剧协)
文华大奖·文华大奖特别奖· 文华优秀剧目奖·文华新剧目奖	文华单项奖		
第十四届文华奖： 文华大奖（共14台）： 《红旗渠》河南省话剧团； 《共产党宣言》广州军区政治部战士文工团； 《枫树林》江苏省演绎集团话剧院、南京市话剧团 文华大奖特别奖（1台） 文华优秀剧目奖（46台）： 《生命档案》总政话剧团； 《追主沉浮》浙江话剧团有限公司； 《泉城人家》（方言话剧）济南市曲艺团； 《天下第一桥》甘肃省话剧院有限责任公司； 《雾蒙山》河北承德话剧团演绎有限公司； 《四世同堂》中国国家话剧院； 《郭明义》辽宁人民艺术剧院有限公司； 文华剧目奖（共26台）： 《第29棵树》四川人民艺术剧院； 《生如夏花》江西省话剧团有限责任公司； 《解放解放》西藏自治区话剧团； 《搬家》云南省话剧院有限公司； 《与妻书》广东省话剧院有限公司； 《严复》山东省话剧院			
《兵者，国之大事》 《麻醉师》 （第十五届，57台参评作品中，共10台获奖）			

附录二　民间类戏剧评奖结果汇总（1998—2017）

	中国曹禺戏剧文学奖·剧本奖／中国戏剧奖·曹禺剧本奖	华东地区田汉戏剧奖／田汉戏剧奖·剧本奖	
1998年	'98中国曹禺戏剧文学奖·剧本奖（1997年） 剧本奖（共10部）： 《虎踞钟山》邵钧林嵇道清（总政文化部推荐）； 《沧海争流》周长赋（福建剧协推荐）； 《炮震》庞泽云王承友（总政文化部推荐）； 《圣旅》孙德民（河北剧协推荐）； 提名奖（共9部）： 《一人头上一方天》张明媛（黑龙江剧协推荐）； 《老兵》殷习华（总政文化部推荐）； 《兵妹子》吕绍棠王元平（总政文化部推荐）； 《蛐蛐四爷》徐瑞生（天津剧协推荐）； 《绿色的阳台》廖维康（广东剧协推荐）	第12届华东地区田汉戏剧奖： 一等奖（共1部） 《司马相如》(昆剧)郭启宏，《上海戏剧》； 二等奖（共7部）： 《后方空虚》傅昌尧，《安徽新戏》； 《金魁星》（戏曲），柯贤溪，伍经纬，《福建艺术》； 《还魂后记》（戏曲），黄文锡，《影剧新作》 三等奖（共5部）： 《居委会的女人们》储波《影剧新作》； 《好雨当春》（戏曲），孙玉亭，《剧影月报》	
1999年	'99中国曹禺戏剧奖·剧本奖（1998年） 剧本奖（8部）： 《洗礼》王海鸰（总政宣传部艺术局推荐）； 《歌星与猩猩》赵耀民（上海剧协推荐）； 《青春涅槃》蒋晓勤，姚远，邓海南（《剧本》杂志社推荐）； 提名奖（共6部）： 《家园》许凤国，隋治操，曹文（《剧本》杂志社推荐） 《生在"八一"》蒲栋（总政宣传部艺术局推荐）	第13届"田汉戏剧奖"·"剧本奖"： 一等奖（共4部）： 《工人世家》代路《戏剧丛刊》； 二等奖（共13部）：《三〇八》刘瑛《艺海》； 《山里的太阳》李平《安徽新戏》； 《特别行动》王立纯《剧作家》； 《跛路》储波《影剧新作》； 三等奖（1部） 《庄户人家》（吕剧）杜修明，韩立华，《戏剧丛刊》	

中国戏剧文学奖 / 全国戏剧文化奖·剧本奖	老舍文学创作奖（戏剧部分）/；老舍文学奖（戏剧部分）	老舍青年戏剧文学奖 / 老舍青年戏剧文学奖励扶持计划

	中国曹禺戏剧文学奖·剧本奖／中国戏剧奖·曹禺剧本奖	华东地区田汉戏剧奖／田汉戏剧奖·剧本奖	
2000年	第13届中国曹禺戏剧奖·剧本奖（1999年）： 剧本奖（10部）： 《"厄尔尼诺"报告》姚远，邓海南，蒋晓勤，（总政宣传部艺术局推荐）； 《生死场》田沁鑫（评委会推荐）； 《父亲》李宝群（辽宁剧协推荐）； 《绿荫里的红塑料桶》孟冰（总政宣传部艺术局推荐）； 《岁月风景》唐栋（总政宣传部艺术局推荐） 提名奖（共10部）： 《窗外有片红树林》陈慧中（广东剧协推荐）； 《三月桃花水》单联全（辽宁剧协推荐）	第14届： 一等奖（共6部）： 《夏天的记忆》（小剧场话剧）陆军，《上海戏剧》； 《溪口之恋》孙仰芳，《戏文》； 《太行山人》焦景周，《东方艺术》； 二等奖（共7部）： 《被围困的高地》（探索话剧）崔建华，《剧作家》； 三等奖（共6部）： 《笑在人间》严光炎，刘继伟，《影剧新作》	
2001年	第14届中国曹禺戏剧奖·剧本奖（2000年）： 剧本奖（8部）： 《无话可说》赖汉行（广东省剧协推荐）； 《正红旗下》李龙云（上海市剧协推荐）； 提名奖（10部）： 《风驰瑶岗》侯露（安徽省剧协推荐）； 《风月无边》刘锦云（北京市剧协推荐）； 《情满草原》尼玛顿珠（西藏剧协推荐）	第15届： 一等奖（共4部）： 《远山》（采茶戏）罗曰铣，《影剧新作》； 《贞观盛世》（新编历史京剧）戴英禄，梁波，《上海戏剧》； 《父与子》（话剧）郝国忱，《影剧新作》； 《地狱·天堂》（小剧场话剧）刘书彰，《剧作家》 二等奖（共11部）： 《板桥应试》（话剧）沙黑，《剧影月报》； 《鹀歌》（话剧）邵宏大，《剧作家》；三等奖（共7部）： 《青春房费》（话剧）顾晓群，《剧影月报》； 《日子》（小剧场话剧）曾学文，《福建艺术》	

中国戏剧文学奖/全国戏剧文化奖·剧本奖	老舍文学创作奖（戏剧部分）/老舍文学奖（戏剧部分）	老舍青年戏剧文学奖/老舍青年戏剧文学奖励扶持计划
首届中国戏剧文学奖： 金奖（12部） 话剧：《天之骄子》郭启宏； 《抉择》马连伦； 《虎踞钟山》邵钧林、嵇道青； 《男人兵阵》燕燕； 《男儿有泪》许雁； 银奖（26部）： 《生为男人》张健钟；《跨越》王笑林；《背景婚姻》金长青；《窗外有片红树林》陈慧中； 创新奖（50部）： 《塔古镇的画柜婆》（单人话剧）赵明寰；《元朝帝师八思巴》李思义、姚大石；《走出沼泽地》李继民；《男人都说自己忙》华夏子；《九品官》刘峻；《后方空虚》；《典型事例》吴炳南；《驾船的人》徐剑南；《长大真好也真烦恼》严光炎、昱景陆、刘德良；《儿女的港湾》肖胜利	首届老舍文学创作奖（戏剧部分）： 戏剧剧本奖（2部）： 戏剧剧本提名奖（2部）： 《正红旗下》李龙云	

	中国曹禺戏剧文学奖·剧本奖／中国戏剧奖·曹禺剧本奖	华东地区田汉戏剧奖／田汉戏剧奖·剧本奖	
2002年	第15届中国曹禺戏剧奖·剧本奖（2001年）（8部）： 《凌合影人》隋治操刘家声张汉良（辽宁省剧协）； 《老兵骆驼》孟冰（解放军总政治部）； 《兰州老街》张明杨晓文（甘肃省剧协）； 《大都市辩护》王钢（《剧本》杂志社） 提名奖（9部）： 《帘卷西风》孙德民（河北省剧协）； 《母亲》赵瑞泰（湖北省剧协）； 《红领巾》（儿童剧划在话剧中）杨菊英北京市剧协	第16届： 一等奖（2部）： 《天家孽》（大型戏曲）刘京仪，颜海魁，《艺海》； 《贩牛记》（新编历史故事京剧）张世昆，《戏剧文学》； 二等奖（14部）： 《女人话题》王帆，《上海戏剧》； 《村支书》亦云，《当代戏剧》； 《情人河》黄溪，《戏文》； 《广厦为秋风所破歌》（无场次话剧）威长滨，《四川戏剧》； 《红蒿白草》（话剧文学本）何凯旋，《剧作家》； 《镜子里的大学生》罗周，《上海戏剧》； 三等奖（8部）： 《让爱变绿》（小剧场话剧）解玲，《四川戏剧》； 《一滴水见太阳》闫荣强，《戏剧丛刊》	
2003年		第17届： 一等奖（8部）： 《又一个黎明》霍秉全，《当代戏剧》； 《平头百姓》王立信，《剧影月报》； 《中国梦》（写意话剧）孙惠柱，费春放，《剧作家》； 《狐狸围脖》罗辑（赵东菊），《戏剧文学》； 二等奖（18部）： 《少帅相亲》刘化文，《文化时空》； 《对流雨》运新华，《戏剧文学》； 《帽子丢了》（探索话剧）崔建华，《剧作家》； 《天地颂》（大型史诗剧）东生，王正，《四川戏剧》； 《青春哆来咪》曹琳，张帆，《剧影月报》	

中国戏剧文学奖 / 全国戏剧文化奖·剧本奖	老舍文学创作奖 （戏剧部分）/ 老舍文学奖 （戏剧部分）	老舍青年戏剧文学奖 / 老舍青年戏剧文学奖 励扶持计划
第二届中国戏剧文学奖： 金奖（15部）： 《"厄尔尼诺"报告》姚远、邓海南、蒋晓勤； 《兰州老街》张明、杨晓文； 《沧海还珠》杜宣； 《绿荫里的红塑料桶》孟冰； 银奖（30部）： 《断魂时节》胡国年； 《对流雨》运新华； 《良宵》马国发； 《吕不韦》曾纪鑫； 《白杨陵事件》陆军； 《大都市辩护》王钢； 《岳飞》任哨兵； 《在睡着的地方醒来》曹海玲； 铜奖（60部）： 《奥林匹亚风云》样子；《好人阿福》魏福林；《碰撞》高文畈；《今天去看楼》廖维康；《陷阱中的情人》肖胜利；《冷晾》牛学武、王国毅； 剧本奖（30部）： 《弄堂小摊》（小型话剧）方卫平； 《香口胶情缘》胡国年； 《独自》张晓峰；《相约星期六》陆军；《雏燕展翅》（小型话剧）张澄汉		
第三届中国戏剧文学奖： 金奖（15部）： 《死峡》蒋晓勤； 《好爹好娘》李胜英、李容（根据候钰鑫同名长篇小说及同名电视连续剧改编）； 《走出闺屋》王保卫； 《挚爱天情》李东才； 银奖（30部）：（暂无信息） 铜奖（60部）：（暂无信息）		首届老舍青年戏剧文学奖： "优秀剧本奖"（2部）：《花满园》李莎； "优秀小戏小品"（3部）：（包括《沉重的心》胡巧诗）

	中国曹禺戏剧文学奖·剧本奖／中国戏剧奖·曹禺剧本奖	华东地区田汉戏剧奖／田汉戏剧奖·剧本奖	
2004年	第16届中国曹禺戏剧奖·剧本奖（2002—2003年）（中国文联、中国剧协主办、武汉市文化局承办）： 剧本奖（10部）： 《我在天堂等你》黄定山（注：评奖名单和视频中均为黄定山、孟冰和王焰珍2003年创作话剧《我在天堂等你》，2004年由成都军区政治部战旗话剧团演出，该版和黄定山编导的解放军艺术学院版不同，后者知名度更高。 《爱尔纳·突击》兰晓龙； 《春雨沙沙》（儿童剧）李冰； 《临时病房》沈虹光； 《北街南院》王俭。 剧本奖提名奖（10部）： 《打工棚》李世勤； 《兰州人家》张明杨晓文； 《让你离不成》王宝社； 《又一个黎明》霍秉全； 《赵氏孤儿》金海曙	第18届： 一等奖（4部） 《老表轶事》（现代戏曲）彭铁森，赵凤凯，《艺海》；《孙尚香》（传奇闽剧）林之行，《福建艺术》； 《月亮光光》（花鼓现代戏）冯国喜，徐小强，陈道久，《当代戏剧》； 《歪梨娘娘》（历史故事剧）王福义，《戏剧文学》 二等奖（12部）： 《吴越枭雄》夏强，《戏文》； 《廉吏于成龙》（京剧），梁波，戴英禄，黎中城，王涌石，《上海戏剧》； 《北京的金山上》辛彩屏，《剧作家》； 三等奖（8部）： 《临时爸爸》（现代戏曲），韦伟，《剧影月报》	
2005年		第19届： 一等奖（4部）： 《昭君》张平，《当代戏剧》；《龙眼树下》郑文金，《福建艺术》； 二等奖： 《金大班的最后一夜》赵耀民（改编），《上海戏剧》； 《突围》翟剑萍，张积强，《戏剧丛刊》； 《顺着太平洋漂流》刘忠诚，《影剧新作》； 《走出围屋》王保卫，《福建艺术》； 《梦想山峦》何凯旋，《剧作家》； 《国史碑》舒楠材，《艺海》；《清河湾的媳妇》黄森林彭羽，《东方艺术》； 三等奖（5部）： 《托起夕阳》李炳今，《戏剧丛刊》； 《空湖》储波刘继伟，王彬，《影剧新作》	

中国戏剧文学奖／全国戏剧文化奖·剧本奖	老舍文学创作奖（戏剧部分）／老舍文学奖（戏剧部分）	老舍青年戏剧文学奖／老舍青年戏剧文学奖励扶持计划
第四届中国戏剧文学奖： 金奖（16部）： 《黄土谣》孟冰； 《回家》唐栋、蒲逊； 《黑颈鹤还活着》鄢然； 银奖（30部）： 《天鼓》李景宽；《陈涉世家》周广伟； 铜奖（60部）： 《激情南黄海》顾晓群；《青春百分百》曹海玲；《乌江汉土家妹》林亚军；《山那边是海》唐煌；《少年阿丹》高龙民；《龙尾》汪灏；《长桥酒家》高龙民；《叫一声爸，叫一声妈》王文淑；《山魂》廖天云；《变性的启示》陈运惠龚政宇；《乌江作证》傅昌尧；《蓝天下的笑容》李文莉；《天职》房蔚；《瓜王韵事》（广播剧）王国毅；《花龙潭》王汝凯王永新；《郑国公主》刘拥政；《放鸟的》吴亮角；《孤岛夜曲》（音乐话剧）冯斌；《和风解冻》褚元太、陈林； 剧本奖（26部）：《红领巾小队长——日记》高丽佳；《迷失的雏鹰》赵永兴；《将星闪耀》冯草；《浮华和沉淀》吴亮角；《好人一生平安》吴亮角； 小型剧本奖：一等奖（18个）；二等奖（38个）；三等奖58个（中含有微型戏剧微型话剧、单本广播剧）	第三届老舍文学奖（戏剧部分）： 戏剧剧本获奖作品1部：《爱尔纳·突击》兰晓龙； 戏剧剧本提名奖作品1部	

	中国曹禺戏剧文学奖·剧本奖/ 中国戏剧奖·曹禺剧本奖	华东地区田汉戏剧奖/ 田汉戏剧奖·剧本奖	
2006年	首届中国戏剧奖·曹禺剧本奖（2004—2005年）（8部）： 《黄土谣》孟冰（总政宣传部）； 《郭双印连他乡党》王真（陕西省剧协报） 《马蹄声碎》姚远（总政宣传部报送）	第20届： 一等奖（5名）： 《天苍苍野芒芒》周长赋，《福建艺术》； 《原情》郭启宏，《大舞台》； 《花雨》宋存学，《戏剧文学》； 二等奖（11部）： 《逐夜》李应该，马丽丽，《戏剧丛刊》； 《可爱的中国》陈伦元，《影剧新作》； 《佛钟箫音》李灵芝，《戏文》； 《欲望城》王秋林，《戏剧丛刊》； 三等奖： 《秋月煌煌》周德平，《新戏剧》； 《大桥下面》马智丽，《艺海》； 《火红的山菊花》，麻立哲，《大舞台》； 《烽火奇缘》舒龙，《影剧新作》； 《御史还乡》陈正庆，鲁陈《当代戏剧》； 《水晶鸳鸯》一丁，《戏文》	
2007年		第21届： 一等奖（9部）： 《百姓书记》孔凡燕，《东方艺术》； 《美丽的延续》富艺航，《戏剧文学》； 二等奖（10部）： 《大铁像》赵京州，《戏剧丛刊》；《才女鱼玄机》王文胜，《福建艺术》； 三等奖（5部）： 《笑笑与参娃》（童话剧）葛连丰，《戏剧文学》	
2008年	第二届中国戏剧奖·曹禺剧本奖（8部）： 《风刮卜奎》张明媛（黑龙江省剧协）； 《有一种毒药》万方（北京市剧协北京人民艺术剧院）； 《天籁》唐栋，蒲逊（解放军总政治部宣传部艺术局）	第22届： 一等奖（8部）： 《宣和画院》李丽宏，《东方艺术》； 《天堂往左，爱情向右》夏强，《戏文》； 《日蚀》邹星枢，《戏剧丛刊》； 《过江》李继合，《戏剧文学》； 二等奖（10部）： 《大风从这里刮过》孙德民，《大舞台》； 《两个人的世界》（音乐诗剧）李明明，《剧作家》； 《查太莱夫人的情人》王庆斌，《剧作家》； 《老井深深》运新华，《戏剧文学》； 《欺天碑》王建平，《戏文》； 三等奖（4部）： 《柿子林的秋天》王晓阳，《东方艺术》；《湖湘士子谣》李安仁，《艺海》	

中国戏剧文学奖/ 全国戏剧文化奖·剧本奖	老舍文学创作奖 （戏剧部分）/ 老舍文学奖 （戏剧部分）	老舍青年戏剧文学奖/ 老舍青年戏剧文学奖励扶持计划
		第二届"老舍青年戏剧文学奖" 优秀剧本奖（2部）： 话剧《琉璃宫》苑彬； 戏曲《锦瑟》罗琦、胡叠； 优秀小戏小品奖（1部）： 独幕剧《禅先生》周广伟； 优秀提名奖（4部）： 《爱你在心口难开》《长门》 《赵武前传》《风波恶》； 入围作品：《红蒿白草》《1945年以后》《兔子游戏》《寻找剧作家》《梨花香尽雨阑珊》等
第五届中国戏剧文学奖： 金奖（18部）： 《弟兄》康天赐、林桂华； 《美人崖》邹安和； 《穿越巅峰》强巴坚赞； 《城市的河》曹海玲； 《夏夜无风》（原名《强奸》）柏子（柏华英）； 《爱情泡泡》杜村； 《紫罗兰又盛开了》孙德民； 《血砚记》陈表桂、林广； 《红烛照青天》羽军徐棻； 《狂犬》罗曰铣； 《大明悲歌》梅晓王新生； 《孙中山与宋庆龄》李东才； 《阿育王》王晓菁		

	中国曹禺戏剧文学奖·剧本奖/ 中国戏剧奖·曹禺剧本奖	华东地区田汉戏剧奖/ 田汉戏剧奖·剧本奖	
2009年		第23届： 一等奖（6部）： 《鞋匠世家》（四幕话剧）李景宽（《剧作家》）； 《大商无算》（六幕话剧）李书圣（《戏剧丛刊》）； 《日租房》（话剧）骆婧（《福建艺术》）； 二等奖（11部）：《那一年，生命灿烂》（广播剧）瞿新华（《上海戏剧》）； 《偷窥》（小剧场实验话剧）陆柏兴（《影剧新作》）； 《祖籍》（话剧）李二和（《大舞台》）； 《酸甜苦辣》（四幕话剧）王庆斌（《剧作家》）； 《江淮大侠》（五幕话剧）边建军（《新戏剧》）； 《泥人》（小剧场话剧）赵明环（《戏剧文学》）； 三等奖（4部）： 《风雨王家坝》（《大型话剧》）朱理虎、朱楠（《新戏剧》）	

中国戏剧文学奖/ 全国戏剧文化奖·剧本奖	老舍文学创作奖 （戏剧部分）/ 老舍文学奖 （戏剧部分）	老舍青年戏剧文学奖/ 老舍青年戏剧文学奖励扶持计划
第六届中国戏剧文学奖： "金奖特别奖"（1部）《1949年的故事》（大型话剧）康天赐； 金奖（10部）： 《花季如歌》（大型学生话剧）马国发； 银奖（30部）： 《天机不可泄露》（大型小说体话剧）中杰英； 《顶天立地》（大型多场次话剧）兰宁远； 《墨子》（大型新编历史话剧）陈洪起； 《那条逝去的河》（大型话剧）李栩； 《1978年以后———座农场的秘史》（四幕话剧）何凯旋； 《海是龙故乡》（大型无场次话剧）王益龙； 《梅兰芳》（大型话剧）龚孝雄（执笔）、毛坚； 《遥控器》（大型都市话剧）高龙民； 《郝家村往事》（大型话剧）李明华； 《别为我流泪》（大型话剧）刘元鸣、李苑； 铜奖（60部）： 《三个女人一台戏》（小剧场话剧）房蔚； 《遍地黄金》董太锋；《八大山人》汪灏；《刺花灯罩》依彦、赵树新；《冬日恋歌》宋寒冰；《血路》（大型无场次话剧）黄洁端；《王家村的故事》曾荣玲；《昙花》张人俐；《走过咖啡屋的女人》杨丽明；《汉家公主》（多场次话剧）冯草；《走过地狱的孩子》李怀；《不能没有你》李文丽；《寺街风雨》张浈；《跑来跑去》刘云、韩涵；《我们有理想》（小剧场话剧）张君野；《女人四十》（小剧场话剧）曹敬辉；《天堂有多远》（赵宝利、徐增华）；《山歌呜咽》林波樵；《都市热风》陈小澄；《圆梦城中村》李剑昌；《非酒神状态》郑遐发；《穷孩子·富孩子》（无场次大型话剧）李新华；《感恩》（八场青春励志话剧）何正华、李茜芝；《詹天佑》郝宪润； 小型剧本获奖名单： 一等奖（20个）： 《解放了》（话剧小品）高克芬；《猪的悲剧》（独幕话剧）蔡秀丽； 《蝴蝶在飞》（话剧小品）孙瑞玲； 二等奖（60部）： 《拷问灵魂》（小型话剧）冯双明、冯花萍；《黄"金"案》（话剧小品）方卫平；《等级问题》（话剧小品）李剑锋；《落雨的日子》（话剧小品）曹敬辉；《登广告》（话剧小品）魏建国；《执着》（小话剧）曾桂森；《龙舟歌》（话剧小品）高永；《人生》（话剧小品）唐华刚；《蝙蝠》（独幕话剧）陆辛；《我想有个家》（小型话剧）李麟；《封嘴》（小话剧）廖天云；《作证》（话剧小品）罗新元； 三等奖（98个）： 《中奖》（话剧小品）肖敏；《十块就够》（话剧小品）陈枚；《车站歌声》（话剧小品）王根林；《村长的西装》（小话剧）刘江；《今天妈妈来》（小型话剧）蔡晓英；《停电之后》（话剧小品）杜文广；《三拆桥》（小话剧）史国兴；《花城情缘》（话剧小品）隋贤钦；《红线孙女》（独幕话剧）张善聪；《回家过年》（话剧小品）赵秀琴；《大山深处》（独幕话剧）桑田、《哥们》（话剧小品）黄孟林；《让我叫一声爸爸》（话剧小品）孟哥；《老爸有三个儿子》（小话剧）罗云；《向阳花开》（话剧小品）陈位萍；《回家》（话剧小品）石秀荣；《太阳村的村民》（话剧小品）陈云福；《姐妹》（话剧小品）赵玲莹；《兄弟》（话剧小品）刘敏；《明天会更好》（话剧小品）尼玛泽仁		

	中国曹禺戏剧文学奖·剧本奖 / 中国戏剧奖·曹禺剧本奖	华东地区田汉戏剧奖 / 田汉戏剧奖·剧本奖	
2010年	第三届中国戏剧奖·曹禺剧本奖（第19届曹禺戏剧文学奖）（后署推荐单位） 曹禺剧本奖（8部）： 《知己》郭启宏——北京剧协； 《矸子山上的男人女人》李宝群——总政宣传部艺术局； 《毛泽东在西柏坡的畅想》孟冰——总政宣传部艺术局； 提名剧目（12部）： 《1977》喻荣军——上海剧协； 《三峡人家》伟巴——重庆剧协； 《红星照耀中国》兰晓龙——总政宣传部艺术局	第24届 一等奖（7部）： 《云锦人家》《谷神》《山里的泥鳅》《乔女》《何满子》； 二等奖（9部）： 《红杜鹃》《金锁记》《我的父母之乡》（沈虹光）、《摩卡Mocha的速溶生活》等； 三等奖（6部）： 《禅林寻踪》	
2011年		第25届： 一等奖（5部）； 《徽商胡雪岩》金芝，《新戏剧》； 《永远的尹雪艳》曹路生，《上海戏剧》；《九九艳阳天》徐可，陈亦宾（《东方艺术》）； 二等奖（9部）： 《某庄之围》(四幕话剧)运新华，刘明君，《戏剧文学》； 《汴水秋生》杨泯埕，《东方艺术》； 《西楚霸王》任哨兵，《戏剧丛刊》； 《绿叶吟》刘保鲁，范正明，士一，《艺海》； 《莲花吟》包朝赞，《戏文》； 《富好穷好活着就好》文静莲（文继红），《剧作家》； 三等奖（11部）： 《清风明月》李学庭，王子厚，《东方艺术》； 《背叛》阿元(毛圣明)，《大舞台》； 《女人街》余清风，《戏文》； 《春秋烈》(新编历史话剧)罗周，《剧影月报》； 《靛青》吴建军（《剧影新作》）； 《真情故事》张安华，《剧影新作》	

中国戏剧文学奖／全国戏剧文化奖·剧本奖

第七届中国戏剧文学奖（更名后的首届全国戏剧文化奖）：
大型剧本获奖名单：
金奖（16部）：
《天籁》董太锋；
《土地无边》曾纪鑫；
《午夜的太阳不是梦》鄢然、高师大；
《背后的箫声》（无场次话剧）康天赐、郑玲、梅子；
《拓跋鲜卑》董妮；
银奖（36部）：
《茂陵封侯》（大型诗体话剧）赵大民、李郁文；《构思婚姻》廉海平；《绚梦》（大型历史话剧）陈位萍、孙自筠；
铜奖（66部）：
《烽火遗恨》（大型无场次话剧）林洁、褚元太；《王莽》（大型新编历史话剧）陈洪起；《大明将军》李泽棉；《黄金遥远》谭博；《花开时节》（大型校园话剧）曹敬辉；《厂长》（无场次话剧）林种；《少陵》汪水发；《华胥河轶事》任怀军；《天恩》袁奇伟；《追求》（三幕多场次话剧）刘丕展；《ROMANTIC 成都》（四川方言小剧场话剧）吴泽地；《断裂地带》（多场次话剧）高锐娜；
剧本奖（96部）：
《朋友》韩全中、马红梅；《束缚》刘向双羽；《回眸》陈枚；《彩虹之上》程旭江；《特殊考场》（多场次青春剧）孙玉华、袁晓亚；《毕业大戏》董德胜；《我的海峡》刘元鸣、李苑；
小型剧本获奖作品：
一等奖（23个）：
《弘一法师》（小型实验戏剧）红袖；《矿山汉子》（独幕话剧）王伟、丁生；《篠荑惊梦遇板桥》（微型话剧）许振球；《如此智慧》（话剧小品）吕国泰；《女生热线》（话剧小品）李月军；《戴红帽的乞丐》（独幕话剧）王昌瑜；《大楼对面的爱情》（独角话剧小品）黄洁端；《风声》（戏剧小品）郑天雄；
二等奖（53个）：
《绝境逢生》（小话剧）贾甲；《闪光》（话剧小品）黄文和、曹兴才；《古瓷》（话剧小品）叶黎依；《父亲的"树"》孙瑞玲；《都市平安》（话剧小品）楚剑英、于立新；《两个女人的清明》（小话剧）吴厚雄；《心归》（话剧小品）唐华刚、唐辽；《猪吃老虎》（话剧小品）卢大任；《谁之过》蒋兴义；《血色黄昏》（小话剧）廖天云；《守望》（话剧小品）杨丽明、罗家荣；
三等奖（93个）：
《同学聚会》（话剧小品）陶士忠；《大梁与小梁》（话剧小品）朱晓琳；《撞车》（话剧小品）李剑峰；《过关》（小话剧）张安华；《那是光》（话剧小品）霍小博；《午饭》（话剧小品）黄景丽；《我的父亲》（话剧小品）徐东；《"三恶"一家亲》（话剧小品）杨卫平；《结婚纪念日》（小话剧）陈蓉；《人"行"儿》徐巍然；《最佳拍档》（话剧小品）张德柱；《打电话的小女孩》（话剧小品）黄毅环；《标兵》（话剧小品）赵宜炳；《山花烂漫时》（小型校园音乐情景剧）钟龄欧；《买答案》（小型话剧）李麟；《跑单》（话剧小品）王小萍；《送你一枝花》（话剧小品）韩卫贤；《皂脚树下》（话剧小品）白付平；《黑皮笔记》（话剧小品）张绍碧；《胡杨作证》（独幕话剧）赵精华

	中国曹禺戏剧文学奖·剧本奖 / 中国戏剧奖·曹禺剧本奖	华东地区田汉戏剧奖 / 田汉戏剧奖·剧本奖	
2012年	第20届曹禺戏剧文学奖（第四届中国戏剧奖·曹禺剧本奖）（后署报送单位） 曹禺剧本奖（8部）： 《生命档案》孟冰王宏肖力——中国人民解放军总政治部艺术局； 《红旗渠》杨林——河南省戏剧家协会； 《雾蒙山》孙德民——河北省戏剧家协会。 提名作品（共12部）： 《共产党宣言》唐栋、蒲逊——中国人民解放军总政治部艺术局； 《陀螺山一号》姚远、佟冰一——中国戏剧家协会《剧本》杂志社； 《志摩之死》赵耀民——上海市戏剧家协会； 《河街茶馆》隆学义——重庆市戏剧家协会； 《搬家》杨耀红——云南省戏剧家协会	第26届 一等奖（8部）： 《晚霞的婚事》张锡荣《河南戏剧》； 《花蕊夫人》郭启宏《戏剧文学》； 《乱世才媛》张新秋《东方艺术》（历史故事剧）； 《两个人的上海》王庐璐《新戏剧》； 二等奖（共8部）： 《哎呀勒》午时，《影剧新作》；《襄王遇淑》蔡福军，《福建艺术》；《美人尖》刘慧芬，《东方艺术》；《蒲松龄》高志娟，《戏剧丛刊》；《郝家村往事》李明华《剧影月报》；《摇篮曲》，孟彦军《大舞台》； 三等奖（共7部）： 《拓跋鲜卑》董妮，《剧作家》；《曾子》裴静《河南戏剧》；《雨伞下》（话剧小品）汤艳庭，《戏剧文学》；《老屋》吴建军，《影剧新作》	
2013年		第27届（后署推荐单位） 一等奖（7部） 《记得也好，最好忘掉》赵耀民《上海戏剧》； 《大兵无战》李书圣《戏剧丛刊》； 《古田会议》李宝群《福建艺术》； 《雾蒙山》孙德民《戏剧文学》； 《红旗渠》杨林《河南戏剧》（发表在《剧本》2011.9） 二等奖（8部）： 《构思婚姻》廉海平《剧作家》； 《归来女士》乐美勤《上海戏剧》； 《管子》王超、郭春晓、高尚《戏剧丛刊》； 《关东草》葛连丰《戏剧文学》； 三等奖（7部）： 《深宫幽怨》史中朝《大舞台》（历史故事剧）； 《大喇叭》徐扶民《大舞台》（新编故事剧）； 《老警理发》汤力凡，《新戏剧》； 《潘安与秋菊》时显彤，《河南戏剧》； 《老警理发》汤力凡，《新戏剧》	

中国戏剧文学奖/全国戏剧文化奖·剧本奖

第八届全国戏剧文化奖：
金奖（18部）：
《死结》廖天云；
《还看球吗？》李龙吟；
《风景》陈新瑜；
《战争之上的战争》张小兵、王建军
《盛和居》龚应恬；
银奖（68部）：
《新北平市长》兰宁远；《信义兄弟》董太锋；《菩萨岭》张保民；《危险期》卢宏；《家园·二十四小时》高龙民；《她从画中来》张夏菁；《赤裸的巧克力》钟鸣；《再见，我爱你》王强；《做贼心不虚》李栒；《叩问青春》沈经纬、赵阳；《为邦家瑞》汪灏；《1896·潮起东方》李容焕、罗欣荣；《回家》莫文师；《护工翡翠嫂》周乐鑫；《国家利益》杜笙、张璐、付晋青；
铜奖（98部）：
《青年恩格斯》（无场次话剧）陈洪起；《摇篮曲》孟彦军；《信仰》康宇；《生死树的见证》（诗剧）韩全中；《精卫填海》暮朝；《不能没有你》田树权；《雷锋的道路》（青春励志话剧）陈抚生；《张老师及家人的昨天》（多场次话剧）张乐天、张丹；《我们的六月》（校园音乐剧）张滇；《谎言》（多场次话剧）曹敬辉；《林晓华的2012》陈淑华；《西溪轶事》（小剧场话剧）单金发；《功臣与罪人》沈学强；《永远和你在一起》（青春励志剧）夏强；《中国土地上》（无场次话剧）郑平；《办公室轶事》（无场次话剧）苗建宏；《江山风雨情》林锦英；《风景》韩卫贤；《西藏往事》尼玛次仁；
小型剧本获奖名单：
金奖（19个）：
《唢呐声声》（微型话剧）高克芬；《网友》（微型话剧）沈玉亮；《疏通"官"道》（微型话剧）吕国泰；《茉莉余香》（小话剧）鲍维平；《朝朝暮暮》（独幕话剧）马相；
银奖：
《试》（小话剧）张敬慈；《迷途》（微型话剧）张涛涛；《中奖》（微型话剧）陈枚；《黎明之前》（独幕剧）徐丽松；《幸福指数》郝赫；《"方"老汉的心事》（微型遵义方言剧）唐家泽；《刘永福》（微型话剧）卢大任；《半山亭》（小话剧）赵灼华；《金色鱼钩》（微型校园剧）赵宜炳；《一篮鸡蛋》（微型话剧）魏维；
铜奖（89个）：
《司令员与战士》谙翔；《樱桃园的屋顶》（独幕剧）黄琪涵；《奔向太阳》（独幕剧）黄文和、房高翔；《一张信用卡》（小话剧）赵学良；《打工妈妈》（微型话剧）王梦灵；《潜伏》（微型话剧）叶黎侬；《好大姐》（微型话剧）楚建英、王立新；《屡骗》（微型话剧）任怀军；《生死关头》（微型话剧）张德柱；《车位》（微型话剧）郭惠明；《有这么个犟小妹》（小话剧）高永；《救救孩子》（微型话剧）戚万凯；《缘建》（微型话剧）廖天楷；《三十万元》（微型四川方言剧）于映时；《第三只眼》（微型话剧）王小萍；《出走》（微型话剧）付晋青

	中国曹禺戏剧文学奖·剧本奖 / 中国戏剧奖·曹禺剧本奖	华东地区田汉戏剧奖 / 田汉戏剧奖·剧本奖	
2014 年	第 21 届曹禺戏剧文学奖 获奖剧本（共 9 部）： 《老大》喻荣军； 《兵者·国之大事》王宏、李宝群、肖力； 《幸存者》唐栋、蒲逊； 《海底捞月》李冰； 提名剧目（共 11 部）： 《天下第一桥》李维平、王元平； 《甲子园》何冀平； 《康梁》李新华	第 28 届 一等奖（5 部）： 《绝境》运新华《戏剧文学》 二等奖（9 部）： 《丈人家的狗》余小卫，《上海戏剧》《凄琴寒剑》杨蓉，《剧影月报》； 《伤逝（小剧场话剧）》丛笑《东方艺术》； 三等奖（9 部）： 《巅峰之爱（小剧场话剧）》黄六七，《东方艺术》； 《东食西宿》鄢辑吾，《剧作家》； 《太阳东升西落》曹敬辉，《剧影月报》	
2015 年		第 29 届 一等奖（5 名）： 《赵武灵王》（新编历史剧）郑怀兴，《福建艺术》； 《金秋的三天》孙祖平《上海戏剧》 二等奖（6 名）： 《惹尘埃》陈学超《剧影月报》； 《电梯》廉海平，《剧作家》； 《魏长生》（戏曲）马辉，《当代戏剧》。 三等奖（9 名）： 《决战》王云，《东方艺术》； 《聚宝盆》（小戏曲），陈其行，《影剧新作》； 《范雎相秦》（戏曲）赵锡淮，《剧作家》	
2016 年		第 30 届 一等奖（8 名）： 《祖传秘方》孙浩黄伟英——《戏剧文学》2015.8 《跳墙》杨湦塈——《东方艺术》2015.7 《汇贤坊》（方言话剧）邵宁——《上海戏剧》2015.6 二等奖（8 名）： 《桃姐》周可——《上海戏剧》2015.9 《郭隆真》田甫——《大舞台》； 《牵丝戏》（戏曲）高媛，《戏剧文学》，2015.8 三等奖（4 名）： 《金山寺》（戏曲）胡永忠，《剧影月报》，2015.6	
2017 年	第 22 届曹禺剧本奖（奖项改革后首次评奖）： 曹禺剧本奖（5 部）： 《小平小道》邵钧林、杜尔冰； 入围作品（共 20 部，评出 5 部获奖作品）： 《遥远的乡土》布川； 《祖传秘方》孙浩	第 31 届： 一等奖： 《大明四臣相》刘艳卉、陆军	

中国戏剧文学奖/ 全国戏剧文化奖·剧本奖	老舍文学创作奖 （戏剧部分）/ 老舍文学奖 （戏剧部分）	老舍青年戏剧文学奖/ 老舍青年戏剧文学奖励扶持计划
	2014年老舍文学奖戏剧剧本获奖名单： 戏剧剧本优秀奖作品（2部）： 《忏悔》万方； 《鲁迅》李静；（又名《大先生》）； 戏剧剧本提名奖作品（5部）： 《声音》赵宁宇； 《驴得水》周申、刘露； 《彼岸》谢昱缇	
		第3届"老舍青年戏剧文学奖"： "优秀剧本奖"（2部）： 戏曲《悲喜金圣叹》周琰； 话剧《丹书焚》刘小波； "优秀剧本提名奖"（4部）： 音乐童话剧《直到黎明》朱梦； 话剧《葬礼前的48小时》廉冰心； 小剧场话剧《你说的话，我看得懂》武亚军； 新编京剧《玲珑出嫁》高明； 入围剧本： 话剧《星期八》喻荣军； 戏曲《孙尚香》魏睿； 小剧场京剧《人面桃花》李卓群； 新编历史戏曲《弹铗记》饶晓； 新编京剧《宝镜记》周昀； 戏曲《长安雪》闫平
		第四届"老舍青年戏剧文学奖"（第四届老舍青年戏剧文学奖励扶持计划）： 优秀剧本奖（2部）： 《岗厦罗生门》戴昱；《台城柳》俞思含； 提名剧目（4部）： 《边界》熊海龙；《虎门长歌》高明； 《钟点丈夫》尚垒；《星星闪呀闪》梁晓艳； 入围奖（6部）： 《大圣归来》丁嘉鹏；《西洋钟》刘天骄； 《韩信在此》周广伟；《对手戏》赵寻； 《花间醉》张凤娟；《奔》修新羽

附录三　剧本出处

阿宁：《池塘》，《大舞台》，2013 年第 6 期。

北婴：《四季落花》（根据苏童小说《妇女生活》改编），《新剧本》，2010 年第 2 期。

曹路生：《尘埃落定》（根据阿来原著小说改编），《新剧本》，2006 年第 3 期。

曹路生：《永远的尹雪艳》，《上海戏剧》，2010 年第 4 期。

曹路生：《永远的尹雪艳》（根据白先勇原著小说改编），《上海戏剧》，2010 年第 4 期。

曹路生：《弘一法师》，《新剧本》，2010 年第 5 期。

曹路生：《西厢记》，《中法合作话剧〈西厢记〉：改编与演出》，桂林：漓江出版社，2013 年版。

曹路生：《玉禅师》，《戏剧与影视评论》，2016 年第 2 期。

曹路生：《庄周戏妻》，《戏剧与影视评论》，2016 年第 2 期。

陈佩斯：《阳台》，《新剧本》，2007 年第 5 期。

陈大联：《雷雨》，《剧本》，2013 年第 12 期。

陈丽丽：《寻找菊美多吉》，《新剧本》，2014 年第 1 期。

董天翼：《破阵子》，2013 年第 6 期。

方旭、郭奕雯：《离婚》，《新剧本》，2014 年第 2 期。

费名：《老爸，开门》，《剧本》，2012 年第 10 期。

郭启宏：《武拜城》，《新剧本》，2002 年第 5 期。

郭启宏：《天之骄子》，《郭启宏文集·戏剧编》卷一，北京：文化艺术出版社，2006年版。

郭启宏：《知己》，《剧本》，2010年第11期。

郭启宏：《花蕊夫人》，《戏剧文学》，2011年第5期。

过士行：《活着还是死去》，《新剧本》，2004年第3期。

过士行：《厕所》，《剧本》，2004年第4期。

过士行：《回家》，《新剧本》，2010年第6期。

过士行：《五百克》，《新剧本》，2012年第1期。

过士行：《遗嘱》，《过士行剧作集：厕所》，北京：中华书局，2015年版。

龚应恬：《与妻书》，《剧本》，2011年第10期。

顾雷：《十个人的夜晚》，《新锐戏剧档案》，北京：作家出版社，2011年版。

黄定山：《我在天堂等你》，《中国百年话剧剧作选（2000—2007）》第19卷，北京：对外翻译出版公司，2007年版。

黄维若、兰晓龙：《秦始皇》，《新剧本》，2004年第2期。

黄维若：《罗刹国》，《新剧本》，2009年第5期。

黄维若：《徽商传奇》，《剧本》，2013年第10期。

黄维若：《范长江》，《剧本》，2015年第2期。

黄维若：《样式雷》，《新剧本》，2015年第4期。

黄纪苏：《一个无政府主义者的意外死亡》，《先锋戏剧档案》（增补版），北京：作家出版社，2011年版。

霍秉全：《又一个黎明》，《剧本》，2004年第6期。

侯露：《风驰瑶岗》，《剧本》，2001年第7期。

胡巧诗：《沉重的心》，《新剧本》，2003年第3期。

金海曙：《赵氏孤儿》，《北京人民艺术剧院》，《北京人民艺术剧院演出剧本选：1952-2012》第5册，2012年版。

康赫：《审问记》，北京：作家出版社，2011年版。

康赫：《受诱惑的女人》，北京：作家出版社，2011年版。

刘锦云：《神荼郁垒》，《剧本》，2007年第11期。

刘锦云：《日出而作——为农村改革30年而作》，《剧本》，2008年第3期。

刘锦云：《老丁家》，《剧本》，2008年第5期。

刘锦云：《风月无边》，《锦云剧作集》，北京：中国戏剧出版社，2009年版。

刘锦云：《永乐与崇祯》，《锦云剧作集》，北京：中国戏剧出版社，2009年版。

刘锦云：《旷世卓吾》，《剧本》，2016年第5期。

刘恒：《窝头会馆》，《新剧本》，2009年第6期。

赖声川：《千禧夜，我们说相声》，《赖声川剧场》（第二辑），北京：东方出版社，2007年版。

赖声川：《如梦之梦》，《如梦之梦》，台北：中正文化，2013年版。

梁秉堃：《春雪润之》，《剧本》，2010年第10期。

李龙云：《李龙云剧作选：荒原与人》，北京：中国社会科学出版社，1993年版。

李龙云：《万家灯火》，《新剧本》，2003年第1期。

李龙云：《天朝上邦三部曲》，《剧本》，2007年第2期。

李龙云：《叫我一声哥，我会泪落如雨》，《剧本》，2002年第9期。

李龙吟：《寻找春柳社》，《新剧本》，2007年第4期。

李龙吟，丛林：《杨三姐与陈小二》，《新剧本》，2010年第6期。

李宝群：《父亲》，《国家舞台艺术精品工程剧作集》第7册话剧儿童剧木偶剧卷一，北京：文化艺术出版社，2007年版。

李宝群：《矸子山上的男人女人》，《剧本》，2007年第5期。

李宝群：《凤羊村纪事》（又名《万事根本》），《剧本》，2009年第11期。

李宝群：《黑石岭的日子》，《剧本》，2010年第8期。

李宝群：《立春》，《戏剧文学》，2012年第7期。

李宝群：《两个底层人的夜生活》，《新剧本》，2013年第6期。

李宝群：《相伴一生》，《新剧本》，2013年第6期。

李宝群：《年复一年》，《新剧本》，2014年第3期。

李宝群：《父亲》，《李宝群剧作集》第一卷，北京：中国戏剧出版社，2015年版。

李宝群：《师傅》，《李宝群剧作集》第一卷，北京：中国戏剧出版社，2015年版。

李宝群：《长子》，《李宝群剧作集》第一卷，北京：中国戏剧出版社，2015年版。

李宝群：《嫂子》，《李宝群剧作集》第一卷，北京：中国戏剧出版社，2015年版。

李宝群：《月亮花》，《李宝群剧作集》第一卷，北京：中国戏剧出版社，

2015年版。

李宝群：《母亲》，《李宝群剧作集》第一卷，北京：中国戏剧出版社，2015年版。

李宝群：《远方有条清水河》，《李宝群剧作集》第一卷，北京：中国戏剧出版社，2015年版。

李宝群：《两个底层人的夜生活》，《李宝群剧作集》第三卷，北京：中国戏剧出版社，2015年版。

李宝群：《两个底层人的地下室》，《李宝群剧作集》第三卷，北京：中国戏剧出版社，2015年版。

李宝群：《两个底层人的白日梦》，《李宝群剧作集》第三卷，北京：中国戏剧出版社，2015年版。

李宝群、王宏、肖力：《凤凰》，《李宝群剧作集》第四卷，北京：中国戏剧出版社，2015年版。

李宝群：《长夜》，《戏剧文学》，2016年第1期。

李宝群：《淮河新娘》，《新剧本》，2016年第6期。

李六乙：《我这一辈子》，《新剧本》，2007年第2期。

李静：《鲁迅》，《天涯》，2013年第1期。

李静：《大先生》，北京：中国文史出版社，2015年版。

李新华：《康梁》，《剧本》，2012年第10期。

李冰：《海底捞月》，《剧本》，2013年第5期。

李容，赵涟：《风声》（根据麦家同名小说改编），《新剧本》，2009年第3期。

李小虎：《城》，《剧本》，2013年第4期。

兰晓龙：《爱尔纳·突击》，《剧本》，2003年第1期。

罗大军：《红玫瑰与白玫瑰》（根据张爱玲原著改编），《新剧本》，2006年第6期。

罗大军：《理查三世》，《合璧：〈理查三世〉的中国意象》，北京：文化艺术出版社，2016年版。

罗怀臻：《兰陵王》，《新剧本》，2017年第6期。

廖一梅：《柔软》，《廖一梅剧作集：柔软》，北京：中信出版社，2012年版。

廖一梅：《琥珀》，《廖一梅剧作集：柔软》，北京：中信出版社，2012年版。

吕效平、李耿魏：《〈人民公敌〉事件》，《〈人民公敌〉事件》，北京：群言出版社，2007年版。

蓝荫海、王志安：《什刹海》，《新剧本》，2011年第1期。

刘深：《我不是保镖》，《新剧本》，2015年第6期。

孟冰：《桃花谣》，《剧本》2001年第1期。

孟冰：《老兵骆驼》，《剧本》，2001年第8期。

孟冰：《黄土谣》，《剧本》，2004年第9期。

孟冰：《白鹿原》，《新剧本》，2006年第1期。

孟冰、冯必烈：《伏生》，《剧本》，2008年第1期。

孟冰：《这是最后的斗争……》，《新剧本》，2009年第4期。

孟冰：《毛泽东在西柏坡的遐想》（或《面对新中国的遐想》），《剧本》，2009年第10期。

孟冰、王焰珍：《我在天堂等你》，《孟冰剧作选》（二），北京：中国戏剧出版社，2010年版。

孟冰、王宏、肖力：《生命档案》，《剧本》，2010年第7期。

孟冰：《谁主沉浮》，《剧本》，2011年第7期。

孟冰：《寻找李大钊》，《孟冰剧作选》（三），北京：中国戏剧出版社，2011年版。

孟冰、王宏、李宝群：《士兵们》，《孟冰剧作选》（四），北京：中国戏剧出版社，2011年版。

孟冰：《索菲亚教堂的钟声》，《新剧本》，2013年第5期。

孟冰：《枫树林》，《剧本》，2013年第8期。

孟冰：《公民》，《新剧本》，2015年第3期。

孟冰，刘汉男：《镜中人》，《剧本》，2015年第10期。

孟冰，李雷：《正南正北一条街》，《戏剧文学》，2015年第10期。

莫言：《我们的荆轲》，《我们的荆轲》，天津：百花文艺出版社，2012年版。

莫言：《霸王别姬》，《我们的荆轲》，天津：百花文艺出版社，2012年版。

苗九龄：《建家小业》，《新剧本》，2013年第5期。

苗九龄：《幸福年》，《新剧本》，2016年第3期。

潘军：《合同婚姻》，《新剧本》，2004年第3期。

潘军：《霸王歌行》，《剧本》，2008年第6期。

钱珏：《林觉民》，《新剧本》，2011年第5期。

裴魁山、董天翼：《主义横行》，《新锐戏剧档案》，北京：作家出版社，2011年版。

沙叶新：《幸遇先生蔡》，《新剧本》，2002年第1期。

孙德民《圣旅》，《剧本》，1999年第2期。

孙德民：《帘卷西风》，《剧本》，2001年第11期。

孙德民：《秋天的牵挂》，《大舞台》，2002年第1期。

孙德民：《只有我们才了解春天》，《孙德民新剧作选》，北京：文化艺术出版社，2004年版。

孙德民：《紫罗兰又盛开了》，《剧本》，2006年第1期。

孙德民：《雾蒙山》，《戏剧文学》，2012年第8期。

孙德民：《六世班禅》，《孙德民剧作选：2012—2013》，石家庄：花山文艺出版社，2014年版。

孙德民：《喊山》，《孙德民最新剧作选》，北京：文化艺术出版社，2014年版。

孙德民：《击斧雷鸣》，《孙德民最新剧作选》，北京：文化艺术出版社，2014年版。

孙德民：《这一场大雪来晚了》，《孙德民最新剧作选》，北京：文化艺术出版社，2014年版。

孙德民：《春天的承诺》，《剧本》，2016年第10期。

沈虹光：《临时病房》，《剧本》，2006年第4期。

沈虹光：《我的父母之乡》，《福建艺术》，2009年第4期。

隋治操、刘家声、张汉良：《凌河影人》，《剧本》，2001年第10期。

宋凤仪、李卫：《理发馆》，《新剧本》，2014年第6期。

童道明：《神圣战争或等着我吧》，《剧本》，2015年第7期。

童道明：《爱恋·契诃夫》，《爱恋·契诃夫：童道明的人文戏剧》（二），北京：华文出版社，2017年版。

童道明：《我是海鸥——一段有几段戏中戏与梦中戏的现代剧》，《新剧本》，

2010年第1期。

童道明：《契诃夫和米奇诺娃》，《爱恋·契诃夫：童道明的人文戏剧》（二），北京：华文出版社，2017年版。

童道明：《契诃夫和克尼碧儿》，《爱恋·契诃夫：童道明的人文戏剧》（二），北京：华文出版社，2017年版。

唐栋：《岁月风景》，《剧本》，2000年第1期。

唐栋、蒲逊：《棕榈，棕榈》，《剧本》，2003年第2期。

唐栋、蒲逊：《回家》，《剧本》，2004年第12期。

唐栋、蒲逊：《天籁》，《中国百年话剧剧作选（2000—2007）》第19卷，北京：对外翻译出版公司，2007年版。

唐栋、蒲逊：《红帆》，《剧本》，2009年第12期。

唐栋、蒲逊：《红叶》，《新剧本》，2013年第1期。

唐栋、蒲逊：《对抗》，《剧本》，2015年第8期。

田沁鑫：《赵氏孤儿》，《新剧本》，2004年第1期。

田沁鑫：《明》，《田沁鑫的戏剧本》，北京：北京大学出版社，2010年版。

田沁鑫：《狂飙》，《田沁鑫的戏剧本》，北京：北京大学出版社，2010年版。

田沁鑫：《四世同堂》，《田沁鑫的排练场之四世同堂》，北京：北京大学出版社，2011年版。

田沁鑫、安莹：《青蛇》，《新剧本》，2013年第4期。

田沁鑫：《生死场》（根据萧红原著小说改编），《新剧本》，2015年第5期。

田沁鑫：《北京法源寺》，《新剧本》，2016年第1期。

万方：《有一种毒药》，《剧本》，2007年第1期。

万方：《有一种毒药》，《剧本》，2007年第7期。

万方：《报警的孩子》，《剧本》，2011年第2期。

万方：《原野——为2012年中华人民共和国刑法修正案》，《戏剧文学》，2012年第9期。万方：《关系》，《北京人民艺术剧院演出剧本选：1952—2012》第6册，2012年版。

万方：《忏悔》，《新剧本》，2013年第6期。

万方：《冬之旅》，《冬之旅：万方剧本精选集》，北京：北京十月文艺出版社，

2017年版。

万方：《杀人》，《冬之旅：万方剧本精选集》，北京：北京十月文艺出版社，2017年版。

万方：《雷雨·后》，《冬之旅：万方剧本精选集》，北京：北京十月文艺出版社，2017年版。

王钢：《大都市辩护》，《剧本》，2011年第11期。

王宏、王叶丹：《老汤》，《新剧本》，2014年第4期。

王宏、李宝群、肖力：《兵者·国之大事》，《剧本》，2014年第10期。

王俭：《北街南院》，《新剧本》，2009年第3期。

王俭：《白纸坊太狮》，《新剧本》，2013年第1期。

王俭：《故园》，《剧本》，2015年第9期。

王超：《荀爷》，《剧影月报》，2016年第1期。

王海鸰：《洗礼》，《剧本》，1999年第7期。

王翔：《老舍五则》，合肥：安徽人民出版社，2012年版。

王爱飞、谢先莉：《坚守》，《剧本》，2008年第8期。

王宝社：《托儿》，《新剧本》，2004年第6期。

王皓月：《客厅里的白沙》，《新剧本》，2006年第5期。

王皓月、王秋林、付秀荣：《归属》，《新剧本》，2014年第2期。

王伟忠、赖声川：《宝岛一村》，北京：北京美术摄影出版社，2013年版。

王真：《郭双印连他乡党》，《剧本》，2006年第5期。

王磊：《为你喝彩》，《国家舞台艺术精品工程剧作集》第8册话剧儿童剧木偶剧卷一，北京：文化艺术出版社，2007年版。

王立信：《平头百姓》，《国家舞台艺术精品工程剧作集》第9册话剧儿童剧木偶剧卷三，北京：文化艺术出版社，2007年版。

王立信：《世纪彩虹》，《剧本》，2001年第2期。

伟巴、夏祖生：《移民金大花》，《剧本》，2006年第6期。

伟巴：《三峡人家》，《剧本》，2010年第2期。

吴彤：《解药》，《剧本》，2013年第4期。

吴文霞：《燃烧的梵高》，《剧本》，2013年第10期。

吴瑕、生志昊、白先陆、陈磊、温良昆：《枣树》，《新剧本》，2006年第5期。

温方伊：《蒋公的面子》，《人民文学》，2013年第6期。

肖留、陆军：《徐玠》（或《大明四臣相》），《新剧本》，2015年第3期。

肖留、陆军：《大明四臣相》，《上海戏剧》，2016年第9期。

苑彬：《画眉》，2016年第21期。

徐坤：《性情男女》，《新剧本》，2006年第4期。

向远方：《韩信之死》，《新剧本》，2002年第4期。

小马、赵尔：《在变老之前远去》，北京：作家出版社，2011年版。

姚远、邓海南、蒋晓勤：《"厄尔尼诺"报告》，《剧本》，1999年第11期。

姚远：《沦陷》，《剧本》，2007年第4期。

姚远：《马蹄声碎》，《二十一世纪中国文学大系（2001—2010）》戏剧卷，南京：南京师范大学出版社，2014年版。

姚宝瑄，卫中：《立秋》，《剧本》，2004年第1期。

杨利民：《秋天的二人转》，《新剧本》，2003年第6期。

杨利民：《秋天的二人转》，《国家舞台艺术精品工程剧作集》第9册话剧儿童剧木偶剧卷三，北京：文化艺术出版社，2007年版。

杨利民：《北方的湖》，《杨利民剧作集》下篇，北京：文化艺术出版社，2007年版。

杨利民：《大湿地》，《剧本》，2011年第11期。

杨林：《红旗渠》，《剧本》，2011年第9期。

运新华：《老井深深》，《戏剧文学》，2007年第5期。

运新华：《绝境》，《戏剧文学》，2013年第4期。

喻荣军：《谎言背后》，《剧本》，2003年第7期。

喻荣军：《香水》，《剧本》，2005年第9期。

喻荣军：《活性炭》，《新剧本》，2006年第6期。

喻荣军：《卡布奇诺的咸味》，《剧本》，2007年第6期。

喻荣军：《WWW.COM》，《天堂隔壁是疯人院 喻荣军话剧作品选》，上海：上海锦绣文章出版社，2007年版。

喻荣军：《午夜的哈瓦那》，《天堂隔壁是疯人院 喻荣军话剧作品选》，上海：

上海锦绣文章出版社，2007年版。

喻荣军：《去年冬天》，《天堂隔壁是疯人院 喻荣军话剧作品选》，上海：上海锦绣文章出版社，2007年版。

喻荣军：《震颤》，《剧本》，2008年第9期。

喻荣军：《简·爱》（根据夏洛蒂·勃朗特原著小说改编），《新剧本》，2009年第4期。

喻荣军：《天堂隔壁是疯人院》，《新剧本》，2011年第1期。

喻荣军：《资本·论》，《喻荣军舞台剧作品选》（上），上海：上海锦绣出版社，2011年版。

喻荣军：《浮生记》，《喻荣军舞台剧作品选》（下），上海：上海锦绣出版社，2011年版。

喻荣军：《吁天》，《喻荣军舞台剧作品选》（下），上海：上海锦绣出版社，2011年版。

喻荣军：《老大》，《剧本》，2012年第2期。

喻荣军：《暧昧》，《新剧本》，2014年第1期。

喻荣军：《红楼梦》（根据曹雪芹原著小说改编），《喻荣军舞台剧改编作品选》，北京：中国人民大学出版社，2015年版。

喻荣军：《洛丽塔》（根据弗拉基米尔·纳博科夫原著小说改编），《喻荣军舞台剧改编作品选·贰》，北京：中国人民大学出版社，2015年版。

喻荣军：《乌合之众》，《剧本》，2016年第2期。

喻荣军：《俗世奇人》，《新剧本》，2016年第4期。

叶广芩、王志安：《全家福》，《北京人民艺术剧院演出剧本选：1952—2012》第6册，2012年版。

余小卫：《丈人家的狗》，《上海戏剧》，2013年第11期。

赵瑞泰：《母亲》，《剧本》，2011年第9期。

赵瑞泰：《董必武》，《新剧本》，2016年第8期。

邹静之：《莲花》，《新剧本》，2008年第6期。

邹静之：《操场》，《新剧本》，2009年第2期。

邹静之：《花事如期》，《邹静之戏剧集》，北京：作家出版社，2014年版。

邹静之:《我爱桃花》,《邹静之戏剧集》,北京:作家出版社,2014年版。

赵耀民:《长恨歌》,《剧本》,2003年第3期。

赵耀民:《金大班的最后一夜》,《上海戏剧》,2004年第8期。

赵耀民:《志摩之死》,《新剧本》,2011年第2期。

赵耀民:《记得也好,最好忘掉》,《上海戏剧》,2012年第10期。

赵耀民:《志摩归去》,《上海话剧艺术中心经典剧作集》第9册,北京:中国人民大学出版社,2015年版。

赵川:《小社会》,《新锐戏剧档案》,北京:作家出版社,2011年版。

赵淼:《壹光年》,北京:作家出版社,2011年版。

赵涟:《中国式婚礼》,《新剧本》,2010年第5期。

周长赋:《天苍苍野茫茫》,《福建艺术》,2005年第5期。

周长赋:《沧海争流——施琅与郑成功的对话》,《中国百年话剧剧作选(2000—2007)》第19卷,北京:对外翻译出版公司,2007年版。

周长赋:《秋白》,《剧本》,2011年第7期。

周申、刘露:《驴得水》,《新剧本》,2013年第3期。

郑天玮、吴彤:《生·活》,《新剧本》,2009年第3期。

郑天玮:《无常·女吊》,《北京人民艺术剧院演出剧本选:1952—2012》第5册,2012年版。

张明、杨晓文:《兰州人家》,《剧本》,2003年第4期。

张广天:《圣人孔子》,《圣人孔子:张广天剧作》,北京:光明日报出版社,2002年版。

张南:《建筑大师》(重译本),《新剧本》,2006年第6期。

张先、许绿伦:《活着》,《剧本》,2013年第2期。

张明、杨晓文:《兰州老街》,《剧本》,2002年第8期。

邵钧林、嵇道青:《虎踞钟山》(根据江深同名电视剧改编),《国家舞台艺术精品工程剧作集》第7册话剧儿童剧木偶剧卷一,北京:文化艺术出版社,2007年版。

子方:《尾生与丘》,《新剧本》,2015年第5期。

致 谢

博士论文的写作犹如一段漫长的旅程，当这段生活要宣布告一段落之时，心中没有预想过的那样激动，而是愈发平静。深知自己论文存在的不足与遗憾，明白这次审阅与修整只是短暂的停顿，前路漫漫，还有无尽的修行。戏剧是自由而神圣的，怀着对其的挚爱与敬畏，我愿成为她永远的信徒；戏剧文学的研究又是学理而系统的，没有老师与前辈们的指引，我不会有点滴的进步。

论文能够完成，首先要感谢导师李锡龙教授。初至南开，唯以美与情感为习文著述之内核，学理层面的戏剧研究往往不得要领，感性的推介居多，理性的评注甚少。南开四年，先生在课堂内外言传身教，从史料的查阅到文本的搜集，从作品的研读到理论的切入，均细心教授，耐心指导，在潜移默化中打开我的学术视野，培养我的学人立场。尤其是文学史方法论和曹禺专题课程，既是我系统学习史论方法和戏剧批评的开始，也是我读博中印象最为深刻并且受用一生的经历。当我看到论文初稿上老师密密麻麻的修改痕迹时，既有感动也有惭愧，感动老师的严谨与真诚，惭愧自己的无知与浅薄。这份修改稿像一面镜子，让我看到了自己的过去，也让我看到了老师为我指引的未来。先生不仅是学业导师，更是生活导师和德育导师，教我待人真诚、为人坦率，做事果敢、为学严谨。学术上严格要求、生活中耐心鼓励，先生的培养令性格内向、略带执拗的我可以在挫折中一次次重拾信心，在迷茫时一次次找回自己。

同时，感谢南开大学的诸位老师。从论文开题到论文答辩，乔以钢教授、李新宇教授、罗振亚教授、耿传明教授、李瑞山教授和刘运峰教授都给予了大量宝贵的意见，为我论文的修改提供了很大的帮助。在博士一年级的课程学习阶段，老师们精彩的讲解令我受益匪浅，谨在此表达自己的感谢与敬意。

另外，感谢师门的兄弟姐妹在生活中对我的关心以及在论文写作时对我的帮助；感谢一起在南开校园生活的读博同仁，能够在入学与他们相识、相知是我的幸运，和他们在一起的日子是我求学阶段最为美好的回忆。

最后，感谢我的父母。作为坚实的后盾，他们的支持为我解除了一切后顾之忧，使我可以安心读书求学，寻梦风雨无阻。

感谢你们，我会努力前行并心怀感恩，早日回报他人！